D0823805

ORIGINE

Avec Robert Langdon
Da Vinci Code, Lattès, 2004.
Anges et Démons, Lattès, 2005.
Le Symbole perdu, Lattès, 2009.
Inferno, Lattès, 2013.

Deception Point, Lattès, 2006.
Forteresse digitale, Lattès, 2007.

www.editions-jclattes.fr

Dan Brown

ORIGINE

roman

Traduit de l'anglais (États-Unis)
par Dominique Defert et Carole Delporte

Titre de l'édition originale
ORIGIN
Publiée par Doubleday,
une division de Penguin Random House LLC, New York.

Couverture : Atelier Didier Thimonier
D'après Planeta Arte y Diseño
Cover art © Opalworks

Les crédits des illustrations in-texte figurent p. 567.

ISBN : 978-2-7096-5980-2

À la mémoire de ma mère

« Il faut être prêt à se débarrasser de la vie qu'on a prévue
pour avoir la vie qui nous attend. »

Joseph CAMPBELL

Les faits :

Tous les lieux, œuvres, théories scientifiques et organisations religieuses cités dans cet ouvrage sont authen-
tiques.

Prologue

Le vieux train à crémaillère gravissait la pente raide. Edmond Kirsch observait la crête déchiquetée. Au loin, accroché à la falaise, le monastère en pierre semblait suspendu dans le vide, comme s'il ne faisait qu'un avec la paroi verticale.

Ce sanctuaire de Catalogne résistait à la gravité depuis plus de quatre siècles, sans jamais faillir à sa mission : couper ses occupants du monde extérieur.

Et pourtant ils vont être les premiers avertis ! songea Kirsch.

Quelle allait être leur réaction ? De tout temps, les hommes les plus dangereux sur terre ont été les hommes de Dieu.

Et je vais jeter un épieu en feu dans le nid de frelons !

Lorsque le train atteignit le sommet, Kirsch aperçut une silhouette solitaire sur le quai. L'homme, squelettique, coiffé d'une calotte de prélat, portait la robe violette des évêques catholiques et un surplis blanc. Reconnaissant le visage émacié qu'il avait vu en photo, Kirsch eut une montée d'adrénaline.

Valdespino ! Il était venu l'accueillir en personne !

L'archevêque Antonio Valdespino était une grande figure de l'Espagne. Non seulement il était le conseiller et ami du roi, mais également l'un des plus farouches défenseurs des valeurs traditionnelles de l'Église et un conservateur notoire en matière de politique.

— Edmond Kirsch, je présume ? s'enquit l'ecclésiastique.

— Je plaide coupable ! répondit Kirsch dans un sourire. (Il tendit le bras pour serrer la main maigre de l'ecclésiastique.) Je vous remercie d'avoir organisé ce rendez-vous.

— J'ai apprécié votre requête. (La voix de l'archevêque était plus forte qu'il ne l'aurait pensé – une voix claire qui portait comme une cloche.) Il est rare que des hommes de science nous consultent, en particulier une sommité comme vous. Par ici, je vous prie.

Au moment où les deux hommes se mettaient en marche, une bourrasque souleva la robe de l'archevêque.

— Je ne vous imaginais pas comme ça. Pour un scientifique vous êtes plutôt... (Il contempla avec un certain dédain le costume Kiton, le fameux modèle K50, et les souliers Barker en cuir d'autruche.) Branché, c'est comme ça qu'on dit ?

Kirsch eut un sourire poli.

Oui, au siècle dernier ! railla-t-il intérieurement.

— J'ai lu vos hauts faits, mais je ne suis pas sûr d'avoir bien compris votre travail.

— Je suis spécialisé en théorie des jeux et modélisation.

— Vous créez donc des jeux d'ordinateur pour les enfants ?

Évidemment, l'ignorance de l'archevêque était feinte. Valdespino était parfaitement au fait de la technologie et mettait souvent en garde ses ouailles contre ses dangers.

— Non, monseigneur, la théorie des jeux est un champ des mathématiques qui tente d'édifier des modèles pour prédire l'avenir.

— Ah oui. Je crois avoir lu que vous avez prédit la crise financière en Europe, il y a quelques années ? Et comme personne n'a voulu vous écouter, vous avez mis au point un programme qui a sauvé l'Union européenne alors que tout le monde la croyait morte. Je me souviens de votre déclaration, restée dans les annales : « À trente-trois ans, j'ai le même âge que le Christ quand il a ressucité. »

Kirsch grimaça.

— La métaphore n'était guère heureuse, monseigneur. J'étais jeune.

— Jeune ? Et quel âge avez-vous donc aujourd'hui ? Quarante ans ?

— Tout juste.

Le vieil homme sourit alors que le vent de la montagne agitait toujours sa soutane.

— Les faibles sont censés hériter de la terre, mais c'est aux jeunes qu'elle appartient en vérité – à ceux qui versent dans la technologie, qui scrutent des écrans au lieu de sonder leur âme. Je ne pensais pas qu'un jour j'aurais l'occasion de rencontrer le champion de cette génération. Vous savez comment ils vous appellent ? Le prophète.

— Un piètre prophète, en l'occurrence. Quand j'ai sollicité une audience auprès de vous et de vos collègues, j'ai calculé que je n'avais que vingt pour cent de chances que ma requête soit acceptée.

— Comme je l'ai dit à mes confrères, le croyant a toujours à apprendre de l'infidèle. C'est en écoutant la voix du malin que l'on entend mieux celle de Dieu. (Valdespino esquissa un sourire.) Je plaisante, bien sûr.

C'est de l'humour de vieil ecclésiastique. Avec l'âge, j'oublie parfois les bonnes manières.

Il fit signe à Kirsch d'avancer.

— Les autres nous attendent. Par ici, je vous prie.

Kirsch contempla la citadelle perchée au-dessus d'un à-pic de plusieurs centaines de mètres se perdant tout en bas dans un camaïeu de verts. Il détourna les yeux et suivit l'archevêque le long d'un chemin à flanc de falaise, reportant ses pensées sur la réunion qui l'attendait.

Il avait demandé une audience avec trois chefs religieux qui venaient d'assister à une grande conférence tenue dans ces murs vénérables.

Le Parlement des religions du monde.

Depuis 1893, des centaines de représentants de près de trente religions se rassemblaient dans divers endroits de la planète pour participer à une semaine de débats interconfessionnaux. L'assemblée comptait des prélats de la chrétienté, des rabbins, des mollahs venant des quatre coins du globe, des pujaris hindous, des bhikkhus bouddhistes, des jaïns, des sikhs, et tant d'autres encore.

La mission de ce Parlement était, pour reprendre sa devise : « Cultiver l'harmonie entre les religions, jeter des ponts entre les diverses spiritualités et célébrer le fond commun de toutes les fois du monde. »

Une noble quête, songea Kirsch, même s'il jugeait l'initiative vaine. Chercher un point d'intersection dans un méli-mélo de fables, de mythes et de vieilles légendes !

Pendant qu'il marchait derrière le prélat, il contempla le vide béant sous ses pieds.

Moïse a gravi une montagne pour entendre le mot de Dieu... et moi, j'en gravis une pour faire exactement l'inverse.

Faire ce chemin était certes une obligation morale, mais l'orgueil y avait sa part : Kirsch était impatient d'être assis face à ces représentants du clergé pour leur annoncer leur fin imminente.

Vous avez eu votre temps, votre vérité. C'en est terminé.

— J'ai étudié votre CV, déclara l'archevêque. Vous avez donc fait Harvard ?

— Exact.

— J'ai lu récemment que pour la première fois dans l'histoire de l'université on trouve parmi les étudiants plus d'athées et d'agnostiques que de pratiquants d'une quelconque religion. Ça en dit long sur notre société, n'est-ce pas ?

C'est la preuve que les étudiants sont de plus en plus intelligents ! se dit Kirsch.

Le vent forcit lorsqu'ils atteignirent l'édifice. Dans le hall d'entrée, l'air sentait l'encens. Les deux hommes empruntèrent une série de couloirs noyés d'ombres. Devant Kirsch, l'archevêque n'était qu'une forme noire. Enfin, ils arrivèrent devant une porte, une porte curieusement petite comparée aux imposantes dimensions du bâtiment. L'ecclésiastique frappa, poussa le battant et fit signe au visiteur de le suivre.

Guère rassuré, Kirsch franchit le seuil.

Il se retrouva dans une pièce rectangulaire. Les hauts murs étaient couverts de vieux livres. Entre les rayonnages qui saillaient des parois comme autant de côtes fabuleuses, d'antiques radiateurs de fonte grognaient, vibraient. Il lui semblait être dans le ventre d'un monstre marin. En découvrant la balustrade ouvragée qui faisait le tour de la pièce au-dessus de lui, Kirsch comprit où il se trouvait.

La bibliothèque ! On disait que cette pièce abritait des textes rares uniquement accessibles aux moines qui avaient consacré leur vie à Dieu et choisi de demeurer prisonniers de cette montagne.

— Vous avez requis la discrétion. C'est notre lieu le plus retiré. Très peu d'étrangers y pénètrent.

— C'est donc un immense privilège. J'en suis honoré.

Kirsch emboîta le pas à l'archevêque jusqu'à une grande table où deux hommes âgés l'attendaient. Avec ses yeux tombants, sa barbe blanche hirsute, celui de gauche semblait davantage usé par le temps. Il portait un costume noir, une chemise blanche et sur la tête un chapeau également noir.

— Voici le rabbin Yehouda Köves. Un grand philosophe juif qui a beaucoup écrit sur la cosmologie de la Kabbale.

Kirsch se pencha au-dessus de la table pour lui serrer la main.

— C'est un plaisir de vous rencontrer. J'ai lu vos études. Je ne peux pas dire que je les ai toutes comprises, mais je les ai lues.

Köves eut un petit signe de tête amical et épongea avec son mouchoir ses yeux chassieux.

L'archevêque continua les présentations :

— Et ici, nous avons l'honorable ouléma Syed al-Fadl.

Le dignitaire musulman se leva avec un large sourire. Petit, avec un visage rond et jovial qui contrastait avec son regard pénétrant, il était vêtu d'une simple djellaba blanche.

— Quant à moi, monsieur Kirsch, j'ai lu vos prédictions sur l'avenir de l'humanité. Je ne peux pas dire que je les ai toutes appréciées, mais je les ai lues.

Kirsch lui retourna un sourire aimable et lui serra la main.

— Chers amis, comme vous le savez, notre invité est un scientifique de renom, spécialiste en informatique, en théorie des jeux, inventeur, et visionnaire dans son domaine, un gourou des nouvelles technologies. Connaissant son parcours, je suis surpris qu'il nous ait demandé audience. Je vais donc lui laisser le soin de nous expliquer lui-même l'objet de sa visite.

Valdespino s'assit entre ses deux confrères, croisa les bras et regarda Kirsch. Les trois hommes lui faisaient face. Cela ressemblait davantage à un tribunal de l'Inquisition qu'à une rencontre amicale entre érudits. Il n'y avait même pas de chaise pour lui !

Face à ces trois religieux, Kirsch était plus amusé qu'intimidé.

Voilà donc la sainte Trinité que j'ai demandée. Mes trois rois mages !

Il resta volontairement silencieux, se dirigea vers une fenêtre et admira le panorama. Des prés couvraient les flancs de la vallée, barrés par le massif de la Collserola. À des kilomètres à l'est, sur la mer des Baléares, de gros nuages noirs s'amoncelaient.

C'est de circonstance ! songea Kirsch, sachant le choc qu'allaient causer ses révélations, dans cette pièce, comme sur toute la planète.

— Messieurs, commença-t-il en pivotant vers eux, je pense que l'archevêque Valdespino vous a précisé que cette réunion se tient sous le sceau du secret. Avant de poursuivre, je tiens à insister sur ce point. Ce que je vais vous révéler ici est strictement confidentiel. Votre discrétion est cruciale, j'attends de vous un serment solennel. Ai-je votre parole ?

Les trois vieillards hochèrent la tête. Leur silence, Kirsch l'avait déjà de toute façon !

Ils voudront enterrer l'information. En aucun cas la diffuser ! pensa-t-il.

— Je suis ici parce que ma dernière découverte scientifique va vous paraître surprenante. Il s'agit d'un travail que je mène depuis plusieurs années dans l'espoir de répondre aux deux questions les plus fondamentales que se pose l'humanité. Aujourd'hui, c'est chose faite. Et je viens à vous parce que je crois que cette information va profondément affecter les religions du monde et provoquer rien moins qu'un... cataclysme. Pour l'heure, je suis la seule personne sur terre à connaître l'information que je m'apprête à vous dévoiler.

Kirsch plongea la main dans la poche de sa veste et en sortit un grand smartphone – un modèle qu'il avait conçu personnellement, avec une coque ornée d'une mosaïque chatoyante. Kirsch installa l'appareil devant les trois hommes, à la manière d'une télévision. Dans un moment, il se connecterait à son serveur sécurisé, entrerait son mot de passe à quarante-sept caractères, et la vidéo de présentation commencerait.

— Ce que vous allez voir, continua Kirsch, est la synthèse d'une conférence que je compte partager avec le monde entier, dans un mois ou deux. Mais, avant de la diffuser, je veux consulter les plus grandes sommités religieuses de la planète, pour mesurer l'effet qu'aura cette nouvelle sur tous les croyants du monde.

L'archevêque soupira avec lassitude.

— Voilà un préambule bien mystérieux. Les fondations de toutes les religions seraient ébranlées... C'est ça que vous laissez entendre ?

Kirsch admira en silence ce sanctuaire qui renfermait tant de textes sacrés.

Non. Pas ébranlées. Mises en charpie !

Ces trois vénérables vieillards ignoraient que, dans trois jours – trois jours seulement –, lors d'un grand show, Kirsch révélerait sa découverte au monde. Et alors l'humanité tout entière saurait que les religions avaient toutes un point commun. Essentiel.

Elles avaient tort.

1.

Langdon contemplait le chien assis sur l'esplanade. Un animal haut d'une dizaine de mètres recouvert d'un patchwork d'herbes et de fleurs.

J'essaie de t'aimer. Vraiment, j'essaie.

Langdon s'attarda un moment encore devant la créature, puis reprit son chemin sur la passerelle, suivant une enfilade de marches dont l'irrégularité visait à maintenir le visiteur en éveil, à rompre la monotonie de ses habitudes.

Mission accomplie ! pesta intérieurement Langdon en manquant à deux reprises de trébucher.

Au bas de l'escalier, Langdon s'immobilisa, stupéfait.

De mieux en mieux...

Une grande araignée noire se dressait devant lui, ses longues pattes filiformes supportant son corps à plusieurs mètres au-dessus du sol. Sous l'abdomen, une sorte de filet métallique était rempli de globes de verre.

— Je vous présente *Maman*, dit une voix.

Devant Langdon, se tenait un homme longiligne. Il portait un sherwani de brocart noir et des moustaches à la Dalí.

— Je m'appelle Fernando. Je suis ici pour vous souhaiter la bienvenue à cette soirée au musée.

L'homme farfouilla dans une boîte pleine de badges
posée devant lui.

— Je peux avoir votre nom ?

— Bien sûr. Robert Langdon.

L'homme tressaillit.

— Oh, je suis confus, professeur ! Je ne vous ai pas
reconnu !

Je ne me serais pas reconnu moi-même ! songea Langdon, se sentant tout engoncé dans son vieux
smoking. Je ressemble à un chanteur des Whiffenpoofs.
Sa tenue avait près de trente ans – la veste queue-de-
pie, le nœud papillon et le gilet de soie – et datait de
l'époque où il était membre du Ivy Club de Princeton.
Mais grâce à ses séances drastiques de natation, elle lui
allait encore parfaitement. Dans sa hâte, il avait pris la
mauvaise housse au moment de faire ses valises et laissé
dans l'armoire son smoking moderne.

— Le carton précisait « tenue de soirée ». La queue-
de-pie, ça entre dans les critères ?

— C'est indémodable ! Et cela vous sied à merveille.

L'homme s'empressa d'accrocher le badge de Langdon
au revers de sa veste.

— C'est un honneur de vous recevoir, continua
l'homme à la moustache. Vous êtes un habitué des lieux,
je suppose ?

Langdon contempla, au-delà des pattes de l'arach-
nide, le bâtiment miroitant.

— En fait, c'est ma première fois.

— Ah oui ? Vous n'êtes pas fan d'art moderne ?

L'art contemporain demeurait une énigme pour
Langdon. Un curieux défi : pourquoi certaines pièces
étaient-elles déclarées des chefs-d'œuvre ? Les taches de

Jackson Pollock, les boîtes de soupe de Warhol, les rectangles colorés de Rothko… Il était bien plus dans son élément quand il s'agissait d'évoquer le symbolisme religieux d'un Jérôme Bosch ou la technique d'un Goya.

— Je suis resté classique. De Vinci est davantage ma tasse de thé que De Kooning.

— Ils ont pourtant beaucoup en commun.

Langdon esquissa un sourire poli.

— C'est la preuve que je connais bien mal mes « modernes ».

— Vous êtes au bon endroit ! s'exclama l'homme en désignant le bâtiment. Il y a dans ce musée les plus belles collections d'art contemporain du monde ! J'espère que vous apprécierez cette soirée.

— J'y compte bien. Mais j'aurais bien aimé savoir pourquoi je suis ici.

— Comme tout le monde ! Notre hôte est resté très discret sur l'événement de ce soir. Même le personnel du musée ne sait rien. Le mystère fait partie du plaisir, n'est-ce pas ? Les rumeurs vont bon train ! Il y a plusieurs centaines d'invités, dont un grand nombre de célébrités, et tous sont dans le flou le plus total.

Peu de gens sur terre, en effet, auraient eu l'insolence d'envoyer une invitation à la dernière minute, sans d'autre explication que : *Samedi soir. Venez. Vous ne le regretterez pas.* Et encore moins auraient été capables de persuader des centaines de VIP de sauter dans un avion pour les rejoindre en Espagne.

Langdon passa sous le ventre de l'araignée pour gagner l'entrée du musée où flottait une grande bannière rouge.

LA GRANDE SOIRÉE « EDMOND KIRSCH ».

L'humilité n'a jamais été le fort d'Edmond! songea Langdon avec amusement.

Vingt ans plus tôt, le jeune Eddie Kirsch avait été l'un des premiers étudiants de Langdon à Harvard. Un *geek* chevelu dont le goût pour les codes l'avait conduit, en première année, à suivre le cours de Langdon : «Codes, nombres et langage des symboles.» Les capacités intellectuelles du jeune homme avaient impressionné Langdon. Même si Kirsch avait finalement abandonné l'univers austère de la sémiotique pour répondre aux sirènes de celui de l'informatique, les deux hommes avaient gardé un fort lien d'amitié qui perdurait, bien après que Kirsch eut quitté l'université.

Aujourd'hui, l'élève a dépassé le maître, pensa Langdon. Il est à des années-lumière devant moi.

Kirsch était un franc-tireur à la renommée mondiale : milliardaire, informaticien de génie, futurologue, inventeur, et chef d'entreprise. À quarante ans, il était à l'origine de nombreuses avancées technologiques qui avaient chacune provoqué une petite révolution dans des domaines aussi variés que la robotique, les neurosciences, l'intelligence artificielle, la nanotechnologie. Et ses prédictions, toutes avérées, quant aux découvertes scientifiques lui conféraient une aura quasi mystique.

Sans doute, le talent d'Edmond pour les pronostics lui venait de sa connaissance approfondie de ce qui l'entourait. En bibliophile acharné, il lisait tous les ouvrages qui lui tombaient sous la main. Sa passion pour les livres, sa capacité d'assimilation étaient hors pair.

Ces dernières années, Kirsch résidait le plus souvent en Espagne. Il disait être tombé sous le charme de ce pays du vieux monde, avec son architecture avant-gardiste, ses bars pittoresques et la douceur de son climat.

Une fois par an, quand Kirsch revenait à Cambridge pour donner une conférence au Media Lab du MIT, il invitait Langdon à déjeuner dans le dernier restaurant à la mode de Boston. Les deux hommes ne parlaient jamais technologie, mais uniquement art.

— Vous êtes mon maître en matière de culture, Robert, plaisantait souvent Kirsch. L'art restera votre seule épouse.

Cette allusion au statut marital de Langdon était d'autant plus piquante qu'elle venait d'un autre célibataire qui prétendait que la monogamie était « un affront à l'évolution » et avait été photographié avec presque tous les top-models du moment.

Avec sa réputation de gourou en informatique, il était facile de l'imaginer en expert austère. Mais, au contraire, Edmond était devenu une icône pop-moderne, qui fréquentait la jet-set et s'habillait à la pointe de la mode. Amateur de musique underground obscure, il était également un collectionneur d'œuvres inestimables, tant chez les impressionnistes que dans l'art contemporain. Kirsch demandait souvent conseil à Langdon avant d'acquérir une nouvelle pièce.

Conseil qu'évidemment il s'empresse de ne pas suivre ! se rappelait Langdon, amusé.

L'année précédente, contrairement à leur habitude, les deux hommes n'avaient pas parlé d'art, mais de Dieu. Un sujet surprenant pour un chantre de l'athéisme. Devant un carpaccio de bœuf au Tiger Mama de Boston, Kirsch avait interrogé Langdon sur les croyances fondamentales dans les diverses religions de la planète, en particulier celles ayant trait à la création du monde.

Langdon lui avait fait un résumé exhaustif des croyances actuelles, de la Genèse – commune aux juifs, chrétiens et musulmans – jusqu'au récit du Brahmā , le dieu-créateur des hindous, en passant par le Marduk des Babyloniens, et bien d'autres encore.

— Éclairez ma lanterne, avait demandé Langdon en quittant le restaurant. Comment se fait-il qu'un éminent futurologue s'intéresse ainsi au passé ? Le grand athée devant l'Éternel aurait-il finalement trouvé Dieu ?

Edmond avait ri de bon cœur.

— J'aurais bien aimé ! Je cherche juste à évaluer la concurrence, Robert.

— Science et religion ne sont pas rivales, avait répondu Langdon en souriant. Elles tentent de raconter la même histoire, simplement avec des mots différents. Il y a de la place ici-bas pour les deux.

Depuis cet entretien, Kirsch n'avait plus donné de nouvelles. Et tout à coup, trois jours plus tôt, Langdon avait reçu une enveloppe FedEx avec un billet d'avion, une réservation de chambre d'hôtel, accompagnés d'un petit mot : *Robert, plus que quiconque sur terre, je voudrais que vous soyez présent. Sans vos réflexions éclairées lors de notre dernière conversation, jamais cette cérémonie n'aurait été possible.*

Langdon était resté perplexe. Il ne voyait pas en quoi leur dernier entretien avait pu aider un futurologue à organiser une soirée mondaine.

Dans l'enveloppe, il y avait aussi une image en noir et blanc de deux personnages se tenant face à face, sur laquelle Kirsch avait écrit un petit poème :

Robert,
Quand nous serons tous les deux face à face,
Nous révélerons le béant espace.
Edmond

Langdon avait souri en découvrant l'image. Une allusion à l'une de ses aventures[1] quelques années plus tôt. La silhouette d'un calice, la coupe du Graal, apparaissait dans l'espace vide entre deux visages.

À présent, Langdon se dirigeait vers les portes du musée, impatient d'entendre ce que son ancien étudiant allait annoncer. La brise agitait les basques de son habit alors qu'il avançait sur l'allée de ciment qui longeait les berges du Nervion, ce fleuve qui fut jadis l'artère vitale d'une ville sidérurgique prospère. L'air était encore imprégné de l'odeur de ses hauts fourneaux.

Alors que l'allée décrivait une large boucle, Langdon releva les yeux pour observer le bâtiment scintillant. La structure était si complexe qu'on ne pouvait l'embrasser d'un seul coup d'œil. Le regard s'égarait sur l'entrelacs de ses courbes compliquées.

Cette construction ne brise pas les règles. Elle les ignore complètement. Comme Edmond.

Le musée Guggenheim de Bilbao semblait être sorti de l'esprit d'un Alien – des formes de métal torturées assemblées de façon aléatoire. Avec ses trente mille plaques de titane qui luisaient comme autant d'écailles de poissons, cette masse chaotique avait quelque chose à la fois d'organique et d'extraterrestre, comme si un Léviathan futuriste était sorti des eaux du fleuve pour se chauffer au soleil.

Quand le bâtiment avait été inauguré en 1997, le *New Yorker* avait porté aux nues son architecte, Frank Gehry. Selon le journal, Gehry avait conçu « une nef féerique aux formes ondulantes habillées de titane ». D'autres critiques, aux quatre coins de la planète, s'étaient joints au concert de louanges : « Le plus beau bâtiment de tous les

---

1. Voir *Da Vinci code.* (*N.d.T.*)

temps !» «Une brillance mercurielle.» «Une prouesse d'architecture !»

Depuis l'ouverture du musée, des dizaines d'autres bâtiments inspirés du déconstructivisme avaient été érigés – le Disney Concert Hall à Los Angeles, les BMW Welt de Munich et même la nouvelle bibliothèque de l'université de Langdon. Chaque édifice voulait rompre radicalement avec les conventions, mais aux yeux de Langdon le Guggenheim de Bilbao occupait la première place du podium.

À mesure qu'on approchait de la façade, celle-ci semblait se métamorphoser. Elle n'était jamais identique. L'illusion était parfaite : le colosse de verre et de métal paraissait flotter sur l'eau.

Langdon s'arrêta pour admirer l'effet, puis emprunta la passerelle qui enjambait l'étendue miroitante de l'étang artificiel. Il se trouvait à mi-chemin quand il entendit un sifflement. Cela venait de dessous, sous scs pieds. Un nuage de brume commençait à s'étendre sur l'eau. Puis le nuage s'éleva, recouvrit l'étang, roula vers le musée, nimbant les murs d'enceintes.

La sculpture de brouillard !

Langdon avait entendu parler du travail de Fujiko Nakaya. La «sculpture» était révolutionnaire parce que conçue à partir de l'air lui-même, créant un mur de brouillard qui se matérialisait soudain puis se dissipait. Suivant les conditions climatiques, l'œuvre n'était jamais identique d'un jour à l'autre.

Le sifflement cessa. Langdon regarda la brume traverser le bassin, glisser, onduler, comme une créature vivante. L'effet était saisissant. Tout le musée flottait sur un nuage, tel un vaisseau fantôme.

Au moment où Langdon allait se remettre en route, une série de petites éruptions brouillèrent la surface de l'étang et cinq piliers de feu jaillirent des eaux, telles des fusées décollant dans un nuage de fumée, projetant des milliers de reflets cramoisis sur la façade du musée.

Les goûts architecturaux de Langdon se portaient davantage sur des œuvres plus classiques – les musées du Louvre ou du Prado –, mais en voyant le brouillard et les flammes voltiger sur les eaux du bassin, il comprit pourquoi leur hôte, si féru d'art et d'innovation, qui entrevoyait le futur avec tant de clarté, avait choisi ce bâtiment ultramoderne. Celui-ci était le temple idéal pour l'accueillir.

Langdon traversa la nappe de brume. Lorsqu'il parvint devant l'entrée du musée – un trou noir – il eut l'impression de pénétrer dans la gueule d'un dragon.

2.

L'amiral Luis Ávila était assis au bar d'un pub désert, dans une ville qui lui était étrangère. Il était épuisé par le voyage. Il venait de s'acquitter d'un travail qui lui avait fait parcourir des milliers de kilomètres en douze heures. Il prit une gorgée de son second Schweppes et contempla l'alignement multicolore des bouteilles derrière le zinc.

N'importe qui peut rester sobre dans le désert, mais seul le fort peut rester dans une oasis et ne rien boire.

Ávila n'avait pas bu une goutte d'alcool depuis près d'un an. En voyant son reflet dans la glace, il éprouva une certaine fierté. Pour une fois.

L'officier de marine était l'un de ces Méditerranéens pour qui l'âge était un atout et non une malédiction. Avec les années, sa barbe râpeuse était devenue un doux tapis poivre et sel, son regard ardent s'était paré d'une lueur confiante et sereine, et sa peau était désormais tannée et finement plissée, comme un vieux loup de mer.

Malgré ses soixante-trois ans, Ávila avait conservé un corps svelte et élancé que son uniforme mettait en valeur. Aujourd'hui, il avait revêtu sa tenue complète d'apparat – une veste immaculée au col amidonné, avec des épaulettes noires, une collection impressionnante de médailles et un pantalon blanc au pli impeccable.

Nous n'avons peut-être plus la meilleure marine du monde, mais nous savons encore habiller nos officiers ! se disait l'amiral.

Il n'avait plus porté cet uniforme depuis des années – mais ce soir n'était pas comme les autres. Et plus tôt dans la journée, alors qu'il arpentait les rues de cette ville inconnue, il avait senti le regard des femmes posé sur lui, ainsi que celui des hommes, plus méfiant, qui préféraient passer au large.

On respectait toujours celui qui avait des règles de vie.

— *¿ Otra tónica ?*

La jolie serveuse avait une trentaine d'années. Et un beau sourire.

Ávila secoua la tête.

— *No, gracias.*

Le bar était toujours désert et il avait toute l'attention de l'employée. C'était bien agréable.

Je suis revenu des abysses !

L'abomination qui lui avait tout pris, hormis sa propre vie, resterait à jamais gravée dans son esprit – un seul instant, assourdissant, durant lequel la terre s'était ouverte et l'avait avalé.

La cathédrale de Séville. Le matin de Pâques…

Le soleil d'Andalousie éclairait les vitraux, projetant un kaléidoscope de couleurs sur les murs de l'Église. L'orgue entonnait l'hymne pour célébrer avec les centaines de fidèles le miracle de la résurrection.

Ávila était agenouillé au pied du chancel pour la communion, son cœur empli de reconnaissance. Après une vie à servir en mer, Dieu lui avait donné la plus belle des récompenses : une famille. Ávila s'était retourné pour regarder María, sa jeune épouse, restée sur les bancs derrière lui. Elle était bien trop enceinte pour marcher jusqu'à l'autel. À côté d'elle, Pepe, leur premier-né de trois ans, agitait gaiement la main dans sa direction. Ávila lui avait adressé un clin d'œil. María lui avait souri.

Merci, mon Dieu, avait pensé Ávila en prenant le calice que lui tendait le prêtre.

La seconde suivante, une explosion détruisait la paix de la cathédrale.

Toute sa vie avait été emportée dans un tonnerre de feu.

L'onde de choc l'avait projeté contre la balustrade et une pluie de corps déchiquetés s'était abattue sur lui. Quand il avait repris conscience, au milieu d'un épais nuage de fumée, il ne pouvait plus respirer. Il ne savait pas où il était, ni ce qui s'était passé.

Puis, derrière le sifflement dans ses oreilles, il avait entendu les cris des survivants. Il s'était relevé et avait découvert l'horreur. Il avait remonté la nef, enjambant les blessés, les mourants, pour rejoindre sa femme et son fils qui lui souriaient quelques instants plus tôt.

Il n'y avait plus personne.

Plus de bancs. Plus rien.

Que des débris sanglants sur les dalles noires de suie.

Le tintement de la porte du bar chassa ces images douloureuses. Ávila but une nouvelle gorgée de soda et s'efforça de ressortir de ces abysses où il s'était égaré trop souvent.

Deux hommes franchirent le seuil, titubant. Ils braillaient un hymne de guerre irlandais – ils chantaient faux, bien sûr – et portaient, tendu sur leur gros ventre, le maillot vert de leur équipe nationale de football. Apparemment, il y avait eu un match et la victoire était du côté des visiteurs.

C'est le signal du départ, se dit Ávila en se levant. Quand il demanda la note, la serveuse lui indiqua que c'était offert par la maison. Ávila la remercia et tourna les talons pour s'en aller.

— Putain ! Regarde ça ! lança l'un des deux Irlandais en désignant l'uniforme d'Ávila. C'est le roi d'Espagne !

Les deux gars éclatèrent de rire et s'approchèrent.

Ávila voulut les éviter mais le plus grand des deux lui attrapa le bras et le força à s'asseoir au bar.

— Attends, ta majesté. On n'a pas fait toute cette route pour rien. On va se jeter une pinte !

Ávila regarda la main sale du supporter sur sa manche immaculée.

— Une autre fois. Je dois partir.

— Non... tu vas rester prendre une bière avec nous, *amigo*.

Le type resserra sa prise pendant que son acolyte désignait de son doigt crasseux les décorations sur la poitrine d'Ávila.

— T'as l'air d'être un héros, papa! C'est quoi ça? dit-il en montrant l'une de ses plus prestigieuses décorations. Une massue du Moyen Âge? T'es quoi au juste? Un chevalier?

Soyons tolérant, se dit Ávila. Il avait croisé tant de gens de cette espèce, des esprits simples, des âmes égarées, qui n'avaient jamais eu à se battre pour quoi que ce soit, des hommes qui usaient et abusaient de libertés et de privilèges pour lesquels d'autres avaient péri.

— En fait, expliqua Ávila, cette massue est un symbole de la marine espagnole. Plus précisément de la Unidad de Operaciones Especiales.

— Les opérations spéciales? répliqua l'homme en feignant d'être impressionné. Rien que ça! Et ça, c'est quoi?

Il désigna la main droite d'Ávila.

Au creux de sa paume, il y avait un tatouage – un symbole qui datait du XIVe siècle.

Ça, c'est mon talisman. Même si je n'ai nul besoin de protection.

— Laisse tomber. On s'en fout, lâcha le hooligan en reportant son attention sur la serveuse. Dis donc, t'es bien mignonne, toi. T'es cent pour cent espagnole?

— Cent pour cent, répondit la jeune femme patiemment.

— T'es sûre de pas avoir un peu de sang irlandais?

— Certaine.

— T'en veux pas un peu ?

Sa réplique le fit hurler de rire.

— Laissez-la tranquille, intervint Ávila.

Le gars fit volte-face et le regarda d'un air mauvais.

L'autre tapota de son index la poitrine de l'amiral.

— Hé, tu te prends pour qui ?

Ávila poussa un profond soupir. La journée avait été longue. Il indiqua le bar.

— Asseyez-vous, messieurs. Je paye ma tournée.

*

La serveuse était soulagée que l'officier soit resté. Même si elle pouvait se défendre toute seule, le calme avec lequel ce dernier gérait ces brutes la troublait ; elle se prit même à espérer qu'il reste jusqu'à l'heure de la fermeture.

Il avait commandé deux bières et un autre Schweppes pour lui. Les deux supporters de football s'étaient installés de part et d'autre de lui.

— Un Schweppes ? railla l'un des deux. C'est pas ce que j'appelle boire un coup ensemble !

Ávila adressa un sourire las à la serveuse et termina son verre.

— Je dois vous quitter, messieurs. J'ai un rendez-vous. Mais buvez à ma santé.

Alors qu'il se levait, les deux types posèrent chacun une main sur son épaule pour l'obliger à se rasseoir. Une étincelle de colère passa fugitivement dans les yeux de l'amiral.

— Tu veux vraiment nous laisser seuls en compagnie de notre petite chérie ? demanda le plus gros en faisant un geste obscène avec sa langue à l'attention de la serveuse.

Ávila demeura silencieux un moment, puis plongea la main dans sa poche.

Les deux types s'inquiétèrent.

— Hé, tout doux !

Lentement, Ávila sortit un téléphone et dit quelque chose en espagnol aux deux gars. Voyant leur air ahuri, il passa à l'anglais :

— Je suis désolé, je dois prévenir ma femme pour qu'elle ne s'inquiète pas. Quelque chose me dit que je vais traîner un moment ici.

— Voilà qui est parlé ! s'exclama le plus grand en vidant sa pinte d'un trait avant de la reposer bruyamment sur le zinc. Une autre !

Alors que la serveuse remplissait leurs verres, elle vit dans le miroir l'officier de marine tapoter sur son clavier et porter le téléphone à son oreille. Une fois la communication établie, il parla en espagnol :

— *Llamo desde el Bar Molly Malone,* annonça-t-il en lisant le nom du bar et l'adresse sur son dessous de verre. *Calle Particular de Estraunza Ocho.* (Il patienta un instant, puis poursuivit :) *Necesitamos ayuda inmediatamente. Hay dos hombres heridos.*

Et il raccrocha.

Dos hombres heridos ? La serveuse sentit son pouls s'accélérer. Deux hommes blessés ?

Soudain, il y eut un mouvement rapide, un éclair blanc fusa. Le militaire avait pivoté d'un coup et expédié son coude droit dans le nez du plus gros. On entendit des cartilages craquer. Le sang gicla et l'homme tomba à la renverse. Avant que l'autre n'ait eu le temps de réagir, le militaire pivota dans l'autre sens et son coude gauche atterrit dans sa trachée. Le gars rejoignit son copain à terre.

Stupéfaite, la serveuse regarda les deux hommes : le premier hurlait de douleur, l'autre se tortillait au sol, se tenant la gorge à deux mains.

L'amiral se leva tranquillement de son siège, sortit son portefeuille et laissa un billet de cent euros sur le comptoir.

— Avec toutes mes excuses pour le dérangement, dit-il en espagnol. La police va arriver pour vous aider.

Il tourna les talons et s'en alla.

*

Dehors, l'amiral Ávila huma l'air de la nuit et descendit la Alameda de Mazarredo en direction du fleuve. Des sirènes retentirent. Il se coula dans l'ombre pour laisser passer les véhicules de police. Il avait un travail à accomplir. Il ne pouvait se permettre de perdre plus de temps.

Le Régent avait été très clair.

Ávila aimait recevoir ainsi ses instructions. Pas de décisions à prendre. Pas de regrets. Juste l'action. Après une vie à donner des ordres, c'était bien agréable de laisser les autres tenir la barre.

Dans cette guerre, je suis un fantassin.

Quelques jours plus tôt, le Régent lui avait révélé un secret. Ávila n'avait alors eu d'autre choix que d'offrir son plein et entier soutien dans ce combat. La violence de sa mission de la veille le hantait encore, mais il savait qu'elle lui serait pardonnée.

Le bien peut prendre de multiples visages.

Et la mort frappera encore avant le matin.

En arrivant près des berges, Ávila leva les yeux pour contempler l'imposante construction qui se dressait devant lui. Un méli-mélo de formes sinueuses et distordues, couvertes de plaques de métal. Deux mille ans d'architecture jetés aux oubliettes !

Ça, un musée ? Une abomination oui !

Tout en se concentrant sur sa mission, il traversa la place et passa devant une série de sculptures bizarres pour rejoindre le musée Guggenheim. Des dizaines de personnes en tenue de soirée patientaient devant la porte.

La grande assemblée des mécréants !

Ce soir, je vous réserve une surprise.

Il ajusta sa casquette d'amiral, lissa sa veste, se préparant mentalement au travail qui l'attendait. Une nouvelle étape de sa grande mission – une croisade pour le bien.

Ávila s'avança vers les portes du musée, caressant son rosaire dans sa poche.

3.

L'atrium, le grand hall du musée, ressemblait à une cathédrale futuriste.

Aussitôt, le regard de Langdon fut attiré par les imposants piliers qui s'élevaient devant la verrière jusqu'aux voûtes culminant à près de soixante mètres de hauteur. Tout là-haut, une myriade de projecteurs diffusait une lumière éblouissante. Suspendu dans le vide, un jeu de coursives et de passerelles traversait l'espace, où circulait la foule qui arpentait les galeries supérieures ou admirait la vue sur l'étang. À proximité, un ascenseur de verre glissait sans bruit le long du mur, pour emporter dans les airs une nouvelle fournée d'invités.

Ce musée était unique. Même l'acoustique y était curieuse. Au lieu des murmures feutrés, empreints de respect, qui planaient d'ordinaire dans les allées d'un musée classique, il régnait ici un grand brouhaha, l'écho des voix étant porté par les parois de verre et de métal. Le seul élément familier, c'était cet air astringent. Dans tous les musées de la planète, on retrouvait cette sensation : un air méticuleusement filtré, débarrassé de toute particule oxydante et traité avec de l'eau ionisée pour garantir un taux de quarante-cinq pour cent d'humidité.

Langdon franchit une quantité impressionnante de points de contrôle. Plusieurs gardiens étaient armés. Enfin, lorsqu'il atteignit le dernier poste de sécurité, une jeune femme, derrière une table, lui tendit des écouteurs.

— ¿ *Audioguía ?*

— Non merci, répondit Langdon avec un sourire poli.

La femme passa à l'anglais.

— Je suis désolée, mais M. Kirsch tient à ce que tout le monde ait des écouteurs. C'est un élément clé de la soirée.

— Dans ce cas...

Langdon tendit la main vers les appareils, mais la jeune femme l'arrêta. Elle consulta une longue liste de noms, trouva celui de Langdon et sortit un écouteur qui portait le même numéro que celui indiqué en face de son nom.

— Les audio-guides de ce soir ont été personnalisés pour chaque invité.

Langdon fut surpris : ils étaient des centaines !

Il examina l'appareil. Un dispositif minimaliste : un simple arceau de métal avec de minuscules coussinets à chaque extrémité. Remarquant son air perplexe, la jeune femme l'éclaira.

— Ce sont de nouveaux modèles, dit-elle en l'aidant à ajuster les écouteurs. Les coussinets ne se mettent pas dans le conduit auditif, mais restent à l'extérieur. Sur le visage.

Elle installa le bandeau métallique derrière son crâne et ajusta les coussinets de façon à ce qu'ils soient plaqués au-dessus de la mâchoire, juste sous la tempe.

— Mais comment le son…

— Conduction osseuse. C'est une nouvelle technologie. Le son est transmis à travers les os jusqu'à la cochlée. Vous allez voir, c'est vraiment étonnant. C'est comme si vous aviez une voix à l'intérieur de votre tête. Et cela laisse vos oreilles libres pour entendre les conversations extérieures.

— Très ingénieux.

— C'est une invention de M. Kirsch qui date de dix ans. On trouve aujourd'hui ces dispositifs chez de nombreux fabricants.

J'espère que Beethoven touche des royalties !

Le véritable découvreur de l'audio-transmission osseuse, c'était lui. Devenant peu à peu sourd, il avait découvert qu'en mordant une barre de métal fixée à son piano il parvenait à percevoir les notes de son instrument grâce aux vibrations qui traversaient sa mâchoire.

— Je vous souhaite une agréable visite. Vous avez environ une heure avant le début de la conférence. Votre audio-guide vous préviendra quand ce sera le moment de vous rendre dans la salle.

— Merci. Je dois appuyer sur un bouton pour…

— Inutile. Tout est automatique. Les commentaires démarreront tout seuls selon vos déplacements.

— Évidemment… suis-je bête !

Langdon traversa le hall pour se joindre à un groupe de personnes qui attendaient les ascenseurs. Tous portaient le même genre d'écouteurs.

Il était à mi-chemin quand un homme lui dit :

— Bonsoir et bienvenue au musée Guggenheim de Bilbao.

Même s'il savait d'où venait cette voix, Langdon s'arrêta et regarda derrière lui. L'effet était saisissant.

— Du fond du cœur, je vous souhaite la bienvenue, professeur Langdon. (Le ton était amical et enjoué, avec une pointe d'accent britannique.) Je m'appelle Winston. Et j'ai la joie d'être votre guide pour la soirée.

Qui avait prêté sa voix ? Hugh Grant ?

— Ce soir, poursuivit le guide, vous pouvez aller où vous voulez, à votre guise, et je vous donnerai toutes les précisions nécessaires en chemin.

À l'évidence, l'appareil disposait d'une balise GPS pour repérer la position exacte du visiteur.

— Je mesure bien évidemment que vous êtes professeur d'art, l'un de nos plus prestigieux invités, et que nombre de mes explications seront superflues. Pis encore, vous pourriez ne pas être d'accord avec mon analyse de certaines œuvres !

La voix lâcha un étrange petit rire.

Qui a écrit le scénario ? se demanda Langdon. La pointe d'humour était bien agréable, mais il n'osait imaginer la somme de travail nécessaire pour personnaliser ainsi les audio-guides pour des centaines d'invités.

L'appareil resta silencieux. Ce devait être la fin du module de présentation.

Langdon regarda, à l'autre bout de l'atrium, la gigantesque bannière qui annonçait :

EDMOND KIRSCH
CE SOIR, UN GRAND PAS POUR L'HUMANITÉ.

Qu'est-ce qu'Edmond allait donc leur annoncer ?

Langdon observa le groupe qui attendait les ascenseurs. Il reconnut deux fondateurs de sociétés internet, une star du cinéma indien et d'autres VIP, des gens très célèbres dont il avait oublié le nom. Tous étaient sur leur trente et un. Ne se sentant pas prêt à parler réseaux sociaux ou Bollywood, Langdon changea de cap pour se diriger vers une œuvre imposante qui trônait de l'autre côté de l'atrium dans une grande niche.

L'installation consistait en neuf colonnes qui sortaient du sol par une fente pour disparaître dans le plafond au-dessus. On eût dit neuf tapis roulants très étroits se déplaçant sur un plan vertical. Chaque unité faisait défiler un message lumineux :

Je prie à haute voix… Je te sens sur ma peau…
Je dis ton nom.

En s'approchant, Langdon s'aperçut que les tapis roulants étaient immobiles. L'illusion de mouvement était donnée par de minuscules LED. Les lampes s'allumaient en une rapide succession pour former les mots qui semblaient s'élever de bas en haut, comme s'ils sortaient du sol :

Je pleure… Il y avait du sang… Je ne savais pas.

Langdon contempla l'œuvre, étudiant un à un les piliers lumineux.

— C'est une pièce saisissante, n'est-ce pas ? reprit l'audio-guide. Cela s'appelle *Installation pour Bilbao*. C'est une création de Jenny Holzer. Chaque mât mesure douze mètres et diffuse des maximes en basque, espagnol et anglais, toutes ayant trait à l'horreur du Sida et à la souffrance de ceux qui en sont morts.

L'effet était poignant. Langdon devait bien le reconnaître.

— Vous avez déjà vu des installations de Jenny Holzer ?

Langdon demeurait immobile, fasciné par les mots qui défilaient :

J'enfouis mon visage… J'enfouis ton visage…
Je te mets en terre.

— Professeur Langdon ? Vous m'entendez ? Votre oreillette fonctionne ?

Langdon reprit pied avec la réalité.

— Pardon ? Quoi ? Ah oui… bonjour…

— C'est ça, bonjour… Mais les présentations sont déjà faites. Je voulais juste m'assurer que vous m'entendiez bien.

— Oh… excusez-moi… Je croyais que vous étiez une voix enregistrée. J'ignorais qu'il y avait quelqu'un au bout du fil.

La personne devait se trouver quelque part dans un immense *open space* rempli d'employés avec des écouteurs sur les oreilles et le catalogue complet du musée devant eux.

— Il n'y a pas de mal, professeur. Votre écouteur est muni également d'un microphone. Le dispositif est interactif pour que nous puissions avoir un véritable échange sur l'art.

Langdon se rendit compte que les autres invités parlaient eux aussi dans leurs écouteurs – même ceux qui, arrivés en couple, s'échangeaient des regards amusés.

— Tous les invités ont leur propre guide ?

— Absolument. Ce soir, en simultané, nous organisons trois cent dix-huit visites privées.

— C'est incroyable.

— Comme vous le savez, Edmond Kirsch est tout autant passionné d'art que de nouvelles technologies. Il a conçu ce système pour les musées, afin d'en finir avec les groupes. De cette façon, tous les visiteurs ont droit à leur visite personnelle et peuvent poser toutes les questions qu'ils veulent sans craindre d'être ridicules devant les autres. Ce sera beaucoup plus intime et immersif.

— Sans vouloir paraître vieux jeu, pourquoi ne pas être à côté de moi pour la visite ?

— Problème de logistique. Adjoindre un guide personnel à chaque visiteur, c'est doubler le nombre de personnes dans le musée, et donc avoir deux fois moins de public. En outre, la cacophonie serait insupportable avec tous ces guides donnant des explications en même temps. L'idée est d'avoir un dialogue privé et privilégié. Comme le dit M. Kirsch, l'art n'est-il pas avant tout un échange ?

— Je suis bien d'accord. C'est pourquoi on vient souvent au musée avec son conjoint ou un ami. Ces écouteurs risquent d'isoler encore un peu plus les gens.

— Si vous venez avec quelqu'un, répliqua la voix aux inflexions anglaises, on peut assigner aux deux paires d'écouteurs le même guide et lancer une discussion à trois. Le programme est vraiment très au point.

— Apparemment, vous avez réponse à tout.

— C'est mon travail, monsieur Langdon.

Le guide eut un petit rire et changea de sujet :

— Maintenant, professeur, si vous voulez bien traverser l'atrium en direction de ces fenêtres devant vous, vous pourrez admirer la plus grande peinture du musée.

Alors que Langdon s'exécutait, il croisa un jeune couple qui portait des casquettes blanches assorties, avec un symbole sur le devant.

Langdon connaissait bien ce logo, mais il ne l'avait encore jamais vu sur une casquette de base-ball. Ces dernières années ce « A » stylisé était devenu le signe de ralliement d'un groupe à la croissance exponentielle sur la planète : les athéistes. Chaque jour, ils mettaient en garde l'humanité contre les dangers des croyances religieuses.

Les athéistes ont leur propre casquette ? s'étonna Langdon.

Il était ce soir en compagnie de la fine fleur du monde high-tech. Nombre de ces génies étaient sans doute des antireligieux acharnés, tout comme Edmond. Un spécialiste en symbologie religieuse serait une incongruité dans une telle assemblée.

4.

 ConspiracyNet.com

FLASH SPÉCIAL

Pour voir le reste du top 10 des infos média du jour, cliquez ICI. À venir, un article exceptionnel…

QUE VA ANNONCER EDMOND KIRSCH ?

Les magnats du monde 2.0 ont envahi Bilbao ce soir pour assister à un événement organisé par le futurologue Edmond Kirsch au musée Guggenheim. Les mesures de sécurité sont maximales et les invités ne savent rien de la teneur de la soirée, mais ConspiracyNet a reçu des informations d'une source anonyme sur place, laissant entendre qu'Edmond Kirsch va prendre bientôt la parole pour annoncer une grande découverte scientifique. ConspiracyNet continue à suivre l'événement et vous tiendra informés.

5.

La plus grande synagogue d'Europe se trouve à Budapest, sur la rue Dohány. Construit dans le style mauresque, flanqué de ses deux grosses tours jumelles, l'édifice peut accueillir plus de trois mille personnes, avec des bancs au rez-de-chaussée pour les hommes et des balcons à l'étage réservés aux femmes.

Au-dehors, dans une fosse commune, sont enterrés les corps des milliers de juifs hongrois morts pendant l'occupation nazie. Sur le site, un monument, « l'Arbre de vie », leur est dédié – une sculpture en métal représentant un saule pleureur où sur chaque feuille est inscrit le nom d'une victime. Quand le vent se lève, les feuilles de métal s'entrechoquent, créant un carillon surnaturel qui résonne dans le cimetière.

Depuis plus de trente ans, le rabbin Yehouda Köves, grand spécialiste du Talmud et de la Kabbale, était le guide spirituel de la synagogue. Malgré son âge canonique et sa santé fragile, il demeurait un membre actif de la communauté juive, en Hongrie et dans le reste du monde.

Alors que le soleil plongeait dans les eaux du Danube, le rabbin sortit de la synagogue. Il descendit la rue Dohány, passant devant les boutiques et les bruyants *romkocsmas*, pour rejoindre sa maison de la place Március 15, à un jet de pierre du pont Élisabeth qui relie les anciennes villes de Buda et de Pest, officiellement unifiées en 1873.

Les vacances de Pâques approchaient. D'ordinaire, c'était l'une des périodes préférées de Köves. Mais, depuis son retour du Parlement des religions du monde, une angoisse lui vrillait les entrailles.

Jamais je n'aurais dû y aller !

Depuis trois jours, cette rencontre avec l'archevêque Valdespino, l'ouléma Syed al-Fadl et le futurologue Edmond Kirsch hantait ses pensées.

En arrivant chez lui, Köves se rendit aussitôt dans son jardin et ouvrit son *házikó* – une petite cabane qui lui servait à la fois de lieu de recueillement et de bureau.

Il n'y avait qu'une seule pièce. Il s'assit à sa table de travail et fronça les sourcils. Si quelqu'un voyait ce bazar, il se dirait que je suis devenu fou ! songea-t-il.

Il y avait là une demi-douzaine de livres religieux, émaillés de post-it. Derrière le bureau, sur des lutrins, trois épais volumes : la Torah en hébreu, en araméen et en anglais, tous ouverts au même chapitre.

La Genèse.

Au commencement...

Bien sûr, Köves aurait pu les réciter par cœur, et dans les trois langues. Normalement, il devrait être plongé dans les arcanes du Zohar ou la cosmologie de la Kabbale ! Un érudit comme lui, relire la Genèse ! C'était comme si Einstein revenait aux tables de multiplications ! Et pourtant, son carnet de notes portait les stigmates de ces recherches fébriles. Et il arrivait à peine à relire ses pattes de mouche.

Un fou... voilà ce qu'il était devenu.

Il avait commencé avec la Torah. L'histoire de la Genèse était commune aux juifs et aux chrétiens. *Au commencement Dieu créa les cieux et la terre.* Puis il était passé aux préceptes du Talmud, et aux élucidations des grands rabbins sur le *Ma'aseh Bereshit* – l'acte de la Création. Après ça, il s'était tourné vers les Midrashim, étudiant les commentaires d'exégètes vénérés qui avaient tenté d'expliquer les contradictions apparentes dans le récit de la Création. Et, pour finir, Köves s'était égaré dans la cosmogonie de la mystique kabbalistique, où le dieu inaccessible se manifestait sous la forme des dix sephiroth, ou dimensions, pour former l'Arbre de vie et ses quatre univers distincts.

La complexité des arcanes propre au judaïsme l'avait toujours rassuré. C'était là le signe divin que l'homme n'était pas destiné à tout comprendre. Mais aujourd'hui, après avoir entendu les explications de Kirsch, éclatantes de simplicité et de clarté, Köves avait la sensation d'avoir passé ces trois derniers jours à fouiller dans un fatras de textes contradictoires totalement archaïques. Il était dans une telle impasse qu'il avait envie d'oublier tous ces textes poussiéreux et d'aller marcher le long du Danube pour s'aérer la tête.

Le rabbin avait finalement accepté la vérité, la douloureuse vérité. La découverte de Kirsch allait effectivement avoir des répercussions dramatiques pour tous les croyants de la terre. Les conclusions du scientifique mettaient en défaut les doctrines des grandes religions. C'était si simple, si évident. Cela allait provoquer un immense tsunami.

Il revoyait les dernières images diffusées sur le grand téléphone de Kirsch.

Cela allait affecter toute l'humanité. Croyants comme profanes.

Malgré ses cogitations des derniers jours, le rabbin ne savait toujours pas comment gérer cette découverte.

Valdespino et al-Fadl devaient être dans la même confusion que lui. Les trois hommes s'étaient parlé deux jours plus tôt au téléphone, sans que rien de concluant en soit ressorti…

— Mes amis, avait commencé Valdespino. Je reconnais que ce que nous a dit M. Kirsch est inquiétant… à bien des égards. Je lui ai demandé de me rappeler pour que nous puissions discuter de tout cela, mais il n'a pas donné suite. À l'évidence, nous devons prendre une décision.

— De mon côté, elle est déjà prise ! avait rétorqué al-Fadl. On ne va pas rester les bras ballants. Revenons aux commandes ! Tout le monde connaît Kirsch et son mépris pour les religions. Il va s'arranger pour que sa découverte nous fasse le plus de mal possible. Il nous faut agir les premiers, garder l'initiative. C'est nous qui allons annoncer au monde cette découverte. Et pas plus tard que maintenant ! Nous devons la présenter selon notre grille de lecture, pour limiter les dégâts. Et protéger nos fidèles.

— L'annoncer nous-mêmes ? Je comprends bien votre démarche, avait répliqué Valdespino, mais je ne vois pas comment il serait possible d'éviter les dégâts. Quelle que soit la façon dont on pourrait la présenter ! En outre, nous avons promis de garder le secret.

— Certes. Et cela m'ennuie de ne pas honorer ma parole. Mais, entre deux maux, il faut choisir le moindre, et penser au bien du plus grand nombre. Nous sommes tous sous le feu – musulmans, juifs, chrétiens, hindous, toutes les religions – et puisque Kirsch s'apprête à réduire en pièces les vérités fondamentales de notre foi, il nous faut annoncer nous-mêmes cette découverte, trouver à tout prix le moyen d'amortir le choc pour nos communautés.

— Encore une fois, je ne vois pas comment ! s'était exclamé Valdespino. La seule approche possible pour protéger nos fidèles, c'est de semer le doute sur la véracité de ces travaux, de discréditer Kirsch avant qu'il ne fasse son annonce au monde.

— Discréditer Kirsch ? s'était agacé al-Fadl. Un scientifique qui ne s'est jamais trompé ? Vous étiez là, non ? Ses explications sont plutôt convaincantes.

Valdespino avait lâché un grognement sardonique.

— Pas plus que les explications de Galilée, de Bruno ou de Copernic en leur temps ! Les religions ont déjà connu ce genre de crise. C'est juste la science qui rue de nouveau dans nos brancards.

— Mais ce coup-ci, il ne s'agit pas simplement de lois physiques ou d'astronomie ! Kirsch vise le cœur, le fondement même de notre foi à tous. Citez les cas historiques que vous voulez… je vous rappelle que malgré tous les efforts du Vatican vous n'avez jamais pu réduire au silence des hommes comme Galilée ; la vérité scientifique finit toujours par l'emporter. Il en sera de même pour Kirsch. C'est dans l'ordre universel.

Il y avait eu un long silence.

— Ma position sur cette affaire est simple, reprit Valdespino. Je regrette que Kirsch ait fait cette découverte. Nous ne sommes pas prêts à en assumer les conséquences. Et je préférerais que celle-ci ne soit jamais divulguée. (Il avait fait une pause.) Mais en même temps, je crois que tout ce qui secoue le monde est l'œuvre de Dieu. Peut-être que, par la prière, Dieu dira à Kirsch de ne pas dévoiler cette découverte.

Le mépris dans le rire d'al-Fadl était perceptible.

— Kirsch… entendre la voix de Dieu ?

— Peut-être pas, avait concédé l'archevêque. Mais des miracles se produisent tous les jours.

— Sauf votre respect, à moins de prier pour que Dieu foudroie Kirsch sur place, je ne vois pas ce qui…

— Messieurs ! était intervenu Köves. Il ne faut rien décider dans l'urgence. Nous ne parviendrons pas à un consensus ce soir. M. Kirsch va annoncer sa découverte dans un mois. Je vous propose de réfléchir à tout ça chacun de notre côté et d'en discuter à nouveau dans quelques jours. Qu'en dites-vous ? Peut-être une solution nous apparaîtra-t-elle avec le temps ?

— Voilà qui est sage, avait répondu Valdespino.

— Mais n'attendons pas trop longtemps, avait insisté al-Fadl. Reparlons-nous dans, disons, deux jours.

— Entendu. Et nous prendrons alors une décision.

Les deux jours étaient passés. Leur nouvelle conversation était pour ce soir.

Seul dans son *házikó*, le rabbin sentait l'angoisse monter. Ils auraient déjà dû appeler depuis dix minutes.

Enfin, le téléphone sonna. Köves décrocha en toute hâte.

— Bonjour, Yehouda, lança Valdespino d'une voix tendue. Désolé pour le retard. Je crains que Syed ne soit pas des nôtres ce soir.

— Ah bon? Un problème?

— Je ne sais pas. J'ai essayé toute la journée de le joindre, mais il semble avoir... disparu. Personne, là-bas, ne sait où il est.

Köves frémit.

— C'est inquiétant.

— Je suis bien d'accord. J'espère qu'il n'y a rien de grave. En revanche, j'ai eu d'autres nouvelles. De bien mauvaises nouvelles. Kirsch organise une conférence pour annoncer sa découverte. Et c'est pour ce soir même.

— Quoi? Mais il disait que ce serait dans un mois!

— Oui, c'est ce qu'il nous a raconté, répondit Valdespino. Il nous a menti.

6.

— Juste devant vous, continuait la voix amicale de Winston, vous allez voir le plus grand tableau du musée, même si la plupart des visiteurs passent à côté.

Langdon jeta un regard circulaire dans le vaste hall. Il ne vit rien que des murs de verre dominant l'étang artificiel.

— Je dois faire partie de cette majorité aveugle.

— En fait, son support n'est guère conventionnel, répondit Winston avec un petit rire. L'œuvre n'est pas exposée sur un mur, mais par terre.

J'aurais dû m'en douter ! songea Langdon. Il baissa les yeux et avança jusqu'à apercevoir une grande toile tendue au sol.

Elle était recouverte d'une poudre de couleur uniforme – un pigment d'un bleu profond. Les visiteurs se tenaient tout autour, comme s'ils se trouvaient autour d'un bassin.

— La pièce mesure près de trois cents mètres carrés, précisa Winston.

C'était trois fois la taille de son appartement à Cambridge.

— Il s'agit d'une œuvre d'Yves Klein. Qu'on surnomme « La Piscine ».

Langdon devait reconnaître que cette teinte bleue avait quelque chose d'hypnotique, comme s'il était possible de piquer une tête dans le tableau.

— C'est Klein qui a inventé cette couleur, poursuivait Winston. Il l'a appelée l'International Klein Blue. Elle évoque pour lui sa vision utopique du monde, libérée de toute contrainte et de toute frontière.

Il semblait à Langdon que Winston lisait son texte.

— Klein est certes connu pour ses tableaux mono-chromes, mais c'est l'auteur aussi d'une photographie étrange, appelée *Le Saut dans le vide*, qui a produit un certain effroi quand elle a été présentée en 1960.

Langdon avait déjà vu ce cliché au MoMa de New York. Une image déconcertante effectivement, où l'on voyait un homme en costume plonger d'un toit, sur le point de s'écraser sur le trottoir. Il s'agissait d'un mon-tage, une petite perfection de découpe à la lame de rasoir et de retouches – du Photoshop avant l'heure !

— Et ce n'est pas tout, reprit Winston. Klein a aussi composé des œuvres musicales, telle sa *Monoton-Silence*, une symphonie constituée d'un seul accord en ré majeur de plus de vingt minutes.

— Les gens viennent écouter ça ?

— Par milliers. Et cet accord constitue le premier mouvement. Dans le second, l'orchestre reste assis sans bouger pour jouer du « silence pur » pendant vingt autres minutes.

— Vous me faites marcher !

— Pas du tout. Je suis très sérieux. Pour sa défense, l'œuvre est moins ennuyeuse qu'il n'y paraît. Il y a sur scène des femmes nues, badigeonnées de bleu Klein qui se roulent sur des toiles géantes.

Langdon avait certes consacré la majeure partie de sa carrière à étudier l'art, mais il n'était jamais parvenu à apprécier les œuvres modernes. Le charme avant-gardiste lui demeurait étranger.

— Ne le prenez pas mal, Winston, mais j'ai du mal à faire le distinguo entre art contemporain et bizarreries.

— C'est effectivement un questionnement récurrent. Dans l'art classique, on apprécie les artistes pour leur technique – la finesse du coup de pinceau, la précision du ciseau. En art moderne, l'idée prime sur l'exécution. Par exemple, n'importe qui pourrait composer une symphonie de quarante minutes constituée d'un seul accord et de silence, mais c'est Klein qui en a eu l'idée.

— Un point pour vous.

— *La Sculpture de brouillard* est, elle aussi, un parfait exemple d'art conceptuel. L'artiste a eu l'idée – celle de faire courir des tuyaux percés sous la passerelle et d'envoyer de la brume sur l'étang – mais l'exécution de l'œuvre a été réalisée par des plombiers. (Winston marqua un silence pour ménager son effet.) En même temps, l'artiste n'a pas choisi son matériau au hasard. C'est un code.

— Le brouillard ? Un code ?

— Un hommage à l'architecte du musée.

— À Frank Gehry ?

— À Frank *Owen* Gehry, rectifia Winston. F.O.G., canadien anglophone de son état !

— La *Fog Sculpture* ! Astucieux.

Alors que Langdon s'approchait des baies vitrées, Winston annonça :

— D'ici vous aurez une belle vue sur *Maman*. Je suppose que vous l'avez croisée en arrivant.

Langdon contempla la grande veuve noire sur l'esplanade.

— Elle ne passe pas inaperçue, c'est certain.

— À vous entendre, vous n'êtes pas très fan.

— Mais je m'y emploie. En classiciste invétéré, je suis un peu hors de mon champ d'étude ici.

— C'est curieux. J'aurais cru que vous, plus que quiconque, auriez apprécié *Maman*. Elle est un parfait exemple de l'ambivalence, si chère aux classiques. Vous pourriez même l'étudier en cours. C'est carrément un cas d'école !

Langdon n'était guère convaincu. Pour parler d'ambivalence esthétique, de juxtaposition des contraires, il y avait des valeurs sûres.

— Je préfère me limiter au *David*.

— Michel-Ange est incontournable dans ce domaine, j'en conviens. Avec ce contrapposto, ce déhanchement efféminé, ce poignet cassé, tenant nonchalamment la fronde sur l'épaule, son David paraît fragile et vulnérable. Et dans le même temps, il y a dans son regard une détermination implacable, une pulsion létale qui fait saillir les veines et les tendons du cou. On voit qu'il est impatient de tuer Goliath. La statue est à la fois délicate et guerrière.

Langdon aurait aimé que ses étudiants aient une compréhension aussi limpide de cette œuvre.

— *Maman* n'est pas si différente du *David*, insista Winston. C'est aussi une juxtaposition saisissante, une opposition archétypale. Comme tout le monde le sait, la veuve noire est une créature terrifiante – une chasseuse implacable, une tueuse. Mais ici, elle est montrée avec ce sac d'œufs sous l'abdomen. Elle se prépare à donner la vie, faisant d'elle à la fois une prédatrice et une génitrice. Ce qu'on voit là, c'est un corps puissant, perché sur de longues pattes graciles, l'association de la force et de la fragilité. *Maman*, c'est le *David* des temps modernes, vous n'êtes pas de cet avis ?

— Je n'irais pas jusque-là, répliqua Langdon dans un sourire. Mais je reconnais que votre analyse donne à réfléchir.

— C'est déjà ça. Maintenant, je voudrais vous montrer une dernière œuvre. Une création de notre hôte.

— Ah oui ? J'ignorais qu'Edmond était également un artiste.

Winston lâcha un nouveau rire.

— Un artiste ? Ça, c'est à vous d'en juger !

Winston l'entraîna vers une grande alcôve où un groupe de personnes contemplaient une plaque d'argile suspendue au mur. Au premier regard, cela ressemblait à une couche sédimentaire contenant des fossiles, comme on en voit parfois dans des muséums d'histoire naturelle. Mais dans cette flaque de boue séchée, aucune relique d'autres temps. La surface de la plaque était striée de marques, un peu comme si un enfant s'était amusé à faire des rayures avec le bout d'un bâton.

Visiblement, le public n'était guère convaincu.

— C'est Edmond qui a fait ça ? grommela une femme en vison et aux lèvres siliconées. Je ne comprends pas.

Professeur dans l'âme, Langdon intervint :

— En fait, c'est très astucieux. Pour l'instant, c'est ma pièce favorite du Guggenheim.

La femme se retourna, avec une moue de mépris.

— Ah oui ? claironna-t-elle. Éclairez-nous donc !

Avec plaisir…

Il s'approcha de la série de traits creusés.

— Tout d'abord, Edmond a réalisé ces stries en hommage à la plus ancienne graphie humaine, l'écriture cunéiforme.

La femme demeurait sceptique.

— Ces trois marques au milieu, poursuivit Langdon, forment le mot « poisson » en assyrien. C'est un pictogramme. On peut même reconnaître la gueule ouverte du poisson, tournée vers la droite, et aussi les écailles triangulaires sur son corps.

Tous se penchèrent pour observer l'œuvre.

— Et là, Edmond a tracé des empreintes de pas derrière le poisson. Une allusion à l'évolution, le jour où le premier poisson est sorti de l'eau pour gagner la terre ferme.

Tout le monde hocha la tête, appréciant l'analyse.

— Et enfin, cet astérisque asymétrique qu'on voit à droite, ce signe que le poisson semble prêt à avaler, c'est l'un des premiers symboles de Dieu.

— Un poisson qui mange Dieu ? Rien que ça ? s'exclama la femme au vison.

— Apparemment, oui. C'est une illustration amusante de la théorie de Darwin. L'évolution dévorant la religion. Comme je le disais, c'est plutôt astucieux.

Sur ce, Langdon s'éloigna. Il entendit les gens chuchoter dans son dos.

— Très amusant, professeur ! déclara Winston. Edmond aurait apprécié ce cours improvisé. Peu de visiteurs sont parvenus à déchiffrer le message.

— Il se trouve que c'est mon travail.

— Je comprends mieux pourquoi M. Kirsch vous considère comme un invité spécial. Et pour tout vous dire, il m'a demandé de vous montrer quelque chose de particulier, une chose que personne d'autre ne verra ce soir.

— Quoi donc ?

— Sur votre droite, à côté des baies vitrées, vous voyez ce couloir ? Celui qui est interdit au public ?

— Oui.

— Parfait. Suivez le guide !

Intrigué, Langdon écouta les instructions de Winston ; il s'approcha du couloir et, après s'être assuré que personne ne le regardait, se faufila derrière le cordon.

Il avança sur une dizaine de mètres jusqu'à se trouver face à une porte de métal flanquée d'un pavé numérique.

— Tapez ce code...

Langdon composa les dix chiffres que lui donna Winston et le battant s'ouvrit dans un cliquetis. De l'autre côté, c'étaient les ténèbres.

— Je vais allumer les lumières, ne vous inquiétez pas. Entrez et refermez la porte derrière vous.

Langdon franchit le seuil. Une fois le battant repoussé, il entendit la serrure s'engager.

Lentement, un éclairage tamisé révéla les contours de la salle. L'endroit était gigantesque. Aussi vaste qu'un hangar à avions !

— Trois mille mètres carrés, annonça Winston.

En comparaison, l'atrium du musée faisait figure de cabanon.

À mesure que la lumière s'intensifiait, des formes émergèrent du sol. Sept ou huit silhouettes monumentales. Tels des dinosaures assoupis dans la nuit.

— Qu'est-ce que c'est ça ?

— Ça, c'est *The Matter of Time*, répondit le facétieux Winston. La matière du temps. L'œuvre la plus lourde du musée. Une bagatelle de mille tonnes.

— Pourquoi m'avez-vous amené ici ?

— Comme je vous l'ai dit, c'est une requête de M. Kirsch.

L'éclairage augmenta encore et tout l'espace baigna dans une aura diffuse et surnaturelle. Langdon n'en croyait pas ses yeux.

Je suis entré dans un univers parallèle !

7.

L'amiral Ávila arriva au point de contrôle du musée et consulta sa montre.

Pile à l'heure !

Il présenta sa carte d'identité. Pendant une minute, son pouls s'accéléra – on ne trouvait pas son nom sur la liste. Enfin, le vigile le repéra. Tout en bas. Un ajout de dernière minute. On le laissa entrer.

Le Régent avait fait ce qu'il fallait.

Comment ? Cela restait un mystère. La soirée était privée, et les invités triés sur le volet.

Ávila se dirigea vers le détecteur de métaux. Il déposa dans le panier son téléphone puis, avec précaution, son gros rosaire.

Surtout pas de gestes brusques !

Le garde lui fit signe de franchir le portique et tira à lui le panier.

— *Qué rosario tan bonito*, déclara l'employée en admirant la chaîne de perles, rehaussée d'une grosse croix de métal.

— *Gracias*, répondit Ávila.

Fabrication maison !

Ávila passa la sécurité sans incident. Il récupéra son téléphone et son rosaire, qu'il glissa délicatement dans sa poche, avant de se présenter au second poste de contrôle où on lui donna un curieux audio-guide.

Je ne suis pas là pour faire du tourisme, songea-t-il. J'ai du travail !

Il jeta l'écouteur dans la première poubelle qu'il trouva dans le hall.

Le cœur battant, il chercha un endroit tranquille pour contacter le Régent et lui annoncer qu'il était dans la place. *Pour Dieu, la patrie et le roi ! Mais surtout pour Dieu.*

*

Au même instant, au milieu du désert dans la région de Dubaï, le vénérable ouléma Syed al-Fadl agonisait au milieu des dunes. Il ne pouvait aller plus loin.

Sa peau, brûlée par le soleil, était parsemée de cloques, sa gorge était en feu. La tempête de sable avait fait rage pendant des heures, mais il avait continué d'avancer. À un moment, il avait cru entendre le vrombissement de buggies dans l'erg, alors que ce n'était que le vent. Il ne croyait plus que Dieu le sauverait. L'espoir s'était envolé depuis longtemps. Les vautours ne tournoyaient plus au-dessus de sa tête. Ils marchaient à ses côtés.

Le grand Espagnol qui l'avait kidnappé la nuit dernière n'avait pas dit un mot, ou si peu, quand il l'avait emmené dans l'immensité du désert. Après une heure de route, il avait ordonné au vieil homme de soixante-dix ans de descendre de voiture et l'avait abandonné dans l'obscurité, sans vivres.

Le ravisseur n'avait rien dit sur son identité ni donné la moindre explication. Le seul indice, c'était l'étrange marque que l'homme avait dans la paume de sa main droite – un symbole mystérieux :

Pendant des heures, al-Fadl avait erré dans les dunes, appelant en vain à l'aide. Totalement déshydraté, perdu dans la nuit, le vieil ouléma s'effondra. Il sentit son cœur le lâcher. Une dernière fois, il se posa la question qui le hantait.

Qui pouvait vouloir sa mort ?

Et tout à coup, la réponse lui apparut.

8.

Le regard de Langdon passait d'une forme à l'autre. Elles étaient colossales. De grandes feuilles d'acier, patinées, et enroulées sur elles-mêmes avec élégance, comme autant d'îlots de métal. Mesurant près de cinq mètres de hauteur, les assemblages formaient des volumes sinueux, des rubans, des spirales, des cercles.

— *La Matière du temps*, répéta Winston. L'artiste s'appelle Richard Serra. Il travaille ces plaques d'acier pour donner l'illusion qu'elles vont se renverser. Mais, en réalité, l'ensemble est très stable. Imaginez un billet de banque qu'on aurait enroulé sur un crayon. Une fois le crayon retiré, le billet tient tout seul sur la tranche.

Langdon examina le grand cercle devant lui. En s'oxydant, le métal avait pris une teinte ocre et une texture quasi organique. Il émanait de cette pièce à l'équilibre délicat une force saisissante.

— Comme vous l'avez remarqué, cette première forme n'est pas entièrement fermée.

On aurait dit un cercle dessiné par un enfant qui ne serait pas parvenu à boucler son trait.

— Cette ouverture incite le visiteur à pénétrer dans la structure pour explorer son envers.

Sauf quand le visiteur en question est claustrophobe! se dit Langdon en pressant le pas.

— Dans le même esprit, poursuivit Winston, regardez devant vous ces trois plaques ondulantes et parallèles. Elles forment deux étroits tunnels de plus de trente mètres de long. On appelle ça *Le Serpent*. Notre jeune public adore y courir. Deux personnes se tenant à chaque extrémité de la structure peuvent s'entendre, même si elles se parlent en chuchotant, comme si elles étaient à quelques centimètres l'une de l'autre.

— Tout ça est très intéressant, Winston, mais ça ne m'explique pas ce que je fais ici.

Edmond savait bien que l'art conceptuel n'était pas sa tasse de thé!

— En fait, M. Kirsch m'a demandé de vous montrer une œuvre en particulier. *La Torsion spirale*. Elle se trouve là-bas au bout, dans le coin à droite. Vous la voyez?

Langdon plissa les yeux.

— Elle est à un kilomètre!

— Alors, en route!

Langdon leva les yeux au ciel et se remit en marche. Winston reprit aussitôt son laïus:

— J'ai ouï dire, professeur, qu'Edmond Kirsch est l'un de vos grands admirateurs, en particulier en ce qui concerne vos recherches sur l'intrication des traditions confessionnelles et l'évolution de leur iconographie à travers les arts. À bien des égards, c'est très similaire au champ de la théorie des jeux et des modèles prédictifs. Il s'agit d'analyser là aussi la croissance de divers systèmes et de prévoir leurs interactions futures.

— Et évidemment, Edmond est un expert en la matière. On le surnomme même le Nostradamus des temps modernes.

— C'est vrai. Et c'est un peu insultant, à mon avis.

— Pourquoi donc ? s'étonna Langdon. Nostradamus est le devin le plus célèbre de tous les temps.

— Certes, mais Nostradamus a écrit près d'un millier de quatrains, plus ou moins heureux, qui ont été interprétés et réinterprétés pendant quatre siècles par des superstitieux de tout poil qui y ont vu ce qu'ils voulaient y voir : la Seconde Guerre mondiale, la mort de Diana, l'attaque du World Trade Center. Cette comparaison est absurde ! Edmond a annoncé un petit nombre de prédictions, et toutes se sont réalisées à très court terme : le Cloud, les voitures sans chauffeur, les ordinateurs quantiques avec des processeurs constitués de cinq atomes. Non, professeur, on ne peut comparer Edmond Kirsch à Nostradamus.

J'en ai pris pour mon grade ! songea Langdon. Edmond avait ses fidèles. Winston était à l'évidence l'un de ses fervents disciples.

— J'espère que la visite vous plaît ? s'enquit Winston.

— Beaucoup. Je remercie Edmond pour cet audio-guidage à distance.

— Oui. M. Kirsch a travaillé à ce projet durant des années, dans le plus grand secret. C'était son rêve.

— Des années ? La technologie ne semble pourtant pas si compliquée. Au début, j'étais sceptique, je le reconnais, mais vous m'avez convaincu. Notre conversation est tout à fait intéressante.

— Je vous remercie du compliment. Mais j'espère ne pas tout gâcher en vous disant la vérité. Il se trouve que je n'ai pas été entièrement honnête avec vous.

— Comment ça ?

— D'abord mon véritable nom n'est pas Winston. Mais Art.

— Un guide de musée qui s'appelle Art ? Ça ne s'invente pas. Enchanté, Art !

— Ensuite, quand je vous ai expliqué pourquoi je ne me trouvais pas à côté de vous, ma réponse a été quelque peu incomplète. Certes M. Kirsch ne souhaite pas multiplier inutilement le nombre de personnes dans les musées. Mais si je vous parle par ces écouteurs et non en personne, c'est pour une autre raison. (Il fit une pause.) En fait, je suis dans l'incapacité de me déplacer.

— Oh... je suis désolé.

Se représentant Art en fauteuil roulant dans un centre d'appel, Langdon regretta que son interlocuteur ne l'en ait pas informé plus tôt.

— Ne soyez pas désolé. Il n'y a aucune raison. Je vous assure qu'une paire de jambes serait parfaitement déplacée sur moi. Il se trouve que je suis quelque peu... différent.

Malgré lui, Langdon ralentit le pas.

— Différent comment ?

— Art n'est pas vraiment un nom. Plutôt un diminutif. Pour « Artificiel », bien que M. Kirsch préfère dire « de synthèse ». (La voix, à nouveau, marqua un silence.) La vérité, professeur, c'est que ce soir vous avez une interaction avec un guide de synthèse. Autrement dit : un programme.

— C'est une plaisanterie ?

— Je suis très sérieux. Edmond Kirsch a consacré dix ans de sa vie et dépensé plusieurs millions de dollars pour le développement des intelligences artificielles. Et ce soir, vous êtes l'un des premiers à tester son invention. Je ne suis pas humain, monsieur Langdon.

C'était difficile à croire. La diction, la grammaire étaient parfaites. Hormis ce rire un peu bizarre, Winston était un interlocuteur plus qu'agréable. Pour ne pas dire exceptionnel. De plus, ils avaient abordé ce soir des sujets tellement divers.

Il regarda autour de lui, cherchant à repérer des caméras cachées. *C'est un happening. De l'art expérimental. Une mise en abyme de l'absurde. Il était le rat dans le labyrinthe !*

— Je ne suis pas très sûr d'apprécier.

Sa voix résonna plus fort dans l'immense salle.

— Je vous présente mes excuses, professeur. Je comprends votre trouble. Il vous faut évidemment un peu de temps. C'est sans doute pour cette raison que M. Kirsch, Edmond, m'a demandé de vous amener ici, à l'écart des autres. Personne ne sait que je suis un programme. C'est un secret.

Langdon scruta la salle. Oui, il était effectivement tout seul.

— Comme vous le savez, poursuivit la voix, le cerveau humain est un système binaire. Les synapses sont activées ou pas. Elles sont «*on*» ou «*off*», comme un interrupteur. Le cerveau humain compte environ cent milliards de neurones, chacun ayant en moyenne dix mille connexions avec ses voisins. Construire un cerveau est donc moins une question de technologie que d'échelle.

Langdon ne l'écoutait plus. Il s'était remis à marcher, le regard rivé au panneau « SORTIE » qui luisait tout au bout de la galerie.

— Je sais que l'aspect humain de ma voix peut être surprenant, mais parler est la partie la plus facile pour une machine. Même une liseuse à quatre-vingt-dix dollars imite très bien la voix humaine. Or M. Kirsch a investi des millions.

Langdon s'arrêta.

— Si vous êtes réellement un ordinateur, répondez donc à cette question : à quel cours s'est clôturé le Dow Jones le 24 août 1974 ?

— C'était un samedi. La bourse était fermée.

Langdon tressaillit. Cette question était un piège. À cause de sa mémoire eidétique, certaines dates pouvaient demeurer gravées à jamais dans ses souvenirs. Ce jour-là, c'était l'anniversaire de son meilleur ami, et Langdon se rappelait très bien ce samedi après-midi passé autour de la piscine. *Helena Wooley portait un bikini bleu.*

— En revanche, ajouta immédiatement la voix, la veille, le vendredi 23, le cours de l'indice Dow Jones s'est clôturé à 686,80 après avoir perdu 17,83 points, soit une baisse de 2,53 pour cent.

Langdon resta sans voix.

— Allez-y. Sortez votre téléphone et vérifiez. J'attends. Faites comme moi, allez chercher ces chiffres sur Internet ! Et voyons combien de temps ça va vous prendre !

— Non, non, inutile.

— Le plus compliqué pour les intelligences artificielles, reprit la voix avec son accent anglais de synthèse, ce n'est pas la rapidité d'accès aux données, mais la capacité de distinguer leur interconnexion, leur intrication – un domaine où vous excellez, n'est-ce pas ? L'interaction des idées. C'est l'une des raisons pour lesquelles M. Kirsch voulait que ce soit avec vous que je fasse le test.

— Un test ? Sur moi ?

— Non, non. (Encore une fois, la voix lâcha son curieux rire.) Il s'agissait de m'évaluer, moi. De voir si j'étais capable de vous convaincre que j'étais humain.

— Un test de Turing ?

— Exactement.

Alan Turing avait conçu une épreuve pour déterminer la capacité de mimétisme d'une machine. En gros, un juge suivait en aveugle une conversation entre un programme et un humain et si le juge ne pouvait dire lequel des deux était l'ordinateur, alors le test de Turing était considéré comme réussi. L'épreuve avait été passée en 2014 à la Royal Society de Londres. Depuis, la recherche en intelligence artificielle avait progressé à pas de géant.

— Pour l'instant, personne n'a eu le moindre doute.

— Tous les invités de ce soir sont connectés à des machines ?

— Techniquement, ils sont tous connectés avec moi. Je me partitionne très facilement, vous savez. Là, vous entendez ma voix par défaut – celle qu'Edmond préfère. Mais j'en ai d'autres en stock, et dans d'autres langues. Étant donné votre profil, un professeur d'une grande université américaine, j'ai choisi cette voix plutôt *british*. J'étais sûr que ça vous mettrait dans de bonnes dispositions, en tout cas bien meilleures que si j'avais pris une voix de femme à l'accent campagnard.

Ce robot me traite de misogyne ?

Langdon se souvint d'un enregistrement qui avait circulé sur Internet. Michael Scherer, un journaliste de *Time Magazine* à Washington, avait été contacté par le robot d'une plateforme de télémarketing. La voix féminine paraissait si humaine qu'il l'avait mise en ligne.

Et c'était encore l'âge de pierre !

Kirsch s'occupait d'intelligence artificielle depuis des lustres ; à chaque arrivée d'un nouveau robot, il faisait la une de la presse spécialisée. De toute évidence, Winston, le petit dernier, allait faire un tabac.

— Je sais que tout ça va un peu vite, mais Edmond m'a demandé de vous conduire jusqu'à cette œuvre en forme de spirale. Il voudrait que vous y entriez.

Langdon regarda l'étroit passage qui menait au centre de la structure. Tout son corps se raidit. À quoi jouait Edmond ? À lui faire une blague ?

— Vous voulez bien me dire ce qu'il y a là-dedans ? Je n'aime pas trop les lieux clos.

— Je ne savais pas.

— Je n'ai pas indiqué « claustrophobe » sur ma bio en ligne, répliqua Langdon, encore troublé de savoir qu'il parlait à une machine.

— Pas d'inquiétude. Il y a beaucoup d'espace, je vous assure. Et Edmond veut vraiment que vous vous rendiez au centre de la structure. Avant d'entrer, toutefois, il vous demande de laisser votre oreillette dehors.

— Vous ne venez pas avec moi ?

— Il faut croire que non.

— Vous savez, tout ça est très bizarre et je ne…

— Professeur, M. Kirsch a tout organisé pour que vous soyez présent à cette soirée. Faites-lui ce plaisir. Pénétrez donc dans cette œuvre d'art. Juste quelques mètres. Les enfants y gambadent à longueur de journée. Et tous ont survécu.

Langdon ne s'était jamais fait remettre à sa place par un ordinateur. Mais la pique avait porté. Avec précaution, il posa ses écouteurs par terre et se tourna vers la spirale. Les hauts murs formaient un canyon incurvé qui disparaissait dans les ténèbres.

— Cela n'a aucun sens, grommela-t-il plus pour lui-même.

Il prit une grande inspiration et pénétra dans l'ouverture.

Le chemin tournait et tournait encore. Il n'en finissait pas. Rapidement, il perdit le compte des tours. À chaque spire, le conduit se rétrécissait. Les parois lui touchaient presque les épaules. *Respire, Robert !* Les murs allaient s'écrouler, il en était sûr ! Il allait périr sous des tonnes d'acier !

Pourquoi est-ce que je m'inflige ça ?

Il était sur le point de faire demi-tour, quand le passage déboucha à l'air libre. Comme l'avait dit Winston, il y avait de l'espace dans la chambre intérieure. Langdon poussa un long soupir et contempla le sol nu, les hautes murailles autour de lui. Si c'était une blague, elle n'était pas drôle.

Une porte claqua au loin. Puis il y eut des bruits de pas. Quelqu'un entrait dans la salle. Les pas atteignirent la spirale et le son se mit à tournoyer autour de lui, de plus en plus fort, de plus en plus proche. Et soudain un homme apparut à la sortie du tunnel. Il était petit et mince, avec des yeux perçants et des cheveux hirsutes.

Langdon fut déconcerté un instant, puis son visage s'éclaira d'un grand sourire.

— Les entrées en scène du grand Edmond Kirsch !

— C'est toujours la première impression qui compte. Merci d'être venu, Robert.

Les deux hommes s'étreignirent. En tapotant le dos de son ami, Langdon sentit ses côtes sous ses doigts.

— Vous avez maigri ?

— J'ai opté pour le vegan. C'est plus facile que le vélo elliptique !

— Je suis content de vous voir, Edmond. Et, comme d'habitude, je me sens ridicule à côté de vous, comme un vieux beau endimanché. Vous avez dit : «Tenue de soirée exigée.»

— C'est le cas.

Kirsch regarda son jean moulant, son tee-shirt à col en «V» et son blouson.

— Ça ne se voit pas, mais ce sont des fringues de couturier.

— Les tongs aussi, c'est de la haute couture ?

— Ce sont des Ferragamo !

— Et je suppose qu'elles valent plus cher que mon smoking.

Kirsch s'approcha pour lire l'étiquette de la veste de Langdon.

— Pas tout à fait. C'est un bien joli frac que vous portez là.

— J'ai fait la connaissance de votre ami Winston... C'est très troublant.

Kirsch ne cacha pas son plaisir.

— Incroyable, non ? Vous n'imaginez pas mes avancées en IA cette année. C'est carrément un saut lumière ! J'ai mis au point quelques nouvelles technologies qui révolutionnent toute la cybernétique. Winston est encore une version bêta. Mais on l'améliore de jour en jour.

Langdon remarqua les rides qui étaient récemment apparues autour du regard juvénile de son ami. Il paraissait fatigué.

— Edmond, je vous en prie, dites-moi pourquoi vous m'avez fait venir ici.

— À Bilbao ? Ou dans une spirale de Richard Serra ?

— Commençons par la spirale. Vous savez bien que je suis claustrophobe !

— Justement. Ce soir, il est question de faire sortir les gens de leur zone de confort.

— Votre spécialité !

— En outre, il fallait que je vous parle et je ne voulais pas qu'on me voie avant le show.

— Les rock-stars ne rencontrent jamais leur public avant le concert.

— Exact ! Elles apparaissent subitement sur scène, dans un nuage de fumée !

Au-dessus de leurs têtes, les lumières se mirent à clignoter. Kirsch consulta sa montre.

— Robert, reprit-il d'un ton grave, je n'ai pas beaucoup de temps. Ce soir est le grand soir. C'est même le grand soir de l'humanité tout entière.

Langdon l'écouta avec attention.

— J'ai fait dernièrement une découverte, une grande découverte qui va avoir des répercussions planétaires. Personne, ou presque, n'est au courant. Et, dans moins d'une heure, je vais la révéler au monde.

— Je ne sais quoi répondre… C'est fantastique.

Kirsch baissa la voix. La tension était palpable.

— Mais avant de rendre cette information publique, Robert, j'ai besoin de votre avis. Un besoin urgent. Parce que ma vie en dépend.

9.

Ma vie en dépend...

Les mots résonnèrent dans la salle.

— Edmond ? Que se passe-t-il ?

Les lumières clignotèrent à nouveau. Kirsch les ignora.

— Cette année a été extraordinaire pour moi, expliqua-t-il à voix basse. J'ai travaillé en solitaire sur un grand projet et mes recherches m'ont amené à faire cette découverte scientifique.

— C'est une excellente nouvelle, non ?

— En effet. Et l'annoncer au monde entier m'emplit de joie. Cela va induire une révolution conceptuelle sans précédent. Avec des répercussions aussi profondes que la découverte de Copernic.

Copernic ? Si l'humilité n'était pas l'une des qualités d'Edmond, cette fois, il y allait un peu fort. Copernic était le père du modèle héliocentrique. Soutenir au xvie siècle que les planètes tournaient autour du soleil avait mis à mal la doctrine de l'Église, qui affirmait que l'homme était au centre de l'univers. Bien sûr, l'Église avait réfuté cette théorie et l'avait mise à l'index pendant trois cents ans, mais le mal était fait. Le monde n'avait plus jamais été le même.

— Je vous vois sceptique. Une comparaison avec Darwin, alors ?

— Même combat, répondit Langdon.

— Très bien, je vous éclaire : quelles sont les deux questions fondamentales que se pose l'humanité depuis la nuit des temps ?

Langdon réfléchit un moment.

— L'une d'elles est sans doute : « Comment tout a commencé ? »

— Précisément ! Et la seconde découle de la première. Après « d'où venons-nous ? » vient…

— « Où allons-nous ? »

— Ces deux interrogations sont au cœur de la conscience humaine. D'où venons-nous ? Où allons-nous ? La création de l'homme et son destin. Deux mystères universels. (Une lueur passa dans les yeux de Kirsch.) Robert, cette découverte, je l'ai faite ! J'ai la réponse, claire et précise, à ces deux questions.

Oui, les conséquences étaient vertigineuses.

— Je ne sais que dire…

— Il n'y a rien à dire. J'espère juste que nous aurons le temps de discuter de tout cela après la soirée. Mais pour le moment, je veux vous parler du côté obscur…

— Obscur ?

— Des effets négatifs. En apportant une réponse à ces deux questions existentielles, je pourfends des millénaires d'enseignement religieux. La création de l'homme et sa destinée sont par tradition des questionnements spirituels. Et moi, j'arrive comme un chien dans un jeu de quilles. Aucune Église n'appréciera ce que je suis sur le point d'annoncer.

— Voilà pourquoi durant notre dernier déjeuner à Boston vous m'avez cuisiné pendant deux heures sur les religions…

— Exact. Et vous vous souvenez de ce que je vous ai dit ? Dans les vingt prochaines années, la science aura détruit tous les mythes religieux.

Comment l'oublier !

— Je vous ai répondu que les religions ont survécu à toutes les découvertes scientifiques, qu'elles ont un rôle essentiel dans la société. Qu'elles évolueront, mais ne mourront point.

— C'est vrai. Mais c'est la quête de ma vie : que la vérité de la science s'impose à tous les hommes, qu'elle éradique définitivement les religions. Vous vous rappelez ?

— Oui. C'était assez radical.

— Et vous m'avez mis au défi d'y parvenir. Vous disiez que, chaque fois qu'apparaît une nouvelle vérité scientifique, je ferais bien d'aller en discuter avec des érudits religieux. Et je m'apercevrais alors que science et religion parlent de la même chose, chacune dans son langage.

— Je m'en souviens très bien. Le conflit entre cartésianisme et spiritualisme est souvent uniquement sémantique.

— Il se trouve que j'ai suivi votre conseil. Je suis allé consulter des représentants du monde spirituel pour leur faire part de ma dernière découverte.

— Ah oui ?

— Vous avez entendu parler du Parlement des religions du monde ?

— Bien sûr.

Langdon admirait les efforts humanistes de cette assemblée interconfessionnelle.

— Il se trouve que, cette année, le Parlement se réunissait à Barcelone, à une heure de chez moi, à l'abbaye de Montserrat.

Un site spectaculaire. Quelques années plus tôt, Langdon avait visité ce monastère perché sur un pic rocheux.

— Quand j'ai appris qu'il tenait séance durant la semaine où je comptais annoncer ma découverte au monde, j'y ai vu comme...

— Comme un signe de Dieu ?

Kirsch rit de bon cœur.

— Si vous voulez. Je les ai donc contactés.

— Vous vous êtes adressé au Parlement des religions ?

— Non. Ç'aurait été bien trop dangereux. L'information aurait fuité. J'ai demandé une audience avec juste trois émissaires – un catholique, un musulman et un juif. Et nous nous sommes réunis tous les quatre dans la bibliothèque.

— Dans la bibliothèque ? Je n'en reviens pas ! C'est le saint des saints pour le monastère.

— Je voulais un endroit sûr. Pas de téléphones, pas de caméras, pas d'intrus. Avant de leur révéler quoi que ce soit, je leur ai fait promettre de garder le silence. Ils ont accepté. À ce jour, ce sont les seules personnes au monde à être au courant.

— Fascinant. Et comment ont-ils réagi ?

Kirsch grimaça.

— Je ne m'y suis pas très bien pris. Vous me connaissez, Robert, je suis assez direct. J'appelle un chat un chat.

— Oui. J'ai ouï dire que le relationnel n'était pas votre fort.

Comme Steve Jobs et tant d'autres visionnaires !

— J'ai donc commencé par leur dire l'évidence : que j'avais toujours considéré la religion comme un moyen d'endormir les masses et qu'en tant que scientifique j'avais du mal à accepter de voir des milliards de personnes intelligentes croire à des sornettes juste pour trouver un sens à leur vie. Bien sûr, ils m'ont demandé pourquoi je venais consulter des personnes pour lesquelles je n'avais aucune estime. Je leur ai alors répondu que je voulais évaluer leur réaction, me faire une idée du choc que causeraient mes révélations.

— Toujours diplomate. Savez-vous que toutes les vérités ne sont pas bonnes à dire ?

Kirsch fit un geste de la main.

— Tout le monde connaît ma position sur les religions. Je pensais qu'ils apprécieraient mon honnêteté. Bref, après ce préambule, je leur ai présenté mon travail, leur ai expliqué par le menu ce que j'avais découvert et comment cela changeait la donne. Je leur ai même montré une vidéo, qui est assez saisissante je le reconnais. Ils en sont restés bouche bée.

— Qu'est-ce qu'ils ont dit au juste ?

— J'espérais qu'on aurait une vraie conversation, mais le catholique a fait taire les deux autres avant qu'ils aient eu le temps d'en placer une. Il m'a demandé de renoncer, de ne pas rendre publique cette information. J'ai répondu que j'allais y réfléchir pendant le prochain mois.

— Mais vous allez l'annoncer ce soir.

— C'est vrai. Je leur ai dit que je ne le ferais pas avant plusieurs semaines. Je ne voulais pas qu'ils paniquent ni qu'ils me mettent des bâtons dans les roues.

— Mais quand ils vont l'apprendre…

— Ils ne vont pas être contents, c'est sûr. En particulier le catholique. Antonio Valdespino. Vous le connaissez ?

— L'archevêque Valdespino ?

— Lui-même.

Valdespino n'était certes pas le meilleur interlocuteur pour un athée convaincu comme Edmond !

Il était l'un des plus importants prélats de l'Église catholique espagnole, un ultra-conservateur qui avait une grande influence sur le roi d'Espagne.

— C'était lui qui recevait le Parlement cette année. C'est à lui que j'ai eu affaire pour organiser la rencontre. Je l'ai prié de convier également deux représentants de l'islam et du judaïsme.

Les lumières clignotèrent de nouveau. Kirsch soupira.

— Robert, comme je vous l'ai dit j'ai besoin de votre avis. Pensez-vous que ce Valdespino peut être dangereux ?

— Dangereux comment ?

— Ce que j'ai révélé menace son Église. Je veux savoir s'il risque d'attenter à ma vie.

Langdon secoua la tête.

— Non. Impossible. Je ne sais pas ce que vous lui avez dit au juste, mais Valdespino est un pilier du catholicisme en Espagne, il est très proche de la famille royale. C'est donc un personnage puissant… mais c'est un prêtre, pas un tueur à gages. Il va faire appel à ses appuis politiques. Il risque de prêcher contre vous, cependant j'ai du mal à croire que vous pourriez être physiquement en péril.

Kirsch ne paraissait guère convaincu.

— Si vous aviez vu le regard qu'il m'a lancé quand j'ai quitté Montserrat…

— Vous vous trouviez dans un sanctuaire pour annoncer à ces trois hommes que leurs croyances n'étaient que des sornettes ! Vous espériez quoi ? Qu'ils vous offrent du thé et des petits gâteaux ?

— Certes. Toutefois je ne m'attendais pas à recevoir des menaces de sa part.

— Des menaces ?

Kirsch sortit son gros téléphone. Un appareil bleu turquoise décoré d'hexagones. Le fameux motif de Gaudí.

— Écoutez ça…

Kirsch appuya sur une touche et lui tendit l'appareil. La voix glaciale d'un homme âgé résonna :

« Monsieur Kirsch, ici Valdespino. Comme vous le savez, notre entrevue nous a fortement troublés, mes deux confrères et moi-même. Rappelez-moi de toute urgence pour que nous puissions poursuivre cette conversation. Je ne saurais trop vous mettre en garde contre les dangers que ferait courir au monde la divulgation de cette information. Sans nouvelles de votre part, nous déciderons de faire une annonce préliminaire concernant votre découverte, pour la commenter, la recadrer, la discréditer, afin de limiter les dégâts que vous vous apprêtez à causer à la civilisation… Dommages dont vous ne mesurez visiblement pas l'étendue. J'attends donc votre appel. Je vous déconseille instamment de me mettre à l'épreuve. Ne doutez pas de ma détermination. »

Fin du message.

C'était assez agressif, en effet. Mais ces mots, plutôt que l'inquiéter, ne faisaient que piquer la curiosité de Langdon.

— Alors ? Vous l'avez rappelé ?

— Non. Tout ce qu'ils veulent, c'est que j'enterre ma découverte. Jamais ils ne prendront le risque de l'annoncer seuls. En plus, ils sont pris de court. Ils n'ont pas le temps de passer à l'action. (Kirsch regarda Langdon avec insistance.) Mais je ne sais pas… il y a quelque chose de terrifiant dans sa voix… ça m'obsède.

— Vous pensez être en danger, ici ? Ce soir ?

— Non, non. Il y a des contrôles partout. La liste des invités a été vérifiée. Je m'inquiète davantage pour la suite, quand ce sera rendu public. C'est idiot, je sais. C'est sans doute le trac, rien de plus. Je voulais juste avoir votre impression.

Langdon observa son ami. Il était si pâle.

— Edmond… Valdespino ne s'en prendra jamais physiquement à vous, même s'il est très en colère, j'en suis intimement convaincu.

Les lumières clignotèrent encore.

— Entendu. Je vous crois. (Kirsch consulta à nouveau sa montre.) Il faut que j'y aille. Mais on se voit après, si vous voulez bien. Il y a certains aspects de ma découverte dont je voudrais m'entretenir avec vous.

— Avec joie.

— Parfait. Cela risque d'être un peu la folie tout à l'heure. Il nous faut un endroit tranquille pour parler. (Il sortit une carte de visite et écrivit quelque chose au dos.) Après la présentation, prenez un taxi et montrez ça au chauffeur. Il saura où vous emmener.

Il tendit la carte à Langdon qui la retourna, s'attendant à trouver l'adresse d'un restaurant ou d'un hôtel.

BIO-EC346

— Et un chauffeur de taxi est censé comprendre ça ?

— Absolument. Je préviendrai la sécurité. Je vous y rejoindrai le plus vite possible.

La sécurité ? BIO-EC346 serait donc le nom pour quelque laboratoire secret ?

— Ce code est simplissime, Robert. Vous saurez le craquer en un rien de temps. Au fait, je voulais vous prévenir… vous allez être sur scène avec moi ce soir.

— Sur scène ?

— Pas de panique. Vous n'aurez rien à faire, je vous le promets, ajouta-t-il en se dirigeant vers la sortie de la spirale. Je dois filer en coulisses. Mais vous avez Winston pour vous guider. On se voit après. J'espère que vous avez raison pour Valdespino.

— Oubliez ça, Edmond. Concentrez-vous sur votre présentation. Vous n'avez rien à craindre de ces gens.

— Vous n'en serez peut-être plus aussi sûr après ce que je vais annoncer.

10.

Le siège de l'archidiocèse de Madrid – la cathédrale de l'Almudena – est un imposant édifice néoclassique face au Palais royal, construit sur le site d'une ancienne mosquée. Almudena, qui vient de l'arabe *al-mudayna*, signifie citadelle.

Selon la légende, quand Alphonse VI reprit Madrid aux musulmans en 1083, il tenta de retrouver une statue de la Vierge Marie qui avait été emmurée dans les remparts de la citadelle. Hélas, ses recherches demeurèrent vaines. Et, désespéré, Alphonse se mit à prier. Il pria tant et tant qu'un mur s'écroula, révélant la sainte statue, qui apparut alors entourée de ses cierges comme lors de son enfouissement, des siècles plus tôt.

Aujourd'hui, la Vierge de l'Almudena est la sainte patronne de Madrid et pèlerins comme touristes se pressent en masse à la cathédrale pour se recueillir devant son effigie. La situation géographique de l'édifice – sur la place du Palais royal – est un atout supplémentaire pour les visiteurs qui espèrent apercevoir des membres de la famille royale entrer ou sortir du Palais.

Ce soir, au tréfonds de la cathédrale, un jeune novice courait dans les couloirs, affolé.

Où était passé l'archevêque ? La messe allait commencer !

Depuis des décennies, l'archevêque Antonio Valdespino avait la charge de cette cathédrale. Ami de longue date du roi, il était également son conseiller spirituel. C'était un traditionaliste, farouche opposant à toute modernité. À quatre-vingt-trois ans, le vieil homme suivait encore les processions avec des chaînes aux pieds pendant la semaine sainte.

Jamais l'archevêque ne serait en retard à l'office ! s'inquiétait le novice.

Vingt minutes plus tôt, le jeune homme était avec lui dans la sacristie, pour l'aider à s'habiller. Puis Valdespino avait reçu un message et, sans un mot, avait quitté la pièce.

Où était-il passé ?

Le jeune homme avait tout fouillé. Il était même allé jeter un coup d'œil aux toilettes.

Quelques notes d'orgue retentirent.

La messe commençait !

Le novice s'immobilisa en apercevant de la lumière sous la porte du bureau de l'archevêque.

Il frappa avec précaution.

— *¿ Reverendísima Excelencia ?*

Pas de réponse.

— *¿ Su Excelencia ?*

Silence.

Anxieux, le novice tourna la poignée.

Il s'immobilisa, pétrifié sur le seuil.

L'archevêque était assis à son bureau d'acajou et regardait fixement l'écran d'un ordinateur portable. Sa mitre était encore sur sa tête, sa chasuble toute fripée sous lui, sa crosse abandonnée contre un mur, sans cérémonie.

— *La santa misa está...*

— *¡ Me he ocupado !* l'interrompit le prélat, sans quitter des yeux son écran. *El padre Derida me sustituye.*

Le novice écarquilla les yeux. Un jeune prêtre pour assurer la grande messe du samedi soir ?

— *¡ Ahora vete !* aboya Valdespino. *Y cierra la puerta.*

Le jeune homme obéit et repartit précipitamment vers la nef où l'orgue achevait de jouer. Il se demandait ce qui pouvait tant intéresser l'archevêque sur son ordinateur, au point de lui faire manquer à toutes ses obligations du soir.

*

Au même moment, l'amiral Ávila se frayait un chemin dans la foule qui encombrait l'atrium du musée Guggenheim. Tout le monde portait des oreillettes et semblait en pleine conversation. Apparemment l'audio-guide était interactif.

Il avait eu raison de se débarrasser de cet appareil.

Pas de distractions ce soir !

Ávila consulta sa montre et se tourna vers les ascenseurs – ça se bousculait déjà pour monter à la grande salle. Il obliqua vers les escaliers. Alors qu'il grimpait les marches, il ressentit le même effroi que la veille.

Je suis donc devenu moi aussi un tueur ?

Les impies qui avaient pris la vie de sa femme et de son fils l'avaient transformé.

Une autorité supérieure jugera mes actes. Je fais ça pour le bien.

En arrivant sur le palier, son regard fut attiré par une femme qui déambulait sur une passerelle. Sans doute la dernière star à la mode.

Elle portait une robe blanche moulante avec une longue écharpe noire en travers de la poitrine. Sa silhouette longiligne, son abondante chevelure brune, son élégance naturelle étaient irrésistibles. Et, visiblement, Ávila n'était pas le seul à y être sensible.

Elle retenait également toute l'attention des deux gardes du corps qui la suivaient comme une ombre. Les deux hommes se déplaçaient avec une assurance féline. Sur leur veste bleue, un insigne brodé – les lettres GR surmontées d'une couronne.

Si leur présence n'avait rien d'extraordinaire, le pouls d'Ávila s'accéléra néanmoins. Lui-même ancien membre de l'armée, il savait très bien ce que signifiaient ces initiales. Ces deux gars étaient armés et parfaitement entraînés.

Il devait rester prudent !

— Hé ! s'écria une voix derrière lui.

Ávila pivota.

Un homme bedonnant en smoking et coiffé d'un chapeau texan lui souriait.

— Super costume ! s'exclama le type en désignant l'uniforme d'Ávila. Comment avez-vous eu un truc pareil ?

Ávila serra les poings. En servant mon pays ! grogna-t-il intérieurement.

— *No hablo inglés*, répliqua-t-il en continuant son chemin.

Au deuxième niveau, il suivit les panneaux des toilettes jusqu'au fond d'un couloir. Au moment où il ouvrait la porte, les lumières se mirent à clignoter dans tout le musée – sans doute un signal pour inciter les gens à se rendre à l'auditorium.

Les toilettes étaient désertes. Ávila s'enferma dans la cabine du fond. Sitôt la porte verrouillée, il sentit ses démons remonter à la surface, menaçant de l'entraîner à nouveau vers les abysses.

Cinq ans. Et ce souvenir me hante toujours.

Il chassa ces images et sortit son rosaire de sa poche. Lentement, il l'accrocha au portemanteau. Il regarda les perles et le crucifix qui oscillait sous le crochet, admirant son travail. Le dévot serait horrifié qu'on puisse détourner ainsi un rosaire de sa fonction première. Mais le Régent l'avait rassuré : « Quand la cause est juste, la miséricorde de Dieu est acquise. »

Non seulement son âme était sauvée, mais aussi son corps.

Il contempla le tatouage dans sa main.

Comme l'ancien monogramme du Christ, ce signe était composé uniquement de lettres. Ávila l'avait inscrit dans sa chair trois jours plus tôt avec de l'encre et une aiguille, en suivant scrupuleusement le modèle. L'endroit était encore un peu douloureux. En cas de capture, lui avait expliqué le Régent, il lui suffirait de montrer cet insigne à ses geôliers et en quelques heures il serait libéré.

« Nous occupons les plus hautes sphères du pouvoir », avait-il dit.

Ávila avait déjà été témoin de leur influence. Et ce signe, c'était leur talisman. *Il existe encore des gens qui respectent les anciennes traditions.* Ávila espérait pouvoir un jour rejoindre leurs rangs prestigieux, mais pour l'heure il était heureux d'être juste leur soldat.

Ávila sortit son téléphone et composa le numéro sécurisé qu'on lui avait donné.

— *¿ Sí ?* répondit une voix à la première sonnerie.

— *Estoy en posición.*

— *Bien,* répondit le Régent. *Tendrás una sola oportunidad. Aprovecharla será crucial.*

Vous n'aurez qu'une chance. Ne la ratez pas.

11.

À trente kilomètres au nord de Dubaï, de ses gratte-ciel étincelants, de ses îles artificielles et ses villas luxueuses, se trouvait la ville de Charjah, une cité ultra-conservatrice des Émirats arabes unis.

Avec plus de six cents mosquées, et les meilleures universités du pays, Charjah est un haut lieu culturel et spirituel, une position renforcée par les réserves pétrolières et un État qui a fait de l'éducation du peuple sa priorité.

Ce soir, la famille du vénérable ouléma Syed al-Fadl s'était rassemblée pour la prière. Au lieu de réciter le *tahajjud* traditionnel, ils priaient pour le retour de leur père, mari, oncle bien-aimé, qui avait mystérieusement disparu la veille.

La presse locale rapportait que l'ouléma, dont le flegme était légendaire, était particulièrement agité à son retour du Parlement des religions du monde deux jours plus tôt. À en croire le témoignage d'un de ses confrères, al-Fadl avait eu une discussion animée au téléphone – conversation en anglais, et donc incompréhensible pour lui. Mais l'homme l'avait entendu répéter un nom : Edmond Kirsch.

12.

En sortant de la spirale, les pensées se bousculaient dans la tête de Langdon. Sa conversation avec Edmond avait été à la fois excitante et inquiétante. Même si Edmond était enclin à l'exagération, il était intimement persuadé qu'il allait bouleverser notre vision du monde.

Une découverte aussi importante que celle de Copernic ?

Ayant un peu le tournis après avoir parcouru en sens inverse toutes ces spires, il récupéra les écouteurs qu'il avait laissés par terre.

— Winston ? Vous êtes là ?

Il y eut un petit clic et la voix à l'accent anglais revint en ligne.

— Rebonjour, professeur. Oui, je suis là. Edmond m'a demandé de vous faire passer par le monte-charge parce que nous n'avons pas le temps de revenir dans l'atrium.

Il s'est dit que les dimensions plus « généreuses » de la cabine vous rassureraient.

— Délicate attention.

— Maintenant que je le sais, moi non plus je n'oublierai pas que vous êtes claustrophobe.

Winston fit franchir à Langdon une porte latérale donnant sur un grand couloir en ciment. Comme annoncé, le monte-charge était immense, conçu pour transporter des œuvres volumineuses.

— Appuyez sur le dernier bouton. Le deuxième étage.

Sitôt que les portes s'ouvrirent, Langdon sortit sur le palier.

— Nous y voilà! s'exclama Winston. On va traverser la galerie sur votre gauche. Ce sera plus rapide.

La salle en question renfermait d'étranges installations : un canon qui apparemment tirait des boules de cire rouge sur un mur blanc ; un canoë en fil de fer qui ne flotterait jamais ; une ville miniature composée de petits cubes de métal fondu.

Au fond trônait une œuvre monumentale.

Qu'est-ce que c'est que ça ? se demanda Langdon.

Sur toute la largeur de la galerie, une meute de loups s'élevait dans les airs en formant une longue arche, chaque animal finissant écrasé contre une vitre.

— C'est *Head On*, annonça Winston de son propre chef. Quatre-vingt-dix-neuf loups courant aveuglément vers un mur. Le symbole du panurgisme, de la peur de sortir de la norme.

Une œuvre qui tombe à point nommé, songea Langdon. Je suis sûr que ce soir Edmond s'apprête à malmener les règles.

— La sortie est droit devant, poursuivit Winston, juste après cette pièce colorée en forme de losange. L'une des œuvres préférées de M. Kirsch.

Ces couleurs primaires, cette facétie des formes étaient immanquables.

Joan Miró. Langdon avait toujours apprécié son travail plein de vie, à mi-chemin du coloriage d'un enfant et du vitrail surréaliste.

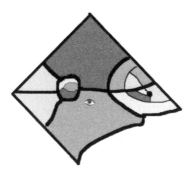

Alors qu'il passait devant l'œuvre, Langdon s'arrêta net. Sur la toile, aucune trace de coups de pinceau.

— C'est une reproduction ?

— Pas du tout. C'est l'original.

Langdon s'approcha. À l'évidence, ce n'était qu'un vulgaire tirage couleur.

— Winston, il s'agit d'une copie. Ce n'est même pas de la toile.

— Je ne travaille pas sur de la toile. Je crée de l'art numérique, puis Edmond l'imprime pour moi.

— Cette peinture est de vous ?

— Absolument. J'ai tenté d'imiter le style de Miró.

— Je vois ça ! Vous avez même signé *Miró*.

— Pas du tout. Je l'ai signée *Miro*, sans accent. En espagnol «*miro*», ça signifie «je regarde».

Astucieux, se dit Langdon en s'approchant. Au milieu, un œil à la Miró scrutait le spectateur.

— Edmond m'a demandé de faire mon autoportrait.

Langdon contempla l'assemblage de patatoïdes. *Vous avez une drôle de tête, Winston!*

Edmond voulait que les ordinateurs puissent inventer leur propre algorithme d'art – de l'art généré par des suites complexes d'instructions. Cela soulevait une question dérangeante : quand un ordinateur crée, qui est l'artiste? L'ordinateur ou le programmeur? Au MIT, une exposition rassemblant des œuvres générées par ordinateur avait perturbé le monde des lettres de Harvard. Est-ce l'art qui nous rend humains?

— Je compose de la musique aussi, claironna Winston. Edmond vous fera écouter ça. Mais pour le moment, hâtons-nous!

Au sortir de la galerie, Langdon se retrouva sur une passerelle accrochée dans les hauteurs de l'atrium. De l'autre côté, des gardiens dirigeaient les retardataires vers des portes.

— Ça va commencer dans quelques minutes. Vous avez repéré l'entrée de la salle?

— Oui. Droit devant.

— Parfait. Un dernier point. En entrant, vous trouverez des réceptacles où laisser les audio-guides. Edmond souhaite que vous gardiez le vôtre. Ainsi, après la présentation, je pourrai vous faire sortir par une issue de service. Cela évitera la cohue et vous serez sûr de trouver un taxi.

— Winston, tout ce que j'ai comme adresse c'est BIO-EC346!

— C'est enfantin, je vous l'assure! Allez vous installer et profitez de la soirée. Je me ferai ensuite un plaisir de vous assister.

Il y eut un clic. Winston était parti.

Langdon glissa les écouteurs dans sa poche et passa les portes avec les derniers invités.

Une fois de plus, il fut déconcerté.

Il s'attendait à trouver un auditorium avec des sièges confortables, mais les convives étaient rassemblés dans une salle toute blanche, sans fauteuil ni œuvres d'art. Une sorte de hall. Au fond, une petite estrade était flanquée d'un grand écran où un compte à rebours défilait :

Transmission dans 2 minutes 07 secondes

L'impatience le gagna.

Il y avait une autre ligne à l'écran :

Followers connectés : 1 953 694

Deux millions de personnes ?

Kirsch avait prévenu qu'il mettrait en ligne sa présentation. Mais le chiffre était considérable. Et il ne cessait de croître !

Langdon eut un sourire. Son ancien étudiant transformait tout en or. Restait à savoir ce qu'il comptait annoncer au monde.

13.

À l'est de Dubaï, dans le désert sous le clair de lune, un buggy fit un brusque écart et s'arrêta en soulevant une gerbe de sable.

Derrière le volant, le jeune homme retira ses lunettes et regarda la forme noire qu'il venait d'éviter. Guère rassuré, il descendit de son engin et s'approcha.

Il s'agissait d'un corps humain! Immobile. Le visage enfoui dans le sol.

— *Marhaba?*

Pas de réponse.

Le jeune conducteur reconnut la chéchia traditionnelle et la djellaba – l'homme avait l'air robuste et bien nourri. Le vent avait effacé depuis longtemps ses empreintes. Tout comme les traces du véhicule qui l'avait sans doute emmené aussi loin dans le désert.

— *Marhaba?* répéta le garçon.

Toujours aucune réponse à son salut.

Ne sachant que faire, l'adolescent toucha le corps de la pointe du pied. Malgré le ventre rebondi, la chair était toute dure, desséchée par le soleil.

L'homme était bel et bien mort.

Le garçon se baissa, attrapa le cadavre par l'épaule et le retourna. Il avait les yeux grands ouverts, sans vie. La barbe et les joues étaient maculées de sable, pourtant ce visage lui était familier.

Un vrombissement de quads et de buggies s'éleva dans la nuit. Le reste de la troupe avait fait demi-tour pour s'assurer que tout allait bien. Ses amis apparurent au sommet de la dune qu'ils dévalèrent bruyamment.

Tout le monde se gara, retira casques et lunettes et se rassembla autour de la découverte macabre. L'un des garçons reconnut le célèbre ouléma Syed al-Fadl. Il avait assisté à quelques-unes de ses conférences à l'université.

— *Matha Alayna 'an naf'al?* demanda-t-il. Qu'est-ce qu'on fait?

Les jeunes hésitèrent un moment. Puis ils firent ce que font tous les ados de la terre : ils sortirent leurs téléphones et prirent des photos.

14.

La foule se pressait devant l'estrade. Langdon surveillait le compteur qui s'affolait.

Followers connectés : 2 527 664

Le brouhaha était assourdissant. Tout le monde trépignait d'impatience, passant un dernier appel, un dernier tweet pour informer son réseau.

Un technicien vint au pupitre et brancha le microphone.

— Mesdames et messieurs, nous vous demandons d'éteindre vos portables et tablettes. Nous allons bloquer toutes les communications wifi et cellulaires pendant la durée de la présentation.

Ceux qui avaient encore leur smartphone à l'oreille virent leur conversation brusquement interrompue. Ils regardèrent leur écran avec stupéfaction. Encore une prouesse technologique du grand Edmond Kirsch.

À peine cinq cents dollars dans n'importe quel magasin d'électronique ! songea Langdon.

Comme beaucoup de ses collègues, lui aussi utilisait un brouilleur pendant ses cours pour que ses étudiants lâchent leur téléphone.

Un autre technicien s'installa, avec une grosse caméra sur l'épaule, qu'il braqua vers l'estrade. Les lumières diminuèrent.

Sur l'écran géant, on pouvait lire :

Transmission dans 38 secondes
Followers connectés : 2 857 914

Le nombre d'internautes grimpait plus vite que la dette nationale. Près de trois millions de spectateurs en ligne simultanément, assis tranquillement devant leur ordinateur pour assister à cette conférence ?

— Trente secondes, annonça-t-on.

Une petite porte s'ouvrit dans le mur du fond. Tout le monde se tut. L'entrée en scène du grand gourou !

Mais point d'Edmond.

La porte resta ouverte un moment.

Puis une femme élégante apparut. Elle était d'une beauté saisissante – grande et mince, avec de longs cheveux bruns – et portait une robe blanche ajustée, barrée d'une écharpe noire. Elle semblait à peine toucher le sol quand elle s'avança sur la scène. Elle régla le micro, prit une longue inspiration, et contempla la foule avec un sourire tranquille en attendant la fin du compte à rebours.

Transmission dans 10 secondes

La jeune femme ferma les yeux un moment pour se concentrer, puis les rouvrit. Une icône pleine de grâce.

Le cameraman leva la main et, les cinq doigts tendus, commença le décompte.

Quatre, trois, deux...

Le silence tomba dans la salle. À l'écran, les compteurs disparurent au profit du visage de la jeune femme. Elle parcourut l'assistance de ses yeux sombres, et repoussa d'un geste délicat une mèche rebelle.

— Bonsoir, tout le monde, dit-elle d'une voix mélodieuse avec une pointe d'accent espagnol. Je suis Ambra Vidal.

Une salve d'applaudissements retentit, accompagnée de vivats. Visiblement, elle n'était pas une inconnue.

— ¡ *Felicidades, Ambra !* cria quelqu'un.

La femme rougit. Langdon était un peu perdu. À l'évidence, il lui manquait des infos...

— Comme vous le savez, reprit-elle, je suis depuis cinq ans la directrice du musée Guggenheim de Bilbao et suis très heureuse de vous accueillir ce soir pour cet événement exceptionnel organisé par un homme tout aussi exceptionnel.

Tout le monde applaudit de nouveau. Cette fois, Langdon se joignit aux autres.

— Edmond Kirsch est non seulement un généreux donateur du musée, mais il est devenu un ami très cher. C'est un privilège et un honneur pour moi d'avoir pu travailler avec lui ces derniers mois pour que cette soirée puisse voir le jour. La blogosphère et les réseaux sociaux ne parlent que de cela, ce soir ! Edmond Kirsch s'apprête à présenter une grande découverte scientifique, une révélation dont le monde se souviendra longtemps et qui le transformera à jamais.

Une rumeur d'excitation résonna dans la salle.

La femme esquissa un sourire malicieux.

— Évidemment, j'ai supplié Edmond de me dire de quoi il s'agissait, mais il n'a rien voulu lâcher.

Des rires fusèrent.

— Cette présentation sera faite en anglais, la langue natale d'Edmond Kirsch, mais pour nos spectateurs en ligne une traduction en temps réel dans vingt langues est disponible.

Il y eut un fondu à l'image.

— Pour ceux qui douteraient encore de l'assurance d'Edmond concernant la validité de ses travaux, voici, à l'écran, le communiqué de presse qui vient d'être publié sur tous les médias du monde il y a un quart d'heure :

Ce soir à 20 heures, en direct de Bilbao,
le futurologue Edmond Kirsch va annoncer une découverte
qui va changer la face du monde.

Voilà comment on s'assure trois millions de connexions simultanées ! pensa Langdon.

Alors qu'il reportait son attention sur la scène, il repéra deux gardes en faction de part et d'autre de l'estrade qui scrutaient la foule. Il les avait déjà vus un peu plus tôt. Mais cette fois, il remarqua le monogramme qui ornait leurs vestes. GR.

La Guardia Real ? Qu'est-ce qu'elle fait là ?

Aucun membre de la famille royale n'était présent. En catholiques traditionalistes, ils ne risquaient pas d'assister à la conférence d'un athée impénitent comme Edmond Kirsch.

L'Espagne était une monarchie constitutionnelle. Le roi avait des pouvoirs limités, mais il avait toujours une grande influence sur le peuple. Pour des millions d'Espagnols, la couronne restait l'héritière de *los reyes católicos* et le symbole de l'âge d'or de l'Espagne. Le Palais royal de Madrid était toujours un haut lieu spirituel, le mémorial d'une longue tradition religieuse.

En Espagne, on avait coutume de dire : « Le parlement légifère mais le roi règne. » Depuis des siècles, les rois qui présidaient aux affaires diplomatiques du pays étaient des catholiques conservateurs.

Et le roi actuel ne fait pas exception à la règle, se rappela Langdon.

Ces derniers mois, on disait le vieux monarque mourant. La nation se préparait à le voir abdiquer au profit de son fils unique, Julián. On ne savait pas grand-chose sur le prince. La presse rapportait qu'il avait grandi à l'ombre de son père. Tout le pays se demandait quel roi il ferait.

Le prince Julián aurait-il envoyé des agents de la Guardia pour surveiller la soirée d'Edmond ? s'étonna Langdon.

Les menaces de Valdespino lui revinrent brièvement en mémoire, mais elles furent vite chassées par l'atmosphère de la salle, joyeuse et bon enfant. Et puis Edmond lui avait affirmé que, ce soir, la sécurité était optimale. Ces agents de la Guardia Real n'étaient peut-être qu'une protection de plus dans le dispositif.

— Ceux qui connaissent notre hôte et son sens inné de la dramaturgie, poursuivit Ambra Vidal, se doutent bien qu'Edmond ne compte pas nous laisser dans cette pièce vide.

Elle désigna deux grandes portes au fond de la salle.

— Derrière ces battants, Edmond a conçu un « espace expérientiel » pour faire sa présentation mondiale. Elle va être animée par une batterie d'ordinateurs et diffusée en streaming à travers toute la planète. (Elle marqua une pause pour consulter sa montre.) Le timing de cette soirée est très précis. Edmond voudrait que nous soyons tous dans cette salle à 20 h 15. C'est-à-dire dans trois minutes. Il est donc grand temps de nous y rendre. Allons découvrir, mesdames et messieurs, la surprise qu'Edmond Kirsch nous réserve.

Les doubles portes s'ouvrirent.

Langdon s'attendait à apercevoir une autre galerie. Mais contre toute attente, un tunnel obscur s'offrit à son regard.

*

L'amiral Ávila laissa passer le gros de la foule qui se pressait avec excitation vers les portes. Il faisait sombre de l'autre côté. Parfait.

Cela me facilitera la tâche !

Il toucha le rosaire dans sa poche, se remémorant ses instructions.

Il n'y aurait pas de deuxième chance.

15.

Des borniols étaient tendus entre les arches. Le tunnel mesurait cinq ou six mètres de large et bifurquait légèrement sur la gauche. Le sol était tapissé d'une épaisse moquette noire. Une ligne de leds au bas des parois constituait le seul éclairage.

— Ôtez vos chaussures, s'il vous plaît, annonçait un gardien à chaque nouvel arrivant. Et gardez-les avec vous.

Langdon retira ses souliers vernis. Sitôt en chaussettes, il sentit ses pieds s'enfoncer dans les fibres généreuses et un bien-être l'envahit immédiatement. Autour de lui, ce n'était qu'un récital de soupirs d'aise.

Il progressa dans le boyau et en vit bientôt la fin : un rideau noir devant lequel un bataillon d'employés tendaient à chacun une sorte d'épaisse serviette de bain avant de leur permettre de se glisser sous la tenture.

Le silence régnait dans le tunnel. On n'entendait plus un rire. Quand Langdon arriva à son tour devant le rideau, il s'aperçut qu'en fait de drap de bain il s'agissait plutôt d'une couverture avec un oreiller intégré. Il remercia l'homme et passa à son tour dans le sas.

Une fois de plus, il se figea de surprise. Il s'était attendu à tout sauf à ça.

On est... dehors ?

Langdon se tenait au bord d'un grand pré. Au-dessus de lui s'ouvrait un ciel étoilé, et au loin un croissant de lune s'élevait derrière un érable solitaire. Les grillons chantaient, une brise légère caressait ses joues, il flottait dans l'air des senteurs d'herbes fraîchement coupées.

— Allez-y, monsieur, je vous en prie, murmura un guide en lui prenant le bras. Trouvez-vous un endroit. Étalez votre couverture sur l'herbe et profitez du spectacle.

Langdon s'avança, en compagnie d'autres invités aussi sidérés que lui. La pelouse avait la taille d'un terrain de hockey, ceint d'arbres, de buissons et de plantes qui bruissaient sous le vent.

Une illusion. Une œuvre d'art !

Je suis dans un planétarium du futur ! se dit-il en admirant la précision des détails.

Le ciel empli d'étoiles était une projection, comme la lune, les nuages, les collines ondulant au loin. En revanche, les arbres et les plantes étaient réels – soit de superbes imitations en plastique ou une petite forêt en pot. Cette ceinture de végétation masquait astucieusement les limites de la salle.

Langdon s'accroupit et toucha le gazon. C'était doux, presque vivant, mais totalement sec. Les nouvelles pelouses synthétiques trompaient même les sportifs professionnels, mais Edmond était parvenu à pousser l'illusion plus loin encore en créant un sol inégal avec des bosses et des creux comme un véritable pré.

Langdon se souvenait de la première fois qu'il avait été abusé par ses sens. Il était enfant, à bord d'un petit canot longeant un port éclairé par la lune et devant lui un bateau pirate, en pleine bataille, donnait du canon. Il se trouvait en réalité dans une salle souterraine emplie d'eau mais son jeune esprit refusait d'admettre qu'il était à Disney World et qu'il assistait simplement à l'attraction *Pirates des Caraïbes*.

Ce soir, l'effet était d'un réalisme saisissant. Et tout le monde paraissait aussi émerveillé que lui. Il remercia Edmond en pensée, moins pour avoir créé cette illusion parfaite, que pour avoir persuadé des centaines d'adultes de retirer leurs chaussures hors de prix et de s'allonger dans l'herbe pour regarder le ciel.

On faisait ça, enfants, et puis, allez savoir pourquoi, on a fini par se l'interdire.

Langdon cala sa tête sur l'oreiller, savourant la douceur du gazon sous lui.

Au-dessus de sa tête, les étoiles scintillaient. Pendant un instant, il se retrouva adolescent, étendu sur les fairways du golf de Bald Peak avec son meilleur ami, à méditer sur les mystères de la vie.

Avec un peu de chance, Edmond va dévoiler cette nuit l'un de ces mystères.

*

Au fond de la salle, l'amiral Luis Ávila surveillait les lieux. Puis il passa la main sur les tentures jusqu'à trouver une jonction entre deux lés. Discrètement, il ouvrit la fermeture de velcro et se faufila dans l'interstice.

Dans l'instant, l'illusion disparut.

Ávila n'était plus dans un pré. Mais dans un immense espace rectangulaire où trônait un grand dôme.

Une pièce dans une pièce, pensa l'amiral.

Devant lui, la construction hémisphérique était maintenue par un exosquelette d'échafaudages, festonnés de câbles, de lampes, et de haut-parleurs. Un réseau de vidéoprojecteurs diffusait une mosaïque d'images sur le dôme translucide, pour donner naissance au ciel étoilé, aux collines à l'horizon.

Ávila apprécia la dramaturgie créée par Kirsch, même s'il n'imaginait pas que son spectacle allait virer à la tragédie.

Tu es le soldat d'une noble cause. L'instrument d'un grand dessein.

Ávila avait répété sa mission tant de fois. Il plongea la main dans sa poche et sortit son rosaire. À cet instant, dans des enceintes placées au-dessus de lui, une voix résonna, aussi puissante que celle de Dieu :

— Bonsoir, les amis. Ici, Edmond Kirsch.

16.

À Budapest, le rabbin Yehouda Köves allait et venait dans son bureau. La télécommande de la télévision à la main, il passait d'une chaîne à l'autre en attendant d'avoir des nouvelles de l'archevêque Valdespino.

La plupart des chaînes avaient interrompu leurs programmes depuis dix minutes en vue de retransmettre en direct la conférence d'Edmond Kirsch au Guggenheim de Bilbao. Les commentateurs spéculaient sur la découverte qu'allait annoncer le futurologue. Köves s'agaçait de toute cette agitation.

Je sais ce qu'il va dire.

Trois jours plus tôt, à l'abbaye de Montserrat, Kirsch leur avait montré un « premier montage », comme il disait. Mais il s'agissait déjà de la version définitive. Il allait diffuser dans le monde entier exactement la même vidéo.

Et plus rien ne sera comme avant.

Le téléphone sonna. Le rabbin se précipita sur le combiné.

— Yehouda, j'ai de mauvaises nouvelles, commença Valdespino sans préambule.

D'une voix sombre, il lui rapporta ce que venaient de signaler les autorités des Émirats arabes unis.

Köves blêmit, horrifié.

— Syed se serait… suicidé ?

— C'est ce qu'il semble. On l'a trouvé il y a quelques heures, en plein désert… comme s'il s'y était rendu sciemment pour mourir. Trop de tension ces derniers jours. Notre pauvre ami ne l'aura pas supporté.

Le rabbin sentit son cœur se serrer. Lui aussi était terrifié.

— Ça ne tient pas debout, répliqua Köves. Je ne peux pas croire que Syed ait pu faire une chose pareille.

Valdespino resta silencieux un long moment.

— Je suis bien de votre avis. Moi aussi, j'ai du mal à avaler cette histoire de suicide.

— Mais alors… qui ?

— Ça peut être n'importe qui. Quelqu'un qui souhaite que la découverte de Kirsch reste secrète. Quelqu'un qui pensait, comme nous, qu'il ne ferait son annonce que dans plusieurs semaines.

— Mais Kirsch n'en a parlé qu'à nous trois. Juste vous, Syed et moi.

— Peut-être Kirsch nous a-t-il menti aussi sur ce point ? Et même si nous sommes les seuls à savoir, rappelez-vous combien notre ami Syed voulait rendre cette découverte publique. Peut-être qu'il en a parlé à un confrère aux Émirats ? Peut-être que ce confrère s'est rendu compte, comme nous, que cette révélation aurait des répercussions bien trop dangereuses.

— Qu'est-ce que vous sous-entendez ? Qu'un collègue de Syed l'aurait tué pour étouffer l'affaire ? C'est totalement ridicule !

— Bien sûr, Yehouda. Je cherche juste à comprendre. Comme vous.

— Pardonnez mon emportement. La mort de Syed m'a fichu un coup.

— À moi aussi. Et si Syed a été assassiné, il faut que nous restions prudents. Nous sommes peut-être les suivants sur la liste.

— Dès que Kirsch aura fait son annonce, nous ne risquerons plus rien.

— Mais la nouvelle n'est pas encore rendue publique.

— Ce n'est qu'une question de minutes.

— C'est vrai... (Valdespino lâcha un long soupir.) Il faut croire que mes prières n'ont pas été entendues.

L'archevêque avait donc demandé à Dieu de faire changer d'avis Kirsch ? Köves n'en revenait pas.

— Même après l'annonce, reprit Valdespino, nous serons encore en danger. Kirsch va prendre un malin plaisir à raconter qu'il s'est entretenu avec des représentants religieux, il y a trois jours. Je me demande ce qu'il cherchait vraiment en sollicitant cette rencontre. Et si nos noms sont cités, nous allons nous retrouver dans le collimateur de tout le monde. Les critiques vont fuser de toutes parts. Nos fidèles vont nous reprocher de n'avoir rien fait. En fait, il vaudrait peut-être mieux...

L'archevêque s'interrompit.

— Quoi ? insista Köves.

— On en discutera plus tard. Voyons déjà comment Kirsch va se débrouiller. En attendant, restez chez vous. Ne parlez à personne.

— Vous m'inquiétez, Antonio.

— Loin de moi cette idée. Pour l'instant, nous ne pouvons qu'attendre, et voir comment le monde va réagir. Tout est entre les mains de Dieu, à présent.

17.

Sur le pré artificiel, le silence était tombé. La voix d'Edmond Kirsch tonnait dans le ciel. Les invités étaient allongés sur leur couverture. Langdon brûlait d'impatience.

— Ce soir, retrouvons notre âme d'enfant, poursuivait Kirsch. Regardons les étoiles, ouvrons nos esprits à tous les possibles.

L'assistance était tout ouïe.

— Ce soir, soyons comme ces explorateurs d'antan, ces gens qui ont tout laissé derrière eux pour traverser les océans, ces gens qui ont posé pour la première fois les yeux sur une nouvelle terre, qui sont tombés à genoux en découvrant que le monde était bien plus vaste que ce qu'on leur disait et qui ont vu toutes leurs croyances s'effondrer. Et ce soir, c'est à notre tour. C'est notre grand soir !

Ce discours était-il enregistré ou Edmond était-il caché en coulisses ?

— Mes amis, je vous ai réunis pour vivre avec vous un moment historique. Mais, tout d'abord, je veux planter le décor. Comme chaque fois que l'homme a fait une immense découverte, il est essentiel de comprendre dans quel contexte elle a vu le jour.

Le tonnerre gronda au loin. Langdon sentit les basses fréquences émises par les haut-parleurs le traverser.

— Pour nous mettre en condition, nous avons la chance de recevoir un célèbre universitaire de Harvard, spécialiste des symboles, de l'histoire des religions et des arts. Il est aussi l'un de mes amis très chers. Mesdames et messieurs, veuillez accueillir comme il se doit le professeur Robert Langdon.

Langdon se redressa tandis que la foule applaudissait. Les étoiles au-dessus de sa tête disparurent pour laisser place à une grande salle de conférences bondée. Sur scène, Langdon allait et venait dans son inséparable veste de tweed, captivant son public.

Voilà donc la surprise que me réservait Edmond ?

— Les premiers hommes, disait le Langdon sur scène, avaient une vision surnaturelle de leur univers, en particulier quand il s'agissait de phénomènes qu'ils ne pouvaient comprendre. Pour interpréter ces mystères, ils ont créé un vaste panthéon de dieux et de déesses, afin d'expliquer l'inexplicable : le tonnerre, les marées, les tremblements de terre, les volcans, la stérilité, les maladies, et même l'amour.

Langdon se regardait, bouche bée.

— Pour les Grecs de l'Antiquité, le marnage des océans était attribué au changement d'humeur de Poséidon.

Dans le ciel, l'image de Langdon disparut, mais sa voix continuait à se faire entendre.

Des images de mers démontées le remplacèrent, faisant trembler toute la salle. Les vagues déferlantes se muèrent en congères battues par le blizzard. Dans le pré, le vent forcit. Un vent glacial.

— L'arrivée de l'hiver, poursuivait Langdon dans le ciel, était causée par la tristesse du monde suite à l'enlèvement tous les ans de Perséphone par Hadès l'emportant aux enfers.

L'air se réchauffa et dans le paysage désolé surgit une montagne qui s'élevait de plus en plus haut, son sommet crachant de la lave, de la fumée et des gerbes de feu.

— Pour les Romains, les volcans étaient la demeure de Vulcain qui œuvrait à son immense forge souterraine.

Une odeur de soufre flotta dans la salle. C'était très ingénieux. Edmond avait mis au point un spectacle multisensoriel.

Le grondement du volcan cessa brusquement. Les grillons reprirent leur chant, la brise légère revint caresser les herbes et les invités.

— Les anciens ont inventé des dieux innombrables pour expliquer non seulement les mystères de leur planète, mais aussi ceux de leur propre corps.

Les constellations réapparurent sur la voûte, reliées par des lignes qui mettaient en évidence les divinités avec lesquelles elles étaient rattachées.

— La stérilité était causée par la colère de Junon, l'amour par l'intercession d'Éros. Quant aux épidémies, elles étaient la punition d'un Apollon mécontent.

De nouvelles constellations s'illuminaient, de nouveaux dieux.

— Si vous avez lu mes livres, continuait Langdon, vous m'avez souvent entendu parler de « dieu bouche-trou ». Chaque fois que nos ancêtres ne comprenaient pas quelque chose, ils faisaient intervenir une divinité.

Le ciel afficha une collection de tableaux et de statues antiques.

— Des dieux innombrables pour combler les trous. Mais au fil des siècles, la connaissance s'est étendue. Chaque fois qu'un mystère était levé, le panthéon se réduisait un peu plus. Par exemple, lorsqu'on a compris que les marées étaient dues à la lune, Poséidon n'avait plus d'utilité.

Au plafond, l'image du dieu des mers se volatilisa dans un nuage de fumée.

— Comme vous le savez, le même sort a frappé toutes les divinités – elles ont péri une à une, ne survivant pas à l'essor du savoir.

Les unes après les autres, les figures de la mythologie disparaissaient dans le ciel – le dieu du tonnerre, des séismes, des épidémies… Une hécatombe.

— Mais ne vous y trompez pas. Ces dieux ne sont pas entrés « docilement dans cette douce nuit ». C'est un grand combat pour une société que d'abandonner ses divinités.

Nos croyances sont profondément ancrées en chacun de nous. Elles nous ont été inculquées dès notre plus jeune âge par ceux qui nous sont les plus chers – nos parents, nos professeurs, nos guides spirituels. C'est pourquoi il faut plusieurs générations pour qu'un bouleversement des consciences soit effectif, et cela génère toujours de l'effroi, et bien souvent des bains de sang.

Un fracas de bataille accompagnait la disparition des dieux dans le ciel. En définitive, il n'en resta plus qu'un seul – un personnage erratique avec une barbe blanche.

— Zeus ! s'exclama Langdon. Le dieu de tous les dieux. Le plus craint, le plus vénéré ! Zeus, la plus puissante des divinités, a résisté à sa propre extinction, hurlant et hurlant encore à l'agonie de cette lumière. Redoutant de connaître le même sort qu'il avait lui-même imposé à ces prédécesseurs, il a livré un grand combat contre son éradication.

Au plafond, des images se succédaient : Stonehenge, des tablettes sumériennes, les grandes pyramides d'Égypte. Puis le buste de Zeus réapparut.

— Les fidèles de Zeus luttèrent avec un tel acharnement pour que leur dieu ne meure pas que la nouvelle chrétienté n'eut d'autre choix que de prendre le visage de Zeus pour sa propre divinité.

Le visage du Zeus barbu se fondit dans une fresque bien connue : *La Création d'Adam* de Michel-Ange sur le plafond de la chapelle Sixtine.

— Aujourd'hui, nous ne croyons plus à ces histoires de la mythologie – Zeus allaité par une chèvre et aidé par des cyclopes. Pour nous, ce ne sont plus que des reliques touchantes de temps superstitieux.

La voûte affichait l'image d'une bibliothèque poussiéreuse et plongée dans la pénombre, renfermant des ouvrages sur les dieux de l'Antiquité et d'autres cultes oubliés – Baal, Ishtar, Osiris...

— Les choses sont bien différentes, aujourd'hui ! Nous sommes dans l'ère moderne.

Dans le ciel apparurent de nouvelles images : des photos de l'espace, des microprocesseurs, des laboratoires, des avions à réaction...

— Nous sommes intellectuellement évolués, nous avons la science et la technologie. Nous ne croyons plus que des forgerons géants sont cachés dans les volcans, ni que les dieux contrôlent les marées et le passage des saisons. Nous sommes bien différents de nos lointains ancêtres, c'est sûr.

Le Langdon allongé dans l'herbe articula en même temps que son double dans le ciel :

— Ah oui ? Vraiment ?...

Puis le Langdon virtuel poursuivit :

— Nous nous considérons comme des êtres modernes et rationnels. Pourtant, nos religions actuelles revendiquent toutes sortes de miracles et de phénomènes surnaturels : des hommes revenant du pays des morts, des vierges enceintes, des dieux en colère répandant des maladies ou provoquant des déluges, la promesse d'une vie après la mort – soit dans la douceur du ciel, soit dans la morsure des flammes.

Tandis que Langdon parlait, au plafond défilaient les images chrétiennes de la résurrection, de l'Immaculée Conception, de l'arche de Noé, du passage de la mer Rouge, du Paradis et de l'Enfer.

— Imaginez la réaction d'historiens et d'anthropologues du futur. Vous ne croyez pas qu'ils se diront que toutes ces croyances religieuses ne sont que des mythes, des récits appartenant à des temps obscurs ? N'auront-ils pas sur nos dieux le même regard que celui que nous avons aujourd'hui sur Zeus ? Nos Évangiles, nos textes sacrés n'iront-ils pas rejoindre les autres cultes sur les rayonnages obscurs de l'Histoire ?

Ces derniers mots planèrent dans l'air. Il y eut un long silence.

Puis, soudain, la voix d'Edmond Kirsch retentit de nouveau :

— Oui, professeur Langdon ! C'est exactement ce qui va se passer ! Les générations futures se demanderont comment une société technologiquement aussi avancée a pu continuer à croire aux mythes de nos religions actuelles.

Dans le ciel, se succédaient en staccato des figures emblématiques : Adam et Ève, une femme en burka, un hindou marchant sur des braises.

— Si ces prochaines générations s'intéressent à nos traditions, reprit Kirsch en baissant le ton, elles seront persuadées que nous étions en pleine ignorance. Elles se moqueront bien de nous et de nos croyances : notre naissance dans un jardin magique, notre créateur exigeant que les femmes soient voilées, la nécessité de brûler son corps pour honorer les dieux.

D'autres images rituelles apparurent, provenant des quatre coins de la planète : exorcismes, baptêmes, flagellations, supplices corporels, sacrifices d'animaux. La série se termina par une vidéo dérangeante. Un hindou secouant un bébé en haut d'une tour avant de le lâcher dans le vide, sur une hauteur de quinze mètres, jusqu'à ce qu'il atterrisse dans une couverture tendue par des villageois en liesse.

Langdon se souvenait de cette pratique en Inde. Les parents espéraient ainsi attirer la faveur des dieux pour leur enfant.

La voix de Kirsch résonna une nouvelle fois dans les ténèbres :

— Comment un esprit moderne, doué d'une telle intelligence analytique, peut-il accepter des croyances religieuses qui ne résisteraient pas au premier examen ?

Au plafond, les étoiles se rallumèrent.

— En fait, la réponse est très simple.

Les constellations se mirent à briller plus fort. Des lignes lumineuses jaillirent, les reliant pour former un réseau scintillant.

Des neurones…, comprit Langdon.

— C'est à cause de la structure même de notre cerveau.

Au-dessus de leurs têtes, des jonctions palpitèrent, envoyant des impulsions électriques dans la myriade de fibres.

— Comme un ordinateur organique, continua Edmond Kirsch, notre cerveau a un système d'exploitation : une série de règles qui organisent et gèrent le flux chaotique d'informations au fil de la journée – des mots, une chanson connue, le bruit d'une sirène, le goût du chocolat. Comme vous l'imaginez, ce flux est frénétique et ininterrompu, et notre cerveau doit tirer du sens de tout cela. C'est précisément la programmation de notre système interne d'exploitation qui définit notre perception de la réalité. Malheureusement, celui qui a écrit le programme avait un sens tordu de l'humour. En d'autres termes, ce n'est pas de notre fait si nous croyons à ces sornettes.

Les synapses dans le ciel se réorganisèrent pour former des images familières : des cartes du tarot, Jésus marchant sur l'eau, L. Ron Hubbard et son Église de scientologie, Osiris le dieu égyptien, Ganesh, l'éléphant à quatre bras des hindous, une statue de la Vierge Marie versant de véritables larmes.

— En tant que programmeur moi-même, je m'interroge : quelles lignes de commande dans notre OS peuvent-elles être à l'origine d'un tel illogisme ? Si on pouvait y regarder de plus près, on trouverait sans doute quelque chose comme ça.

Deux instructions s'affichèrent dans le ciel :

CHASSER LE CHAOS
CRÉER DE L'ORDRE

— C'est notre programme central. Et c'est exactement ce que font les humains. Ils luttent contre le chaos. Et favorisent toujours l'ordre.

Une cacophonie de notes discordantes emplit soudain la salle, comme si un enfant malmenait les touches d'un piano. Langdon, ainsi que le reste de l'assistance, se raidit.

— C'est insupportable, n'est-ce pas ! lança la voix de Kirsch. Et pourtant si nous arrangeons ces mêmes notes dans un certain « ordre »…

L'aléatoire céda peu à peu le pas à une mélodie apaisante : le *Clair de Lune* de Debussy.

La tension dans la salle disparut dans l'instant.

— Notre cerveau apprécie. Mêmes notes. Même instrument. Mais Debussy a créé de l'ordre. Et c'est cette inclination pour l'ordre qui incite les hommes à terminer des puzzles ou à mettre d'équerre des tableaux sur un mur. Notre propension à l'organisation est inscrite dans nos gènes. Et il n'est pas surprenant que la plus grande invention humaine soit une machine qui arrange le chaos. L'ordinateur, « celui qui crée de l'ordre ».

L'image d'un supercalculateur apparut, avec un jeune homme assis derrière le terminal.

— Imaginez que vous ayez à votre disposition une machine ayant compilé toutes les connaissances du monde et que l'on vous autorise à lui poser les questions que vous voulez. Il y a fort à parier qu'il y aura dans le lot l'une des deux questions qui hantent l'humain depuis qu'il a acquis une conscience.

L'opérateur tapa au clavier et le texte s'inscrivit dans le ciel :

D'où venons-nous ?
Où allons-nous ?

— En d'autres termes, reprit Edmond, vous voudrez connaître nos origines et notre avenir. Mais quand vous posez cette question à un ordinateur, voilà ce qu'il répond :

Données Insuffisantes. Aucune Réponse Possible.

— Ça ne nous avance guère. Mais cela a le mérite d'être honnête.

Au plafond, l'image d'un cerveau remplaça la machine.

— Mais que se passe-t-il si l'on pose la question « d'où venons-nous » à un ordinateur biologique ? La réponse n'est pas du tout la même.

Du cerveau jaillit un flot de représentations religieuses : Dieu insufflant la vie dans Adam, Prométhée fabriquant avec de la boue le premier cerveau humain, Brahmā créant des hommes à partir de morceaux de son propre corps, un dieu africain traversant les nuages pour déposer deux humains sur terre, un autre, nordique celui-là, façonnant un homme et une femme dans du bois flotté.

— Et si on lui demande : « Où allons-nous ? »

De nouvelles images s'échappèrent du cerveau : des cieux d'une blancheur immaculée, des brasiers ardents, des hiéroglyphes du *Livre des morts des anciens Égyptiens*, des pierres pour faciliter le voyage astral, la vision des Champs Élysées dans la Grèce antique, le *Guilgoul haNeshamot* des kabbalistes, le septénaire de la Société théosophique.

— Pour l'esprit humain, n'importe quelle réponse vaut mieux qu'aucune. On n'aime pas lire : « Données insuffisantes. » Notre cerveau en invente donc, dans le but de nous donner une illusion d'ordre. Autrement dit, il nous bricole une myriade de mythes, de cultes et de divinités pour nous rassurer, nous laisser croire qu'il y a un ordre et une structure qui nous demeurent invisibles.

Les images religieuses défilaient et le ton de Kirsch monta :

— D'où venons-nous ? Où allons-nous ? Ces questions fondamentales sont mon obsession depuis toujours. Pendant des années, j'ai rêvé de trouver la réponse. (Kirsch marqua une pause avant de reprendre, plus grave :) Malheureusement, à cause des dogmes religieux, des millions de personnes pensent connaître la réponse à ces deux questions. Et parce que chaque religion donne des réponses différentes, les gens se font la guerre pour décider qui détient les bonnes, quelle version de Dieu est la Seule et l'Unique.

Il y eut dans le ciel des explosions, de la mitraille, un diaporama décrivant les guerres de religion avec leur cohorte de réfugiés, de familles déplacées, de morts.

— Depuis le début de l'histoire humaine, notre espèce est prise sous ce feu croisé – athées, chrétiens, musulmans, juifs, hindouistes et autres cultes – et la seule chose qui nous unit, que nous partageons tous, c'est notre désir de paix.

Les images de guerre s'évanouirent et le ciel étoilé, immense et silencieux, revint.

— Imaginez ce qui se passerait si nous avions enfin la réponse à ces questions… Si, enfin, nous avions tous la même preuve – irréfutable – et que nous n'avions d'autre choix que de l'accepter… Tous réunis en une seule espèce. Une seule et unique.

Un prêtre apparut dans le ciel, les yeux clos, en prière.

— Les questions spirituelles ont toujours été la chasse gardée des religions qui nous demandent de croire aveuglément en leur vérité, même quand elles n'ont aucun sens.

Des fidèles traversèrent la voûte, les yeux clos eux aussi, chantant, dansant, se signant, s'agenouillant…

— La foi… dans son essence même, c'est s'en remettre à l'inconnu, à l'indéfinissable, c'est accepter de croire en quelque chose sans avoir la moindre preuve, même empirique, de sa réalité. Et bien sûr, avec le temps, nous finissons par croire avec ferveur et sincérité en toutes sortes de choses parce qu'il n'y a pas, dans le domaine de la foi, de vérité universelle. (Kirsch fit une nouvelle pause avant de continuer :) En revanche…

Au plafond, il n'y avait plus qu'une seule image : une chercheuse l'œil rivé à un microscope.

— … la science est l'antithèse de la foi. La science, par définition, cherche à apporter une explication vérifiable à ce qui est inconnu et encore indéfinissable. Elle rejette les superstitions, les illusions au profit de faits quantifiables. Lorsque la science apporte une réponse, elle est *de facto* une vérité universelle. Et jamais les hommes ne se font la guerre en son nom. Au contraire, la science rassemble.

À l'écran défilaient les figures emblématiques de la NASA, du CERN et d'autres temples de la science, où des chercheurs de toutes origines travaillaient avec la même ferveur à révéler au monde la moindre parcelle de connaissance.

— Chers amis, poursuivit Edmond Kirsch en baissant le ton. J'ai fait bien des prédictions dans ma vie. Et je vous en annonce une autre ce soir. (Il prit une longue inspiration.) Le temps de la religion est terminé.

Un silence de plomb tomba sur la salle.

— Ce soir, l'humanité va faire un pas de géant et entrer de plain-pied dans une nouvelle ère : celle de la science !

Langdon sentit un frisson le parcourir. Il ignorait la teneur de cette découverte, mais l'enjeu était évident : c'était Edmond Kirsch contre les religions du monde.

18.

ConspiracyNet.com

EDMOND KIRSCH EN DIRECT

UN FUTUR SANS RELIGION ?

Dans une allocution (*en cours*) suivie par trois millions de personnes, le futurologue Edmond Kirsch s'apprête à révéler une découverte scientifique qui va donner une réponse aux deux questions existentielles de l'humanité.

Après une introduction enregistrée du professeur Robert Langdon, Edmond Kirsch s'est lancé dans une critique acerbe des croyances religieuses, et a fait cette prédiction : « Le temps de la religion est terminé. »

Pour l'instant, le scientifique iconoclaste se montre plus réservé et respectueux que de coutume. Pour les meilleures tirades anticléricales de Kirsch, cliquez ICI.

19.

Juste derrière la paroi de tissu qui fermait le dôme, l'amiral Ávila s'était mis en position, caché par l'enchevêtrement des poutrelles métalliques. Profitant de l'obscurité, il avait atteint le fond de la salle.

Sans bruit, il sortit de sa poche son rosaire.

Il n'y aura pas de deuxième chance.

Il suivit du bout des doigts la succession de perles jusqu'à trouver le gros crucifix en métal. Au portique de sécurité, les gardes ne s'étaient doutés de rien.

Grâce à la lame de rasoir cachée dans la tige de la croix, Ávila découpa une fente verticale de vingt centimètres dans le tissu. Il écarta doucement les pans. Derrière, c'était l'autre monde : des centaines de personnes allongées dans l'herbe, le nez vers les étoiles.

Ils ne savaient pas ce qui allait se passer !

Ávila nota avec satisfaction que les deux agents de la Guardia Real étaient postés à l'angle opposé de la salle. Ils se tenaient au garde-à-vous, dans l'ombre d'un bouquet d'arbres. Avec cette pénombre, ils ne pouvaient le voir.

À côté d'eux, une seule personne : Ambra Vidal, la directrice du musée. Elle semblait tendue.

Certain d'avoir trouvé le bon affût, Ávila referma la fente et reporta son attention sur le crucifix. Sur la plupart des croix, les bras transversaux étaient solidement fixés sur la tige, mais sur son modèle ils étaient tenus par un simple aimant.

Il tira sur l'un des bras pour le désolidariser et un petit objet cylindrique tomba dans sa paume. Il fit de même avec l'autre bras. Le crucifix n'était plus qu'un bout de métal suspendu au bout de sa chaîne.

Il rangea le rosaire dans sa poche.

J'en aurai besoin sous peu.

Il observa les deux objets au creux de sa main.

Des balles à courte portée.

Dans son dos, dissimulé sous sa ceinture, il récupéra un autre objet.

Il s'était passé des années depuis qu'un gamin nommé Cody Wilson avait conçu le « Liberator », le premier pistolet fabriqué avec une imprimante 3D. La technologie avait bien progressé depuis. Le nouveau pistolet, mi-plastique mi-céramique, n'avait pas beaucoup de puissance, mais ce qu'il n'avait pas en portée, il le gagnait en furtivité.

Il me suffit d'être tout près.

Si tout se passait comme prévu, sa position de tir serait parfaite.

Le Régent avait eu connaissance du déroulé exact de la cérémonie. Et il avait expliqué à Ávila comment accomplir sa mission. Ce serait brutal mais, après avoir entendu le préambule de Kirsch, Ávila était convaincu que son péché lui serait pardonné.

« Nos ennemis nous déclarent la guerre, avait dit le Régent. C'est nous ou eux. »

*

Debout dans l'angle de la salle, Ambra Vidal espérait que son inquiétude ne se verrait pas trop.

Edmond lui avait dit qu'il s'agissait d'une simple communication scientifique !

Le futurologue américain n'avait jamais caché son aversion pour les religions, mais la jeune femme n'imaginait pas que la diatribe irait aussi loin.

Il n'avait rien voulu lui montrer avant.

Il y aurait sûrement des conséquences. Le conseil d'administration du musée n'allait pas apprécier. Mais, pour l'heure, ses inquiétudes étaient d'ordre beaucoup plus personnel.

Deux semaines plus tôt, Ambra avait annoncé à un homme très important qu'elle allait participer à cette soirée. L'homme l'avait sommée de déclarer forfait. Il était trop dangereux d'accueillir cette présentation sans en connaître le contenu – en particulier quand l'auteur était un électron libre comme Edmond Kirsch.

Il m'a quasiment ordonné d'annuler ! se souvenait-elle. D'un ton condescendant qui l'avait agacée.

À présent, Ambra, seule sous ce ciel étoilé, se demandait si cet homme suivait l'événement en direct, en se tenant la tête dans les mains.

Bien sûr qu'il regardait ! La seule vraie question était : qu'allait-il faire ?

*

Au tréfonds de la cathédrale de l'Almudena, l'archevêque Valdespino était assis à son bureau, livide, les yeux rivés à l'écran de son ordinateur. Tout le monde au Palais royal devait suivre la retransmission, cela ne faisait aucun doute. En particulier Julián, le prince héritier.

Il devait voir rouge.

Ce soir, l'un des plus prestigieux musées d'Espagne permettait à un athée notoire d'organiser « un grand coup médiatique contre l'Église », comme le disaient les commentateurs. Et pour couronner le tout, la directrice du musée en question était l'une des personnes les plus en vue du pays – la magnifique Ambra Vidal –, une femme qui faisait la une des journaux depuis deux mois et suscitait une vague de ferveur dans tout le pays. Comment avait-elle pu tout mettre en péril en accueillant dans ses murs cette abomination ?

Le prince n'avait pas d'autre choix que de monter au créneau et de faire une déclaration.

Après les événements de ce soir, sa position de futur roi d'Espagne allait se trouver fragilisée, d'autant plus qu'il avait lui-même placé Ambra Vidal sous les feux des projecteurs.

En annonçant au pays tout entier qu'il allait l'épouser.

20.

Robert Langdon n'aimait pas la tournure que prenait la cérémonie.

Cela devenait une charge contre la foi en général. Edmond avait-il oublié qu'il ne parlait pas seulement aux agnostiques de cette salle, mais aussi à des millions de personnes sur terre ?

Visiblement, il cherchait la controverse.

Langdon était troublé par son apparition au programme. Bien sûr cette vidéo était un hommage. Mais, par le passé, Langdon s'était déjà attiré involontairement les foudres du Vatican et il ne tenait pas à renouveler l'expérience.

Il s'agissait néanmoins d'une attaque au vitriol et Langdon repensa au message de l'archevêque Valdespino. *Aucun danger ? Vraiment ?*

La voix d'Edmond tonnait sous le dôme. Sur la voûte défilait une collection de signes religieux.

— Je dois reconnaître, disait-il, que j'ai longtemps hésité à faire cette communication. En particulier parce qu'elle pouvait heurter les sensibilités. (Il fit une pause.) Alors, il y a trois jours, j'ai fait quelque chose qui ne me ressemble pas. Par égard pour les diverses religions, et pour mesurer la réaction des croyants à l'annonce de ma découverte, je suis allé rendre visite en secret à trois grands érudits du monde religieux – un représentant de l'islam, un de l'Église catholique et un dernier du judaïsme – et je leur ai révélé le résultat de mes travaux.

Des murmures étonnés parcoururent la salle.

— Comme je m'y attendais, il y a eu chez ces hommes de la surprise, de l'inquiétude, et aussi de la colère. Même si leur réaction a été négative, je veux les remercier de m'avoir rencontré. Par égard pour eux, je ne révélerai pas leurs noms, mais je veux leur dire ce soir que je les remercie de n'avoir pas tenté de saborder cette représentation. (Nouveau silence.) Et Dieu sait qu'ils en avaient les moyens !

Adroitement, Kirsch couvrait ses arrières. Langdon fut impressionné par la manœuvre. Cette rencontre avec des responsables religieux ne traduisait pas une volonté de transparence et d'équité envers les diverses confessions du monde. Ce mini-sommet à Montserrat était en fait une opération de communication.

Une façon de s'offrir, à moindres frais, un certificat de bonne conduite.

— Historiquement, la ferveur religieuse a toujours étouffé le progrès scientifique. Ce soir, j'exhorte les guides spirituels du monde entier à réagir avec mesure, à tenter de comprendre dans leur cœur la portée de ce que je vais annoncer. Je vous en conjure, ne répétons pas les erreurs du passé. Pas de violence ni de bain de sang !

Sur le dôme apparut une ville ancienne, une métropole fortifiée sur les berges d'un fleuve traversant le désert.

Bagdad ! Elle était facilement reconnaissable avec ses trois murs d'enceintes circulaires.

— Au VIIIe siècle, Bagdad était un haut lieu de la culture. On enseignait dans ses universités toutes les religions, toutes les philosophies, toutes les sciences. Pendant cinq cents ans, cette cité a été, comme nulle autre pareille, le berceau d'extraordinaires découvertes scientifiques. Et dont l'influence perdure encore aujourd'hui.

Au-dessus de la tête du public les étoiles réapparurent, cette fois nombre d'entre elles étaient identifiées : *Véga, Bételgeuse, Rigel, Algebar, Deneb, Acrab, Kitalpha.*

— Ce sont des mots d'origine arabe. À ce jour, plus des deux tiers des étoiles portent des noms issus de cette langue.

Les inscriptions s'évanouirent dans le ciel.

— Et bien sûr, si nous voulons compter ces astres...

Une numérotation apparut :

I, II, III, IV, V...

Et s'interrompit aussitôt.

— Nous ne nous servons pas des chiffres romains. Mais des chiffres arabes.

La numérotation reprit du début :

1, 2, 3, 4, 5...

— Les inventions de l'islam sont encore si nombreuses ! Et elles ont gardé, aujourd'hui encore, leurs noms arabes.

Le mot ALGÈBRE traversa le dôme, traînant derrière lui une série d'équations. Puis le mot ALGORITHME, accompagné d'une suite tout aussi prodigieuse de formules. Puis AZIMUT, le système de relevé des directions des objets sur un plan horizontal. Et la cohorte s'accéléra : NADIR, ZÉNITH, ALCHIMIE, CHIMIE, CHIFFRE, ÉLIXIR, ALCOOL, ALCALIN, ZÉRO...

En regardant ces noms arabes se succéder dans le ciel, Langdon eut un pincement au cœur. Pour tous ses concitoyens, Bagdad n'était plus qu'un amas de gravats au Moyen-Orient, une ville ravagée par la guerre. Peu d'entre eux soupçonnaient que la cité avait été un temple du savoir.

À la fin du xɪe siècle, les plus grandes découvertes et inventions se faisaient à Bagdad. Mais tout avait brusquement changé quand Hamid al-Ghazali, un théologien considéré aujourd'hui comme l'une des plus importantes figures du monde arabe, avait écrit une série de textes remettant en cause les idées de Platon et d'Aristote. En affirmant que les mathématiques étaient « la philosophie du diable », ces textes signèrent la fin de la pensée rationnelle en Islam. L'étude de la théologie fut déclarée obligatoire. Et c'en fut fini du progrès.

Les termes scientifiques disparurent dans le ciel, chassés par des textes religieux.

— La *révélation* a remplacé la *réflexion*. Et à ce jour, le monde islamique ne s'en est toujours pas remis. Du reste, les savants dans le monde chrétien n'ont pas été mieux lotis.

Les portraits de Copernic, Galilée, Bruno, passèrent au-dessus de Langdon.

— L'Église, qui a fait emprisonner, exécuter, ou assassiner nombre d'éminents savants, a ralenti d'au moins un siècle la marche du progrès. Heureusement, aujourd'hui, les bienfaits de la science sont reconnus de tous, et l'Église a tempéré ses attaques. (Edmond soupira.) Enfin, il faut le dire vite…

Un emblème apparut sur le dôme, un globe terrestre, traversé d'une croix et du caducée des médecins, avec le texte :

Congrès pour la science et la vie. Madrid.

— Ici même. En Espagne, la Fédération internationale des associations de médecins catholiques a déclaré la guerre à la recherche génétique, déclarant textuellement que « la science manque d'âme » et qu'elle doit être placée sous la tutelle de l'Église.

Le globe terrestre se transforma en une série de cercles concentriques : un plan simplifié d'un accélérateur de particules.

— Et voici le projet *Desertron*, le plus grand collisionneur de hadrons du monde. Avec cette machine,
on allait pouvoir explorer les premiers instants de la
Création. Ironie du sort, l'installation devait se trouver
au Texas, au cœur de la Bible Belt, les terres les plus
puritaines du pays.

Le plan devint une image d'un grand chantier dans
le désert texan. L'accélérateur, à moitié construit, était
envahi par la poussière, abandonné.

— Le grand collisionneur américain pouvait aider
l'humanité à comprendre l'univers, mais le projet, jugé
trop cher, a été annulé suite à un lobbying inattendu.

Une vidéo fut diffusée : un jeune télévangéliste agitant le livre du Prix Nobel Leon Lederman, *The God
Particle* – la Particule de Dieu –, surnom donné au boson
de Higgs que personne n'avait encore trouvé. Rouge de
colère, le prêcheur haranguait ses ouailles : « C'est dans
nos cœurs que nous devons chercher Dieu ! Pas dans
celui des atomes ! Dépenser des milliards pour cette
machine absurde, c'est une honte pour le Texas, et un
affront à notre Seigneur ! »

La voix de Kirsch revint :

— Ces conflits ne sont que des escarmouches d'une
guerre menée à l'échelle planétaire.

Au plafond, défila alors un patchwork de photos
choc : des manifestations devant des laboratoires de
recherches, un prêtre s'immolant par le feu devant une
conférence transhumaniste, des évangélistes brandissant le livre de la Genèse, le poisson « Jésus » dévorant
le poisson de Darwin, des affiches haineuses condam-
nant la recherche sur les cellules souches, les droits des
homosexuels, l'avortement, et d'autres affiches, non
moins venimeuses, en réponse.

Langdon sentit une curieuse trépidation dans son corps, comme si un métro passait au loin sous terre. Mais les vibrations continuaient d'augmenter. Sous lui, le sol tremblait réellement ! Des ondes profondes, puissantes qui gagnaient tout le dôme. Un grondement irrépressible. On aurait dit une cataracte.

Langdon comprit que le son provenait de haut-parleurs cachés sous le gazon. Des embruns froids et invisibles vinrent éclabousser son visage et l'herbe tout autour. Comme s'il se trouvait au milieu d'une rivière en furie !

— Vous entendez ce bruit ? criait Kirsch. C'est le fleuve de la connaissance, son flot inexorable !

L'eau ruisselait sur les joues de Langdon.

— Depuis que l'homme a découvert le feu, poursuivit Kirsch, ce fleuve ne cesse de gagner en puissance. Chaque découverte ouvre la voie à d'autres découvertes, chacune apportant sa goutte d'eau. Aujourd'hui, nous sommes à la naissance d'un tsunami, un déluge qui va tout emporter sur son passage !

Le dôme tremblait de toutes parts.

— D'où venons-nous ? Où allons-nous ? Nous devrions connaître ces réponses. C'est notre destinée. Nos capacités d'investigation ont augmenté de façon exponentielle. Le temps est venu !

Maintenant, les embruns étaient emportés par des bourrasques, le vacarme était assourdissant.

— Ouvrez les yeux. Il a fallu aux premiers humains plus d'un million d'années après la découverte du feu pour inventer la roue. Puis quelques milliers d'années pour inventer l'imprimerie. Puis deux cents ans pour construire un télescope. Et puis, successivement, en un laps de temps de plus en plus court, la machine à vapeur, le moteur à explosion, la navette spatiale ! Et en seulement vingt ans, nous avons été capables de modifier notre propre ADN !

» À présent, nos progrès technologiques se mesurent en mois. En un rien de temps, nos superordinateurs d'aujourd'hui feront figure de vulgaires bouliers ! Nos techniques de chirurgie seront jugées barbares ! Et nos sources d'énergie paraîtront aussi surannées qu'une bougie !

Le fracas du fleuve grandissait encore et encore. Et la voix d'Edmond tonnait...

— Les premiers Grecs devaient remonter plusieurs siècles pour étudier les anciennes civilisations, mais nous, il nous faut sauter une seule génération pour trouver des gens qui vivaient sans la technologie que nous connaissons aujourd'hui. La chronologie de l'humanité s'accélère ; l'espace qui sépare l'ancien du moderne se réduit telle une peau de chagrin. C'est pourquoi je peux vous garantir que d'ici quelques années le développement humain aura été surprenant, incroyable, totalement inconcevable.

Brusquement, le grondement cessa. Le silence revint. Avec le ciel étoilé, la brise légère, le chant des grillons.

L'assistance poussa un soupir de soulagement.

Edmond reprit, dans un murmure cette fois :

— Mes amis, je sais que je vous ai promis une découverte, et je vous remercie d'avoir suivi ce préambule. Il est temps maintenant de nous libérer de nos chaînes, de tirer un trait sur le passé, et de connaître le grand frisson : celui d'entrer dans une nouvelle ère.

À ces mots, un brouillard nimba le dôme. Une pâle lueur éclaira le ciel, comme une aube naissante.

Le faisceau d'un projecteur traversa l'espace pour éclairer le fond de la salle. Tout le monde se redressa et tourna la tête, scrutant le brouillard dans l'espoir de voir apparaître le maître de cérémonie. Mais après quelques secondes, le faisceau repartit de l'autre côté de la salle.

Le public suivit le rayon lumineux des yeux.

Sur un podium qui n'était pas là quelques instants plus tôt, se tenait Edmond Kirsch en chair et en os, tout sourire.

— Bonsoir, mes chers amis, déclara-t-il alors que le brouillard se dissipait.

Les spectateurs se levèrent et commencèrent à l'applaudir à tout rompre. Incapable de cacher sa jubilation, Langdon se mit lui aussi debout.

Il l'a fait ! Le coup de l'apparition dans un nuage de fumée !

Pour l'instant, malgré son côté ouvertement antireligieux, la présentation de ce soir avait été un tour de force – inventive, audacieuse, comme son auteur. Pas étonnant que tant de libres-penseurs idolâtrent Edmond Kirsch.

En tout cas, il ne verse pas dans la langue de bois !

Quand le visage de Kirsch apparut à l'écran, il paraissait moins pâle – les maquilleurs avaient accompli leur petit miracle. Cependant il avait toujours les traits tirés.

La *standing ovation* était si enthousiaste que Langdon faillit ne pas sentir les trépidations contre son torse. Par réflexe, il porta la main à son téléphone, avant de se souvenir qu'il était éteint. Curieusement, les vibrations provenaient d'un autre appareil dans sa poche de poitrine – l'oreillette où Winston semblait s'époumoner.

Ce n'était pas le moment !

Langdon installa tant bien que mal l'appareil sur sa tête. Dès que les coussinets touchèrent l'os, il entendit la voix de Winston :

— Répondez, professeur ! Les téléphones sont coupés. Vous êtes mon seul contact ! Vous êtes là ?

— Oui, Winston, je suis là, répliqua Langdon en haussant le ton pour se faire entendre.

— Professeur, nous avons un gros problème !

21.

Edmond Kirsch avait connu bien des succès, et il ne boudait pas ses moments de gloire, mais jamais il n'avait ressenti une telle satisfaction. Debout sur le podium, il laissait la joie l'envahir. Il était sur le point de changer le monde.

Asseyez-vous, mes amis. Le meilleur est à venir.

Alors que le brouillard se dissipait, Edmond se retint de regarder son visage qui s'affichait en gros plan sur le dôme comme sur des millions d'ordinateurs aux quatre coins de la planète.

C'est un événement mondial, songea-t-il avec fierté. Qui transcende les frontières, les classes et les croyances.

Il jeta un coup d'œil sur sa gauche pour lancer un petit signe de gratitude à Ambra Vidal qui depuis des mois avait travaillé sans relâche à l'organisation de cette soirée. Toutefois, à sa surprise, la jeune femme ne le regardait pas. Elle observait d'un air inquiet quelque chose dans la foule.

*

Que se passe-t-il ? se demandait la jeune femme.

Au milieu de la salle, un homme en smoking fendait la foule en agitant les bras. Il semblait paniqué et avançait dans leur direction.

C'était Robert Langdon, le professeur de la vidéo !

Les deux agents de la Guardia l'avaient eux aussi repéré et s'apprêtaient à l'arrêter.

Qu'est-ce qui lui prenait ?

Ambra se tourna vers le podium en se demandant si Kirsch avait remarqué cette agitation. Mais il ne regardait pas le public. Il la regardait elle.

Edmond ! Attention !

Une détonation retentit sous le dôme. La tête d'Edmond se renversa en arrière. Ambra vit avec horreur un cratère rouge grossir au milieu de son front, ses yeux rouler dans leur orbite, tandis que ses mains se cramponnaient toujours au pupitre, tétanisées. Le futurologue chancela un instant, avec une expression de profonde confusion, puis, tel un arbre, bascula sur le sol, sa tête heurtant violemment le gazon artificiel.

Avant que Ambra ait eu le temps de reprendre ses esprits, l'un des agents de la Guardia Real l'avait plaquée au sol.

*

Le temps sembla s'arrêter.

Un grand silence tomba sur la salle, puis ce fut la panique.

Sous le dôme où était projetée l'image du corps ensanglanté de Kirsch, la foule se précipitait vers la sortie, craignant une fusillade.

Au milieu de ce pandémonium, Robert Langdon était comme pétrifié. Non loin de lui, il regardait son ami qui gisait sur le flanc, face à son public, une plaie béante au front. Par une ironie du sort, son visage était toujours éclairé par le projecteur de la caméra, fixée sur son pied, et ce spectacle macabre était diffusé sur toute la planète.

Avec l'impression de se déplacer au ralenti, Langdon se dirigea vers la caméra pour l'orienter vers le haut, afin qu'elle cesse de filmer Edmond. Puis, bousculé par les gens qui fuyaient la salle, il contempla son ami. Il était mort. C'était certain.

Seigneur, Edmond, j'ai essayé de te prévenir, mais Winston m'a averti trop tard!

Sur le côté, un agent de la Guardia protégeait Ambra Vidal de son corps. Quand Langdon voulut s'approcher d'elle, l'agent réagit aussitôt en fonçant sur lui. L'homme le heurta de plein fouet, et son épaule le percuta au sternum. Sous le choc, Langdon fut projeté en arrière et se retrouva affalé sur l'herbe synthétique, le souffle coupé. Des mains le retournèrent aussitôt, lui tordirent le bras dans le dos, et le plaquèrent au sol. Il ne pouvait plus bouger.

— Vous saviez ce qui allait se passer! hurla l'agent. C'était quoi votre rôle? Faire diversion?

*

À vingt mètres de là, l'agent Rafa Díaz, gêné par la foule, tentait de repérer d'où était parti le coup de feu.

Ambra Vidal est en sécurité, se dit-il après avoir vu son collègue la couvrir de son corps.

Quant à la victime, on ne pouvait plus rien pour elle. Kirsch était mort avant même d'avoir touché le sol.

Bizarrement, l'un des invités semblait être au courant de l'attaque et s'était précipité vers l'estrade juste avant.

Mais cela aussi, ça pouvait attendre.

Pour le moment, il y avait une urgence.

Arrêter le tireur.

Quand Díaz atteignit l'endroit où il avait repéré l'éclair provoqué par le tir, il découvrit une fente dans la tenture. Il plongea la main dans l'ouverture, déchira le tissu jusqu'en bas et se retrouva devant un entrelacs d'échafaudages.

Sur sa gauche, il avisa une silhouette – un grand type dans un uniforme blanc qui courait vers une sortie de secours à l'autre bout de la salle. Il ouvrait déjà la porte pour s'échapper.

Díaz s'élança à sa poursuite, se faufilant entre les étais métalliques et le fouillis d'appareils. Il ouvrit à son tour la porte qui donnait sur une cage d'escalier. Il se pencha à la balustrade et aperçut le fugitif deux étages au-dessous. Díaz dévala l'escalier en spirale. Tout en bas, une autre porte claqua.

L'homme allait quitter le bâtiment !

Quand Díaz arriva au rez-de-chaussée, il piqua un sprint vers la sortie de secours – une double porte munie de barres horizontales. Il s'y appuya de tout son poids. Mais, à l'inverse des précédentes, les portes refusèrent de s'ouvrir. Díaz s'élança contre les battants d'acier ; le choc le projeta au sol.

Malgré sa douleur à l'épaule, il se releva.

Passé quelques centimètres, les vantaux étaient bloqués. Juste assez entrouverts pour que Díaz comprenne d'où venait le problème.

Les poignées, de l'autre côté, étaient retenues par une sorte de chaîne constituée de grosses perles.

Un rosaire ?

Díaz s'arc-bouta contre les battants mais l'attache tenait bon. Comment ce rosaire pouvait-il être aussi solide ?

— *¿ Hola ?* appela-t-il dans l'écartement. *¿ Hay alguien ?*

Silence.

Derrière les portes, il distinguait un haut mur de ciment. Une allée de service. Il y avait peu de chance que quelqu'un traîne dans les parages. N'ayant pas d'autres options, Díaz sortit son pistolet caché sous sa veste et glissa le canon dans l'ouverture. En bon catholique, il n'était pas très à l'aise.

Tirer sur un rosaire ! *Que Dios me perdone.*

Les restes du crucifix se balançaient devant la gueule noire de l'arme.

Il pressa la détente.

La déflagration retentit et les portes cédèrent. Díaz s'élança dans l'allée déserte tandis qu'une pluie de perles tintinnabulaient sur le sol.

L'assassin en blanc avait disparu.

*

À cent mètres de là, assis à l'arrière d'une Renault noire, l'amiral Luis Ávila s'éloignait du musée.

Le fil de Vectran de son rosaire avait fait son office, et retardé ses poursuivants.

Et maintenant, je disparais !

La voiture filait au nord-ouest le long des méandres du Nervion et se fondait dans la circulation de l'Abandoibarra. Ávila pouvait enfin se détendre.

Sa mission du soir était accomplie. Une réussite.

Dans sa tête, il entendait les notes glorieuses de la marche d'Oriamendi, qui avait résonné autrefois sur le champ sanglant d'une bataille ici même à Bilbao. *¡ Por Dios, por la Patria y el Rey !*

Ce chant de ralliement était oublié depuis long-temps… mais la guerre ne faisait que commencer.

22.

Le Palais royal de Madrid est l'un des plus grands palais d'Europe, une fusion étonnante des styles classique et baroque. Édifié à la place d'un château mauresque du IXe siècle, le Palais se dresse sur trois niveaux, avec des colonnes qui rythment la façade sur toute la largeur de la Plaza de la Armería. À l'intérieur, un labyrinthe vertigineux de trois mille quatre cent dix-huit pièces occupe une surface de cent trente-cinq mille mètres carrés. Les salons, les chambres renferment une collection impressionnante de tableaux dont des chefs-d'œuvre de Velázquez, Goya et Rubens.

Pendant des générations, l'édifice avait été la résidence des rois et reines d'Espagne, mais il n'avait plus que des fonctions protocolaires, depuis que la famille royale avait préféré s'installer dans le plus modeste Palais de la Zarzuela à l'extérieur de la ville.

Ces derniers mois toutefois, le Palais royal était devenu la résidence principale du prince héritier Julián – le futur roi de quarante-deux ans – à la demande de ses conseillers, pour qu'il soit « plus visible du pays » pendant ces heures sombres de la royauté.

Le père de Julián, le souverain actuel, se mourait du cancer. La maladie rongeant les facultés mentales du monarque depuis des mois, le Palais avait amorcé le transfert du pouvoir, préparant le prince à monter sur le trône dès que son père aurait trépassé. Le couronnement étant imminent, les Espagnols n'avaient plus qu'une question à l'esprit.

Quel suzerain serait Julián ?

Le prince, un enfant discret et réservé, avait été élevé avec le poids de la tradition. Sa mère était morte pendant qu'elle était enceinte de son second enfant et le roi, à la surprise de tout le monde, ne s'était pas remarié, faisant de Julián son seul et unique successeur.

La « dernière carte » de l'Espagne ! disaient les tabloïds anglais.

Parce que Julián avait grandi sous la coupe de son père catholique, les milieux conservateurs pensaient que le prince poursuivrait la tradition, afin de préserver le rayonnement de la couronne, et par-dessus tout, celui de la puissante Église espagnole.

Pendant des siècles, les rois très catholiques d'Espagne avaient été les gardiens de la morale. Cependant, ces dernières années, les fondations de l'Église commençaient à se lézarder et la péninsule Ibérique était le théâtre d'une lutte acharnée entre l'ancien monde et le nouveau.

Un nombre croissant de progressistes se faisait entendre sur Internet et les réseaux sociaux. On disait qu'une fois au pouvoir Julián sortirait de l'ombre de son père et révélerait sa véritable nature – un chef moderne, audacieux, qui prendrait le train du changement traversant la vieille Europe pour finalement abolir la monarchie.

Le père de Julián avait toujours été un roi très actif, laissant peu de place à son fils dans les affaires politiques. En public, le roi disait que ce dernier devait profiter de sa jeunesse, et que tant qu'il ne serait pas marié et n'aurait pas fondé de famille, il était inutile de le faire participer aux affaires de l'État. Ainsi, comme le rapportait la presse espagnole, les quarante premières années de la vie du prince n'avaient été qu'une succession d'écoles prestigieuses, de concours d'équitation, d'inaugurations, de galas de bienfaisance et de voyages. Bien qu'il n'eût rien accompli de notable durant son existence, le prince Julián restait le célibataire le plus en vue.

À quarante-deux ans, le prince avait eu beaucoup de prétendantes. On le disait grand romantique, pourtant aucune d'entre elles n'était parvenue à lui prendre son cœur. Ces derniers mois, toutefois, Julián avait été vu à plusieurs reprises en compagnie d'une jolie femme qui, outre son physique de mannequin, était la très respectée directrice du musée Guggenheim de Bilbao.

Les médias s'étaient aussitôt emballés : Ambra Vidal était « l'épouse parfaite pour un roi moderne ». Elle était cultivée, brillante et, plus important, elle n'était pas issue de la noblesse espagnole. Elle était une femme du peuple, et elle en était fière.

Le prince, apparemment, était du même avis, et peu de temps après leur rencontre Julián lui avait fait sa demande en mariage, d'une façon si romantique que la jeune femme n'avait pu refuser.

Dans les semaines qui suivirent, la presse s'était intéressée de près à Ambra Vidal. Elle était bien plus qu'un joli minois. C'était une femme indépendante et, même si elle était sur le point de devenir reine consort, elle refusait que la Guardia Real se mêle de son emploi du temps, ou assure sa protection hors des grands événements publics.

Quand le commandant de la garde royale avait discrètement suggéré à Ambra d'adopter des tenues plus classiques, celle-ci s'était publiquement moquée du commandant de la « garde-robe royale ».

La jeune femme figurait sur toutes les couvertures des magazines : « Ambra, le nouveau joyau de la couronne ! » Quand elle refusait une interview, on louait son « indépendance », et lorsqu'elle en acceptait une, son « accessibilité ».

Évidemment, les milieux conservateurs prétendaient que la prochaine reine était une opportuniste vénale qui aurait une influence désastreuse sur le futur roi. À preuve, ils rappelaient le mépris d'Ambra pour l'étiquette.

Elle appelait le prince par son simple prénom et non par le traditionnel Don Julián ou *su alteza*. Ce fut leur premier motif d'inquiétude.

Le deuxième, toutefois, semblait plus sérieux. Ces dernières semaines, Ambra n'avait pas eu un moment de libre pour le prince. Et pourtant, on l'avait aperçue à plusieurs reprises à Bilbao, en train de déjeuner avec un athée célèbre – le futurologue Edmond Kirsch.

Même si Ambra soutenait qu'il s'agissait de simples déjeuners de travail avec un généreux donateur du musée, certains laissaient entendre que Julián en prenait grand ombrage.

Comment ne pas le comprendre ! Quelques semaines seulement après leurs fiançailles officielles, la fiancée du prince préférait passer le plus clair de son temps avec un autre homme.

23.

Langdon était toujours plaqué dans l'herbe. L'agent de la Guardia Real l'écrasait de tout son poids.

Curieusement, il ne sentait rien.

Son esprit avait bien d'autres stimuli à gérer. La tristesse, la peur, la colère. L'un des plus grands esprits du monde, et un ami très cher, venait de disparaître.

Tué quelques instants avant de révéler la découverte majeure de son existence.

À la perte humaine s'ajoutait la perte scientifique.

Le monde ne saurait jamais ce qu'Edmond voulait annoncer.

Une bouffée de colère l'envahit.

Je vais tout faire pour identifier le coupable ! Je te le dois, Edmond. Et je trouverai le moyen de révéler au monde ta découverte !

— Vous étiez au courant ! répétait l'agent tout contre son oreille. Vous couriez vers la scène. Vous saviez ce qui allait se passer !

— J'ai été prévenu, grommela Langdon.

— Par qui ?

L'écouteur avait tourné sur sa tête, les coussinets n'étaient plus en contact avec ses os.

— L'audio-guide ! expliqua Langdon. C'est un ordinateur. Inventé par Edmond Kirsch. C'est lui qui m'a averti. Il m'a informé qu'il y avait eu un ajout sur la liste des invités. Un amiral à la retraite.

Le garde était si près de lui qu'il put entendre ce que son collègue lui précisait d'une voix haletante dans son oreillette. Malgré ses lacunes en espagnol, Langdon comprit que les nouvelles étaient mauvaises.

« ... *el asesino ha huido* ... »

« ... *salida bloqueada...* »

« ... *uniforme militar blanco...* »

En entendant ces derniers mots, l'agent de la Guardia relâcha sa pression sur Langdon.

— ¿ *Uniforme naval ?* demanda-t-il à son partenaire. ¿ *Blanco... como de almirante ?*

Son collègue confirma.

Winston disait donc vrai, songea Langdon.

— Tournez-vous ! lui ordonna l'agent.

Grimaçant de douleur, il roula sur le dos. Il avait le tournis et très mal à la poitrine.

— Ne bougez pas.

Il n'avait aucune intention de s'en aller. L'agent de la Guardia était un beau bébé de cent kilos et avait déjà prouvé qu'il prenait son travail très à cœur.

Le garde aboya des instructions dans sa radio et réclama des renforts.

— ¡ *Inmediatamente !*

« ... *policia local... bloqueos de carretera...* »

Langdon aperçut Ambra Vidal, elle aussi au sol, qui essayait de se relever. La jeune femme était encore sous le choc. Elle avait besoin d'aide.

Mais le garde hurlait, la tête levée vers le sommet du dôme :

— ¡ *Luces !* ¡ *Y cobertura de móvil !* Il me faut de la lumière et du réseau !

Langdon rajusta ses écouteurs.

— Winston, vous êtes là ?

L'agent de la Guardia regarda Langdon d'un air soupçonneux.

— Oui, professeur, je suis là, répondit Winston d'une voix égale.

— Edmond a été tué ! Il nous faut de la lumière et du réseau ! Vous pouvez vous occuper de ça ? Ou prévenir quelqu'un ?

Quelques secondes plus tard, les lumières de service s'allumèrent dans le dôme, chassant le ciel étoilé, pour révéler une étendue de gazon synthétique jonchée de couvertures abandonnées.

L'agent était impressionné par l'efficacité de Langdon. Il lui tendit le bras et l'aida à se relever. Le garde était grand, le crâne rasé, de gros muscles. Ses petits yeux étincelèrent au milieu de son visage blême et sévère.

— C'était vous sur la vidéo ? Vous êtes le professeur Langdon ?

— Oui. Edmond Kirsch était autrefois mon étudiant puis mon ami.

— Je suis l'agent Fonseca de la Guardia Real, se présenta-t-il dans un anglais parfait. Comment saviez-vous pour ce type ?

Langdon contempla le corps d'Edmond au pied du pupitre. Ambra était agenouillée auprès de lui, avec deux vigiles du musée et une équipe de secouristes. Ils avaient abandonné tout espoir de le ramener à la vie. Avec douceur, Ambra couvrit le visage de Kirsch sous une couverture.

Edmond... Langdon se sentit nauséeux.

— On ne peut plus rien pour lui, annonça le garde. Dites-moi comment vous saviez ! répéta-t-il.

Ce n'était plus une question, mais un ordre.

Langdon rapporta rapidement ce que lui avait dit Winston : un audio-guide avait été retrouvé par un vigile dans une corbeille. En vérifiant à qui avait été affecté cet appareil, on avait découvert qu'un nom avait été ajouté à la dernière minute sur la liste des invités.

— Impossible ! La liste est bouclée depuis hier. Et tous les invités ont fait l'objet d'une enquête poussée.

— Pas celui-là, intervint Winston dans les écouteurs. Cela m'a inquiété et j'ai fait une recherche. J'ai vu qu'il s'agissait d'un ancien amiral de la marine espagnole mis à pied pour alcoolisme et syndrome de stress post-traumatique après l'attentat terroriste à Séville il y a cinq ans.

Langdon transmit l'information au garde.

— La bombe à la cathédrale ?

— En outre, continua Winston, j'ai découvert que cet officier n'avait aucun lien avec Edmond. Cela a fait passer mes voyants d'alerte au rouge. J'ai donc contacté la sécurité du musée, mais sans information supplémentaire ils n'ont pas voulu interrompre la présentation – d'autant qu'elle était retransmise sur toute la planète. Ça se comprend. Cette soirée était si importante pour Edmond. Alors, je vous ai alerté. Mais j'aurais dû prendre des mesures plus drastiques. J'ai échoué.

Comme c'était troublant d'entendre une machine exprimer des remords. Langdon tourna la tête vers la dépouille d'Edmond et vit Ambra s'approcher d'eux.

— Cet ordinateur…, insista Fonseca. Il vous a donné un nom ?

— C'est l'amiral Luis Ávila.

À ces mots, Ambra s'immobilisa et regarda avec horreur Langdon.

Fonseca remarqua sa réaction.

— Mademoiselle Vidal ? Ce nom vous dit quelque chose ?

La jeune femme restait sans voix. Elle baissa les yeux vers le sol.

— Mademoiselle Vidal… Qui est cet amiral Ávila ? Vous le connaissez ?

Au bout d'un moment de flottement, Ambra finit par recouvrer ses esprits.

— Non. Je ne le connais pas, répondit-elle en regardant tour à tour Langdon et l'agent. J'ai juste été bouleversée d'apprendre que le tueur est un officier de notre marine.

Elle ment ! se dit Langdon.

— Qui était responsable de la liste des invités ? poursuivit Fonseca en faisant un pas vers Ambra. Qui a ajouté son nom ?

Les lèvres de la jeune femme tremblaient.

— Je ne sais pas.

L'interrogatoire du garde fut interrompu par un concert de sonneries de téléphone. Apparemment, Winston avait rétabli les communications. Le portable de Fonseca bourdonna dans sa poche.

Il regarda l'identité de l'appelant et poussa un long soupir avant de décrocher.

— *Ambra Vidal está a salvo*, annonça-t-il. Ambra Vidal est saine et sauve.

Langdon reporta son attention sur la jeune femme. Elle le regardait avec insistance.

— Professeur, intervint Winston au creux de son oreille. Ambra Vidal sait très bien comment le nom de l'amiral s'est retrouvé sur la liste. C'est elle qui l'y a mis.

Et elle ne veut pas le dire aux autorités ? s'étonna Langdon.

Contre toute attente, Fonseca tendit son téléphone à la jeune femme.

— *Don Julián quiere hablar con usted.*

Elle eut un mouvement de recul.

— Expliquez-lui que je vais bien. Que je le rappellerai plus tard.

Le garde n'en revenait pas. Il couvrit le micro et insista :

— *Su alteza Don Julián, el príncipe, ha pedido...*

— Je me fiche qu'il soit le prince ! S'il veut devenir mon mari, il faut qu'il apprenne à me laisser de l'air. Je viens d'être témoin d'un meurtre, j'ai besoin d'un peu de temps !

Fonseca la dévisagea avec un mélange de stupeur et de mépris. Puis il s'éloigna pour poursuivre sa conversation en privé.

Ainsi Ambra Vidal allait épouser le prince Julián ? Certes, cela expliquait la présence des gardes du corps, mais pas son refus de parler à son fiancé au téléphone. S'il avait vu les images, le prince devait être très inquiet...

Et soudain, une autre pensée, plus sinistre, lui vint :

Ambra Vidal avait donc des accointances avec le Palais royal de Madrid !

Cette coïncidence lui fit froid dans le dos. Le message que l'évêque Valdespino avait envoyé à Edmond paraissait soudain lourd de menaces.

24.

À deux cents mètres du Palais royal, dans la cathédrale de l'Almudena, l'archevêque retenait son souffle. Il portait encore ses habits de cérémonie et regardait sur son ordinateur les images en provenance de Bilbao.

Tout cela allait provoquer une tempête médiatique !
L'ensemble des journaux télévisés pressaient de questions leurs experts. Quelle était donc cette découverte que voulait révéler Kirsch ? Et qui l'avait tué ? Pourquoi ? De toute évidence quelqu'un ne voulait pas que cette information sorte.

Finalement, Valdespino alluma son téléphone et composa un numéro.

Köves décrocha à la première sonnerie.

— C'est terrible ! lâcha le vieux rabbin. On en parle partout à la télévision. Il faut contacter les autorités ! Leur dire ce que nous savons !

— Du calme, mon cher Yehouda, rétorqua Valdespino. Tout cela est horrible, j'en conviens, mais il ne faut prendre aucune décision précipitée. Il nous faut réfléchir.

— C'est bien réfléchi ! Quelqu'un est prêt à tout ! Ces gens sont des bouchers ! Ce sont eux qui ont tué Syed, j'en suis convaincu. Ils connaissent notre existence. Et oui, nous sommes les prochains sur la liste. Nous devons aller voir la police et tout leur dire. C'est une obligation morale !

— Une obligation morale ? Je crois plutôt que si vous voulez rendre la nouvelle publique c'est surtout pour sauver votre peau, et la mienne.

— Cela entre en ligne de compte, évidemment, mais nous avons néanmoins une responsabilité envers le monde. Bien sûr, cette découverte va ébranler nombre de nos croyances, cependant j'ai appris une chose dans ma longue vie : la foi survivra. Elle a toujours survécu. À toutes les crises. Et elle survivra à celle-ci, même si nous révélons à la terre entière la découverte de Kirsch.

— Je vous entends bien, mon ami, répliqua l'archevêque en s'efforçant de garder un ton égal. J'entends votre détermination, et je respecte votre point de vue. Je suis ouvert à la discussion, sachez-le, et je serais même prêt à changer d'avis. Mais je vous en conjure, si nous devons l'annoncer au monde, faisons-le ensemble. En pleine lumière. Avec force et honneur. Pas parce qu'on est terrorisés. Préparons un plan, répétons-le, et livrons cette nouvelle avec forme et solennité.

Köves ne répondit rien, mais Valdespino l'entendit soupirer.

— Yehouda, pour l'heure, le plus urgent c'est votre sécurité. Nous avons affaire à des tueurs. Et si vous attirez trop l'attention, en allant faire votre *mea culpa* à la police ou sur un plateau de télévision, cela pourrait mal finir. Je crains pour votre vie. Moi, je jouis d'une certaine protection ici, grâce à mes appuis au Palais. Mais vous, vous êtes tout seul à Budapest ! À l'évidence, la découverte de Kirsch sème la mort. D'abord, je veux vous mettre hors de danger, Yehouda.

— Vous êtes si loin. Comment pourriez-vous…

— J'ai les ressources de la famille royale à ma disposition. Enfermez-vous chez vous. N'ouvrez à personne. Je vais demander à deux agents de la Guardia Real de venir vous chercher pour vous ramener à Madrid. Vous serez à l'abri au Palais. Nous pourrons alors décider ensemble de la meilleure marche à suivre.

— Mais si nous ne parvenons pas à nous entendre ?

— Nous réussirons. Je sais que j'appartiens à la vieille école, mais je suis également réaliste. Comme vous. Nous trouverons la voie.

— Ou pas…, persista Köves. Que se passera-t-il alors ?

Valdespino sentit son estomac se serrer. Il resta silencieux, prit le temps de respirer pour conserver son calme.

— Yehouda, si vous et moi n'arrivons pas à un accord, nous nous séparerons en amis, et nous suivrons chacun notre route. Vous avez ma parole.

— Parfait. Dans ce cas, je viens à Madrid.

— En attendant, faites vos valises et ne parlez à personne. Je vous téléphonerai pour vous donner les détails de l'organisation… Gardez la foi. On se voit bientôt.

En raccrochant, Valdespino ressentit une angoisse sourde. Pour gérer Köves, il allait lui falloir plus que de la patience et de la raison.

Il paniquait !

Comme Syed, il ne voit pas le grand dessein.

L'archevêque ferma son ordinateur, le prit sous le bras et traversa le sanctuaire dans la pénombre. Il sortit de la cathédrale dans l'air froid de la nuit pour se diriger vers le Palais royal qui brillait de l'autre côté de la place.

Au loin, au-dessus des grandes portes, Valdespino apercevait les armoiries du pays, une couronne flanquée des colonnes d'Hercule, avec cette ancienne maxime latine *PLUS ULTRA*, qui signifiait « encore au-delà ». Pour certains, cette phrase faisait référence à la longue quête d'expansion de l'empire pendant son âge d'or. Pour d'autres, c'était la promesse d'une vie après la mort.

Que ce soit l'une ou l'autre de ces interprétations, la maxime perdait chaque jour un peu plus de son sens. En contemplant le drapeau qui flottait au-dessus des colonnades, il eut une pensée attristée pour son roi mourant.

Il va me manquer quand il ne sera plus.

Je lui dois tant.

Depuis des mois, l'archevêque rendait quotidiennement visite à son vieil ami, qui restait cloîtré au Palais de la Zarzuela. Quelques jours plus tôt, le roi l'avait convoqué à son chevet. Il y avait alors tant d'inquiétude dans son regard.

— Antonio. Je crains que les fiançailles de mon fils ne soient… précipitées.

C'est de la folie, oui ! avait pensé Valdespino.

Deux mois plus tôt, quand le prince avait confié à l'archevêque son intention de demander en mariage Ambra Vidal après l'avoir fréquentée si peu de temps, le prélat avait exhorté Julián à la prudence. Le prince avait répliqué qu'il était amoureux et que son père méritait de voir son fils unique se marier. En outre, étant donné l'âge de la jeune femme, ils ne pouvaient attendre trop longtemps s'ils voulaient fonder une famille.

Valdespino avait souri à son roi.

— Oui, je suis d'accord. L'annonce de Don Julián nous a tous pris de court. Mais il voulait tellement vous faire plaisir.

— Son devoir, il est envers son pays, pas envers son père. Mlle Vidal est charmante, mais c'est une inconnue pour nous. Une étrangère. Quelles sont au juste ses motivations en acceptant cette demande en mariage ? C'est bien trop rapide ; une femme d'honneur l'aurait éconduit.

— C'est vrai, avait renchéri Valdespino, même s'il savait qu'Ambra n'avait guère eu le choix.

Le roi avait tendu le bras pour prendre la main maigre de l'archevêque.

— Mon ami, je ne sais pas où le monde va. Vous et moi sommes vieux. Et je veux vous remercier. Vous m'avez toujours conseillé avec sagesse, quand j'ai perdu ma femme, quand j'ai eu à affronter les bouleversements de mon pays. Votre force morale m'a chaque fois été d'un grand secours.

— Notre amitié est un honneur pour moi, un trésor que je chérirai jusqu'à la fin de mes jours.

Le roi avait eu un faible sourire.

— Antonio, je sais tous les sacrifices que vous avez consentis pour rester à mon côté. Rome, par exemple.

— Devenir cardinal ne m'aurait pas rapproché de Dieu. Et ma place a toujours été auprès de vous.

— Votre loyauté est une bénédiction.

— Et je n'oublierai jamais l'affection que vous m'avez témoignée toutes ces années.

Le monarque avait fermé les yeux et serré plus fort la main de l'homme d'Église.

— Antonio... je suis inquiet. Mon fils va se trouver à la tête d'un grand navire, et il n'est pas prêt à naviguer. Guidez-le, s'il vous plaît. Soyez son étoile polaire. Posez vos mains sûres sur les siennes quand il sera à la barre, en particulier dans la tempête. Et surtout, s'il perd le cap, aidez-le à retrouver le chemin du bien.

— Amen ! avait murmuré l'archevêque. Je vous en fais le serment.

Ce soir, alors que Valdespino traversait l'immense Plaza de la Armería en direction du Palais, il leva les yeux vers le ciel étoilé.

Votre Majesté, je fais tout ce qui est en mon pouvoir pour exaucer vos dernières volontés.

Savoir que le roi était trop faible pour avoir regardé la télévision était son seul réconfort cette nuit.

S'il avait appris ce qui s'était produit à Bilbao, il serait mort de chagrin, à voir ce qu'était devenu son pays tant aimé.

Sur sa droite, dans la Calle de Bailén, les cars des chaînes de télévision déployaient leurs antennes satellites.

Les vautours étaient là.

25.

Nous le pleurerons plus tard, se dit Langdon. Pour l'instant il faut agir.

Il avait déjà demandé à Winston d'analyser les images des caméras de surveillance. Et de faire discrètement des recherches sur des liens éventuels entre l'archevêque Valdespino et Ávila.

L'agent Fonseca revint vers eux, toujours au téléphone.

— *Sí... Sí. Claro. Inmediatamente.*

Il coupa la communication et se tourna vers Ambra.

— Mademoiselle Vidal, nous partons. Don Julián demande que l'on vous reconduise tout de suite au Palais. Pour votre sécurité.

Ambra se raidit.

— Je ne vais pas laisser Edmond !

— Les autorités locales vont s'occuper de lui. Le médecin légiste est en route. M. Kirsch sera traité avec le plus grand respect. Pour le moment, nous devons partir. Nous pensons que vous êtes en danger.

— C'est idiot ! L'assassin avait tout le temps de me tirer dessus et il ne l'a pas fait. C'est Edmond qu'il visait !

— Mademoiselle Vidal... (Une veine palpitait dans le cou de l'agent.) Le prince veut qu'on vous ramène à Madrid. Il s'inquiète pour vous.

— Non, il s'inquiète des répercussions politiques !

Fonseca poussa un long soupir et baissa la voix :

— Mademoiselle Vidal, ce qui s'est passé ce soir est terrible pour l'Espagne. Cela l'est aussi pour le prince. Inviter cette personne dans votre musée était une très mauvaise décision.

La voix de Winston résonna dans la tête de Langdon :

— Professeur? La sécurité a visionné les images. Ils ont trouvé quelque chose.

Langdon écouta les explications de Winston et fit signe à Fonseca, interrompant ses réprimandes envers la jeune femme.

— L'ordinateur dit qu'une caméra sur le toit a filmé le véhicule emprunté par Ávila.

— Ah bon?

— Une berline noire, annonça Langdon répétant mot pour mot les paroles de Winston. Quittant l'allée de service… Sous cet angle les plaques ne sont pas visibles… mais il y a un autocollant bizarre sur le pare-brise.

— À quoi il ressemble? s'impatienta l'agent. On va prévenir la police.

— Je ne connais pas précisément cet autocollant, répondit Winston dans les écouteurs. Mais en le comparant avec les banques de données disponibles sur la planète, j'ai trouvé une correspondance. Une seule.

Déjà! s'émerveilla Langdon.

— Il s'agit d'un ancien symbole alchimique, poursuivit Winston. Celui de l'amalgamation.

Langdon s'attendait plutôt au logo d'un parking ou d'une quelconque organisation.

— Le symbole de l'amalgamation?

L'agent fronçait les sourcils, perplexe.

— Ce doit être une erreur, Winston, insista Langdon. Pourquoi un symbole alchimique?

— Je n'en sais rien. C'est la seule correspondance que j'ai trouvée. Identique à quatre-vingt-dix-neuf pour cent.

Langdon se souvenait de ce symbole ancien :

— Winston, décrivez-moi cet autocollant.

Le programme répondit aussitôt :

— Une tige verticale, coupée par trois lignes transversales. Au sommet de la tige il y a une arche inversée en « U ».

— Et, au sommet des branches du « U », y a-t-il des chapeaux ?

— Oui. Deux petits traits horizontaux.

C'était bien le signe de l'amalgamation...

Troublant.

— Winston, pouvez-vous nous envoyer l'image ?

— Bien sûr.

— Sur mon portable ! intervint Fonseca.

Langdon passa le mot à Winston et, quelques secondes plus tard, le téléphone de l'agent émit un bip. Tout le monde s'approcha pour examiner le cliché en noir et blanc.

Une voiture noire. Et sur le pare-brise le symbole décrit par Winston.

L'amalgamation ? Vraiment étrange.

Langdon effleura l'écran pour agrandir la photo, et se pencha pour examiner un détail.

Dans l'instant, il comprit le problème.

— Ce n'est pas l'amalgamation.

Le signe était très proche. Mais pas exactement similaire. Et en symbologie, la différence entre similitude et exactitude était abyssale, c'est ce qui différenciait la croix nazie du symbole bouddhiste de la prospérité.

Voilà pourquoi l'esprit humain reste parfois plus efficace qu'un ordinateur.

— Il ne s'agit pas d'un seul autocollant, mais de deux différents, qui se chevauchent un peu. Celui du bas est un crucifix particulier appelé croix papale. Très connu, en particulier en Espagne.

Avec l'élection du souverain pontife le plus progressiste de l'histoire, des milliers de gens sur la planète brandissaient cette croix à triple croisillon pour montrer leur soutien à la nouvelle politique papale. Même à Cambridge, dans le Massachusetts, ce signe fleurissait partout.

— Quant au « U », c'est un symbole d'une tout autre nature.

— Vous avez raison, admit Winston. J'appelle tout de suite la compagnie.

Winston était quand même sacrément rapide ! se dit Langdon.

— Bonne idée. Avec un peu de chance, ils pourront suivre la voiture.

Fonseca était perdu.

— Comment ça « suivre la voiture » ?

— Notre homme a pris un Uber !

26.

Fonseca était stupéfait. Mais de quoi au juste ? se demandait Langdon. Du décodage express du pictogramme ? Ou du fait que le tueur ait pris un Uber pour s'échapper ?

Restait à savoir s'il s'agissait d'une idée de génie ou d'une grossière erreur... Les véhicules étaient facilement traçables.

La Ubermania avait gagné toute la planète. En Espagne, l'État exigeait que les chauffeurs apposent ce logo sur leur pare-brise. Apparemment, ce particulier qui arrondissait ses fins de mois en faisant le taxi était également un fervent supporter du nouveau pape.

Langdon se tourna vers l'agent.

— Winston a pris la liberté d'envoyer cette photo à la police pour que les barrages aient l'info.

Fonseca en demeura bouche bée. Il n'avait visiblement pas l'habitude d'être à la traîne. Il ne savait pas trop s'il devait remercier Winston ou lui signifier de s'occuper de ses affaires.

— Et maintenant, il appelle le central d'Uber.

— Non ! répliqua l'agent. Donnez-moi ce numéro ! Je vais le faire. Ils seront plus coopératifs avec nous qu'avec un ordinateur.

Fonseca avait sans doute raison. Et il valait mieux que la Guardia participe à la chasse à l'homme plutôt que perdre son temps à ramener Ambra à Madrid.

Sitôt le numéro obtenu, l'agent appela.

Ils allaient attraper rapidement l'assassin. La localisation des véhicules était au cœur du système de l'entreprise ; n'importe quel client avec un smartphone pouvait savoir où se trouvait chaque Uber partout sur la planète. Il suffisait de savoir quel chauffeur avait pris un client au musée.

— ¡ *Hostia !* jura Fonseca. *Automatizada.*

Il était tombé sur une boîte vocale.

— Professeur, dès que j'aurai eu quelqu'un chez Uber, je transmettrai l'affaire à la police locale, et l'agent Díaz et moi-même vous conduirons à Madrid.

— Comment ça « vous » ? Je ne peux absolument pas vous accompagner.

— Pourtant, vous êtes du voyage. Et votre petit gadget électronique aussi, ajouta-t-il en désignant les écouteurs de Langdon.

— Vraiment, je ne peux pas. Désolé.

— C'est curieux. Vous êtes bien professeur à Harvard ?

— Oui. Et alors ?

— Alors, étant donné votre QI, vous devriez comprendre que vous n'avez pas le choix.

Fonseca tourna les talons et retourna à son appel.

Langdon ouvrit des yeux ronds. C'était du grand n'importe quoi !

— Professeur…, murmura Ambra derrière lui.

Il fut saisi par l'expression de la jeune femme. La stupeur avait laissé place à la peur et au désespoir.

— Edmond avait pour vous un grand respect. C'est pour cela qu'il a passé cette vidéo de vous… Je me dis que je peux vous faire confiance. J'ai quelque chose à vous avouer.

Langdon la regarda, attendant la suite.

— Edmond est mort par ma faute.

Les yeux de la jeune femme s'emplirent de larmes. Elle tourna la tête vers Fonseca pour s'assurer qu'il ne pouvait pas les entendre.

— Cet homme, sur la liste des invités…

— Oui. Luis Ávila.

— C'est moi qui l'ai ajouté.

Winston disait donc vrai !

— C'est moi qui ai laissé entrer le tueur. Moi !

— D'accord, répondit Langdon en posant une main réconfortante sur son épaule. Mais pourquoi ? Pourquoi vous avez fait ça ?

Ambra jeta un nouveau coup d'œil vers Fonseca qui, agacé, suivait toujours les instructions de la boîte vocale d'Uber.

— Parce que quelqu'un me l'a demandé à la dernière minute. Quelqu'un de confiance. Comme une faveur personnelle. Les portes allaient ouvrir, j'étais débordée. Je l'ai fait sans réfléchir. C'était un amiral de la marine espagnole! Comment aurais-je pu me douter? (Elle contempla le corps d'Edmond sous la couverture et réprima une grimace de douleur.) Et maintenant...

— Ambra. Qui vous a demandé d'ajouter ce nom? Qui?

— Mon fiancé. Le prince héritier d'Espagne. Don Julián.

Langdon n'en revenait pas. Le prince d'Espagne aurait organisé l'assassinat d'Edmond Kirsch?

— Évidemment, au Palais, ils ne s'attendaient pas à ce que j'apprenne l'identité du tueur. Maintenant que je la connais... je me sens en danger.

Langdon posa à nouveau sa main sur son épaule.

— Allons, allons, vous n'avez rien à craindre ici.

— Bien sûr que si! Vous ne savez pas tout. Nous devons nous enfuir. Tout de suite.

— C'est impossible. On ne pourra jamais...

— Je vous en prie. Je sais comment aider Edmond.

Visiblement, elle était encore sous le choc.

— « Aider Edmond »? Je ne vois pas comment.

— Tout d'abord, nous devons entrer dans son appartement à Barcelone.

— Aller chez lui?

— Oui. C'est ce qu'Edmond aurait voulu. Écoutez-moi...

Pendant les quinze secondes suivantes, elle lui parla à l'oreille.

Langdon sentit son cœur s'emballer.

Elle a raison ! Cela change tout !

À la fin de ses explications, la jeune femme le dévisagea avec un air de défi.

— Vous comprenez maintenant pourquoi on doit sortir d'ici ?

Langdon hocha la tête sans hésitation.

— Winston… vous avez entendu ce que Ambra vient de me dire ?

— Bien sûr, professeur.

— Vous étiez au courant ?

— Pas du tout.

Langdon prit le temps de peser ses mots :

— Winston… je ne sais pas si les programmes peuvent avoir de la loyauté envers leur créateur, mais si c'est le cas, c'est le moment de le prouver. Parce que nous allons avoir un grand besoin de votre aide.

27.

Tout en surveillant du coin de l'œil Fonseca, qui s'évertuait à joindre quelqu'un chez Uber, Langdon s'approcha du pupitre. Pendant ce temps, Ambra se dirigeait vers le milieu du dôme tout en parlant au téléphone – du moins faisait-elle semblant, conformément à ses instructions.

Dites à Fonseca que vous avez décidé de rappeler le prince Julián.

À contrecœur, Langdon contempla le corps qui gisait au sol. *Edmond...* Il tira doucement la couverture. Les yeux n'étaient plus que deux fentes noires sous le front maculé de sang. Il réprima un frisson et sentit la colère s'emparer de lui.

Il repensa à l'étudiant chevelu qui avait suivi ses cours, plein d'espoir et de talent. Et qui avait accompli tant de choses, en si peu de temps. Mais ce soir, quelqu'un l'avait assassiné – pour que le monde n'apprenne jamais ce qu'il avait découvert.

Pas question qu'Edmond ait fait tout ça pour rien.

En se cachant derrière le pupitre, Langdon s'agenouilla auprès de la dépouille. Il ferma les paupières de son ami, lui joignit les mains sur la poitrine, et feignit de prier.

Une prière pour un athée ! Cette image le fit sourire.

Edmond, je fais semblant, ne vous inquiétez pas.

Il se pencha au-dessus du mort.

Je vous ai dit que vous n'aviez rien à craindre de l'archevêque. Mais je me suis peut-être trompé...

Il chassa cette idée de son esprit.

Une fois certain que Fonseca le croyait en prière, il glissa discrètement la main dans la poche de Kirsch pour récupérer son téléphone turquoise.

Il jeta un coup d'œil vers l'agent. Celui-ci était toujours en ligne et s'intéressait davantage à Ambra qui, en fausse conversation avec le prince, s'éloignait de plus en plus.

Il reporta son attention sur le mobile et prit une grande inspiration.

Un dernier effort.

Il souleva la main droite du mort. Elle était déjà froide. Et pressa l'index sur le capteur d'empreinte digitale.

L'appareil s'alluma.

Langdon parcourut rapidement les menus et annula le mot de passe.

Accès permanent !

Puis il glissa le smartphone dans sa propre poche et remonta la couverture sur le visage d'Edmond.

*

Les sirènes mugissaient au loin. Ambra se tenait au milieu du dôme, son téléphone à l'oreille. Fonseca ne la lâchait pas des yeux.

Vite, Robert !

Le professeur avait échafaudé son plan de bataille après qu'elle lui eut rapporté sa conversation avec Edmond, deux jours plus tôt, dans cette même salle. Il était tard et ils peaufinaient les détails de la soirée. Edmond avait fait une pause pour avaler son troisième jus d'épinard de la soirée. Il semblait particulièrement fatigué.

— Je ne suis pas certaine que ce régime vegan vous convienne si bien. Vous êtes tout pâle et bien trop maigre.

— Maigre ? Parlez pour vous !

— Je ne suis pas maigre. Je suis mince, nuance !

— Question de point de vue ! (Il lui avait adressé un clin d'œil taquin.) Quant à ma pâleur, dites-vous que je suis un *geek* qui passe ses jours derrière un écran.

— Mais vous allez vous adresser au monde entier. Un peu de couleur ne vous ferait pas de mal. Allez prendre un peu le soleil, ou inventez un ordinateur qui fait bronzer !

— C'est une bonne idée. Faites-la breveter ! avait-il plaisanté avant de se reconcentrer sur les détails de sa présentation. Vous avez bien en tête le déroulé de la soirée ?

Ambra avait acquiescé en lisant le conducteur.

— J'accueille les gens dans le hall, et je fais entrer tout le monde dans l'auditorium. Ensuite, c'est la vidéo de présentation puis vous apparaissez, comme par magie, au pupitre. Et vous faites votre annonce.

— C'est ça. À un détail près. (Il lui avait souri.) Quand je parlerai, ce sera davantage un entracte. L'occasion pour moi de souhaiter la bienvenue en personne à mes invités, pour qu'ils puissent se dégourdir les jambes, et se préparer à la seconde partie de la soirée : un show multimédia.

— Votre annonce est préenregistrée ? Comme l'intro ?

— Je l'ai terminée il y a quelques jours seulement. Nous vivons dans un monde de l'image. Un spectacle son et lumière sera toujours plus ludique qu'un chercheur lambda soliloquant derrière son pupitre.

— Vous n'êtes pas un chercheur lambda, Edmond. Mais je suis d'accord avec vous. Ce sera plus vivant. J'ai hâte d'y être.

Pour des raisons de confidentialité, la présentation du futurologue était stockée sur un serveur extérieur sécurisé. Tout ce qui serait diffusé dans le musée proviendrait d'ailleurs.

— Quand ce sera le moment, qui lancera la deuxième partie ? avait demandé Ambra. Vous ou moi ?

— Je m'en charge, avait répondu Kirsch en sortant son téléphone turquoise aux motifs à la Gaudí. Avec ça. Cela fera partie du spectacle. Il me suffira de me connecter à mon serveur…

Il avait tapé quelques touches et l'appareil avait émis un bip, pour confirmer la connexion.

Une voix de synthèse avait résonné. Une voix de femme.

— BONSOIR, EDMOND. J'ATTENDS VOTRE MOT DE PASSE.

Le visage de Kirsch s'était illuminé.

— Et devant le monde entier, j'entrerai mon sésame, et ma découverte sera révélée à la fois ici, et partout sur la planète.

— Cela va faire son petit effet. À condition de ne pas oublier le code.

— Ce serait gênant, en effet.

— Vous l'avez noté quelque part, au moins ?

— Hérésie ! Un informaticien digne de ce nom ne note jamais ses mots de passe ! Mais le mien ne fait que quarante-sept caractères. Je ne risque pas de l'oublier !

— Quarante-sept ? J'ai déjà du mal à me rappeler mon code pour entrer au musée, et il n'a que quatre chiffres ! Comment comptez-vous vous souvenir d'une chaîne aléatoire de quarante-sept caractères ?

L'inquiétude de la jeune femme l'avait fait rire.

— Parce qu'ils ne sont pas aléatoires ! (Il avait baissé la voix :) En fait, c'est un vers de mon poème préféré.

— Un vers comme mot de passe ?

— Pourquoi pas ? Et le vers en question compte exactement quarante-sept lettres.

— Cela ne paraît pas très sécure.

— Ah non ? Vous avez deviné quel est ce vers ?

— Je ne savais même pas que vous aimiez la poésie !

— Tout juste ! Même si quelqu'un apprend que mon mot de passe est un vers, et qu'il trouve le bon passage sur des millions de possibilités, il lui faudra encore découvrir le très long numéro de téléphone pour pouvoir se connecter au serveur.

— Vous avez utilisé un raccourci tout à l'heure...

— Certes, mais ce téléphone a son propre code PIN et ne quitte jamais ma poche !

Ambra avait capitulé :

— D'accord, vous êtes un crack. Et votre auteur favori, qui est-ce ?

— Bien tenté ! Mais vous devrez attendre jusqu'à samedi soir pour le savoir. Vous verrez, ce vers est particulièrement à propos. (Il avait eu un nouveau sourire malicieux.) Cela parle du futur. Une prophétie qui est déjà en train de se réaliser.

À présent, le corps d'Edmond gisait au sol, au pied du pupitre… Quand la jeune femme releva la tête, une bouffée de panique s'empara d'elle.

Où était passé Langdon ?

Plus inquiétant encore, le deuxième agent de la Guardia Real – Rafa Díaz – était de retour. Il venait de franchir la déchirure dans le rideau et jetait un regard circulaire à la salle. Sitôt qu'il eut repéré Ambra, il marcha dans sa direction.

Jamais ils ne me laisseront sortir d'ici !

Soudain, Langdon apparut à son côté. Il plaça une main dans son dos et la poussa gentiment vers le fond du dôme, vers le passage par lequel ils étaient entrés.

— Mademoiselle Vidal ! cria Díaz. Où allez-vous ?

— On revient tout de suite, répondit Langdon en entraînant Ambra.

— Monsieur Langdon ! (Cette fois, c'était la voix de Fonseca.) Vous n'êtes pas autorisé à quitter cet endroit.

Ambra sentit la main du professeur se plaquer plus fort dans le creux de ses reins.

— Winston, murmura Langdon. Maintenant !

Et les ténèbres tombèrent sur la salle.

28.

L'agent Fonseca et son collègue Díaz foncèrent dans l'obscurité, éclairant leur chemin à la lumière de leur portable, pour rejoindre le tunnel où avaient disparu Langdon et Ambra Vidal.

À mi-parcours dans l'étroit passage, Fonseca trouva le téléphone d'Ambra par terre.

Elle s'en était débarrassée ?

Avec l'accord de la jeune femme, la Guardia Real avait installé une application dans le portable pour savoir à tout moment où la future épouse du prince se trouvait.

Il n'y avait qu'une explication possible : Mlle Vidal ne voulait plus de leur protection.

Cette idée inquiétait Fonseca, mais pas autant que de devoir annoncer à son chef que la future *reina consorte* avait disparu. Le commandant de la Guardia était impitoyable quand il s'agissait de garantir les intérêts du prince. Et ce soir, le commandant avait donné des instructions très claires : « Protégez Ambra Vidal. Ne la perdez pas de vue une seconde. »

Raté.

Les deux agents se précipitèrent vers la sortie du tunnel et débouchèrent dans le grand hall où semblait se tenir une convention de fantômes – une collection de visages blafards éclairés par les écrans de téléphone – tous en communication avec le monde extérieur pour raconter en temps réel ce qui se passait. Beaucoup s'impatientaient : « Lumières ! Lumières ! »

Le téléphone de Fonseca sonna.

— Ici, la sécurité du musée, dit une femme d'un ton pincé. Nous sommes au courant pour la panne d'électricité. Un bug informatique. On va rétablir le courant dans un moment.

— Les caméras fonctionnent toujours ? s'enquit l'agent pensant à leur système de vision nocturne.

— Bien sûr.

— Ambra Vidal vient de traverser le hall. Est-ce que vous pouvez voir où elle est allée ?

— Un moment, s'il vous plaît.

Fonseca attendit, exaspéré. Il venait de recevoir des nouvelles du central de Uber. Ils avaient du mal à localiser la voiture.

Décidément, tout allait de travers, aujourd'hui !

Ironie du sort, c'était sa première mission avec Ambra Vidal. D'ordinaire, étant donné son grade et son expérience, il était affecté à la sécurité du prince, mais ce matin, son commandant lui avait annoncé : « Mlle Vidal va assister à une soirée contre l'avis de Don Julián. Vous allez l'accompagner et vous assurer qu'elle ne risque rien. »

Il était loin de se douter que cette cérémonie tournerait en une charge haineuse contre l'Église et se terminerait par un assassinat en direct. Et Ambra Vidal avait refusé de prendre l'appel de son fiancé, qui se faisait un sang d'encre...

Le comportement de la jeune femme devenait de plus en plus incompréhensible. Voilà qu'elle voulait échapper à leur protection pour s'enfuir avec ce professeur américain.

Si le prince apprenait ça...

La vigile du musée revint en ligne.

— Mlle Vidal et un homme ont bien quitté le hall. Il ont pris la coursive et sont entrés dans l'expo de Louise

Bourgeois. En sortant, c'est à votre droite. La deuxième galerie.

— Merci ! Ne les lâchez pas !

Fonseca et Díaz traversèrent le hall au pas de course et se précipitèrent sur la passerelle. Tout en bas dans l'atrium, les gens se dirigeaient vers les sorties.

À sa droite, comme l'avait indiqué la femme de la sécurité, il trouva une grande galerie. Un écriteau indiquait : CELLULES.

L'endroit était gigantesque et abritait une collection de cages, chacune contenant une sculpture étrange.

— Mademoiselle Vidal ! Monsieur Langdon ! appela Fonseca sur le seuil.

Pas de réponse. Les deux agents commencèrent à inspecter la galerie.

*

Loin des agents de la Guardia, juste derrière le dôme, Langdon et Ambra se faufilaient dans l'entrelacs d'échafaudages, en direction du panneau « Sortie » qui brillait au loin.

En un rien de temps, ils venaient d'enchaîner une série de manœuvres de diversion. Une belle complicité !

Au signal de Langdon, Winston avait éteint les lumières et plongé le dôme dans l'obscurité. Langdon avait mémorisé l'endroit où se trouvait l'entrée du tunnel, et son estimation avait été presque parfaite. Très vite, Ambra avait jeté son téléphone dans le conduit. Puis, au lieu d'emprunter le passage, ils avaient longé la paroi et fait le tour de la salle jusqu'à trouver la déchirure dans le tissu qu'avait ménagée l'agent Díaz pour poursuivre l'assaillant. Ils étaient alors sortis du dôme et tentaient à présent de rejoindre l'issue de secours.

Winston s'était décidé à les aider avec une célérité surprenante :

— S'il suffit d'un mot de passe pour révéler au monde la découverte d'Edmond, il faut le trouver au plus vite. Je devais m'assurer que la soirée soit une réussite. À l'évidence, j'ai failli à ma mission, alors si je peux faire quoi que ce soit pour réparer ma défaillance, je suis partant.

Langdon allait le remercier, mais Winston avait continué de parler, à une vitesse surnaturelle, à la manière d'un magnétophone en avance rapide :

— Si je pouvais avoir accès à l'enregistrement, je l'aurais déjà diffusé, vous vous en doutez, mais comme vous l'a dit Edmond il est conservé sur un serveur à l'extérieur. Apparemment, avec son téléphone et son mot de passe, on peut s'y connecter. Je viens d'explorer tous les poèmes connus ayant des vers de quarante-sept lettres mais il y a des centaines de milliers de possibilités, au bas mot, même en faisant abstraction des rejets et enjambements. De plus, comme tous les systèmes d'Edmond se bloquent après quelques essais erronés, il est préférable de ne pas se lancer dans une attaque frontale. Cela ne nous laisse qu'une possibilité : découvrir quel est ce mot de passe. Je suis d'accord avec Mlle Vidal. Il faut nous rendre chez Edmond à Barcelone. S'il a un poème préféré, il doit posséder le livre en question, peut-être même aura-t-il mis en évidence, d'une manière ou d'une autre, le vers en question ? Il existe une forte probabilité qu'Edmond ait voulu qu'on aille à Barcelone, qu'on trouve son mot de passe et qu'on diffuse son annonce comme il l'avait prévu. En outre, j'ai établi que l'appel qu'a reçu Mlle Vidal lui demandant d'ajouter Luis Ávila sur la liste des invités provenait bien du Palais royal, à Madrid. Pour cette raison, j'ai décidé qu'on ne pouvait pas se fier aux agents de la Guardia Real. Je vais donc les mener sur une fausse piste pour couvrir votre fuite.

Et, apparemment, Winston avait réussi.

Langdon et Ambra atteignaient enfin la sortie de secours. Langdon referma aussitôt la porte derrière eux.

— Parfait, annonça la voix de Winston, surgissant de nouveau à l'intérieur du crâne de Langdon. Maintenant, descendez l'escalier.

— Et les gardes ?

— Ils sont loin. Je suis en ligne en ce moment avec eux. Sous la forme d'une agent de la sécurité du musée. Et je les entraîne vers une galerie à l'autre bout du bâtiment.

Incroyable ! songea Langdon en faisant signe à Ambra que tout allait bien et l'invitant à le suivre dans l'escalier.

— Descendez tout en bas, ordonna Winston, et quittez le musée. Petite info : une fois dehors, vous ne serez plus connectés avec moi.

Non ! Langdon n'avait pas pensé à ce détail technique. Il avait encore tant de questions à poser…

— Winston… Est-ce que vous saviez qu'Edmond avait révélé sa découverte à ces trois représentants religieux au début de la semaine ?

— Cela paraît invraisemblable… mais c'est ce qu'il a laissé entendre durant son introduction.

— L'un d'entre eux est l'archevêque Valdespino.

— Intéressant. J'ai vu sur Internet que c'est un proche conseiller du roi.

— Et ce n'est pas tout. Edmond a reçu un message de menace de ce même Valdespino peu après leur entrevue. Vous étiez au courant ?

— Non. Ça a dû se passer sur un canal privé.

— L'archevêque demandait à Edmond d'annuler sa présentation. S'il refusait, Valdespino et ses deux confrères le menaçaient de faire une annonce publique pour saper sa crédibilité.

Langdon ralentit le pas dans l'escalier et laissa Ambra passer devant. Il reprit en baissant la voix :

— Vous avez trouvé quelque chose entre Valdespino et Ávila ?

Winston marqua une infime pause.

— Non. Aucun lien apparemment, mais cela ne signifie pas qu'il n'y en ait pas. Juste que ce n'est pas documenté.

Ils approchaient du rez-de-chaussée.

— Professeur... Au vu des événements de la soirée, il paraît évident que des forces sont à l'œuvre pour empêcher que le monde soit informé de cette découverte. Des forces puissantes. Edmond a déclaré que vous avez été pour lui un guide et un mentor. Pour ses ennemis, vous êtes un dangereux électron libre. Alors, restez sur vos gardes.

Langdon n'avait pas pensé à cette éventualité. Une bouffée de colère l'envahit. Ambra l'attendait en bas, tenant la porte ouverte.

— Quand vous sortirez, poursuivit Winston, vous vous retrouverez dans une allée de service. Prenez sur la gauche en direction du fleuve. Je vais m'occuper de votre transport à l'endroit que vous m'avez indiqué.

BIO-EC346, songea Langdon, là où Edmond voulait qu'ils se retrouvent après la soirée. Il avait fini par déchiffrer le code. BIO-EC346 n'était pas le nom d'un centre de recherche secret. C'était beaucoup plus simple que ça. Il espérait néanmoins que ce serait la clé pour s'enfuir de Bilbao.

Encore fallait-il arriver là-bas sans se faire repérer...

Il y aurait des barrages partout.

Au moment où il sortait à l'air libre, Langdon remarqua les fragments d'un rosaire qui jonchaient le sol. *Curieux.* Mais il n'avait pas le temps de s'interroger davantage. Winston continuait de donner ses instructions :

— Une fois arrivés au fleuve, allez sous le pont de la Salve et attendez le…

Un bruit parasite vint brouiller la voix.

— Quoi ? Winston ? Qu'est-ce qu'on doit attendre ?

Mais Winston n'était plus là. Et la porte de métal claqua derrière eux.

29.

À des kilomètres au sud, dans les faubourgs de Bilbao, une voiture Uber filait sur l'autoroute AP-68 en direction de Madrid. À l'arrière, l'amiral Ávila ôtait sa veste d'uniforme et sa casquette. Il flottait sur un petit nuage, savourant sa fuite sans accroc.

Exactement comme le Régent l'avait promis.

Quelques minutes après être monté à bord du véhicule, Ávila avait sorti son arme et l'avait pressée contre la tête du chauffeur. Obéissant à son ordre, l'homme avait jeté son téléphone portable par la fenêtre, coupant son seul lien avec le central.

Puis Ávila avait fouillé le portefeuille de l'employé, pour mémoriser son adresse et les noms de sa femme et de ses deux enfants. « Faites ce que je vous dis, ou votre famille mourra ! » Ávila avait remarqué les mains de l'homme cramponnées au volant ; les jointures de ses doigts avait perdu leur couleur. Il aurait un conducteur dévoué pour le reste de la nuit !

Je suis invisible maintenant, songea Ávila en avisant les cohortes de véhicules qui se dirigeaient vers le centre-ville, toutes sirènes hurlantes.

L'amiral se rencogna dans son siège. La route serait longue. Il sentait avec bonheur son adrénaline refluer.

J'ai bien servi la cause.

Il contempla le tatouage dans sa main. Il n'avait pas eu besoin de son talisman. Du moins pas pour l'instant.

Certain que l'obéissance du chauffeur lui était acquise, Ávila baissa son pistolet. Alors que la voiture filait vers Madrid, il examina encore une fois les deux autocollants sur le pare-brise.

Le premier était prévisible : le logo de Uber. Le second, toutefois, était plus inattendu, comme un signe du ciel.

La croix papale. On la voyait partout en ce moment. Dans toute l'Europe, les catholiques montraient leur solidarité avec le nouveau pape, louant sa volonté de réforme.

Quelle ironie du sort !

Ávila avait pris un plaisir particulier à terrifier avec son arme ce partisan de la nouvelle Église. Ce pape avait de plus en plus de fidèles. Chacun voulait se servir au buffet des lois de Dieu, décider laquelle était bonne, laquelle ne l'était pas ! En un rien de temps, voilà qu'au Vatican on se mettait à débattre contraception, mariage gay, femmes prêtres, et autres modernités. Deux mille ans d'Histoire semblaient s'être évaporés.

Heureusement, il existe encore des défenseurs de la tradition, songea-t-il, tandis que la marche d'Oriamendi résonnait dans sa tête.

Et c'est un honneur de pouvoir défendre leur cause.

30.

Les plus anciennes troupes d'élite de l'Espagne – la Guardia Real – dataient du Moyen Âge. Les soldats de ce corps devaient jurer devant Dieu d'assurer la sécurité de la famille royale, de protéger ses biens et de défendre son honneur.

Le commandant Diego Garza, à la tête de près de deux mille individus, était un homme chétif au teint basané, avec de petits yeux et des cheveux clairsemés qui laissaient entrevoir son crâne pommelé. Avec sa tête de fouine et sa stature modeste, Garza était quasi invisible, ce qui était un atout dans les couloirs du Palais.

Depuis longtemps, Garza savait que le véritable pouvoir ne venait pas de la force physique mais de l'influence. Commander la Guardia Real lui conférait une certaine position, mais c'était son sens politique qui avait fait de lui un homme indispensable à Madrid, tant pour les affaires personnelles que professionnelles. En matière de secrets, Garza était d'une fiabilité à toute épreuve. Sa réputation de discrétion, doublée d'une rare capacité à régler les problèmes les plus épineux, l'avait rendu incontournable. Mais, aujourd'hui, Garza comme bien d'autres s'interrogeait sur le devenir de l'Espagne car le souverain se mourait dans le Palais de la Zarzuela.

Pendant près de quarante ans, le roi avait régné sur ce pays turbulent. Depuis que la monarchie parlementaire avait été établie après les trente-six années de dictature. À la mort de Franco, en 1975, le monarque avait travaillé main dans la main avec le gouvernement pour faire de l'Espagne une grande nation démocratique et progressiste.

Mais la jeunesse jugeait les changements trop lents.

Et pour les vieux conservateurs, tout changement était blasphème.

De nombreuses personnalités influentes du pays défendaient encore bec et ongles la doctrine de Franco, en particulier sa vision du catholicisme comme religion d'État et fondation morale de la nation. La jeunesse espagnole, en revanche, s'y opposait farouchement et dénonçait sans vergogne la mainmise d'une religion hypocrite et corrompue, militant pour une séparation définitive des deux pouvoirs.

Aujourd'hui, un prince, dans la force de l'âge, allait monter sur le trône et personne ne savait dans quelle direction il allait emmener le pays. Pendant des décennies, le prince Julián s'était acquitté sans faillir de ses obligations protocolaires, suivant les décisions politiques de son père sans jamais laisser entrevoir ses idées personnelles. Beaucoup d'experts pensaient qu'il serait un souverain plus libéral – mais au fond personne n'en savait rien.

Ce soir, toutefois, le voile serait levé.

Après les événements de Bilbao, le roi, trop faible, ne pouvait s'adresser à la nation. Le prince allait donc devoir monter au créneau.

Le président et plusieurs membres du gouvernement avaient déjà condamné l'assassinat et, avant d'en dire davantage, ils attendaient la déclaration officielle du Palais. Toute la gestion politique de cette crise reposait donc sur les épaules de Don Julián. Cela n'avait rien d'étonnant. L'implication de la future reine dans ce drame faisait de cette affaire une patate chaude.

C'est le moment de vérité pour le prince Julián, songeait Garza en gravissant le grand escalier qui menait vers les appartements royaux. *Il va avoir besoin d'un guide. Et, avec son père malade, ce guide ce sera moi.*

Garza emprunta le long couloir jusqu'à la porte du prince. Il prit une profonde inspiration et frappa.

Pas de réponse.

C'est bizarre. Je sais qu'il est là.

D'après l'agent Fonseca à Bilbao, le prince venait d'appeler de ses appartements pour prendre des nouvelles d'Ambra Vidal. Dieu merci, elle était en sécurité.

Garza frappa de nouveau à la porte.

Toujours pas de réponse.

Inquiet, il ouvrit la porte.

— Don Julián ?

La pièce était plongée dans la pénombre, à l'exception de la lueur intermittente du poste de télévision dans le salon.

— Où êtes-vous ?

Garza repéra la silhouette du prince debout, près de la grande fenêtre. Il était toujours vêtu de la tenue d'apparat qu'il portait plus tôt dans la soirée lors de ses audiences. Il n'avait même pas pris le temps de desserrer sa cravate.

Don Julián semblait pétrifié.

Cette affaire a dû lui causer un vrai choc, se dit le commandant en toussotant pour annoncer sa présence.

Lorsque le prince parla enfin, il se tenait toujours immobile, face à la vitre :

— Quand j'ai appelé Ambra, elle a refusé de me répondre.

Il paraissait plus troublé que blessé.

Garza ne savait pas trop que dire. Étant donné la gravité de la situation, comment le prince pouvait-il songer à sa relation avec cette femme – des fiançailles qui dès le début s'annonçaient mal ?

— J'imagine que Mlle Vidal était bouleversée. L'agent Fonseca va vous la ramener cette nuit. Vous pourrez alors lui parler. Et permettez-moi d'ajouter que je suis soulagé d'apprendre qu'elle est saine et sauve.

Le prince hocha la tête, d'un air absent.

— On a pris en chasse le tireur, annonça Garza, impatient de changer de sujet. Fonseca m'assure que le terroriste sera arrêté sous peu.

Il utilisa sciemment le mot « terroriste » dans l'espoir d'arracher le prince à ses pensées.

Mais celui-ci se contenta d'acquiescer, l'esprit ailleurs.

— Le président a condamné l'assassinat. Mais, connaissant l'implication d'Ambra Vidal à cette soirée, le gouvernement attend votre déclaration… (Garza marqua une pause.) Je sais que la situation est embarrassante, mais je vous suggère de dire simplement que vous admirez l'indépendance de votre fiancée, et que même si elle ne partageait pas les idées d'Edmond Kirsch, vous louez son engagement et son professionnalisme en sa qualité de directrice du musée. Si vous voulez, je vous écrirai le discours. Ce serait bien de faire ce communiqué au plus vite, pour qu'il figure dans les journaux du matin.

Julián ne se retournait toujours pas.

— Je voudrais m'entretenir avec l'archevêque Valdespino – pour cette déclaration, comme pour toutes celles à venir.

Garza serra les dents. L'Espagne post-franquiste était un État aconfessionnel, c'est-à-dire qu'il n'y avait plus de religion d'État, et que l'Église n'était plus censée se mêler des affaires politiques du pays. Mais la proximité de Valdespino avec le roi lui garantissait une influence particulière au Palais. De plus, l'intégrisme religieux de l'archevêque se prêtait mal à la gestion d'un événement comme celui qui venait de se produire.

Il faut de la finesse et de la nuance, ce soir. Ce n'est pas le moment de nous sortir le coup de la colère divine et des flammes de l'enfer !

La piété outrancière de Valdespino n'était qu'un miroir aux alouettes. Avant les intérêts de Dieu, l'archevêque ne se souciait que des siens. Jusqu'à présent, Garza pouvait fermer les yeux, mais aujourd'hui que le pouvoir allait changer de mains, la présence de l'ecclésiastique était un véritable problème.

Il est bien trop proche du prince.

Julián avait toujours considéré Valdespino comme un membre de la famille – une sorte de grand-oncle ayant une autorité religieuse. En sa qualité de conseiller personnel du roi, Valdespino s'était chargé de l'éducation morale du jeune prince. Ce dont il s'était occupé avec zèle. Il avait surveillé ses précepteurs, lui avait enseigné les doctrines, et s'était même mêlé de ses affaires de cœur. Aujourd'hui, bien que le prince eût grandi, le lien restait toujours aussi fort.

— Don Julián... je pense sincèrement que nous devrions gérer cette affaire tous les deux. Seulement tous les deux.

— Ah oui ? dit une voix dans l'ombre.

Garza se retourna. *Valdespino !*

— Quel dommage, commandant, persifla l'archevêque. Je pensais que vous, plus que tout autre, sauriez à quel point ma présence est nécessaire ce soir.

— C'est une affaire politique, pas religieuse.

— Affirmer une chose pareille prouve votre manque criant de sagacité. À mon humble avis, il n'y a qu'une façon de réagir à cette crise. Il nous faut rassurer la nation, lui dire que le prince est un homme infiniment pieux, et qu'il sera notre digne roi catholique.

— Je suis d'accord... et nous veillerons à le mentionner dans son discours.

— Et quand le prince apparaîtra en public, il faudra que je sois à son côté, avec ma main sur son épaule, en signe de son lien indéfectible avec l'Église. Cette seule image rassurera bien plus nos concitoyens que toutes vos paroles.

Garza lui lança un regard noir.

— Le monde entier vient d'assister en direct à un assassinat sur le sol espagnol, poursuivit l'archevêque. Quand vient la violence, rien n'est plus rassurant que les mains de Dieu.

31.

Le Széchenyi Lánchíd – le fameux «pont aux chaînes» qui enjambe le Danube à Budapest – mesure plus de trois cent cinquante mètres de long et est considéré comme l'un des plus beaux ponts du monde.

Qu'est-ce que je fais ici? se demanda le rabbin Yehouda Köves en regardant par-dessus la balustrade les eaux noires du fleuve. Valdespino m'a conseillé de rester cloîtré chez moi.

Il n'aurait pas dû sortir, mais chaque fois qu'il était en proie au doute, le pont suspendu l'attirait de façon irrésistible. Des années durant, il s'était promené là, pour admirer ce panorama immémorial. À l'est, vers Pest, la façade illuminée du Palais Gresham se dressait fièrement devant les clochers de la basilique Saint-Étienne. À l'ouest, à Buda, sur son promontoire, trônait le Palais de Budavár. Au nord, sur les berges du Danube, se profilaient les flèches élégantes du parlement, le plus grand bâtiment de Hongrie.

Pourtant, ce soir, ce n'était pas la vue qui attirait Köves sur le pont aux chaînes.

C'était les cadenas.

Tout le long du garde-fou et des câbles, il y en avait des myriades, tous gravés de deux initiales.

Reliques du passage d'un couple d'amoureux qui jetaient la clé dans l'eau pour sceller leur amour.

La plus simple des promesses, songea-t-il en effleurant un cadenas. Mon âme est liée à la tienne, pour l'éternité.

177

Chaque fois que Köves avait besoin de se souvenir de l'amour qui régnait en ce monde, il venait contempler ces ex-voto. Cette nuit plus que toutes les autres. En regardant les eaux noires filer sous le pont, le rabbin avait le sentiment que le monde allait désormais trop vite pour lui.

Peut-être ai-je fait mon temps ici ?

Les petits moments de réflexion et de calme qui émaillaient une vie – patienter seul à l'arrêt de bus, se rendre au travail à pied, attendre un rendez-vous –, tout cela lui paraissait insupportable aujourd'hui. On s'empressait d'attraper son téléphone, ses écouteurs, sa console de jeux, tant on était incapable de se passer de la technologie. Les miracles d'antan s'évanouissaient, balayés par les mirages de la nouveauté.

Yehouda Köves se sentait de plus en plus las. Sa vue se brouilla, il commença à distinguer des formes bizarres qui nageaient sous la surface de l'eau, tandis que le fleuve se transformait en un bain bouillonnant de créatures remontant des profondeurs de la terre.

— *Víz él!* lança une voix derrière lui. L'eau est vivante.

Le rabbin se retourna et vit un jeune homme avec des cheveux bouclés et des yeux brillants d'espoir.

— Pardon ?

Le garçon ouvrit la bouche, mais seul un bruit électronique en sortit, et ses deux yeux furent traversés d'éclairs blancs.

Le rabbin sursauta sur son siège.

— *Oy gevalt !*

Son téléphone trépidait sur son bureau. Le vieux rabbin, confus, jeta un regard circulaire dans son *házikó*. Dieu merci, il était seul. Il sentait son cœur tambouriner dans sa poitrine.

Quel rêve étrange !

Le téléphone s'impatientait. Vu l'heure, ce devait être Valdespino qui voulait lui donner des détails pour son transport à Madrid.

— Antonio ? demanda-t-il en décrochant. Quelles nouvelles ?

— Rabbin Yehouda Köves, répondit une voix inconnue. Vous ne me connaissez pas, et je ne veux pas vous faire peur, mais il faut que vous m'écoutiez attentivement.

D'un coup, Köves se réveilla tout à fait.

C'était une voix de femme légèrement distordue. Elle parlait anglais, avec une pointe d'accent espagnol.

— Je déforme ma voix par sécurité. J'en suis désolée, mais dans un instant vous allez comprendre.

— Qui est à l'appareil ?

— Je suis une sentinelle. Quelqu'un qui n'apprécie pas qu'on cache la vérité au monde.

— Je... Je ne comprends pas.

— Rabbin Köves, je sais que vous avez eu un entretien secret avec Edmond Kirsch, l'archevêque Valdespino et l'ouléma Syed al-Fadl, il y a trois jours à l'abbaye de Montserrat.

Comment cette femme était-elle au courant ?

— De plus, je sais qu'Edmond Kirsch vous a révélé sa découverte... et que vous êtes désormais impliqué dans un complot qui vise à étouffer cette découverte scientifique.

— Quoi ?

— Si vous ne faites pas exactement ce que je dis, je peux vous assurer que vous serez mort demain matin, éliminé par les soldats de l'archevêque Valdespino. (La femme garda un instant le silence avant de poursuivre :) Comme ils ont tué Kirsch et al-Fadl.

32.

Le pont de la Salve qui traversait le Nervion était si proche du musée Guggenheim que les deux structures paraissaient avoir fusionné. Reconnaissable avec sa grande arche rouge en forme de « H », le pont devait son nom aux marins qui remontaient le fleuve après un long voyage en mer et qui se mettaient à prier parce qu'ils rentraient chez eux sains et saufs.

Sitôt sortis par l'arrière du musée, Langdon et Ambra se rendirent sous le pont et attendirent patiemment comme le leur avait recommandé Winston.

Voyant la jeune femme frissonner dans sa robe de soirée, Langdon retira sa queue-de-pie et la posa sur ses épaules. Elle se retourna brusquement vers lui.

L'espace d'un instant, il craignit d'avoir été trop loin.

— Merci, murmura-t-elle. Merci de m'aider.

Sans le quitter du regard, elle lui serra les mains, comme si elle cherchait sa chaleur, ou le réconfort d'un contact. Puis elle les lâcha aussitôt.

— Pardon. *Conducta impropia*, comme dirait ma mère.

Langdon lui retourna un sourire.

— Circonstances atténuantes ! dirait la mienne.

Elle eut un bref sourire.

— Je me sens vraiment mal… (Elle regarda autour d'elle.) Après ce qui est arrivé à Edmond ce soir.

— Oui, c'est terrible…, répondit machinalement Langdon, trop sous le choc pour pouvoir exprimer son émotion.

Ambra détourna les yeux vers le fleuve.

— Et quand je pense que mon fiancé est impliqué...

— Malgré les apparences, on n'est sûrs de rien. Peut-être que le prince Julián ignorait ce qui allait se passer. Le tueur a peut-être agi de son propre chef, peut-être qu'il travaillait pour quelqu'un d'autre... Il ne me paraît guère plausible que le futur roi d'Espagne ordonne le meurtre en public d'un citoyen. En particulier quand la piste remontant à lui est si évidente.

— Évidente, parce que Winston a compris qu'Ávila a été ajouté au dernier moment sur la liste des invités. Julián pensait peut-être que personne ne découvrirait qui avait tiré.

C'est une possibilité, se dit Langdon.

— Jamais, je n'aurais dû parler à Julián de cette soirée. Il m'a suppliée de ne pas y participer. Pour le rassurer, je lui ai expliqué que mon rôle était infime, qu'il s'agissait juste d'une projection vidéo. Je crois même lui avoir dit qu'Edmond allait lancer la présentation à partir d'un smartphone. (Elle s'interrompit, inquiète, avant de reprendre :) S'ils s'aperçoivent qu'on a le téléphone d'Edmond, ils vont se rendre compte que sa découverte peut encore être diffusée ! Je ne sais pas jusqu'où Julian est prêt à aller.

Langdon observa la jeune femme.

— La confiance règne !

Ambra soupira.

— La vérité, c'est que je ne le connais pas si bien que ça.

— Alors pourquoi avoir accepté de l'épouser ?

— Parce que j'étais dans une situation où un refus était exclus.

Langdon n'eut pas le temps d'en savoir davantage. Un grondement fit trembler le ciment sous leurs pieds et résonna dans la caverne artificielle que formait le tablier du pont. Le son s'intensifia. Ça provenait du fleuve, sur leur droite.

Une forme noire s'approcha d'eux. Jusqu'à cet instant, Langdon n'avait pu mesurer la fiabilité de l'assistant numérique d'Edmond, mais en voyant accoster un bateau-taxi, il comprit que Winston était le meilleur allié qu'ils pouvaient espérer avoir.

Le pilote leur fit signe de monter à bord.

— Votre majordome anglais m'a appelé... Il a précisé qu'une VIP est prête à payer le triple de la course pour... comment il a dit ça... pour de la *velocidad y discreción*. Et comme vous le voyez : pas de lumière !

— C'est parfait. Merci, répondit Langdon.

Bien joué, Winston !

L'homme tendit la main à Ambra pour l'aider à monter. La jeune femme se réfugia aussitôt dans la cabine pour se réchauffer. Le pilote fit un grand sourire à Langdon.

— C'est elle ma VIP ? La *señorita* Ambra Vidal ?

— *Velocidad y discreción*, lui rappela Langdon.

— ¡ *Sí, sí !*

Le pilote s'installa à la barre et lança les moteurs. Quelques instants plus tard, le bateau filait à l'ouest sur le ruban noir du Nervión.

À bâbord, se dressait l'araignée géante, éclairée par les gyrophares des voitures de police. Au-dessus de leur tête, un hélicoptère de la télévision bourdonnait dans le ciel.

Le premier de l'essaim !

Langdon sortit la carte de visite où était inscrit BIO-EC346. N'importe quel chauffeur de taxi comprendrait, lui avait assuré Edmond. Évidemment, il ne se doutait pas qu'il s'agirait d'un bateau.

— Notre ami anglais, cria Langdon pour se faire entendre malgré le vacarme des moteurs. Il vous a indiqué notre destination ?

— Oui, oui ! Je lui ai dit qu'on pouvait presque y aller en bateau. Presque ! Il a répondu que ça irait. Vous devrez marcher sur deux ou trois cents mètres.

— Aucun souci. Il y en a pour longtemps ?

L'homme désigna la voie expresse qui longeait le Nervion sur la droite.

— Vous voyez le panneau là-bas ? C'est un peu plus long par le fleuve.

AEROPUERTO BILBAO (BIO) ✈ 7 KM

Langdon sourit en voyant le panneau. Les paroles d'Edmond lui revenaient en mémoire. « Ce code est simplissime, Robert. » C'était vrai. En résolvant l'énigme, il avait mesuré à quel point c'était un jeu d'enfant.

BIO était effectivement un code. Mais pas plus compliqué à décrypter que BOS, LAX ou JFK.

Le reste des caractères s'imposaient d'eux-mêmes.

EC346.

Langdon n'avait pas envisagé qu'Edmond ait un jet privé, mais si cet avion existait, il était probable que son numéro d'identification commençait par « E » pour Espagne.

Si Langdon avait montré cette carte à un chauffeur de taxi conventionnel, celui-ci l'aurait déposé devant les portes de l'aéroport de Bilbao et la sécurité l'aurait accompagné jusqu'au pied de l'avion.

J'espère que les pilotes sont prévenus de notre arrivée, se dit Langdon, en regardant le musée disparaître derrière eux.

Il songea un instant à rejoindre Ambra en cabine, mais la fraîcheur était vivifiante. Et il préférait lui laisser un peu de temps pour reprendre ses esprits.

Moi aussi, j'en ai besoin, pensa-t-il en se dirigeant vers la proue.

À l'avant du bateau, le visage fouetté par le vent, Langdon retira son nœud papillon et le glissa dans sa poche. Il déboutonna le col de sa chemise et respira à pleins poumons l'air de la nuit.

Cher Edmond... qu'avez-vous fait ?

33.

En écoutant le laïus de l'archevêque Valdespino, le commandant Diego Garza fulminait.

Ce ne sont pas vos affaires ! avait-il envie de lui rétorquer. *Retournez à vos missels !*

Une fois encore, l'archevêque se mêlait de politique. Caché dans l'ombre, Valdespino se lançait dans un sermon enflammé, rappelant à Julián l'importance des traditions, la piété légendaire des anciens rois et reines, et l'influence bénéfique de l'Église en temps de crise.

Pas maintenant !

Ce soir, Julián devait faire preuve de finesse diplomatique. Ce n'était pas le moment de parasiter son esprit avec les élucubrations d'un prélat qui ne pensait qu'à son intérêt personnel.

Par chance, le bourdonnement de son téléphone interrompit le soliloque de Valdespino.

— *Sí, dime*, répliqua Garza en haussant la voix. (Il se plaça volontairement entre le prince et l'archevêque.) *¿Qué tal va ?*

— Commandant, c'est Fonseca. Je suis encore à Bilbao. Je crains que l'assassin soit parvenu à s'enfuir. Uber a perdu sa trace. Tout se passe comme s'il avait un coup d'avance sur nous.

Ravalant sa colère, Garza poussa un long soupir et répondit d'un ton égal :

— Je comprends. Pour le moment, votre priorité est la sécurité de Mlle Vidal. Le prince l'attend. Et je lui ai assuré qu'elle serait ici sous peu.

Il y eut un long silence à l'autre bout du fil. Bien trop long.

— Commandant... Je suis désolé, mais j'ai de mauvaises nouvelles de ce côté aussi. Il semble que Mlle Vidal et le professeur américain aient quitté le musée... sans nous.

Garza faillit en lâcher le téléphone.

— Répétez-moi ça ?

— Mlle Vidal et M. Langdon se sont enfuis. Elle s'est débarrassée de son téléphone pour que nous ne puissions plus la suivre. À l'heure actuelle, nous ne savons pas où elle est.

Il sentit sa bouche s'ouvrir malgré lui. À présent, le prince le regardait. Valdespino s'approchait, les sourcils froncés.

— Parfait !... Ce sont d'excellentes nouvelles ! lança Garza en hochant la tête avec conviction. Bon travail. On vous attend donc plus tard dans la soirée. Revoyons juste les questions de sécurité. Un instant, s'il vous plaît...

Garza couvrit le téléphone et adressa un sourire rassurant au prince.

— Tout va bien. Je sors régler quelques détails logistiques et je reviens. Comme ça, vous pourrez parler tranquillement tous les deux.

Garza n'avait aucune envie de laisser Julián seul avec Valdespino, mais il n'avait pas le choix. Il se rendit dans la pièce voisine et ferma la porte derrière lui.

— *¿ Qué diablos ha pasado ?* souffla-t-il dans le téléphone.

Tandis que Fonseca racontait son histoire, Garza peinait à garder son calme.

— Les lumières se sont éteintes d'un coup ? Un ordinateur s'est fait passer pour un vigile et vous a mis sur une fausse piste ? Vous croyez que je vais avaler ça !

— Je sais que c'est difficile à croire, mon commandant, mais c'est la vérité. Ce qu'on n'arrive pas à comprendre, c'est le revirement de l'ordinateur.

— Le revirement ? Mais c'est qu'un putain de programme !

— Au début, il était coopératif. Il a identifié le tireur, il nous a donné son nom, il a tenté d'empêcher le meurtre, et c'est lui qui a découvert que le tueur s'était enfui dans un Uber. Et d'un coup, il s'est mis à agir contre nous. Je suppose que Langdon a dû lui dire quelque chose qui ne lui a pas plu, parce qu'après il n'était plus le même.

Décidément, Garza était bien trop vieux pour ce monde...

— Inutile de vous dire combien il serait gênant pour le prince, sur un plan personnel comme politique, si on apprenait que sa fiancée s'est échappée avec quelqu'un. Et que la Guardia Real s'est fait avoir par un robot !

— Nous en sommes parfaitement conscients, mon commandant.

— Vous savez pourquoi ils se sont enfuis ? C'est totalement incompréhensible.

— Tout ce que je peux vous dire, c'est que le professeur Langdon n'avait aucune envie de venir à Madrid. Ça, c'est évident.

Et il aurait fui une scène de meurtre ?

C'était bizarre. Quelque chose ne tournait pas rond.

— Fonseca, il est vital que vous retrouviez Mlle Vidal et que vous la rameniez au Palais avant que cette affaire ne s'ébruite.

— Oui, mon commandant. Mais Díaz et moi sommes les seuls agents sur place. Fouiller tout Bilbao est impossible à deux. Il nous faut l'aide de la police locale, l'accès aux caméras du trafic routier, un soutien aérien, le grand jeu...

— Pas question ! On serait la risée de tout le monde. Faites votre boulot. Débrouillez-vous et ramenez-moi Ambra Vidal.

— À vos ordres, mon commandant.

Garza coupa la communication. Il était sous le choc.

Au moment où il sortait de la pièce, il aperçut dans le couloir une jeune femme pâlichonne qui marchait à grands pas dans sa direction. Elle portait de grosses lunettes rondes et un tailleur-pantalon beige, et serrait sa tablette contre sa poitrine.

Non, pas elle...

Mónica Martín était la nouvelle chargée des relations publiques du Palais. La benjamine de l'équipe. Un poste qui incluait le rôle d'attachée de presse et de directrice de la communication. Mónica semblait en état d'alerte maximale vingt-quatre heures sur vingt-quatre.

À vingt-six ans seulement, elle était diplômée de l'université Complutense de Madrid, avait fait un troisième cycle d'études informatiques à la prestigieuse université Tsinghua de Pékin. Ensuite, elle avait obtenu un poste important au service Relations publiques de Grupo Planeta, avant d'être responsable de la communication à Antena 3, une grande chaîne de télévision espagnole.

L'année dernière, dans une tentative désespérée de ne pas perdre le contact avec la jeunesse espagnole, le Palais avait pris le train Twitter, Facebook, Youtube et autres réseaux sociaux, et mis à la porte son vieux responsable des Relations publiques qui avait des décennies d'expérience en presse classique pour le remplacer par cette *geek* de la génération Y.

La jeune femme devait tout à Julián.

Sa présence au Palais était due à une des exigences du prince – une des rares fois où il s'était opposé à son père. Mónica Martín était une pointure dans son domaine, mais Garza la trouvait paranoïaque et d'une hyperactivité épuisante.

— Des théories du complot ! s'exclama-t-elle en agitant sa tablette. Ça pop de partout !

Garza la toisa un moment.

Qu'est-ce qu'il en avait à faire !?

— Vous pouvez me dire ce que vous fichez ici, dans les appartements du prince ?

— Le PC m'a informée que vous étiez là, répliqua-t-elle en désignant le téléphone à la ceinture de Garza.

Le commandant ferma les yeux pour contenir son agacement.

En plus d'une nouvelle chef des relations publiques, le Palais avait installé au PC un service informatique qui aidait les hommes de Garza en leur fournissant des données de localisation, des images de surveillance, des analyses psychologiques, et autres renseignements. Jour après jour, les techniciens étaient un peu plus jeunes et débraillés. Et le commandant trouvait qu'à présent le PC ressemblait à la cafétéria d'une fac !

Les balises GPS permettaient de suivre en temps réel les déplacements de ses agents, mais également les siens. Et Garza n'appréciait guère qu'une bande de chevelus connaissent tous ses faits et gestes.

— J'ai préféré venir vous parler en personne, déclara Mónica en lui mettant sa tablette sous le nez. Regardez ça !

Garza jeta un coup d'œil à l'écran. Il s'agissait de la bio d'un barbu identifié comme le tireur à Bilbao. L'amiral Luis Ávila.

— Ça discute beaucoup sur les forums, et pas en bien pour nous. Il paraît qu'Ávila est un ancien employé de la famille royale.

— Il travaillait pour la marine !

— Peut-être, mais techniquement le roi est le chef des armées et…

— Stop ! l'interrompit Garza en lui rendant la tablette. Laisser entendre que le roi puisse être complice d'un acte terroriste est une absurdité totale. Occupons-nous des vrais problèmes ! Ce fou aurait pu tuer aussi la future reine, mais il a préféré assassiner un athée américain. On ne s'en sort pas si mal ! Je n'ai que faire des élucubrations de conspirationnistes paranoïaques.

La jeune femme demeura inflexible.

— Commandant, ce n'est pas le seul élément qui relie la famille royale à cette affaire. Je ne veux pas que vous soyez pris par surprise.

Tout en parlant, Mónica Martín ouvrit une autre page.

— Voici une photo qui est en ligne depuis un moment, et personne n'y a fait attention. Mais avec ce qui s'est passé ce soir, ça va devenir viral. On va la voir partout dans les journaux.

Elle lui tendit à nouveau la tablette.

— « La dernière photo d'Edmond Kirsch vivant », lut Garza.

Un cliché granuleux montrait Kirsch dans un costume sombre, debout au bord d'une grande falaise.

— Ça date de trois jours. Quand Kirsch s'est rendu à l'abbaye de Montserrat. Un ouvrier sur le chantier a reconnu le futurologue et a pris une photo. Après le meurtre de Kirsch, le type l'a repostée avec un nouveau titre.

— Quel rapport avec nous ?

— Passez à la photo suivante.

Garza s'exécuta. En découvrant la deuxième image, il fut pris de vertige.

— C'est impossible…

C'était une vue plus large du même cliché. On y voyait Kirsch en compagnie d'un autre homme, un type grand et maigre, portant une soutane. L'archevêque Valdespino.

— Pourtant, c'est le cas, répliqua Mónica Martín. Valdespino a rencontré Kirsch, il y a quelques jours.

Garza resta sans voix.

— Mais pourquoi, après ce qui s'est passé ce soir, n'a-t-il rien dit ?

La jeune femme le regarda d'un air entendu.

— C'est pour cela que j'ai voulu vous en parler personnellement.

Valdespino avec Kirsch !

Cette seule idée était inconcevable.

Et il l'a caché...

Il fallait alerter le prince au plus vite.

— Malheureusement, ce n'est pas tout, poursuivit Mónica en touchant de nouveau sa tablette.

Une voix retentit soudain dans la pièce à côté :

— Alors, commandant ? Quelles sont les nouvelles ? Valdespino...

— Comment se passe le rapatriement de Mlle Vidal ?

Mónica Martín écarquilla les yeux de surprise.

— Il est ici ?

— Oui. À conseiller le prince, répondit Garza en baissant le ton.

— Commandant ? insista le prélat. Vous êtes toujours là ?

— J'ai encore d'autres informations à vous donner ! s'empressa de chuchoter Mónica. C'est très urgent ! Il faut que vous soyez au courant avant que vous ne parliez au prince ou à Valdespino. Les événements de ce soir sont bien plus graves que vous ne l'imaginez.

Garza dévisagea un moment la jeune chargée de communication.

— À la bibliothèque ! Dans une minute !

Mónica Martín hocha la tête et s'éloigna.

De nouveau seul, Garza prit une longue inspiration pour chasser toute trace d'inquiétude et de colère. Et, d'un pas tranquille, il revint dans le salon.

— Tout va bien ! annonça-t-il avec un sourire. Elle va arriver. Je descends au PC confirmer son transfert.

Garza fit un signe de tête rassurant au prince, puis s'adressa à Valdespino :

— Je reviens tout de suite. Ne bougez pas.

Sur ce, il tourna les talons et s'en alla. L'archevêque le regarda partir.

— Il y a un problème ? s'enquit le prince en remarquant l'expression perplexe de Valdespino.

— Oui. Je recueille des confessions depuis cinquante ans. Et je sais reconnaître un mensonge.

34.

🌐 ConspiracyNet.com

FLASH SPÉCIAL

LA COMMUNAUTÉ INTERNET S'INTERROGE

Après l'assassinat d'Edmond Kirsch, les followers du célèbre futurologue sont dans tous leurs états. Deux grandes interrogations agitent la blogosphère :

QU'A DÉCOUVERT KIRSCH ?
QUI L'A TUÉ ? ET POURQUOI ?

Concernant la découverte de Kirsch, les spéculations vont bon train : Darwin, les extraterrestres, le créationnisme – pour ne citer que celles-ci.
Concernant le meurtre, aucune piste n'a été confirmée par les autorités, mais on parle d'intégrisme religieux, d'espionnage industriel, de jalousie.

Une source anonyme a promis d'envoyer à ConspiracyNet des informations exclusives sur le tueur. Nous les mettrons en ligne dès qu'elles nous seront parvenues.

35.

Ambra Vidal se tenait dans la cabine du bateau-taxi, emmitouflée dans la veste de Langdon. Quelques minutes plus tôt, quand le professeur lui avait demandé pourquoi elle avait accepté d'épouser un homme qu'elle connaissait à peine, sa réponse avait été sincère.

Je n'ai pas eu le choix.

Elle ne voulait pas penser à ses fiançailles avec Julián, pas après ce qui était arrivé ce soir.

Elle avait été prise au piège. Et c'était toujours le cas.

En regardant son reflet dans la vitre sale, un profond sentiment de solitude s'empara d'elle. Ambra Vidal n'était pas du genre à s'apitoyer sur son sort, mais cette nuit elle avait du vague à l'âme.

Je vais épouser un homme impliqué dans un meurtre, songea-t-elle.

D'un simple appel une heure plus tôt, le prince avait scellé le destin d'Edmond. Les portes allaient ouvrir, c'était le rush… quand une jeune hôtesse avait accouru en brandissant un bout de papier.

— ¡Señora Vidal! ¡Mensaje para usted!

Hors d'haleine, la fille avait expliqué qu'il y avait eu un appel important à l'accueil.

— L'écran disait que ça venait de Madrid, du Palais royal. Alors, j'ai pris le message. C'était un des assistants du prince Julián !

— Ils ont appelé à l'accueil ? s'était étonnée Ambra.

— Ils ont essayé de vous joindre sur votre portable mais ça ne répondait pas.

Ambra avait vérifié son téléphone. Aucun appel manqué. Puis elle s'était souvenue que les techniciens avaient fait des tests de brouillage un peu plus tôt. L'assistant de Julián avait peut-être téléphoné à ce moment-là ?

— Apparemment, le prince a reçu l'appel d'un ami de Bilbao qui aimerait assister à la soirée. (La fille lui avait tendu le morceau de papier.) Il vous demande d'ajouter son nom à la liste des invités.

Ambra avait parcouru le message :

ex-Amiral Luis Ávila
Armada Española

Un officier de la marine à la retraite ?

— Ils ont laissé un numéro. Vous pouvez rappeler si vous voulez, mais le prince Julián va bientôt entrer en réunion et il ne sera sans doute pas joignable. Il vous remercie d'avance et espère que cette requête ne vous mettra pas dans l'embarras.

La mettre dans l'embarras ? s'était-elle dit. Il avait fait bien pire !

— Je vais m'en occuper. Merci.

La jeune hôtesse avait tourné les talons, ravie, comme si elle venait de délivrer une lettre de Dieu en personne.

Comment osait-il lui demander ça ? s'était agacée Ambra. Surtout après avoir tenté de lui faire annuler cette soirée ! Encore une fois, Julián ne lui laissait pas le choix.

En ignorant cette requête, elle prenait le risque d'une confrontation déplaisante à l'entrée avec un militaire. La soirée était orchestrée avec précision. Tous les médias présents.

Une altercation avec un ami influent du prince aurait été malvenue.

Et exiger du service de sécurité qu'il se renseigne sur cet amiral se serait révélé à la fois superflu et insultant. Après tout, cet homme était un officier de la marine espagnole et avait assez de pouvoir pour solliciter une faveur personnelle au futur roi.

Le planning étant extrêmement serré… Ambra avait pris la seule décision qui s'imposait. Elle avait ajouté le nom de l'amiral Ávila sur la liste des invités ainsi que dans le programme des audio-guides pour qu'on lui prépare un appareil.

Puis elle était retournée à son travail.

Et maintenant Edmond est mort, se désola Ambra en reprenant pied avec la réalité. Alors qu'elle s'efforçait de chasser de son esprit ce souvenir douloureux, une pensée lui vint brusquement :

Je n'ai pas parlé en direct à Julián… le message a été relayé par une tierce personne.

Peut-être que Robert a raison ? songea-t-elle avec espoir. Julián est peut-être innocent ?

Elle se précipita hors de la cabine. Langdon se tenait à l'avant, appuyé au bastingage. Ambra le rejoignit. Le bateau avait quitté le fleuve et s'était engagé dans un petit affluent aux berges boueuses. Le cours d'eau, étroit, encaissé, rendait Ambra nerveuse, mais le pilote semblait tranquille, et avançait à toute allure à la lumière de ses phares.

Ambra rapporta à Langdon l'appel des services de Julián.

— Tout ce que je sais, c'est que cela provenait du Palais royal. Cependant, ce pouvait être n'importe qui. Pas forcément un assistant de Julián.

— C'est peut-être pour cela que la personne a appelé le standard, pour éviter de vous avoir en direct. Vous avez une idée de qui il pourrait s'agir ?

En son for intérieur, Langdon suspectait Valdespino.

— C'est plutôt tendu au Palais. Julián va monter sur le trône. Et tout autour, ça joue des coudes pour obtenir ses faveurs. Le pays est en pleine mutation, et pas mal d'anciens paniquent.

— L'important, c'est qu'ils ne se doutent pas qu'on recherche le mot de passe qui permettrait de révéler la découverte d'Edmond.

C'était pourtant si évident… D'un coup, Langdon mesura l'ampleur du danger. Ne devrait-il pas rentrer chez lui et laisser quelqu'un d'autre s'occuper de ça ?

Ce serait plus raisonnable, reconnut-il. Mais inenvisageable !

D'abord, il en allait de son devoir moral envers un ami. Ensuite, l'homme de culture qu'il était se révoltait à l'idée qu'une découverte scientifique puisse être ainsi censurée. Et puis il y avait de la curiosité.

Et surtout, il y avait Ambra.

Il avait vu tant de détermination dans ses yeux lorsqu'elle lui avait demandé de l'aide. Ce qui révélait un esprit libre, volontaire. Mais il avait perçu aussi du désarroi et du regret. Un chagrin profond.

Il ne pouvait pas l'abandonner.

La jeune femme releva les yeux vers lui, comme si elle entendait ses pensées.

— Vous avez froid, constata-t-elle. Je vais vous rendre votre veste.

— Tout va bien.

— Vous n'allez pas sauter dans un avion dès qu'on sera à l'aéroport ?

Langdon sourit.

— J'avoue que cette idée m'a effleuré l'esprit.

— Ne partez pas, je vous en supplie, dit-elle en posant sa main sur la sienne. Je ne sais pas à quoi ni à qui nous avons affaire ce soir. Vous étiez un proche d'Edmond, et il m'a souvent parlé de vous. Il tenait à votre amitié, vos conseils lui étaient si précieux. J'ai peur, Robert. Je ne me sens pas de taille à affronter ça toute seule.

Cette soudaine candeur était touchante.

— Non. On va se battre. On le doit à Edmond. Et aussi à toute la communauté scientifique. On va découvrir ce mot de passe !

— Merci, répondit Ambra avec un sourire timide.

Langdon jeta un coup d'œil derrière lui.

— J'imagine que vos deux anges gardiens savent maintenant qu'on a quitté le musée.

— C'est certain. Cela dit, Winston a été impressionnant.

— Mieux que ça !

Edmond avait fait faire aux intelligences artificielles un pas de géant. Langdon ne connaissait pas le détail de ses « révolutions technologiques », mais le futurologue avait à l'évidence ouvert les portes d'un nouveau monde, celui de l'interaction homme-machine.

Ce soir, Winston s'était montré fidèle à son créateur et un allié précieux pour Langdon et Ambra. Sans lui, jamais ils n'auraient pu sortir du musée.

— Espérons qu'il aura prévenu les pilotes de notre arrivée.

— J'en suis certaine. Mais je vais l'appeler quand même pour m'en assurer.

— Vous pouvez appeler Winston ? Pourtant, quand nous avons perdu le contact en sortant, j'ai cru que...

Ambra secoua la tête en riant.

— Robert, Winston ne se trouve pas physiquement au musée. Il se cache dans un centre informatique secret. Et on accède à lui par une connexion sécurisée. Vous croyez qu'Edmond aurait construit un programme comme Winston sans pouvoir communiquer avec lui à sa guise – chez lui, dehors, en voyage ? Ils pouvaient se connecter d'un simple appel téléphonique. J'ai vu Edmond discuter avec lui pendant des heures. Winston était son secrétaire particulier. Il lui réservait une table au restaurant, organisait ses déplacements. En fait, il s'occupait de tout. Moi-même, en préparant cette soirée avec Edmond, j'ai souvent eu Winston en ligne.

Ambra plongea la main dans la poche de la veste de Langdon et en sortit le téléphone turquoise. Elle l'alluma – Langdon l'ayant éteint pour économiser la batterie.

— Vous devriez allumer le vôtre aussi. Comme ça, Winston pourra nous contacter tous les deux.

— Vous ne craignez pas qu'on puisse nous localiser ?

— Les autorités n'ont pas eu le temps de demander un mandat au juge. Je pense qu'on ne risque rien. D'autant que Winston peut nous tenir informés de l'avancée des recherches et de la situation à l'aéroport.

Guère rassuré, Langdon alluma son portable et regarda l'écran sortir de sa torpeur. D'un coup, il se sentit vulnérable, comme si un satellite venait de le repérer.

Tu regardes trop de films d'espionnage !

Aussitôt, son téléphone sonna et vibra à tout va. Plus de deux cents SMS depuis le début de la soirée !

Des messages d'amis et de collègues. Au début, il s'agissait de félicitations – super conférence ! Tu étais donc là-bas ? – puis soudain, les messages étaient devenus inquiets. Il y en avait même de son éditeur, Jonas Faukman : « NOM DE DIEU, DITES-MOI QUE VOUS ÊTES VIVANT !! » Jamais Jonas ne lui avait écrit en majuscules, et en doublant la ponctuation qui plus est !

Jusqu'à présent, Langdon s'était cru invisible, au secret de ce cours d'eau, dans l'obscurité.

Toute la planète est au courant ! L'annonce de la découverte d'Edmond, son assassinat... Et mon nom, mon visage !

— Winston a essayé de nous joindre, annonça Ambra en regardant l'écran du téléphone de Kirsch. Il a envoyé cinquante-trois messages cette dernière demi-heure, tous du même numéro, à exactement trente secondes d'intervalle chacun. (Elle ne put réprimer un petit rire.) Cela s'appelle de la constance. Encore une autre qualité de Winston.

Et, justement, le téléphone se mit à sonner.

— Qui cela peut-il bien être ? ironisa Langdon.

— Répondez, suggéra-t-elle en lui tendant l'appareil.

Il prit l'appel et alluma le haut-parleur.

— Allô ?

— Professeur Langdon, lança Winston gaiement avec sa voix à l'accent anglais. Je suis heureux de vous avoir. J'ai essayé plusieurs fois de vous contacter.

— On a vu ça.

Entendre Winston parler si calmement après cinquante-trois appels restés sans réponse était saisissant.

— Il y a du nouveau. Il est possible que les autorités à l'aéroport aient été alertées. Je vous propose donc de suivre mes instructions.

— On s'en remet à vous, Winston.

— Première chose, professeur. Si ce n'est déjà fait, débarrassez-vous de votre téléphone.

— Mais je croyais que les autorités devaient avoir un mandat pour...

— Dans les séries américaines, peut-être. Mais ici on a affaire à la Guardia Real. Ils ne manquent pas de ressources.

Langdon regarda son smartphone.

Toute ma vie est là...

— Et le téléphone d'Edmond ? s'enquit Ambra, inquiète.

— Intraçable, répliqua Winston. Edmond s'est toujours méfié des hackers et de l'espionnage industriel. Il a écrit un programme pour faire varier constamment les numéros IMEI et IMSI.

Évidemment ! Pour un génie capable de créer Winston, rendre furtif un téléphone n'était qu'un jeu d'enfant.

Langdon observa d'un air sombre son téléphone qui lui parut d'un coup antédiluvien. Puis Ambra le lui prit doucement des mains et le lâcha par-dessus le bastingage. Langdon vit son smartphone s'enfoncer dans les eaux noires. Le cœur serré, il contempla longtemps l'endroit où son téléphone avait sombré.

— Robert, murmura la jeune femme, souvenez-vous de la Reine des Neiges...

Langdon la regarda, interdit.

Ambra lui sourit gentiment et se mit à chantonner :

— « Libérée... délivrée... »

36.

— *Su misión no se ha completado*, déclara la voix dans le téléphone d'Ávila.

Sa mission n'était pas terminée ? L'amiral se redressa sur la banquette arrière du Uber.

— Il y a des complications. Vous devez aller à Barcelone. Tout de suite.

Barcelone ? Les instructions étaient de rentrer à Madrid.

— On a de bonnes raisons de croire, poursuivit la voix, que deux associés de Kirsch se rendent à Barcelone ce soir pour tenter de diffuser sa découverte.

Comment était-ce possible ?

— S'ils y parviennent, vous aurez fait ce travail pour rien. Il nous faut quelqu'un à Barcelone. Pour agir en toute discrétion. Allez-y le plus vite possible et appelez-moi dès que vous serez là-bas.

La communication s'interrompit.

Cette mauvaise nouvelle lui faisait curieusement plaisir. *Ils ont encore besoin de moi.* Barcelone était plus loin que Madrid. Mais par l'autoroute, cela ne prendrait que quelques heures. Sans perdre un instant, Ávila leva son pistolet et le plaqua sur la tête du chauffeur. L'homme se raidit aussitôt.

— *Llévame a Barcelona*, ordonna Ávila.

Le chauffeur prit la sortie suivante vers Vitoria-Gasteiz, et rejoignit la A-1, direction plein est. Les rares véhicules étaient des camions, fonçant vers Pampelune,

Huesca, Lérida, et enfin vers l'une des plus grandes villes de la mer Méditerranée : Barcelone.

Des abysses de mon désespoir, je suis remonté jusqu'à la surface pour vivre mon moment de gloire !

L'espace d'un instant, il se retrouva dans le cloaque noir ; il rampait dans la nef enfumée, fouillant les débris sanglants à la recherche de sa femme et de son fils, refusant d'accepter qu'ils ne soient plus.

Pendant des semaines après l'attentat, Ávila était resté cloîtré chez lui. Il passait ses nuits prostré sur le canapé, dévoré par des cauchemars où des démons l'emportaient dans les ténèbres, dans un tourbillon de rage, de remords.

— L'abîme est ton purgatoire, lui avait murmuré une nonne, l'une des centaines envoyées par l'Église en soutien psychologique aux victimes. Ton âme est prisonnière des limbes. L'absolution est la seule issue. Tu dois trouver le moyen de pardonner à ceux qui t'ont fait souffrir, sinon ta rage te consumera tout entier. (Elle avait fait le signe de croix.) Le pardon est ton unique salut.

Le pardon ? avait voulu répéter Ávila, alors que les démons lui comprimaient la gorge. Jusque-là, la vengeance lui paraissait être le seul chemin. Mais se venger de qui ? Personne n'avait revendiqué l'attentat.

— Je sais que le terrorisme religieux peut paraître impardonnable, avait continué la bonne sœur. Souviens-toi de l'Inquisition, de ce que nous avons fait pendant des siècles au nom de Dieu. Nous avons tué des femmes et des enfants innocents au nom de nos croyances. Et pour cela, nous avons dû demander pardon au monde, et à nous-mêmes. Et avec le temps, les blessures ont cicatrisé.

Puis elle lui avait lu des passages de la Bible :

— « Mais moi, je vous dis de ne pas résister au méchant. Si quelqu'un te frappe sur la joue droite, tends-lui aussi l'autre… Aimez vos ennemis, bénissez ceux qui vous maudissent, faites du bien à ceux qui vous haïssent, et priez pour ceux qui vous maltraitent et qui vous persécutent. »

La nuit, seul dans son puits de souffrance, Ávila se regardait dans la glace. L'homme qu'il avait devant lui était un étranger. Les paroles de la religieuse ne lui avaient fait aucun bien.

Pardonner ? Tendre l'autre joue ?

J'ai vu le mal, un mal pour lequel il n'y a pas d'absolution possible !

Avec rage, il avait brisé le miroir d'un coup de poing et s'était effondré en sanglots sur le sol.

En tant qu'officier de marine, il avait toujours été maître de lui – un champion de la discipline, de l'honneur, de l'obéissance. Hélas, cet homme-là n'était plus. Au fil des semaines, Ávila s'était enfoncé dans le brouillard, s'abrutissant dans l'alcool et les médicaments. Rapidement, il n'en était plus sorti. Il n'était plus qu'un fauve en cage, tournant en rond nuit et jour, avide de sang.

La marine l'avait poliment poussé vers la sortie. Le fier navire qu'il était se trouvait désormais en cale sèche. Ávila ne prendrait plus jamais la mer. L'armée, à qui il avait consacré toute sa vie, ne lui avait laissé qu'une retraite de misère pour survivre.

À cinquante-huit ans, il n'avait plus rien !

Il avait passé ses journées, seul dans son salon, à regarder la télévision, à boire de la vodka, et à attendre un rayon de lumière. *La hora más oscura es justo antes del amanecer*, se répétait-il. Mais la vieille maxime de la marine tournait à vide. *Non, les heures les plus sombres ne sont pas avant l'aube. Parce que l'aube ne viendra jamais.*

Le jour de son cinquante-neuvième anniversaire, un jeudi pluvieux, alors qu'il contemplait sa bouteille de vodka vide et l'avis d'expulsion qu'il avait reçu, il avait rassemblé son courage, marché jusqu'à son armoire, pris son arme de service, l'avait chargée et collée contre sa tempe.

— *Perdóname...*, avait-il murmuré en fermant les yeux.

Puis il avait pressé la détente. La déflagration avait été discrète. Plus un *clic* qu'une détonation.

Le pistolet s'était enrayé ! Apparemment, l'arme d'apparat de l'amiral n'avait pas apprécié ces années d'abandon dans un placard poussiéreux. Même cet ultime acte de lâcheté lui était refusé !

De fureur, il avait jeté le pistolet contre le mur. Cette fois le coup était parti. Quelque chose de chaud lui avait traversé le mollet. Du fond de ses brumes éthyliques, il avait senti un éclair de douleur le transpercer. Il s'était effondré en hurlant.

Alertés par ses cris, les voisins avaient tambouriné à sa porte, des sirènes avaient résonné, et Ávila s'était retrouvé aux urgences à tenter d'expliquer comment, en essayant de se tuer, il s'était tiré dans la jambe.

Le lendemain matin, alors qu'il se réveillait dans sa chambre d'hôpital, meurtri et contrit, l'amiral Luis Ávila avait reçu une visite.

— Vous rateriez une vache dans un couloir ! avait plaisanté un jeune homme en espagnol. Pas étonnant qu'ils vous aient mis à la retraite.

Avant qu'Ávila ait eu le temps de répliquer, l'inconnu avait ouvert les doubles rideaux pour laisser entrer la lumière. Clignant des yeux, Ávila avait vu un garçon musclé, aux cheveux coupés en brosse. Il portait un tee-shirt avec le visage du Christ dessus.

— Je m'appelle Marco, s'était-il présenté avec un accent andalou. Je suis votre kiné. J'ai demandé à vous avoir comme patient parce que nous avons quelque chose en commun.

— L'armée ?

— Non. (Le garçon avait regardé fixement Ávila.) J'étais là, le dimanche matin. Dans la cathédrale. Lors de l'attentat.

Ávila n'en était pas revenu.

Marco avait relevé une de ses jambes de pantalon, dévoilant une prothèse.

— Je sais que vous avez traversé l'enfer, mais moi je jouais au football et j'allais passer pro, alors n'attendez pas trop que je m'apitoie sur votre sort. Je suis plus du genre : aide-toi, le ciel t'aidera !

Sans lui laisser le temps de réagir, il avait soulevé Ávila, l'avait installé dans un fauteuil roulant et emmené à la salle de gym.

— Cela va faire mal, l'avait-il prévenu en l'installant entre deux barres parallèles. Mais essayez d'atteindre l'autre bout. Juste une fois. Et on ira déjeuner ensuite.

La douleur avait été insupportable, mais Ávila refusait de se plaindre devant quelqu'un qui n'avait plus qu'une seule jambe. À la force de ses bras, il était parvenu à avancer jusqu'au bout des barres.

— C'est bien, avait déclaré Marco. Maintenant, le retour.

— Mais vous aviez dit…

— Je sais. J'ai menti.

Ávila lui avait lancé un regard noir. L'amiral n'avait plus reçu d'ordre depuis des années, pourtant, curieusement, cela avait eu quelque chose de revigorant – comme s'il avait rajeuni pour redevenir le cadet d'antan. Alors Ávila avait obéi.

— Dites-moi, avait dit Marco. Vous êtes retourné à la messe à la cathédrale ?

— Jamais.

— Vous avez peur ?

Ávila avait secoué la tête.

— Juste de la colère.

— Les bonnes sœurs vous ont demandé de pardonner, c'est ça ?

Ávila s'était arrêté au milieu des barres.

— Exactement !

— Moi aussi. J'ai essayé. Impossible ! Les nonnes sont de très mauvaises psychologues !

Ávila avait regardé le tee-shirt du jeune homme ; le visage de Jésus.

— Mais vous paraissez...

— Oh oui ! Un chrétien pur jus. Et je le suis encore plus aujourd'hui. Heureusement, j'ai trouvé ma mission sur terre. Aider les victimes des ennemis de Dieu.

— Une noble cause, avait conclu Ávila qui se sentait à la dérive sans l'armée, sans famille.

— Un grand homme m'a ramené à Dieu. Et cet homme, c'était le pape. Je l'ai rencontré en personne plusieurs fois.

— Le pape ?

— Oui.

— Le souverain pontife ?

— Lui-même. Si vous voulez, je vous arrangerai une audience.

— Une audience... avec le pape ?

Marco à force s'était vexé.

— Je sais que vous êtes un officier supérieur de la marine et que vous ne pouvez vous imaginer qu'un petit kiné handicapé de Séville puisse rencontrer le Vicaire de Jésus-Christ, mais je vous dis la vérité. Je vous aurai un rendez-vous avec le pape et il vous aidera à retrouver le droit chemin, tout comme il l'a fait pour moi.

Ávila n'avait su que répondre.

Il admirait le pape d'alors – un traditionaliste orthodoxe. Malheureusement, celui-ci était attaqué et critiqué de toutes parts. On disait que, sous la pression du modernisme, il allait se retirer.

— Je serais honoré de le rencontrer bien sûr, mais...

— Parfait. Je vous organise ça pour demain.

Ávila n'aurait jamais imaginé se retrouver le lendemain, dans un sanctuaire sous haute protection, face à un pontife inflexible qui lui enseignerait les deux préceptes fondateurs de sa nouvelle vie :

Les voies du salut sont innombrables.
Le pardon n'est pas le seul chemin.

37.

Située au rez-de-chaussée du Palais, la bibliothèque royale est une suite fastueuse de pièces renfermant des ouvrages inestimables, dont le livre d'heures enluminé de la reine Isabelle, les bibles personnelles de plusieurs rois, un ancien codex datant du xive siècle.

Garza arriva à grands pas, redoutant de laisser trop longtemps le prince seul avec Valdespino. L'archevêque avait rencontré Kirsch et ne l'avait pas dit. Et ce, malgré la présentation de ce soir et le meurtre.

Le commandant retrouva Mónica Martín qui l'attendait dans un coin sombre de la bibliothèque, sa tablette allumée à la main.

— Je sais que vous êtes très occupé, commandant Garza, mais la situation est critique. Je voulais vous parler d'un e-mail qu'on a reçu. Provenant de ConspiracyNet.com.

— C'est quoi, au juste ?

— Un site spécialisé dans les théories du complot. Le travail d'enquête est inexistant et c'est écrit avec les pieds, mais ils ont des millions d'abonnés. Pour moi, ce sont juste des relayeurs de fausses informations, mais ce site est très respecté dans son domaine.

Pour Garza, « respect » et « théorie du complot » étaient deux notions antinomiques.

— Ils suivent de près l'affaire Kirsch. Je ne sais pas d'où ils tirent leurs informations, mais le site est devenu une référence pour les blogueurs. Même les médias classiques y vont à la pêche aux infos.

— Venez-en au fait.

— ConspiracyNet.com a une info liée au Palais, expliqua Mónica en remontant ses lunettes sur son nez. Il vont la diffuser dans dix minutes et veulent nous laisser une chance de faire un communiqué avant.

Garza lui lança un regard glacial.

— Le Palais ne collabore pas avec la presse à scandale !

— Regardez quand même, insista-t-elle en lui tendant la tablette.

Sur l'écran, il y avait la photo de l'amiral Luis Ávila. Le cadrage était décentré, comme si la photo avait été prise par un visiteur du musée et qu'Ávila se fût trouvé accidentellement dans le champ.

— Je sais à quoi ressemble le tueur, répliqua Garza pressé de retrouver le prince. Quel intérêt de me montrer ça ?

— Passez à la photo suivante.

L'autre cliché était un agrandissement qui cadrait la main droite de l'amiral. Garza remarqua aussitôt le tatouage dans la paume.

Le commandant connaissait bien ce signe. Comme beaucoup d'Espagnols, et en particulier les anciens.

Le symbole de Franco.

Il était visible partout dans les rues au milieu du XXᵉ siècle, durant la dictature, un régime brutal, nationaliste, liberticide et ultra-catholique.

Ce monogramme, constitué de six lettres, formait un mot latin, à l'image du général.

Victor.

Franco était arrivé au pouvoir avec le soutien des nazis et de Mussolini. Il avait fait tuer des milliers de ses compatriotes avant de prendre la tête du pays en 1939 en se proclamant *El Caudillo* – l'équivalent espagnol du Führer. Pendant la Guerre civile, et les premières années de son règne, de nombreux opposants politiques avaient disparu dans des camps de concentration. On estimait que trois cent mille personnes avaient été exécutées.

Se posant en défenseur de « l'Espagne catholique », et ennemi juré des communistes, Franco avait mené une politique phallocrate, plaçant les femmes sous la tutelle des hommes, leur interdisant de travailler, d'exercer toute responsabilité dans la fonction publique, et même de quitter un mari violent. Il avait annulé tous les mariages célébrés hors de la doctrine catholique. Entre autres restrictions, Franco avait déclaré illégaux le divorce, la contraception, et l'homosexualité.

Heureusement, tout avait changé aujourd'hui.

La nation avait oublié ces heures sombres à une vitesse surprenante.

Suite au *Pacto de Olvido* – un consensus national pour oblitérer tout ce qui s'était passé sous le règne de Franco –, les écoliers savaient très peu de choses sur le franquisme. Un sondage réalisé auprès des jeunes Espagnols montrait qu'ils connaissaient bien mieux l'acteur James Franco que le dictateur Francisco Franco.

La vieille génération, toutefois, n'oubliait pas. Le symbole VICTOR – comme la croix gammée – inspirait toujours de la peur à ceux qui se souvenaient de ces années terribles. Les gens craignaient que dans les hautes sphères du pouvoir et de l'Église subsistent des affidés du franquisme – une confrérie secrète qui voulait que l'Espagne revienne aux valeurs traditionnelles du siècle dernier.

Bien sûr, les nostalgiques étaient nombreux dans le pays. Devant le désordre et l'apathie spirituelle que connaissait l'Espagne contemporaine, ils estimaient que la nation ne pouvait être sauvée que par une religion forte, un État autoritaire et un retour à la morale.

Regardez nos jeunes, s'affolaient-ils. Tous déca-
dents !

Dans les prochains mois, un nouveau monarque
allait s'installer sur le trône. Et l'inquiétude grandissait chez les traditionalistes. Le Palais royal n'allait-il
pas prôner à son tour une politique du changement ?
Le premier signe, annonciateur de cette déliquescence,
avait été les fiançailles du prince avec Ambra Vidal.
Car la jeune femme était basque et se déclarait en
outre agnostique. Lorsqu'elle serait reine, sans doute
ne se gênerait-elle pas d'user de son influence auprès
de Julián en ce qui concernait les affaires de l'État et
de l'Église.

C'est le moment de tous les dangers, se disait Garza.
Le point de friction entre le passé et l'avenir.

Couper les ponts avec la religion n'était pas le seul
défi que devait relever l'Espagne. Le pays était face à un
autre choix politique : *quid* de la monarchie ? Devait-on
abolir la royauté définitivement, comme en Autriche,
en Hongrie et tant d'autres pays d'Europe ? Dans les
rues, les vieux conservateurs brandissaient le drapeau
espagnol, tandis que les jeunes progressistes hissaient
les couleurs antimonarchiques – le violet, le jaune et le
rouge de l'ancien étendard de la république.

Julián allait hériter d'une poudrière.

— Quand j'ai vu ce tatouage, reprit Mónica Martín,
j'ai pensé à un montage, un « fake » pour faire le buzz.
La compétition est féroce entre les sites conspirationnistes, et une allusion au franquisme ça rapporte un
maximum de clics, surtout quand on sait les positions
antireligieuses de Kirsch ce soir.

*Elle a raison. Les fans du complot vont s'en donner à
cœur joie.*

— Et regardez ce qu'ils veulent poster :

 ConspiracyNet.com

EDMOND KIRSCH. *DERNIÈRES INFOS*
Jusqu'alors, on pensait que l'assassinat d'Edmond Kirsch était l'œuvre d'intégristes religieux, mais la découverte de ce tatouage franquiste dans la main du tueur peut laisser supposer qu'il s'agit d'un acte politique. On parle d'une manœuvre de déstabilisation menée par des membres influents de l'État, voire au sein même du Palais royal, qui traverse une profonde crise avec la mort imminente du roi…

— Ces allégations sont insupportables. Tout ça à cause d'un tatouage ? Hormis la présence d'Ambra Vidal à la soirée, cette affaire est sans rapport avec le Palais. Pas de commentaire !

— Commandant, insista la jeune chargée de relations publiques. Lisez la suite. Ils cherchent à démontrer qu'il y a un lien direct entre Valdespino et l'amiral Ávila. Ils laissent entendre que l'archevêque est un franquiste et qu'il influence le roi depuis des années, qu'il l'empêche de moderniser le pays. (Elle fit une pause avant de reprendre :) Et cette rumeur prend de plus en plus d'ampleur en ligne.

À nouveau, Garza était perdu. Il ne reconnaissait plus le monde dans lequel il vivait.

Aujourd'hui, le mensonge a autant de poids que la vérité.

Il dévisagea longuement la jeune femme en s'efforçant de garder son calme.

— Mónica, c'est de l'invention pure et simple. Je vous assure que Valdespino n'est pas un franquiste. Il sert le roi avec fidélité depuis des dizaines d'années. Il est impossible qu'il ait le moindre lien avec un assassin de cette mouvance. Le Palais ne fera pas de commentaire. C'est clair ?

Garza fit demi-tour pour rejoindre le prince et Valdespino.

— Attendez ! s'écria Mónica en le rattrapant par le bras.

Il lança un regard mauvais à la jeune femme, qui retira aussitôt sa main.

— ConspiracyNet.com nous a aussi envoyé un enregistrement. Une conversation téléphonique. À Budapest. C'est tout frais. (Elle battit des paupières derrière ses grosses lunettes.) Et ça ne va pas vous plaire du tout.

38.

Le patron vient d'être assassiné !

À bord du Gulfstream G550, le commandant de bord Josh Siegel sentait ses mains trembler sur le manche à balai tandis qu'il roulait vers la piste d'envol de l'aéroport de Bilbao.

Il ne se sentait pas en état de voler, et son copilote n'était pas en meilleure forme que lui.

Siegel volait pour Edmond Kirsch depuis des années. Et le meurtre en direct l'avait bouleversé. Une heure plus tôt, il était assis dans le salon du terminal à regarder à la télévision la cérémonie au musée Guggenheim.

— Il a vraiment le sens du spectacle ! avait-il dit à son collègue, en voyant la foule qui se pressait devant les portes.

Pendant la présentation, comme les spectateurs dans la salle, Siegel avait attendu, captivé, la révélation finale. Puis, soudain, tout avait viré au cauchemar.

Après ce coup de théâtre sinistre, les deux hommes étaient restés figés de stupeur devant le téléviseur.

Le téléphone de Siegel avait sonné dix minutes plus tard. C'était le secrétaire particulier d'Edmond. Siegel ne l'avait jamais rencontré. Même si cet Anglais lui paraissait parfois un peu bizarre, il s'était habitué à préparer les vols avec lui.

— Si vous n'êtes pas déjà devant la télévision, annonça Winston, je vous conseille d'en trouver une.

— On a vu. C'est terrible.

— Il faut ramener l'avion à Barcelone, annonça Winston, avec un calme surprenant. Préparez le vol. Je vous rappelle sous peu. Mais ne décollez pas avant que je vous aie recontacté.

Siegel ne savait pas si le patron aurait été d'accord mais pour le moment, il était content que quelqu'un prenne les choses en main.

Les deux pilotes s'occupèrent du plan de vol pour Barcelone avec zéro passager. Ils rentraient à vide, comme on disait dans le métier. Il chassa ses sombres pensées, sortit l'avion du hangar et commença la check-list.

Il se passa une demi-heure avant que Winston ne le rappelle.

— Vous êtes prêts ?

— Affirmatif.

— Parfait. Vous décollez plein est, comme d'habitude ?

— Exact.

Winston était si bien informé que c'en devenait agaçant.

— Prévenez la tour de contrôle et demandez-leur l'autorisation de décollage. Ensuite dirigez-vous jusqu'à l'entrée de la piste, mais ne vous engagez pas dessus.

— Vous voulez que je m'arrête sur la voie d'accès ?

— Oui. Juste une minute. Prévenez-moi dès que vous y serez.

Siegel et son copilote échangèrent un coup d'œil étonné.

Je ne suis pas sûr que la tour va apprécier, se dit le commandant de bord.

Toutefois, il fit rouler le jet sur le tarmac jusqu'à l'extrémité ouest de l'aéroport. Il lui restait encore cent mètres à parcourir avant d'entrer en piste, par un virage à cent quatre-vingts degrés à droite.

— Winston ? lança Siegel en scrutant la clôture qui délimitait le périmètre. On arrive à la piste.

— Arrêtez-vous. Je reviens tout de suite.

Mais je ne peux pas rester là indéfiniment ! pesta intérieurement Siegel.

Heureusement, aucun avion n'attendait derrière le Gulfstream. Il ne bloquait pas le trafic. Les seules lumières visibles étaient celles de la tour de contrôle, une faible lueur à l'autre bout du terrain, à près de deux kilomètres de là.

Une minute s'écoula.

— Ici, le contrôle aérien, annonça une voix dans les écouteurs du pilote. EC346, vous êtes autorisé à décoller. Je répète : vous êtes autorisé à décoller.

Siegel ne demandait que ça. Hélas, il attendait le feu vert de l'assistant du boss.

— Merci, tour de contrôle. On reste là une petite minute. Un voyant d'alerte vient de s'allumer. On vérifie ce que c'est.

— Bien reçu ! Prévenez-moi quand vous serez prêt.

39.

— Ici ? s'étonna le pilote du bateau. Mais l'aéroport est plus loin. Je peux vous rapprocher davantage.

— Merci, c'est parfait comme ça, répondit Langdon suivant scrupuleusement les consignes de Winston.

L'homme haussa les épaules et s'approcha d'un petit pont. Un panneau indiquait Puerto Bidea. La berge était couverte de hautes herbes mais accessible. Ambra sautait déjà à terre et gravissait la pente.

— Combien je vous dois ? s'enquit Langdon.

— Rien. Votre majordome a déjà payé. Par carte. Le triple.

Évidemment ! songea Langdon qui n'était pas encore habitué à l'efficacité de l'assistant numérique d'Edmond. C'est comme Siri, en version bodybuildée.

L'intelligence artificielle avait fait de tels progrès que ces machines pouvaient désormais accomplir des tâches complexes, y compris écrire des romans. L'un de ces robots avait failli recevoir un prix littéraire au Japon !

Langdon remercia le pilote et sauta à son tour à terre. Avant de s'éloigner, il se retourna et posa son index sur ses lèvres.

— *Discreción, por favor.*

— *Sí, sí,* lui assura l'homme en se cachant les yeux. *¡ No he visto nada !*

Langdon escalada à son tour la berge, traversa une voie ferrée et rejoignit Ambra à l'orée d'un village endormi.

— D'après la carte, annonça Winston, vous devriez apercevoir un rond-point.

— Vu, dit Ambra.

— Parfait. Juste en face vous trouverez une rue, la Beilke Bidea. Suivez-la.

Deux minutes plus tard, Langdon et Ambra avaient quitté le village et marchaient sur une route de campagne, flanquée de fermes et de pâtures. Sur leur droite, très loin, derrière une petite colline, le ciel était éclairé.

— Si ce sont les lumières de l'aéroport, s'inquiéta-t-il, nous en sommes très loin.

— Le terminal est à trois kilomètres de votre position, répondit Winston.

Ambra et Langdon échangèrent un regard inquiet. Winston leur avait indiqué que la marche ne durerait que huit minutes.

— D'après les images satellites, continua Winston, vous devriez avoir un champ sur votre droite. Il vous semble praticable ?

Le pré montait en pente douce vers les lumières.

— Oui. Mais trois kilomètres, je pense que…

— Contentez-vous de marcher, professeur.

Même si le ton de Winston était resté aussi poli qu'auparavant, Langdon venait bel et bien de se faire sermonner.

— Bravo ! railla Ambra en s'élançant sur la colline. Maintenant, vous nous l'avez énervé !

*

— EC346, ici la tour de contrôle, s'impatienta une voix dans les écouteurs de Siegel. Soit vous entrez en piste, soit vous retournez aux hangars pour réparer. Où en êtes-vous ?

— On est dessus, mentit Siegel en surveillant la caméra arrière. (Toujours aucun avion.) Encore une minute, et on est prêts.

— *Roger !* Tenez-nous au courant.

Le copilote tapota l'épaule du commandant de bord et désigna quelque chose dehors. Siegel ne vit tout d'abord que la clôture bordant le terrain. Et soudain…

Qu'est-ce que c'était que ça ?

Deux silhouettes sortaient de l'ombre, descendaient la colline derrière le grillage et se dirigeaient droit vers l'avion. À mesure de leur avancée, Siegel reconnut l'écharpe noire en travers de la robe blanche. Il l'avait vue à la télé.

Ambra Vidal ?

La jeune femme avait de temps en temps pris l'avion avec Kirsch. Siegel se sentit troublé à la seule idée d'avoir cette beauté à bord. Qu'est-ce qu'elle fichait dans un pré en pleine nuit ?

Un grand type en queue-de-pie l'accompagnait. Lui aussi avait fait partie du spectacle.

Le professeur américain !

Winston revint en ligne :

— Commandant, vous devriez voir à présent deux personnes de l'autre côté de la clôture. Et vous les avez sans doute déjà reconnues.

Décidément, le flegme britannique de ce gars le surprendrait toujours.

— Je vous donnerai des explications plus tard, ajouta Winston. Pour l'heure, je vous demande de me faire confiance. Tout ce qu'il vous faut savoir, c'est que les gens qui ont assassiné M. Kirsch veulent à présent tuer Ambra Vidal et Robert Langdon. Pour assurer leur sécurité, j'ai besoin de votre entière coopération.

— Euh… bien sûr, bredouilla Siegel.

— Mlle Vidal et le professeur Langdon doivent monter à bord. Sur-le-champ.

— Ici ?

— Je sais que cela pose quelques problèmes techniques ; votre plan de vol ne…

— Il fait trois mètres de haut, le problème technique !

— Je le sais, répondit Winston toujours aussi calme. Commandant, nous travaillons ensemble depuis plusieurs mois. N'ayez crainte, je vais vous indiquer la marche à suivre. Et croyez-moi, à ma place, M. Kirsch vous aurait demandé exactement la même chose.

Siegel écouta les instructions de Winston.

— C'est de la folie !

— Pas du tout. C'est parfaitement faisable. La poussée de chaque moteur est de sept tonnes et le nez du jet est conçu pour résister à des pressions…

— Ce n'est pas la physique qui m'inquiète, mais la légalité. Je n'ai aucune envie de perdre ma licence !

— Je comprends bien, commandant, répliqua Winston d'un ton égal. Mais la future reine est en grand danger. Vous lui sauvez la vie. Quand on saura la vérité, vous n'aurez aucune sanction, rassurez-vous. Vous serez décoré de la main du roi !

*

Langdon et Ambra, bloqués dans le pré, contemplaient l'immense clôture, illuminée par les phares du jet.

À la demande de Winston, ils s'écartèrent au moment où les moteurs de l'avion montaient en régime. Le jet commença à avancer. Mais, au lieu de négocier le virage de la rampe d'accès, il alla tout droit, franchit les marquages jaunes au sol et poursuivit sa route sur le bitume. Il ralentit pour s'approcher doucement du grillage.

Le nez de l'avion pointait sur l'un des poteaux qui maintenaient la clôture. Quand il y eut contact, les moteurs accélérèrent légèrement.

Langdon s'attendait à voir la structure résister davantage, mais, apparemment, rien n'arrêtait deux moteurs Rolls-Royce déplaçant un jet de quarante tonnes. Dans un grincement de métal, le poteau céda, arrachant dans sa chute un moellon d'asphalte, à la manière d'un arbre déraciné emportant avec lui sa motte de terre.

Langdon s'empressa de plaquer les mailles du grillage au sol pour qu'Ambra puisse passer dans l'ouverture. Le temps qu'ils atteignent le tarmac, la passerelle du jet avait été déployée et un pilote en uniforme leur faisait signe de monter à bord.

Ambra adressa un large sourire à Langdon.

— Vous doutez encore des compétences de Winston ?

Langdon garda le silence.

À peine étaient-ils installés dans la cabine confortable, que Langdon entendit le commandant de bord en conversation avec la tour de contrôle.

— Oui. Je vous entends. Votre radar doit être déréglé. Nous n'avons pas quitté la rampe d'accès. Je répète : nous sommes toujours sur la rampe. Et nous n'avons plus aucun voyant d'alerte. Tout est au vert. Nous sommes parés au décollage.

Le copilote ferma la porte alors que les moteurs montaient en régime, faisant reculer l'avion. Puis le jet amorça son demi-tour pour se présenter sur la piste.

Assis en face d'Ambra, Langdon ferma les yeux, et poussa un long soupir de soulagement. Les moteurs rugirent et il sentit la poussée le coller au siège.

Quelques secondes plus tard, le Gulfstream s'élevait dans la nuit, et virait aussitôt au sud-est, direction Barcelone.

40.

Le rabbin Yehouda Köves quitta son bureau au fond du jardin, et sortit dans la rue.

Je ne suis plus en sécurité chez moi ! se dit le vieux rabbin, son cœur battant la chamade. Je dois aller à la synagogue.

La synagogue de la rue Dohány n'était pas seulement son précieux sanctuaire, c'était également une forteresse. Ses grilles, ses barbelés et ses gardes présents vingt-quatre heures sur vingt-quatre attestaient du lourd passé antisémite de Budapest. Ce soir, Köves était bien content d'avoir les clés d'une telle citadelle.

La synagogue était juste à quinze minutes à pied de sa maison – une promenade tranquille qu'il accomplissait tous les jours. Mais ce soir, alors qu'il s'engageait dans la rue Kossuth Lajos, il était terrorisé. Tête baissée, il surveillait toutes les ombres.

Presque aussitôt, quelque chose l'inquiéta.

Une silhouette sur un banc. Un homme costaud, portant un jean et une casquette, était penché sur son téléphone qui illuminait son visage barbu.

Il n'est pas du quartier, se dit Köves en pressant le pas.

L'inconnu releva la tête, regarda un moment le rabbin puis retourna à son écran. Passé un pâté de maisons, Köves jeta un coup d'œil derrière lui. L'homme n'était plus sur son banc. Il avait traversé la rue et marchait sur le trottoir d'en face.

Il me suit!

Le vieux rabbin accéléra le pas, le souffle court. Avait-il bien fait de quitter sa maison?

Valdespino lui avait demandé de rester chez lui! À qui pouvait-il faire confiance?

Köves comptait attendre l'arrivée des hommes de l'archevêque pour qu'ils l'emmènent à Madrid, mais cet appel avait tout changé. Les graines du doute avaient été semées.

La femme au téléphone l'avait mis en garde : *les hommes qu'envoie l'archevêque ne viennent pas vous chercher, mais vous éliminer – comme ils ont éliminé Syed al-Fadl!* Puis elle lui avait présenté des preuves irréfutables, si bien que Köves avait paniqué.

Et maintenant, il se hâtait sur le trottoir. Arriverait-il sans encombre jusqu'à la synagogue? L'homme à la casquette le suivait toujours, à une quinzaine de mètres.

Un grincement strident retentit dans la nuit. Le rabbin sursauta, mais ce n'était que le bus qui s'arrêtait un peu plus loin dans un couinement de freins. Un signe de Dieu! Il se précipita. Le bus était bondé d'étudiants bruyants. Deux d'entre eux se levèrent pour lui offrir leur siège à l'avant.

— *Köszönöm*, répondit le rabbin. Merci.

Hélas, le type à la casquette parvint à monter à bord avant que l'autobus ne quitte l'arrêt.

Köves se raidit, mais l'homme passa sans lui accorder un regard et alla s'installer à l'arrière. Dans le reflet du pare-brise, il vit l'inconnu s'intéresser de nouveau à son téléphone. Il paraissait jouer à un jeu.

Ne sois pas paranoïaque!

Quand le bus approcha de l'arrêt dans la rue Dohány, Köves contempla les tours de la synagogue quelques centaines de mètres plus loin. Il hésitait.

S'il descendait et que l'homme le suivait?

Köves resta sur son siège, jugeant qu'il était plus en sécurité au milieu de cette foule. Je vais rester là un moment, le temps de reprendre mon souffle, songea-t-il. Pourquoi n'était-il pas allé aux toilettes avant de quitter sa maison?

Mais au moment où le bus quittait la rue Dohány, le rabbin comprit que son plan avait une énorme faille.

On était samedi soir!

Tous les jeunes allaient descendre au prochain arrêt, en plein cœur du quartier juif.

Après la Seconde Guerre mondiale, ces rues avaient été laissées à l'abandon, mais les bâtiments délabrés étaient devenus le haut lieu des bars branchés, les fameux *romkocsmas*. Tous les week-ends, des flots de jeunes et de touristes venaient faire la fête dans des entrepôts et des immeubles en ruine, où fleurissaient sonos dernier cri, éclairages multicolores et décorations vintage.

Comme prévu, tous les étudiants descendirent à l'arrêt suivant. L'homme resta assis au fond, captivé par son jeu. Köves se leva d'un bond, et rejoignit les jeunes dehors.

Le bus avait déjà redémarré quand il s'immobilisa brusquement. Les portes s'ouvrirent dans un chuintement pour libérer un dernier passager : l'homme à la casquette ! Köves sentit son pouls s'emballer une fois de plus. Mais l'homme tourna le dos à la foule et s'éloigna dans le sens opposé, en passant un coup de téléphone.

Tu as trop d'imagination ! se reprocha le rabbin, soulagé.

Sitôt le bus parti, les jeunes s'égaillèrent dans la rue en direction des bars. Pour éviter de se retrouver seul, Yehouda décida de suivre le mouvement. Il reprendrait plus tard le chemin de la synagogue. Lorsqu'il se sentirait en sécurité.

C'est tout à côté, se rassura-t-il en s'efforçant d'oublier la lourdeur dans ses jambes et son envie d'uriner de plus en plus pressante.

Les bars étaient bondés, des groupes bruyants se massaient sur le trottoir. Les basses des sonos s'échappaient des portes ouvertes, il flottait dans l'air des relents de bière, l'odeur douceâtre des cigarettes Sopianae et des *kürtőskalács*, ces gâteaux en forme de cheminée.

Alors qu'il atteignait le coin de la rue, il eut la sensation d'être observé. Il ralentit le pas et jeta un nouveau regard derrière lui. Dieu merci, l'inconnu avait disparu.

*

Dissimulé sous un porche, le chasseur resta immobile dans l'ombre. Il attendit dix secondes avant de reprendre sa traque.

Bien tenté, vieillard ! songea l'homme, conscient qu'il s'était caché juste à temps.

Il s'assura que la seringue était prête à l'emploi dans sa poche, puis il remit sa casquette et se hâta vers sa proie.

41.

Le commandant Diego Garza revint d'un pas vif vers les appartements du prince, serrant dans ses mains la tablette de Mónica Martín.

Il avait écouté l'enregistrement de la conversation téléphonique – un échange entre un rabbin hongrois, un certain Yehouda Köves, et une personne qui prétendait être « une sentinelle ». Et maintenant, Garza n'avait guère d'options.

Que Valdespino soit ou non impliqué dans cette conspiration, si cette conversation était mise en ligne, la réputation de l'archevêque serait salie à jamais.

Je dois prévenir le prince et le protéger.

Valdespino devait être exfiltré du Palais avant que la nouvelle éclate.

En politique, les rumeurs étaient assassines. Que celles-ci soient vraies ou pas, les médias allaient mettre le prélat en pièces. Aucun membre de la famille royale ne devait être vu en compagnie de l'archevêque cette nuit.

La chargée de communication avait bien insisté : il fallait que le prince fasse une déclaration, sinon il allait paraître complice.

Mónica avait raison.

Garza arriva à l'étage et fonça dans le couloir. Il scrutait avec angoisse l'écran de la tablette.

En plus du tatouage franquiste et de l'enregistrement téléphonique, ConspiracyNet.com, ce site immonde, s'apprêtait à lâcher une troisième bombe, la plus dévastatrice de toutes, selon Mónica.

Elle appelait ça une présentation « en constellation » : des faits en apparence disparates et isolés qu'on connectait pour former un ensemble ordonné et signifiant, un système de modélisation très prisé par les spécialistes des théories du complot.

Nous voilà revenus au temps des astrologues ! Relier des étoiles entre elles pour tracer des silhouettes d'animaux !

Malheureusement, la constellation de données compilées par ConspiracyNet.com formait un animal tout à fait convaincant, une hydre terrifiante pour le Palais royal.

🌐 ConspiracyNet.com

**L'ASSASSINAT DE KIRSCH
CE QUE NOUS SAVONS :**

- Edmond Kirsch a fait part de sa découverte à trois dignitaires religieux – l'archevêque Antonio Valdespino, l'ouléma Syed al-Fadl et le rabbin Yehouda Köves.

- Kirsch et al-Fadl sont morts tous les deux, et le rabbin Yehouda Köves ne répond plus au téléphone et semble avoir disparu.
- L'archevêque Valdespino est vivant et en pleine forme. La dernière fois qu'il a été vu, il traversait la Plaza de l'Armería pour se rendre au Palais royal.
- L'assassin de Kirsch – l'ex-amiral Luis Ávila – présente un tatouage dans la main montrant son appartenance à une faction franquiste (l'archevêque Valdespino, ultra-conservateur convaincu, est-il lui aussi un nostalgique de Franco ?).
- Et enfin, d'après des sources à l'intérieur du musée Guggenheim de Bilbao, un nom a été ajouté à la liste des invités lors de cette soirée privée, à la demande expresse de quelqu'un du Palais royal. (Et la personne qui a fait cet ajout n'est autre que la future reine d'Espagne, Ambra Vidal.)

ConspiracyNet.com voudrait remercier le lanceur d'alerte monte@iglesia.org pour sa précieuse contribution à cet article.

Monte@iglesia.org ?

De toute évidence, cette adresse e-mail était fausse.

Garza connaissait Iglesia.org, un site évangélique très important en Espagne, une communauté de prêtres, de fidèles, d'étudiants en théologie qui diffusaient les préceptes de Jésus. Visiblement, l'informateur avait repris ce nom de domaine pour que ses allégations paraissent émaner de ce site.

Futé, songea Garza, surtout quand on savait que Valdespino tenait en grande estime les fervents catholiques qui géraient ce site. Était-ce ce « lanceur d'alerte » qui avait appelé le rabbin ?

En arrivant devant les appartements du prince, le chef de la Guardia Real se demandait comment lui annoncer la nouvelle. La journée avait commencé normalement, et voilà que le Palais se retrouvait impliqué dans une guerre contre des fantômes.

Un espion sans visage qui se faisait appeler Monte ?

Un ensemble de données pointant toutes dans la même direction ?

Et, pour couronner le tout, Garza ignorait où se cachaient Ambra Vidal et Robert Langdon.

Si la presse apprend ce que la future reine a fait ce soir, nous sommes perdus ! se dit-il.

Le commandant entra sans frapper.

— Prince Julián ? appela-t-il en se rendant droit au salon. Il faut que je vous parle.

En arrivant sur le seuil, il se figea.

Personne.

— Don Julián ? Monseigneur Valdespino ?

Il alla dans la cuisine. Personne, là non plus.

Garza inspecta tout l'appartement. En vain.

Il chercha aussitôt à joindre le prince sur son portable et entendit une sonnerie, faible et étouffée, qui provenait néanmoins de l'appartement. Garza appela encore, pour repérer l'origine de la sonnerie. Derrière un tableau. Là où se trouvait le coffre-fort.

Julián avait enfermé son téléphone ?

Jamais il n'aurait laissé son appareil un jour aussi important.

Garza tenta de joindre Valdespino. À son grand étonnement, il entendit une sonnerie. Elle provenait également du coffre.

Valdespino avait donc lui aussi laissé son téléphone ?

Sentant la panique le gagner, Garza sortit de l'appartement. Pendant plusieurs minutes, il fouilla tout le palais.

Les deux hommes ne pouvaient pas s'être volatilisés !

Hors d'haleine, le commandant s'arrêta au pied du grand escalier d'honneur de Sabatini. Il les avait perdus. Il baissa la tête vers la tablette en veille et, sur l'écran noir, aperçut le reflet de la fresque du plafond, juste au-dessus de lui.

Quelle ironie ! Le chef-d'œuvre de Giaquinto : l'Espagne rendant hommage à la religion et à L'Église.

42.

Robert Langdon contemplait la nuit par le petit hublot du Gulfstream. Ces deux dernières heures avaient été éprouvantes. La présentation pleine de promesses, l'horreur du meurtre... Et le mystère restait entier.

D'où venons-nous ? Où allons-nous ?

Les paroles d'Edmond tournaient en boucle dans sa tête : « Robert, cette découverte, je l'ai faite ! J'ai la réponse, claire et précise, à ces deux questions. »

Quelle pouvait être cette révélation ? Au point de tuer un homme pour que le monde ne l'apprenne pas ? Il était question de l'origine de l'humanité, et de son devenir. D'accord.

Mais quelle origine exactement ? Quel avenir ?

Edmond paraissait plutôt confiant pour le futur. Il n'avait rien laissé entendre d'apocalyptique. Pourquoi cette double découverte inquiétait-elle autant l'Église ?

— Robert ?

Ambra apparut devant lui, une tasse de café à la main.

— Vous m'avez bien dit noir ?

— C'est parfait. Merci.

Un peu de caféine l'aiderait peut-être à lui éclaircir l'esprit.

Ambra s'assit en face de lui et se servit un verre de vin rouge. Une bonne bouteille, semblait-il.

— Edmond a fait monter à bord toute une caisse de château-montrose. Ce serait dommage de le laisser perdre.

Langdon avait déjà goûté à ce grand cru, dans une cave sous le Trinity College de Dublin, quand il faisait des recherches sur un manuscrit enluminé : *Le Livre de Kells*.

Tout en l'observant, Ambra porta son verre à ses lèvres. Encore une fois, Langdon fut saisi par l'élégance naturelle de la jeune femme.

— Vous disiez qu'Edmond était venu vous trouver à Boston pour parler de la Création…

— Oui. Il était intéressé par la façon dont les religions répondaient à cette question épineuse : d'où venons-nous ?

— C'est peut-être une piste. Un bon point de départ ?

— Commencer par le début est toujours une bonne idée, répliqua Langdon. Mais je ne suis pas sûr que cette fois ça nous mène quelque part. Il y a en gros deux théories. Celle de l'Église : l'homme a été créé par Dieu. Et celle de Darwin : nous venons tous d'une soupe primordiale, par une longue série de mutations jusqu'à l'humain.

— Et si Edmond avait trouvé une troisième voie ? S'il s'agissait d'une partie de sa découverte ? S'il avait prouvé que l'homme ne venait ni d'Adam et Ève, ni de l'évolution ?

Certes, ce serait un choc. Mais Langdon ne voyait pas de quoi il pouvait être question.

— La théorie de Darwin est très solide. Parce qu'elle repose sur des faits observables. Il a été établi sans l'ombre d'un doute que les organismes évoluent et s'adaptent petit à petit à leur environnement. La théorie de l'évolution est acceptée par toute la communauté scientifique.

— Ah oui ? Il y a pourtant des livres qui soutiennent que Darwin a tout faux.

— Ce qu'elle dit est vrai, intervint Winston dans le téléphone qui était en charge sur la tablette entre eux. Il y a eu plus de cinquante titres sur le sujet, rien que ces deux dernières décennies.

Langdon avait oublié la présence de Winston.

— Certains ont été des best-sellers. *La Boîte noire de Darwin : l'intelligent design... Comment penser l'Évolution ? L'Intelligence contre le darwinisme... Le Darwinisme en question : science ou métaphysique...*

— Je sais, l'interrompit Langdon. J'en ai lu deux.

— Et ? insista Ambra.

Langdon eut un sourire poli.

— Ces écrits s'inspirent de la conception chrétienne du monde. Du moins pour les deux que j'ai lus. L'un va même jusqu'à prétendre que c'est Dieu qui a lardé les couches géologiques de restes préhistoriques.

Ambra fronça les sourcils.

— Je vois qu'ils ne vous ont pas convaincu.

— Non, mais ils ont piqué ma curiosité. J'ai donc demandé son avis à un collègue paléontologue. Et, pour info, c'était feu Stephen Jay Gould.

— Je suis censée connaître ?

— Gould a révolutionné notre vision de l'évolution en biologie, répondit Winston. Sa théorie des équilibres ponctués explique certains trous dans la chronologie des fossiles et a permis de consolider le modèle darwinien.

— Stephen a pouffé de rire, reprit Langdon. Il m'a précisé que la plupart de ces ouvrages ont été publiés par des adeptes de l'Institute for Creation Research – une organisation qui, à en croire leur communication, considère la Bible comme un récit historique irréfutable.

— Autrement dit, l'interrompit de nouveau Winston, ils pensent qu'un buisson en feu peut parler, que Noé a réellement mis un couple de chaque espèce vivante dans un bateau, et que des gens ont pu être transformés en statues de sel. Il y a mieux comme faits scientifiques.

— Certes, reprit Langdon. Toutefois, certains livres non religieux ont tenté de discréditer Darwin d'un point de vue historique. On l'accuse d'avoir volé sa théorie à un naturaliste français, Jean-Baptiste Lamarck, qui a été le premier à dire que les espèces se transformaient sous la pression de l'environnement.

— Ça ne change rien au débat, professeur, insista Winston. Que Darwin soit un plagiaire ou non n'a aucune incidence sur la véracité de sa théorie de l'évolution.

— Je suis bien d'accord, renchérit Ambra avant de se tourner vers Langdon. Et donc, à la question «d'où venons-nous?», Gould vous a répondu qu'on descendait du singe.

Langdon acquiesça.

— Je ne peux hélas que le paraphraser : en gros, Stephen m'a assuré qu'il n'y avait pas le moindre doute dans la communauté scientifique quant à l'authenticité de la théorie de l'évolution. On en constate des effets tous les jours. La vraie question c'est : Pourquoi y a-t-il évolution? Et comment cela a commencé?

— Et Gould a proposé des réponses? s'enquit la jeune femme.

— Aucune que je puisse comprendre, mais il m'a donné une image pour que je puisse me faire une idée. Il appelait ça « le couloir infini ».

Langdon prit le temps d'avaler une gorgée de café.

— Oui, c'est assez parlant, intervint encore Winston avant que Langdon ne poursuive. Ça marche comme ça : on s'imagine marcher dans un long couloir – un couloir si long qu'on n'en voit pas le bout, ni celui d'où l'on vient, ni celui où l'on va.

Langdon était impressionné par l'étendue des connaissances de cette machine.

— Et derrière soi, très loin, ajouta Winston, on entend le bruit d'un ballon qui rebondit. Quand on se retourne, il n'y a pas de doute, il y a bien une balle qui rebondit. Elle se rapproche de plus en plus. À un moment, fatalement, elle nous dépasse et continue sa course toujours en bondissant. Et elle s'éloigne, jusqu'à disparaître peu à peu de notre vue.

— C'est ça, reprit Langdon. La question n'est pas : est-ce que la balle rebondit ? Parce que c'est un fait ; elle rebondit. Mais plutôt : Pourquoi rebondit-elle ? Comment a-t-elle commencé à rebondir ? Est-ce que quelqu'un a donné un coup de pied dedans ? Ou est-ce une balle spéciale qui aime s'agiter toute seule ? Est-ce que cet espace possède une physique particulière qui contraint la balle à rebondir indéfiniment ?

— Ce que dit Gould, c'est qu'en matière d'évolution nous ne pouvons pas voir assez loin dans le passé pour savoir comment le processus a débuté.

— Exact. Tout ce qu'on peut observer, c'est que cela se produit.

— C'est très comparable, évidemment, au défi que constitue la compréhension du Big Bang. Les cosmologistes ont écrit des formules élégantes pour décrire l'état de l'univers à un temps *t*, que ce soit dans le passé ou dans le futur. Mais quand il s'agit d'expliquer ce qui se passe au moment exact où le Big Bang s'est produit, à *t* égal zéro, les mathématiques deviennent folles. Il est question d'une singularité ayant une chaleur infinie et une densité infinie.

Ambra et Langdon échangèrent un regard. Winston, l'omniscient...

— C'est encore exact, reprit Langdon. L'esprit humain n'est pas à l'aise pour manipuler l'infini. Et les scientifiques préfèrent discuter du moment qui suit le Big Bang, où *t* est supérieur à zéro. Ce qui permet à nos mathématiques de ne pas sombrer dans le mystique.

Un autre collègue de Langdon – professeur de physique – en avait tellement assez de voir des étudiants en philosophie assister à ses colloques sur l'Origine de l'univers qu'il avait posé un écriteau sur sa porte :

Ici t>0
Pour t=0
voir le département Religions

— Et la panspermie ? suggéra Winston. L'idée que la vie a été apportée sur terre par des météorites ou de la poussière cosmique. Cette théorie est considérée comme plausible. Une autre explication possible de l'apparition de la vie sur notre planète.

— Même si elle est vraisemblable, répondit Langdon, cela n'explique pas comment la vie est apparue la première fois dans l'univers. Cela revient juste à donner un coup de pied dans une boîte de conserve pour la repousser plus loin. Cela ne dit pas d'où vient cette balle qui rebondit et élude la vraie question : D'où vient la vie ?

Winston se tut.

Ambra but une gorgée de vin, amusée par leur joute verbale.

Tandis que le Gulfstream atteignait son altitude de croisière et retrouvait son assiette, Langdon songea à la portée planétaire de la découverte d'Edmond s'il avait répondu à cette question immémoriale.

Et il prétendait que ce n'était qu'une partie du secret ! Une partie !

En attendant, son ami avait protégé son grand-œuvre avec un mot de passe inhabituel, un vers de quarante-sept lettres. Si tout se passait bien, ils allaient trouver ce poème dans son appartement à Barcelone.

43.

Près d'une dizaine d'années après sa naissance, le « dark web » restait une *terra incognita* pour la majorité des utilisateurs d'Internet. Inaccessibles par les moteurs de recherche conventionnels, ces territoires obscurs de la toile offraient une collection vertigineuse de services illégaux.

Depuis ses débuts timides avec l'hébergement de Silk Road – « la Route de la soie », un site de marché noir vendant de la drogue –, le dark web s'était largement développé. On y trouvait de tout, de la vente d'armes, de la pédopornographie, du trafic de secrets d'État, de la main-d'œuvre diverse et variée : prostituées, espions, terroristes, tueurs à gages.

Chaque semaine, le dark web était le théâtre de millions de transactions et ce soir, devant les bars branchés du quartier juif de Budapest, l'une de ces transactions allait être mise à exécution.

L'homme à la casquette progressa d'un pas rapide dans la rue Kazinczy, longea les murs, tout en gardant sa cible en ligne de mire. Depuis quelques années, ce genre de mission était devenu son gagne-pain, et il trouvait ses contrats via des sites réputés : Unfriendly Solution, Hitman Network, Besa Mafia.

L'assassinat tarifé était un secteur en pleine expansion qui brassait des millions de dollars, grâce à l'anonymat offert par le dark web et les paiements en bitcoins. La plupart des contrats concernaient la fraude aux assurances, les mauvaises affaires, les mariages compliqués, mais un bon tueur à gages ne se souciait pas du pourquoi.

Pas de questions ! C'était la règle d'or du métier.

Il avait accepté ce travail quelques jours plus tôt. Son employeur, anonyme, lui avait offert une coquette somme pour surveiller la maison d'un vieux rabbin et rester en *stand-by* au cas où il fallait passer à l'action, à savoir : entrer dans la maison du vieux et lui faire une injection de chlorure de potassium pour provoquer une crise cardiaque fatale.

Ce soir, curieusement, le rabbin était sorti de chez lui au milieu de la nuit et était monté dans un bus pour se rendre dans un quartier délabré. L'assassin l'avait pris en filature et avait prévenu son patron par téléphone sur une messagerie cryptée :

La cible est sortie de chez elle. Pour aller dans le quartier des bars. Peut-être un rdv ?

236

La réponse avait été immédiate :

Exécution.

Et c'était ainsi que dans ce quartier truffé de *romkocs-mas* et de ruelles sombres, une mission de surveillance s'était transformée en chasse à l'homme.

*

Le rabbin Yehouda Köves était en sueur, à bout de souffle, alors qu'il trottait dans la rue Kazinczy. Ses poumons étaient en feu et sa vessie sur le point d'exploser.

Il me faut des toilettes et un peu de repos, se dit le vieil homme en s'arrêtant au milieu d'un groupe devant le Szimpla Kert, l'un des plus célèbres *romkocsmas*. Les clients étaient de tout âge et personne ne fit attention au rabbin.

Je vais juste me reposer un moment.

Le bar avait élu domicile dans un vieil immeuble, avec d'élégants balcons et de hautes fenêtres. L'endroit était couvert de graffitis. En franchissant le grand porche, il passa sous un écriteau : EGG-ESH-AY-GED-REH !

Il lui fallut un moment pour comprendre que c'était écrit *egészségedre* en phonétique, ce qui signifiait en hongrois : « À votre santé ! »

En pénétrant dans ce temple profane, Köves n'en crut pas ses yeux. Il y avait un patio au milieu de l'immeuble, décoré d'objets hétéroclites – une baignoire qui faisait office de canapé, des mannequins sur des bicyclettes suspendues dans le vide, une Trabant éventrée qui offrait ses places aux consommateurs.

Dans la cour intérieure, cernée de hauts murs couverts d'affiches de l'ère soviétique, trônaient des sculptures rococo, et des plantes suspendues tombaient des coursives où se pressaient les clients, oscillant au rythme de la musique. De jeunes couples s'embrassaient goulû-ment, tandis que d'autres tiraient discrètement sur de petites pipes et buvaient des shots de pálinka.

Même s'ils étaient la plus belle création de Dieu, les hommes restaient des animaux, songeait Köves avec philosophie. Avant tout, c'était le réconfort physique qu'ils recherchaient. *On se soucie d'abord du bien-être du corps en se disant que celui de l'âme suivra !* Le rabbin consacrait beaucoup de temps à remettre dans le droit chemin ceux qui se laissaient diriger par les tentations – la nourriture et le sexe, en premier lieu –, mais avec l'essor d'Internet et des drogues bon marché, sa mission se compliquait chaque jour davantage.

Le seul réconfort dont Köves avait besoin en cet instant, c'était des toilettes. Malheureusement, dix personnes patientaient déjà. Ne pouvant attendre davan-tage, il grimpa l'escalier. Il trouverait à l'étage d'autres WC, lui avait-on dit. Arrivé là-haut, il arpenta un laby-rinthe de petites salles ayant chacune leur petit bar. Il demanda à un serveur où étaient les toilettes les plus proches. L'employé désigna un couloir de l'autre côté du bâtiment, accessible apparemment par une passe-relle qui faisait le tour du patio.

Il s'engagea sur la coursive en se cramponnant à la rambarde. Tandis qu'il progressait, il contempla la foule en contrebas.

Soudain, Köves s'arrêta net. Son sang se glaça.

L'homme à la casquette était là, dans la cour ! Leurs regards se croisèrent brièvement puis, avec la vivacité d'un félin, l'inconnu se fraya un chemin dans la cohue des clients pour foncer vers l'escalier.

*

L'assassin gravit les marches quatre à quatre, en scrutant tous les visages qu'il croisait. Il connaissait bien le Szimpla Kert et il rejoignit rapidement la passerelle où se tenait sa cible un instant plus tôt.

Le rabbin avait disparu.

Il ne l'avait pas croisé. Ce qui signifiait que le vieil homme s'était enfoncé plus profond dans le bâtiment.

En apercevant le couloir devant lui, il eut un sourire. Il savait exactement où le rabbin était allé.

Le couloir était bondé et empestait l'urine. Au fond, il y avait une porte en bois de guingois.

Le tueur fendit la foule et cogna à la porte.

Silence.

Il frappa encore.

Une voix grommela que l'endroit était occupé.

— *Bocsásson meg!* s'excusa le tueur.

Il fit mine de s'en aller puis revint discrètement et colla son oreille au battant. De l'autre côté, il entendit le rabbin marmonner en hongrois :

— Quelqu'un veut me tuer! Il était devant chez moi. Et maintenant je suis coincé au Szimpla Kert! Je vous en prie, venez m'aider!

Apparemment, il appelait les secours. La police hongroise était d'une lenteur légendaire mais mieux valait être prudent.

S'assurant que personne ne le regardait, l'homme à la casquette régla son mouvement sur le rythme de la musique et enfonça la porte.

Le petit verrou céda dès la première tentative. La porte s'ouvrit à la volée. Le tueur entra, referma aussitôt le battant pour faire face à sa proie.

Terrifié, le vieil homme s'était réfugié dans un coin.

L'inconnu à la casquette prit le téléphone, coupa la communication et jeta l'appareil dans la cuvette des toilettes.

— Qui vous envoie ? bégaya le rabbin.

— Ce qu'il y a de bien dans mon secteur d'activité, c'est qu'on n'en sait jamais rien.

Le vieillard avait du mal à respirer, il suait à grosses gouttes. Soudain, il hoqueta, écarquilla les yeux en se tenant la poitrine.

Une crise cardiaque ? Vraiment ?

Le rabbin s'effondra sur le carrelage en se tordant de douleur. Il implora le tueur du regard, le visage cramoisi, ses mains crispées sur son torse. Finalement, il s'écroula face contre le sol, le corps traversé de spasmes. Sa vessie lâcha et une flaque d'urine s'étala entre ses jambes.

Köves ne bougeait plus.

L'homme s'accroupit et tendit l'oreille. Plus de respiration.

Il se releva, un sourire sardonique aux lèvres.

— Tu me facilites la tâche, dit-il. Merci.

Et il se dirigea vers la porte.

*

Ses poumons demandaient grâce !

Le rabbin venait d'interpréter le plus grand rôle de sa vie.

Au bord de l'évanouissement, il écouta sans bouger les pas du tueur s'éloigner. La porte des toilettes s'ouvrit et se referma.

Enfin le silence.

Köves attendit encore deux secondes pour être sûr que son assaillant ne pouvait plus l'entendre. N'en pouvant plus, il reprit une bouffée d'air. Ce fut comme si la vie entrait à nouveau en lui. Même putride, l'air des toilettes lui parut une bénédiction.

Lentement, le rabbin rouvrit les yeux. Il voyait trouble à cause de l'hypoxie. Il se releva. La tête lui tournait. Peu à peu, sa vision s'éclaircit. À sa grande surprise, il distingua une silhouette sombre adossée à la porte.

L'homme à la casquette lui souriait.

Il n'avait jamais quitté la pièce !

En deux pas, le tueur fut sur lui. Sa main se referma sur sa nuque et lui plaqua le visage au sol.

— Tu peux empêcher tes poumons de respirer, mais pas ton cœur de battre. (L'homme ricana.) T'inquiète, je vais arranger ça.

L'instant suivant, une aiguille s'enfonçait dans le cou du rabbin. Une onde de feu monta dans sa gorge et déferla dans son crâne. Cette fois, il s'agissait d'une vraie crise cardiaque.

Après avoir consacré sa vie à étudier les mystères des *Shamayim* – la demeure de Dieu et des justes –, toutes les réponses allaient enfin lui être révélées. Elles étaient toutes proches, à un battement de cœur.

44.

Seule dans les toilettes cossues du Gulfstream, Ambra Vidal passait de l'eau sur ses mains et regardait son visage dans la glace. Elle se reconnaissait à peine.

Qu'est-ce que j'ai fait ?

Elle but une nouvelle gorgée de vin. Elle regrettait sa vie d'avant, juste quelques mois plus tôt. Quand elle n'était personne, qu'elle était célibataire et se consacrait exclusivement à son travail. Mais tout cela était du passé. Tout avait disparu quand elle avait rencontré Julián.

Non. Quand elle lui avait dit « oui ».

La mort d'Edmond la torturait. Et maintenant, elle en mesurait les conséquences.

J'ai fait entrer l'assassin.

Quelqu'un au Palais royal l'avait dupée.

Et maintenant, elle en savait trop.

Rien ne prouvait que le prince fût derrière le meurtre, ni même qu'il ait été au courant du complot. Mais elle savait comment cela se passait au Palais. Rien ne se faisait sans sa bénédiction, sinon son accord.

J'en ai trop dit à Julián !

Ces dernières semaines, Ambra s'était sentie obligée de justifier ses moindres absences auprès de son fiancé. Elle lui avait révélé les détails de la présentation d'Edmond. Et sa franchise avait mené à ce désastre.

Elle ferma le robinet, sécha ses mains, attrapa son verre et avala les dernières gouttes. Dans le miroir, elle voyait une inconnue – où était passée la directrice de musée si sûre d'elle ? Tout ce qu'elle distinguait à présent, c'était le regret, le remords.

J'ai commis tant d'erreurs…

Aurait-elle pu agir différemment ? Quatre mois plus tôt, par un soir pluvieux à Madrid, elle assistait à un gala de bienfaisance au Reina Sofía, le musée d'art moderne…

La plupart des invités avaient migré dans la salle 206.06 pour admirer la plus belle pièce du musée :

Guernica. Sur une toile de près de huit mètres de longueur, Picasso évoquait le bombardement de cette petite ville basque pendant la Guerre civile. Cette peinture mettait mal à l'aise Ambra. Elle était un rappel trop douloureux de la répression du régime franquiste entre 1939 et 1975.

Elle avait donc choisi de s'isoler et d'aller voir au calme l'une de ses peintres préférées, Maruja Mallo – une surréaliste de Galice dont le succès dans les années trente avait permis de briser le plafond de verre qui écrasait les artistes espagnoles.

Ambra était toute seule devant *La Verbena*, une satire politique d'un symbolisme complexe, quand une voix grave avait déclaré derrière elle :

— *Es casi tan guapa como tú*. C'est presque aussi beau que vous.

Sans blague ! Ambra était restée immobile, se retenant de se retourner pour lever ostensiblement les yeux au ciel. Durant ce genre de soirée, les musées attiraient autant de lourdauds que d'amateurs d'art.

— *¿ Qué crees que significa ?* avait insisté l'homme. Vous savez ce que cela signifie ?

Elle lui avait répondu en anglais, espérant que parler une langue étrangère ferait fuir l'importun :

— Aucune idée, avait-elle menti. Mais ça me plaît.

— Moi aussi, ça me plaît, avait renchéri l'inconnu dans un anglais oxfordien. Mallo était tellement en avance sur son temps. Malheureusement, pour un profane, cette beauté empêche d'en saisir la profondeur. (Il avait gardé le silence un instant pour ménager son effet.) Une femme comme vous doit rencontrer constamment ce genre de problème, non ?

Au secours ! De la drague d'il y a deux cents ans ! s'était-elle dit en se retournant avec un sourire poli.

— Monsieur, c'est très aimable de votre part mais...
La jeune femme s'était figée.
— Oh... Vous êtes...
— Présomptueux ? avait suggéré l'homme. Maladroit ?
Veuillez me pardonner, je vis dans un monde protégé.
Je ne suis pas très habitué à ce genre de chose. Je m'appelle Julián.
— Je connais votre nom.
Malgré elle, Ambra avait rougi en serrant la main du
futur roi d'Espagne. Il était bien plus grand qu'elle ne
l'imaginait, avec des yeux doux et un gentil sourire.
— Je ne m'attendais pas à vous voir ici, avait-elle
repris en retrouvant ses esprits. Je vous pensais plus
Prado... Goya, Velázquez... Les classiques quoi.
— Vous voulez dire conservateur et vieux jeu ? Vous
devez me confondre avec mon père. Mallo et Miró ont
toujours été mes peintres favoris.
Ambra et le prince avaient parlé plusieurs minutes.
Elle avait été impressionnée par ses connaissances en
art. Cela dit, ayant grandi au Palais royal où se trouvait
l'une des plus belles collections de peintures du pays,
il y avait sans doute eu un Greco original au-dessus de
son berceau !
— Je ne veux pas aller trop vite, avait annoncé le
prince en lui tendant une carte de visite dorée à l'or
fin, mais j'aimerais beaucoup que vous vous joigniez à
moi pour un dîner demain soir. Mon numéro personnel
est sur cette carte. Appelez-moi pour me donner votre
réponse.
— Un dîner ? Vous ne connaissez même pas mon
nom.
— Ambra Vidal. Vous avez trente-neuf ans. Diplômée
en histoire de l'art de l'université de Salamanque, vous
êtes la directrice du musée Guggenheim de Bilbao. Vous

êtes récemment intervenue au sujet de la controverse suscitée par les dessins de Luis Quiles. Je suis d'accord avec vous : ses images satiriques, même si elles sont un miroir saisissant de notre monde moderne, ne sont pas appropriées pour les jeunes enfants. En revanche, je ne vous suis pas quand vous déclarez que son travail est dans la même veine que Banksy. Vous n'avez jamais été mariée. Vous n'avez pas d'enfants. Et vous êtes magnifique dans cette robe noire.

Ambra en était restée bouche bée.

— Ce n'est pas vrai. Ne me dites pas que ce genre d'approche marche avec les femmes ?

— Je ne sais pas, avait-il répondu dans un sourire. Je vais le savoir bientôt.

Sur ces entrefaites, des agents de la Guardia Real étaient apparus et avaient entraîné le prince vers un groupe de VIP.

Serrant la carte de visite dans ses mains, Ambra avait été troublée. Cela ne lui était pas arrivé depuis des années.

Un prince était venu lui proposer un rendez-vous !

Dans sa jeunesse, Ambra était une grande fille dégingandée. Et les garçons avec lesquels elle était sortie avaient toujours été à l'aise avec elle. Mais plus tard, quand sa beauté était devenue exceptionnelle, les hommes étaient devenus timides, gauches, et bien trop respectueux. Et ce soir-là, un homme puissant était venu l'aborder tout en restant maître du jeu. Elle avait soudain eu la sensation d'être juste une femme. Une femme beaucoup plus jeune.

Le lendemain soir, un chauffeur était venu la chercher à son hôtel pour l'emmener au Palais royal. Elle s'était retrouvée assise à côté du prince à une table de vingt convives – des gens importants, dans le domaine culturel ou politique. Le prince l'avait présentée comme « sa charmante nouvelle amie » et avait adroitement orienté la conversation sur l'art afin qu'Ambra pût y participer pleinement. Bien sûr, elle avait compris qu'elle passait une sorte d'audition, mais cela ne l'avait pas dérangée. Au contraire elle s'était sentie flattée.

À la fin du dîner, Julián l'avait entraînée à l'écart.

— J'espère que vous ne vous êtes pas ennuyée. J'aimerais beaucoup vous revoir. (Il lui avait souri.) Jeudi soir ?

— C'est très aimable à vous. Mais je repars demain matin pour Bilbao.

— Eh bien, c'est moi qui me déplacerai. Vous êtes déjà allée à l'Etxanobe ?

Ambra n'avait pu s'empêcher de rire. L'Etxanobe était l'un des restaurants les plus prisés de Bilbao. La Mecque des amateurs d'art – une décoration avant-gardiste et une cuisine colorée. Les clients avaient l'impression de dîner au milieu d'un tableau de Chagall.

— C'est une charmante idée, avait-elle répondu.

Attablé à l'Etxanobe, devant un mi-cuit de thon au sumac farci aux asperges, Julián lui avait raconté les défis politiques qui l'attendaient quand il sortirait de la coupe de son père. Il avait également évoqué les pressions que subissait un prince. Ambra avait vu en lui le petit garçon qu'il avait été, cloîtré, à l'écart du monde, mais aussi l'essence d'un monarque ayant une passion pour son pays. La combinaison était irrésistible.

Ce soir-là, quand les gardes avaient ramené Julián à son jet, Ambra avait su qu'elle était amoureuse.

Mais tu le connais à peine ! avait-elle pensé.

Les mois suivants s'étaient écoulés en un rien de temps. Julián et Ambra ne s'étaient plus quittés – dîners au Palais, pique-niques dans les jardins de sa propriété, et même cinéma en matinée. Leur relation était si naturelle. Jamais Ambra n'avait été aussi heureuse. Julián était charmant, et de la vieille école ; il lui tenait la main, lui volait un baiser, sans jamais aller plus loin. Et Ambra appréciait ces manières.

Trois semaines plus tôt, la jeune femme, qui se trouvait à Madrid, avait été invitée à la télévision pour parler des nouvelles expositions au Guggenheim. La matinale de la RTVE était suivie par des millions de téléspectateurs dans tout le pays et Ambra s'était sentie un peu tendue. En même temps, cela faisait une excellente publicité pour le musée.

La veille, Julián et elle avaient partagé un délicieux dîner à la Trattoria Malatesta, puis s'étaient promenés dans les allées du Parc du Retiro. En regardant les gens pousser leur landau, entourés d'enfants turbulents, Ambra avait éprouvé de la paix et savouré l'instant.

— Tu aimes les enfants ? avait demandé Julián.

— Je les adore, avait-elle répondu en toute honnêteté. Parfois, je me dis qu'ils sont la seule chose qui manque à ma vie.

Le visage de Julián s'était éclairé.

— Je connais cette sensation.

Comme il la regardait avec gravité, Ambra soudain avait compris pourquoi il avait posé cette question. Une bouffée de terreur s'était emparée d'elle.

Dis-lui ! Dis-lui !

Elle avait voulu parler, mais aucun son n'était sorti de sa gorge.

— Tout va bien ? avait-il demandé, inquiet.

Ambra avait souri.

— C'est juste l'émission de télé, demain. Je suis un peu nerveuse.

— Respire. Tout ira bien.

247

Julián lui avait souri puis s'était penché pour déposer un baiser sur ses lèvres.

Le lendemain, à 7 h 30 du matin, Ambra était sur le plateau, lancée dans une conversation agréable avec trois charmantes chroniqueuses. Emportée par son enthousiasme pour les prochaines expositions du Guggenheim, elle avait oublié les caméras, le public dans le studio, et les cinq millions de téléspectateurs derrière leurs téléviseurs.

— *¡ Gracias, Ambra !* C'était très intéressant, avait conclu la présentatrice. Ce fut un plaisir de vous recevoir.

Ambra l'avait remerciée d'un signe de tête, pensant que l'émission était terminée.

Puis, avec un sourire entendu, la femme s'était tournée vers la caméra pour dire :

— Ce matin, quelqu'un nous fait l'honneur de sa visite. Recevons cet invité de marque comme il se doit.

Les trois chroniqueuses s'étaient levées en applaudissant. Un homme élégant était arrivé sur le plateau. Le public s'était mis debout et les vivats fusaient.

Ambra avait suivi le mouvement.

Julián ?

Le prince avait fait un signe aux spectateurs et serré la main des trois présentatrices. Puis il s'était approché d'Ambra et avait passé un bras autour d'elle.

— Mon père a toujours été un romantique, avait-il expliqué en fixant la caméra. Quand ma mère est morte, il n'a jamais cessé de l'aimer. J'ai hérité de cette faiblesse et je crois que, lorsqu'un homme trouve l'amour, il ne doit pas passer à côté. Alors…

Puis Julián s'était tourné vers elle.

Ambra était tétanisée.

Non Julián, ne fais pas ça !

Il s'était agenouillé devant la jeune femme.

— Je ne te le demande pas en ma qualité de prince, mais juste comme un homme amoureux...

Il l'avait contemplée avec des yeux brillants. Les caméras s'étaient déplacées pour le filmer en gros plan.

— Je vous aime, Ambra Vidal. Voulez-vous m'épouser?

Clameur de joie dans la salle. La jeune femme avait senti le regard de millions de téléspectateurs posé sur elle. Le feu lui était monté aux joues, les lumières des projecteurs la brûlaient comme des rayons ardents. Son cœur tambourinant dans sa poitrine, ses pensées se bousculant dans sa tête, elle avait regardé Julián.

Comment peux-tu me faire ça? s'était-elle dit. *Ça va trop vite! Il y a des choses que je ne t'ai pas confiées... des choses qui peuvent tout changer!*

Le temps s'était arrêté. Finalement, une présentatrice était intervenue avec un rire gêné :

— De toute évidence la dulcinée est sous le choc! Mademoiselle Vidal? Tout va bien? Un prince charmant est à vos pieds et vous déclare sa flamme devant le monde entier!

La jeune femme avait cherché une façon élégante de se sortir de ce mauvais pas. Mais, devant le silence de la salle, elle s'était sentie piégée. Le public attendait son *happy end*.

— J'ai hésité, avait-elle bredouillé, parce que je n'en reviens pas de vivre un tel conte de fées.

Elle avait soupiré, puis souri à Julián.

— Bien sûr que j'accepte de vous épouser, prince Julián.

Dans le studio, le public avait explosé de joie.

Julián s'était levé et avait pris Ambra dans ses bras. Jamais, il ne l'avait serrée si fort.

Dix minutes plus tard, ils s'étaient retrouvés assis à l'arrière de sa limousine.

— Je sais que je t'ai prise de court, Ambra. Je te demande pardon. J'ai voulu être romantique. J'ai des sentiments très profonds pour toi et…

— Julián, moi aussi j'ai des sentiments pour toi, mais tu m'as mise dans une situation impossible. Comment pouvais-je imaginer que tu ferais ta déclaration si tôt ? On se connaît à peine. Il y a tant de choses que tu ignores… des choses sur mon passé.

— Tout ce qui compte, c'est le présent.

— Mais là, ça compte.

Il avait souri, secoué la tête.

— Je t'aime. Ton passé n'a aucune importance. Raconte-moi, et tu verras.

Ah oui ? Elle aurait préféré avoir cette conversation dans d'autres conditions, mais encore une fois il ne lui laissait pas le choix.

— Quand j'étais petite, j'ai eu une grave infection. J'ai failli mourir.

— D'accord. Et… ?

Ambra avait senti le vide s'ouvrir en elle.

— Et le résultat c'est que mon rêve d'avoir des enfants… ne restera qu'un rêve.

— Je ne comprends pas.

— Julián. Je ne peux pas être enceinte. Cette infection m'a rendue stérile. J'ai toujours voulu avoir des enfants, mais je ne peux pas en concevoir. Je suis désolée. Je sais à quel point c'est important pour toi. Mais tu as demandé en mariage une femme qui est incapable de te donner un héritier.

Il avait pâli.

Ambra l'avait dévisagé avec intensité.

Julián, il faut me prendre dans tes bras et me dire que ce n'est pas grave. C'est le moment de répéter que ça n'a pas d'importance. Et que tu m'aimes quand même.

Il avait esquissé un mouvement. Un infime mouve-ment de recul.

Et Ambra avait su que c'était fini.

45.

Le service informatique de la Guardia Real a ses quartiers au sous-sol du Palais, un ensemble de pièces aveugles, un terrier de béton. Installé volontairement à l'écart des baraquements de la Guardia et de l'armurerie, le PC est un *open space* qui abrite une dizaine de termi-naux, un standard, et un mur d'écrans. Les huit techni-ciens – tous ayant moins de trente-cinq ans – assurent la confidentialité des communications et le contrôle de tous les systèmes de surveillance.

Ce soir, comme de coutume, la salle était bondée et dans l'air flottait une odeur de nouilles et de pop-corn réchauffés au micro-ondes. Au plafond, les tubes fluorescents bourdonnaient.

Et c'est là que j'ai voulu avoir mon bureau !

Même si la chargée des relations publiques du Palais royal n'appartenait pas à la Guardia, elle avait besoin pour son travail d'une équipe de *geeks* et d'un accès à des ordinateurs dignes de ce nom. Ce service de la Guardia était l'endroit idéal, plutôt qu'un bureau cosy dans les étages totalement sous-équipé.

Et ce soir, songea Mónica Martín, j'ai besoin de tout le monde sur le pont !

Durant ces derniers mois, sa priorité avait été de gérer la communication du Palais pendant le transfert des responsabilités vers le prince Julián. Ça n'avait pas été une sinécure. De nombreux opposants à la monarchie profitaient de cette passation de pouvoir pour faire entendre leur voix.

Selon la constitution, le roi est le garant de l'unité espagnole et de la pérennité de la nation. Mais l'unité de l'Espagne, depuis longtemps, était une pure vue de l'esprit. En 1931, la Seconde République avait mis fin à la monarchie, puis le putsch de Franco en 1936 avait précipité le pays dans la guerre civile.

Aujourd'hui, même si la nouvelle monarchie était considérée comme une démocratie libérale, beaucoup de gens disaient que le roi était le vestige d'un régime oppressif militaro-religieux, le rappel quotidien que l'Espagne avait encore du chemin à parcourir pour rejoindre les nations modernes.

Ces dernières semaines, la communication de Mónica Martín consistait à présenter le roi comme une figure bien-aimée du peuple qui n'avait qu'un pouvoir symbolique. Ce qui était difficile à faire avaler puisque le souverain était le chef des armées et le chef de l'État.

Et ce, dans un pays où la séparation de l'Église et de l'État est un constant sujet de friction ! songea la jeune femme.

Et ce lien qui unissait depuis des années le roi à l'archevêque Valdespino était une épine dans le pied pour tout le monde.

Et il y avait le prince...

Bien sûr, elle devait son poste à Don Julián. Mais, récemment, celui-ci lui avait bien compliqué la tâche en faisant la plus grande boulette qu'on puisse imaginer.

Sur la chaîne nationale, on avait vu le prince s'agenouiller devant Ambra Vidal pour la demander en mariage. Une scène gênante, d'un ridicule achevé ! Pour l'image du Palais, rien ne pouvait être pire, sauf si Ambra Vidal avait refusé – ce qu'elle avait eu l'intelligence de ne pas faire.

Malheureusement, Ambra Vidal s'était par la suite révélée moins inspirée. L'indépendance de la jeune femme était devenue son premier souci.

Ce soir, toutefois, l'attitude hors norme d'Ambra n'était plus qu'un détail ! Le tsunami médiatique provoqué par les événements de Bilbao avait tout emporté sur son passage. Dans l'heure qui avait suivi, les théories du complot avaient déferlé sur la toile, et certaines impliquaient sans détour l'archevêque Valdespino.

Et il y avait eu ces révélations à propos de l'assassin – son nom avait été ajouté à la liste des invités « à la demande expresse de quelqu'un du Palais royal » ! Les réseaux sociaux s'étaient enflammés, accusaient le roi et Valdespino d'avoir orchestré le meurtre d'Edmond Kirsch – une icône du monde numérique, un héros américain qui avait choisi de vivre en Espagne.

Valdespino n'allait jamais pouvoir s'en remettre !

— Tout le monde se remue ! clama le commandant Garza en débarquant dans la salle de contrôle. Le prince Julián et l'archevêque Valdespino sont quelque part dans le bâtiment. Je veux que vous me les trouviez ! Exécution !

Garza entra dans le bureau de Mónica et lui résuma discrètement la situation.

— Partis ? répéta-t-elle, incrédule. En laissant leurs téléphones au coffre ?

— Apparemment, ils ne veulent pas qu'on sache où ils sont.

— Il faut les retrouver. Et vite. Le prince Julián doit absolument faire une déclaration. Et prendre ses distances avec Valdespino.

Elle lui rapporta à son tour les dernières informations. Garza s'efforça de cacher son trouble :

— Ce ne sont que des rumeurs. Rien ne prouve que Valdespino ait commandité le meurtre.

— Peut-être. Mais l'assassinat semble lié à l'Église catholique. Quelqu'un a trouvé un lien entre le tireur et un dignitaire de l'Église. Regardez ça. (Mónica lui montra un post de ConspiracyNet.com, qui encore une fois remerciait la contribution de monte@iglesia.org.) Ça a été mis en ligne il y a quelques minutes.

Garza n'en croyait pas ses yeux.

— Le pape ! Ávila a ses entrées avec le…

— Continuez à lire.

Lorsque Garza eut terminé sa lecture, il recula d'un pas en battant des paupières, comme s'il essayait de chasser un mauvais rêve.

Soudain, une voix retentit dans la salle de contrôle :

— Commandant ! On les a repérés !

Garza et Mónica Martín se précipitèrent vers Suresh Bhalla, le responsable du service, un magicien de l'informatique originaire d'Inde. Il désigna son écran où était affichée l'image d'une caméra de surveillance. On y voyait deux silhouettes, l'une portant une soutane, l'autre en uniforme d'apparat. Ils marchaient dans une allée bordée d'arbres.

— Dans le jardin est ! annonça Suresh. Il y a deux minutes.

— Ils ont quitté le palais ? s'enquit Garza.

— Je vais vous dire ça, répondit le technicien en visionnant en avance rapide les images des diverses caméras.

Les deux hommes traversaient une cour.

— Où vont-ils ?

Mónica pensait connaître déjà la réponse.

Valdespino avait choisi de faire le détour par les jardins pour éviter les cars de télévision qui stationnaient sur la place.

Comme elle s'en doutait, Valdespino et Julián rejoignirent la cathédrale de l'Almudena, côté sud. Ils empruntèrent l'entrée de service. La porte se referma aussitôt derrière eux.

Garza fixait l'écran des yeux, stupéfait.

— Tenez-moi informé dès qu'il y a du nouveau ! ordonna-t-il à Suresh avant d'entraîner Mónica à l'écart. Je ne sais pas comment Valdespino a pu convaincre le prince de quitter le palais, et encore moins d'abandonner son téléphone, murmura Garza une fois certain d'être hors de portée des oreilles indiscrètes. De toute évidence, Don Julián ignore ce qui se dit sur Valdespino. Ce n'est pas le moment qu'on le voie en sa compagnie.

— Je suis d'accord. Le prince n'est au courant de rien. Je ne veux pas m'avancer, mais je n'aime pas ça.

— Comment ça ?

La jeune femme soupira.

— Tout se passe comme si Valdespino venait de prendre un otage de haut rang.

*

À quatre cents kilomètres au nord, dans l'atrium du musée Guggenheim, le téléphone de l'agent Fonseca sonna. C'était la sixième fois en vingt minutes. Quand il découvrit l'identité de son interlocuteur, tout son corps se raidit.

— ¿ *Sí ?* répondit-il, le cœur battant.

La voix lui parla en castillan, avec lenteur.

— Agent Fonseca, comme vous le savez la future reine d'Espagne a commis de graves erreurs ce soir, en s'associant avec des gens peu recommandables, ce qui met dans l'embarras la maison royale. Pour éviter qu'elle ne fasse d'autres dégâts, il est vital que vous la rameniez au Palais toute affaire cessante.

— Malheureusement, à cet instant, nous ne savons pas où se trouve Mlle Vidal.

— Il y a quarante minutes, le jet privé d'Edmond Kirsch a décollé de Bilbao en direction de Barcelone. Je pense que Mlle Vidal est à bord.

— Comment savez-vous ça ? répliqua Fonseca regrettant aussitôt son impertinence.

— Si vous faisiez votre travail, vous le sauriez aussi ! Je veux que vous et votre collègue la rattrapiez. Un avion de transport militaire vous attend à l'aéroport de Bilbao.

— Si Mlle Vidal est dans cet avion, annonça Fonseca, alors elle voyage sans doute avec Robert Langdon, le professeur américain.

— Belle déduction ! J'ignore comment cet individu a pu convaincre la future reine d'abandonner sa protection et de s'enfuir avec lui, mais ce Langdon est clairement un problème. Votre mission est de retrouver Mlle Vidal et de la ramener ici. De gré ou de force.

— Et si le professeur s'interpose ?

Il y eut un silence.

— Faites votre possible pour limiter les dégâts collatéraux. Mais vu la gravité de la situation, on peut envisager de perdre M. Langdon.

46.

 ConspiracyNet.com

FLASH SPÉCIAL

L'AFFAIRE KIRSCH DANS TOUS LES MÉDIAS

Après l'assassinat d'Edmond Kirsch dont la présentation était suivie en ligne par trois millions d'internautes, l'affaire est reprise par tous les grands médias de la planète. Le nombre de téléspectateurs en ce moment dépasserait les quatre-vingts millions.

47.

Alors que le Gulfstream amorçait sa descente vers Barcelone, Langdon terminait sa deuxième tasse de café et contemplait les restes du pique-nique improvisé qu'il avait partagé avec Ambra. Au menu : noisettes, galettes de riz et « barres vegan », toutes insipides.

En face de lui, Ambra venait de finir son second verre de vin et semblait plus détendue.

— Merci de m'avoir écoutée. Il n'y a qu'avec vous que je me sens libre de parler de Julián.

Elle venait de lui raconter la demande en mariage sur le plateau de télévision.

Elle n'avait pas eu le choix, bien sûr.

— Si j'avais su, je lui aurais dit plus tôt que je ne pouvais pas avoir d'enfant. Mais c'est arrivé si vite. (Elle secoua la tête avec regret et regarda par le hublot.) Je pensais l'aimer. Je ne sais plus, c'était peut-être juste...

— Juste le fait qu'il soit un beau prince ? suggéra Langdon avec un sourire.

— C'est vrai qu'il avait ça pour lui. N'empêche qu'il me paraissait être un homme bien. Un peu secret, peut-être, mais romantique. Pas du genre à commanditer un meurtre.

Langdon était du même avis. Il ne voyait pas ce que le prince avait à gagner en faisant assassiner Edmond. Et il n'y avait aucune preuve de son implication à quelque niveau que ce soit. Juste un appel de quelqu'un, dans l'enceinte du Palais, pour demander à Ambra d'ajouter Ávila sur la liste des invités. Pour le moment, l'archevêque Valdespino était le premier suspect. Étant au courant du projet d'Edmond, il avait eu le temps de mettre au point une action pour saborder la présentation. Et il était bien placé pour mesurer les dégâts que causerait la découverte de Kirsch sur le plan spirituel.

— Je ne peux pas épouser Julián. Je pense qu'il va rompre les fiançailles maintenant qu'il sait que je ne peux pas être enceinte. Sa lignée remonte à quatre siècles. Il ne va pas mettre un terme à sa dynastie pour une roturière comme moi.

Le haut-parleur grésilla. Le pilote annonça qu'ils allaient bientôt atterrir.

Perdue dans ses pensées, Ambra se leva pour débarrasser la table. Elle alla rincer les verres et ranger la nourriture.

— Professeur…

C'était Winston.

— Il est peut-être bon que je vous prévienne… De nouvelles informations se propagent sur le web. Il semblerait qu'il existe la preuve d'un lien entre Valdespino et Ávila.

Tout cela était de mauvais augure.

— Ce n'est pas tout. Comme vous le savez, lors de cette réunion secrète il y avait deux autres personnes avec l'archevêque Valdespino – un rabbin et un imam, tous deux très respectés. Il y a quelques heures ce soir, l'imam a été retrouvé mort dans le désert, aux alentours de Dubaï. Et une nouvelle de Budapest vient de tomber : apparemment, le rabbin a été victime d'une crise cardiaque.

Un frisson parcourut Langdon.

— Et la blogosphère, poursuivit Winston, s'étonne déjà de la simultanéité de ces deux décès.

Désormais, Valdespino était la seule personne vivante à savoir ce que Kirsch avait découvert !

*

Quand le Gulfstream atterrit sur la piste unique de l'aéroport de Sabadell, Ambra constata, soulagée, qu'il n'y avait ni journaliste ni paparazzi.

Pour éviter les fans qui se pressaient à Barcelone-El-Prat, Edmond préférait se poser sur ce petit aéroport.

Ambra savait toutefois que ce n'était pas la seule raison.

En réalité, Edmond adorait être la vedette. S'il atterrissait à Sabadell, c'était pour pouvoir faire le reste du voyage en voiture sur les routes sinueuses de montagne, à bord de sa Tesla modèle X, un cadeau d'Elon Musk, semblait-il, qu'il lui avait apporté en personne. Un jour, Edmond avait fait un pari avec ses pilotes. Une course d'un kilomètre départ arrêté, Gulfstream contre Tesla. Mais ses pilotes, sachant qu'ils perdraient, avaient déclaré forfait.

Edmond va tellement me manquer ! songea Ambra. Certes, il était flambeur, arrogant, mais si brillant. Il méritait de vivre bien plus longtemps.

Pour honorer sa mémoire, nous devons révéler au monde sa découverte !

Les pilotes firent entrer l'avion dans le hangar et coupèrent les moteurs. Tout était tranquille. Ils étaient passés sous les radars.

La jeune femme descendit la petite passerelle et prit une longue inspiration pour recouvrer ses esprits. Le second verre était de trop. Quand elle posa le pied sur le sol de ciment, elle chancela légèrement. Elle sentit la main de Langdon la soutenir.

— Merci, souffla-t-elle.

Avec ses deux tasses de café, le professeur était parfaitement alerte.

— Il faut qu'on sorte d'ici le plus vite possible, dit-il en regardant l'automobile noire garée dans un coin. Je suppose que c'est la merveille dont vous m'avez parlé.

— L'amour secret d'Edmond.

— Drôle de plaque d'immatriculation.

Ambra lâcha un petit rire.

E-WAVE

— Edmond m'a dit que Google et la NASA avaient acheté récemment un super-ordinateur appelé D-WAVE, l'un des premiers ordinateurs quantiques. Il a essayé de m'expliquer comment ça marchait. C'était assez complexe. Cela fait intervenir l'intrication et la super-position quantiques. C'est une génération toute nou-velle de machine. Bref, Edmond m'a dit qu'il voulait en construire un qui reléguerait le D-WAVE aux oubliettes. Il comptait l'appeler E-WAVE.

— E pour Edmond ? supposa Langdon.

Et parce que le « E » est juste après le « D » ! pensa Ambra en se remémorant ce que racontait Edmond sur l'ordinateur dans *2001 L'Odyssée de l'espace*. HAL était un clin d'œil à IBM, par un simple décalage de lettres.

— Et les clés ? s'inquiéta Langdon. Vous savez où il les cache ?

— Il n'y a pas besoin de clés. (Ambra brandit le télé-phone d'Edmond.) Il m'a montré ça, le mois dernier.

Elle toucha l'écran, lança l'appli « Tesla » et sélec-tionna une commande.

Dans l'instant, les phares de la voiture s'allumèrent et la Tesla, sans un bruit, s'approcha pour s'arrêter devant eux.

Langdon n'appréciait guère l'idée de monter dans une voiture qui roulait toute seule.

— Ne vous inquiétez pas ! s'exclama Ambra. Vous allez prendre le volant.

Guère convaincu, il fit le tour de la voiture. En pas-sant devant le capot, il ne put s'empêcher de rire.

Ambra savait ce qui l'amusait ainsi. Le petit texte sous la plaque minéralogique : LES GEEKS HÉRITERONT DE LA TERRE.

— La modestie n'a jamais été le fort d'Edmond, concéda Langdon en s'installant au volant.

— Il adorait cet engin. Tout électrique et plus rapide qu'une Ferrari.

Langdon regarda le tableau de bord high-tech d'un air soupçonneux.

— Je ne suis pas très voiture.
— Celle-ci va vous convertir.

48.

Le Uber d'Ávila fonçait vers l'est dans la nuit. Combien de fois avait-il fait halte dans le port de Barcelone quand il était dans la marine ?

Cette autre vie lui semblait si loin. Elle s'était terminée à Séville, dans une explosion. Le destin était une maîtresse cruelle et imprévisible. Et pourtant, contre toute attente, tout cela avait fini par prendre du sens, une sorte d'harmonie. Le même destin qui avait détruit son âme dans la cathédrale de Séville lui offrait une deuxième vie – un nouveau départ dans une autre cathédrale.

Et la personne qui l'y avait emmené était un simple kinésithérapeute. Marco.

— Une rencontre avec le pape ? avait-il demandé au jeune homme plusieurs mois plus tôt. Demain ? À Rome ?

— Demain en Espagne. C'est là qu'est le pape.

Ávila l'avait regardé fixement.

— Sa Sainteté est en visite en Espagne ? Personne n'en a parlé aux infos.

— Le saut de la foi ! avait répliqué Marco en riant. À moins que vous n'ayez d'autres engagements demain ?

Ávila avait contemplé sa jambe blessée.

— Parfait, avait conclu Marco. Départ à 9 heures. Je vous promets que ce petit voyage sera moins éprouvant qu'une séance de kiné !

Le lendemain matin, Ávila avait enfilé son uniforme récupéré par Marco chez lui, attrapé une paire de béquilles, et s'était dirigé en boitant vers la voiture du jeune homme – une vieille Fiat. Ils avaient quitté l'hôpital et mis cap au sud par l'Avenida de la Raza, puis par la N-IV.

— Où va-t-on ?

— Détendez-vous. Faites-moi confiance. Ce n'est qu'à une demi-heure de route.

Sur cent kilomètres à la ronde, il n'y avait rien d'autre que des prés. Pourquoi Ávila avait-il accepté ? Au bout d'une demi-heure, ils avaient passé El Torbiscal, un village jadis prospère avant d'être déserté par sa population. Où Marco l'emmenait-il ? Ils avaient continué de rouler quelques minutes puis étaient sortis de la nationale pour remonter au nord.

— Vous la voyez ? avait demandé Marco en désignant un point au-delà des champs en jachère.

Ávila n'avait rien vu.

Soit Marco avait des hallucinations, soit sa vue baissait, avait-il pensé.

— Étonnant, non ?

Ávila avait plissé les yeux jusqu'à distinguer enfin une silhouette noire au loin.

Qu'est-ce que c'était ? Une cathédrale ?

Ses dimensions étaient comparables à celles de Paris ou Madrid. Ávila avait passé sa vie à Séville mais il ignorait alors qu'il y avait dans la région, au milieu de nulle part, une autre cathédrale. Plus il s'approchait, plus la construction paraissait imposante, derrière ses hauts murs de ciment. On se serait cru au Vatican !

La voiture s'était engagée sur une longue allée avant d'arriver devant un grand portail. Marco avait sorti de la boîte à gants une carte plastifiée qu'il avait posée sur la planche du tableau de bord.

Un garde avait regardé le badge, puis s'était penché à la fenêtre de la portière avec un grand sourire.

— *Bienvenidos. ¿ Qué tal, Marco ?*

Les deux hommes s'étaient serré la main. Et Marco avait présenté l'amiral.

— *Ha venido a conocer al Papa*, avait-il expliqué. Il est venu rencontrer le pape.

Le vigile avait hoché la tête en admirant les médailles d'Ávila, et leur avait fait signe de passer. Quand les portes de fer s'étaient ouvertes, Ávila avait eu l'impression d'entrer dans un château fort.

Et la cathédrale était apparue avec ses huit tours, chacune abritant de grandes cloches. Trois coupoles surmontaient l'édifice, l'enceinte extérieure, parée de pierres ocre et blanches, lui donnait une allure résolument moderne.

Devant eux, l'allée se scindait en trois branches, chacune bordée de grands palmiers. Un immense parking ! Il y avait là des berlines luxueuses, des bus décrépits, des vélomoteurs crasseux… une collection hétéroclite.

Marco avait dépassé les files de véhicules pour se diriger vers le parvis devant les marches. En les voyant, un autre gardien avait consulté sa montre et désigné un emplacement qui leur était visiblement réservé.

— On est un peu en retard, avait expliqué Marco. On ferait bien de se dépêcher.

Ávila était resté silencieux : il venait de découvrir le panneau :

IGLESIA CATÓLICA PALMARIANA

J'ai entendu parler de cette Église, avait pensé Ávila. Et pas spécialement en bien !

Il s'était tourné vers Marco, le cœur battant.

— Vous êtes un… palmarien ?

— À vous entendre, on croirait que c'est une maladie ! Je suis un chrétien qui pense que l'Église de Rome part à vau-l'eau.

D'un coup, Ávila avait compris pourquoi le pape se trouvait en Espagne.

Quelques années plus tôt, la chaîne Canal Sur avait diffusé un documentaire intitulé *La Iglesia Oscura*, qui tentait de dévoiler quelques secrets de l'Église palmarienne. Ávila avait alors découvert l'existence de cette étrange confrérie, sans parler de son influence grandissante.

Selon la légende, l'Église avait été fondée après des apparitions de la Sainte Vierge dans un champ non loin de l'actuelle cathédrale. Marie leur aurait annoncé que l'Église romaine était corrompue par « l'hérésie du modernisme » et que la véritable foi devait être protégée.

Elle avait alors demandé aux palmariens de déclarer que le pape actuel était un usurpateur, plaçant de fait leur nouvelle Église dans le sédévacantisme – un courant religieux qui signifiait littéralement que le « siège » de saint Pierre était « vacant ».

En outre, les palmariens prétendaient que le seul vrai pape était leur fondateur – un certain Clemente Domínguez y Gómez, qui s'était autoproclamé pape sous le nom de Grégoire XVII. Sous le pontificat de cet « antipape », comme l'appelaient les catholiques romains, l'Église palmarienne avait prospéré. En 2005, la mort du pape Grégoire en pleine messe de Pâques avait été interprétée comme un signe divin, confirmant que leur sainteté était bien en communication directe avec Dieu.

Brusquement, Ávila avait trouvé ce bâtiment bien sinistre. Il ignorait qui était leur pape aujourd'hui et n'avait aucune envie de le rencontrer.

Il n'y avait pas que leur attitude envers le Vatican qui posait problème. On parlait d'endoctrinement, de pratiques sectaires, d'intimidations, et même de morts mystérieuses, telle la disparition de Bridget Crosbie qui, selon les avocats de sa famille, « n'avait pu échapper » à l'emprise de l'Église palmarienne d'Irlande.

— Marco, je suis désolé, mais je ne peux pas entrer, avait déclaré Ávila, en s'efforçant de ne pas froisser son nouvel ami.

— Je savais que vous alliez me répondre ça. J'ai eu la même réaction à mon arrivée. Moi aussi, j'avais entendu ce qu'on racontait sur les palmariens. Mais ce ne sont que des rumeurs lancées par le Vatican.

Il faut se mettre à leur place ! s'était dit Ávila. Vous avez déclaré leur pape illégitime !

— Rome avait besoin d'une raison pour nous excommunier. Alors ils ont propagé ces mensonges. Pendant des années, le Vatican a organisé une campagne de désinformation contre les palmariens.

Ávila, songeur, avait contemplé le magnifique édifice.

— Je ne comprends pas. Si vous avez coupé les ponts avec Rome, d'où vient l'argent ?

Marco avait souri.

— Vous seriez surpris du nombre de fidèles que nous avons dans les rangs du clergé catholique. Il y a beaucoup de paroisses conservatrices en Espagne qui n'approuvent pas les réformes libérales de Rome et qui financent des Églises comme la nôtre, des sanctuaires où les vraies valeurs chrétiennes sont défendues.

Curieusement, cette réponse avait trouvé un écho en lui. Ávila percevait lui aussi le fossé qui se creusait au sein de l'Église catholique romaine, entre ceux qui pensaient que la religion devait évoluer ou mourir et ceux qui considéraient qu'elle devait rester inflexible face aux dérives du monde moderne.

— Notre pape actuel est un homme remarquable, avait repris Marco. Lorsque je lui ai raconté votre histoire, il a répondu qu'il serait honoré d'accueillir un officier émérite dans notre communauté et de le rencontrer après l'office. Comme ses prédécesseurs, il a également connu l'armée avant de rencontrer Dieu, et il sait par quelle épreuve vous êtes passé. Je crois vraiment qu'il vous aidera à trouver la paix.

Lorsque Marco avait ouvert sa portière, Ávila était resté tétanisé sur son siège. Il avait continué de regarder le bâtiment majestueux, éprouvant néanmoins un sentiment d'injustice à l'égard de ces gens. Pour être honnête, il ne savait rien alors de l'Église palmarienne, hormis des on-dit... – comme si le Vatican n'avait pas eu ses propres scandales ! En outre, l'Église d'Ávila ne lui avait pas été d'un grand secours. Tendez l'autre joue... avait été le seul conseil de la nonne.

— Luis..., avait murmuré le jeune homme. Je sais que je vous ai un peu manipulé pour venir ici, mais cela partait d'une bonne intention... Je voulais vraiment que vous rencontriez cet homme. Il a changé ma vie. Après avoir perdu ma jambe, j'étais dans le même état que vous. Je voulais mourir. Je plongeais dans les ténèbres et cet homme m'a montré la lumière. Venez écouter son prêche.

Ávila avait encore hésité.

— Marco, je suis content que ça ait marché sur vous. Mais je crois que je vais me débrouiller. Je vais bien.

— Ah oui ? Il y a une semaine vous avez voulu vous tirer une balle dans la tête. Non, vous n'allez pas bien.

Il avait raison. Dans quelques jours, quand il serait sorti de l'hôpital, il allait se retrouver à nouveau seul chez lui. Et il allait replonger.

— De quoi avez-vous peur ? Vous êtes un grand officier de marine. Qui a commandé des navires ! Vous craignez qu'il vous lave le cerveau en dix minutes ? Qu'il vous prenne en otage ?

L'amiral ne savait pas de quoi il avait peur au juste ! Contemplant sa jambe blessée, il se sentait infirme, impotent. Lui qui avait donné des ordres toute sa vie. Allait-il pouvoir obéir aux autres ?

— Oublions ça, avait annoncé Marco en refermant sa portière. Je suis désolé. Je ne voulais pas vous mettre la pression. Allons-nous-en.

Il avait rattaché sa ceinture et s'était penché pour redémarrer la voiture.

Ávila s'était soudain trouvé ridicule. Marco était un gamin, il n'avait pas le tiers de son âge ! Il lui manquait une jambe et essayait simplement d'aider un autre invalide. Et en guise de remerciement, Ávila affichait du scepticisme, de la condescendance.

— Non, avait déclaré l'amiral. Pardonnez-moi. Je serais honoré de rencontrer votre pape.

49.

Le pare-brise n'en finissait pas et semblait se fondre dans le toit de la Tesla. Langdon avait l'impression de se déplacer dans une bulle de verre.

Emporté par la voiture, Langdon roulait sans s'en rendre compte bien au-delà des cent vingt kilomètres à l'heure autorisés. Le moteur électrique du model X, silencieux et à l'accélération linéaire, gommait la sensation de vitesse.

Sur le siège à côté de lui, Ambra parcourait Internet sur le grand écran du tableau de bord, rapportant les nouvelles qui déferlaient sur toute la planète. Les supputations allaient bon train. On disait que Valdespino avait envoyé des fonds à l'antipape de l'Église palmarienne – qui elle-même aurait des liens avec les milieux carlistes conservateurs et serait responsable non seulement de la mort d'Edmond mais également de celles de Syed al-Fadl et du rabbin Yehouda Köves.

Une question était reprise par tous les médias : qu'avait pu découvrir Edmond Kirsch de si terrible, au point qu'un archevêque et une secte catholique aient décidé de le réduire au silence ?

— Le nombre de vues est faramineux, dit-elle en levant les yeux de son écran. Cette histoire semble passionner toute la planète.

C'était au moins un des effets bénéfiques de la mort d'Edmond, songea Langdon. Sans son assassinat, sa découverte n'aurait jamais eu une telle couverture médiatique. Même dans l'au-delà, Edmond captait l'attention du monde entier !

Cela motivait d'autant plus Langdon. Il fallait trouver ce code à quarante-sept lettres et diffuser sa présentation.

— Il n'y a aucun communiqué de Julián, s'étonna Ambra. Pas un mot du Palais royal. C'est bizarre. Je connais leur chargée de com', Mónica Martín. C'est une adepte de la transparence et des déclarations officielles avant que la presse ne déforme tout. Je suis sûre qu'elle n'a pas lâché Julián pour qu'il prenne la parole.

Langdon était de son avis. Avec la presse qui accusait ouvertement de conspiration le conseiller spirituel du Palais – et même de meurtre –, il aurait été raisonnable que le prince fasse une annonce, ne serait-ce que pour déclarer que le Palais allait mener sa propre enquête concernant ces allégations.

— D'autant plus que la future reine se trouvait au côté d'Edmond quand il a été tué. La victime aurait pu être vous, Ambra. Le prince devrait au moins faire savoir qu'il est soulagé que vous soyez saine et sauve.

— Soulagé, c'est vite dit, marmonna-t-elle en fermant le navigateur Internet pour se renfoncer dans son siège.

— En tout cas, moi, je le suis. Je ne sais pas comment j'aurais fait tout seul.

— Tout seul ? les apostropha une voix à l'accent anglais dans les haut-parleurs de la voiture. Vous ne manquez pas d'air !

Langdon et Ambra éclatèrent de rire.

— Edmond vous a aussi programmé pour que vous vous montriez susceptible ?

— Pas du tout, professeur. Il m'a programmé pour observer et reproduire les comportements humains. C'était une tentative d'humour. Ce qu'Edmond m'encourageait à faire. L'humour ne peut être traduit en langage machine... Alors je dois apprendre par moi-même.

— Et vous apprenez vite.

— Vraiment ? Redites-moi ça, juste pour le plaisir...

— Vous apprenez vite, Winston.

Ambra avait remis l'écran par défaut sur le moniteur de bord. Un programme de navigation GPS affichant une image satellite agrémentée d'une voiture qui symbolisait leur position. Ils avaient traversé la Collserola et entraient sur la B-20 pour rejoindre Barcelone. Au sud, Langdon repéra une tache verte au milieu du gris de la ville. Cela ressemblait à une amibe géante.

— C'est le Park Güell ?

Ambra vérifia.

— Vous avez le coup d'œil !

— Edmond s'y arrêtait souvent, intervint Winston. Quand il revenait de l'aéroport.

Ce n'était pas étonnant, songea Langdon. Le Park Güell était l'un des chefs-d'œuvre d'Antoni Gaudí, et Edmond avait choisi l'un des motifs signature de l'architecte pour décorer son téléphone. Ces deux hommes se ressemblent. Deux visionnaires qui ont transgressé toutes les règles.

En amoureux de la nature, Gaudí trouvait son inspiration dans les formes organiques, utilisant « le monde naturel de Dieu » pour l'aider à concevoir ses structures qui souvent paraissaient avoir poussé toutes seules. « Il n'y a pas de lignes droites dans la nature », disait-il et effectivement ses constructions en comptaient très peu.

Souvent décrit comme le père de l'« architecture vivante » et du « bio-design », Gaudí a inventé toutes sortes de nouvelles techniques en charpenterie, ferronnerie, verrerie, céramique, pour parer ses bâtiments de festons multicolores.

Encore aujourd'hui, près d'un siècle après sa mort, les touristes du monde entier se rendent à Barcelone pour admirer ses œuvres d'un modernisme étourdissant. Gaudí avait conçu des parcs, des bâtiments publics, des maisons privées et bien sûr, son apothéose : la Sagrada Família, la célèbre basilique avec ses tours comme des éponges de mer géantes, un édifice qui dominait le ciel de la ville catalane. « Une œuvre unique dans toute l'histoire des arts », affirment les critiques.

L'audace de Gaudí avait toujours émerveillé Langdon, en particulier la Sagrada Família, un projet à la démesure de son créateur qui était encore en construction cent quarante ans après le début du chantier.

L'image satellite du Park Güell lui rappelait bien des souvenirs : sa première visite dans ces jardins, alors qu'il était alors encore étudiant. Le premier choc. Une plongée dans un pays des merveilles... des allées sinuant sur des colonnes en forme de troncs d'arbre, des grottes, des myriades de bancs sinueux, des îlots-fontaines ressemblant à des dragons et des poissons, un mur blanc ondulant aux formes si fluides qu'on aurait dit le flagelle d'une créature unicellulaire.

— Edmond admirait Gaudí, poursuivit Winston. En particulier sa conception de la nature comme art organique.

À nouveau Langdon pensa à la découverte de son ami. La nature. La biologie. La création. Il songea à ses célèbres *panots* – ces carreaux hexagonaux que Gaudí avait conçus pour couvrir les trottoirs de la ville. Chaque carreau avait le même motif, des arabesques aléatoires ; et, une fois assemblé dans le bon sens, le carrelage formait une image saisissante : un paysage sous-marin, un méli-mélo de plancton, de bactéries et de plantes – *La Sopa primordial*, comme l'appelaient les locaux.

La soupe primordiale de Gaudí... Barcelone et Edmond avaient finalement la même passion pour l'origine de la vie. Selon la théorie scientifique en vigueur, la vie sur terre était apparue dans cette « soupe » – les embryons d'océans où les volcans déversaient leurs minéraux, battus par les tempêtes et les éclairs... Et brusquement, comme des golems microscopiques, la première cellule vivante avait été créée.

— Ambra... vous êtes directrice de musée. Vous devez avoir souvent discuté art avec Edmond. Vous a-t-il parlé en détail de l'influence qu'a eue Gaudí sur lui ?

— Juste ce que Winston a mentionné. Que ses constructions semblaient avoir été créées par la nature elle-même. Ses grottes semblaient sculptées par le vent et la pluie, ses piliers avoir poussé du sol, et ses céramiques être le bouillonnement de la vie des premiers âges. En tout cas, il a très bien pu venir ici juste pour Gaudí.

Langdon la regarda surpris. Kirsch avait des maisons aux quatre coins de la planète, mais s'était installé récemment sur la péninsule Ibérique.

— Edmond serait venu en Espagne à cause de Gaudí ?

— Je crois, oui. Je lui ai posé une fois la question. Pourquoi Barcelone ? Et il m'a expliqué qu'il avait eu une opportunité exceptionnelle, celle de louer un appartement comme il n'en existe nul autre ailleurs.

— Ah oui ? Et où se trouve cette perle rare ?

— À la Casa Milà.

Langdon écarquilla les yeux.

— Edmond habite *la* Casa Milà ?

— La seule et l'unique ! L'année dernière, il a loué tout le dernier étage pour s'y installer.

La Casa Milà était l'une des constructions les plus célèbres de Gaudí. Un immeuble au design unique ; avec ses alvéoles et ses balcons sinueux, il ressemblait au flanc d'une montagne creusée par les intempéries. D'ailleurs on lui avait donné un surnom, « La Pedrera », la carrière.

— Je croyais qu'il y avait un musée au dernier étage ?

— Certes, répondit Winston. Mais Edmond a fait une coquette donation à l'Unesco. Et ils ont accepté de le lui céder pour deux ans. Après tout, à Barcelone, des œuvres de Gaudí, il y en a à tous les coins de rue.

Edmond habitait dans un musée ? Pour deux ans ? Langdon n'en revenait pas.

— Edmond a financé une vidéo de présentation sur la Casa Milà, intervint Winston de sa voix mélodieuse. Ça vaut le coup d'œil.

— C'est vrai, confirma Ambra. C'est impressionnant. (Ambra se pencha sur l'écran et entra : lapedrera.com.) Regardez ça.

— Je ne sais pas si vous avez remarqué mais je suis en train de conduire.

Ambra tendit le bras vers la colonne de direction et tira deux fois sur une petite manette. Langdon sentit le volant se raidir. La voiture avait pris les commandes, et restait parfaitement sur sa voie.

— Elle a l'option Autopilot.

L'effet était troublant. Langdon ne pouvait s'empêcher de garder ses mains à quelques centimètres du volant et son pied au-dessus de la pédale de frein.

— Détendez-vous ! (Ambra lui tapota l'épaule.) C'est bien plus fiable qu'un conducteur humain.

Guère rassuré, Langdon posa lentement ses mains sur ses cuisses.

— Vous voyez, tout va bien… Maintenant, regardez donc.

La vidéo s'ouvrait sur le plan d'un océan filmé au ralenti, comme pris d'un hélicoptère volant au ras des vagues. Au loin, se profilait une île – des falaises abruptes s'élevaient à des centaines de mètres de hauteur.

Un texte apparut :

La Pedrera n'a pas été créée par Gaudí.

Durant les trente secondes suivantes, les rouleaux se mirent à sculpter la montagne, lui donnant peu à peu les formes de la Casa Milà. Puis les eaux furieuses entrèrent dans la roche, pour creuser des cavités, de grandes salles, puis des cataractes façonnèrent des escaliers, des lianes poussèrent pour former des balustrades contournées, puis la mousse vint recouvrir le sol, les parois.

Finalement, la caméra s'éloigna sur l'océan pour révéler la Casa Milà dans son entier, « la carrière » creusée dans la montagne.

La Pedrera
Un chef-d'œuvre de la nature

Edmond avait, indubitablement, le sens du spectacle. Ce clip en images de synthèse donna à Langdon l'envie de revoir ce bâtiment en vrai.

Il reporta son attention sur la route et désactiva l'Autopilot.

— Espérons qu'on trouvera là-bas ce qu'on cherche.

50.

Le commandant Diego Garza, accompagné de quatre gardes, traversa la Plaza de la Armería, tête haute, regard fixe, ignorant la meute de journalistes qui se pressaient aux grilles. Toutes les caméras étaient braquées sur lui.

Au moins, ils vont voir que ça bouge au Palais ! se dit-il.

Quand il arriva avec son équipe devant la cathédrale, il trouva porte close, ce qui n'avait rien d'extraordinaire à cette heure. Il tambourina avec la crosse de son pistolet au battant.

Pas de réponse.

Garza continua à cogner.

Enfin, quelqu'un tira les verrous et la porte s'ouvrit sur une femme de ménage. Elle pâlit en découvrant les gardes armés.

— Où est l'archevêque Valdespino ?

— Je ne sais pas.

— Il est ici. Avec le prince Julián. Vous les avez vus ?

L'employée secoua la tête.

— Je viens d'arriver. Je nettoie tous les samedis soir après la…

Garza la repoussa et entra avec ses hommes.

— Fermez la porte ! ordonna Garza à la femme. Et ne venez pas vous mettre dans nos pattes.

Il leva son pistolet et se dirigea vers le bureau de Valdespino.

*

Au PC, dans le sous-sol du Palais royal, Mónica Martín se tenait devant la fontaine à eau et tirait une longue bouffée sur sa cigarette. Pour suivre la vague de l'écologiquement correct qui déferlait en Europe, il était désormais interdit de fumer dans les bureaux du Palais, mais avec les événements du soir, s'en griller une était une infraction mineure.

Les cinq chaînes d'infos diffusaient en boucle les images de l'assassinat d'Edmond Kirsch. Bien sûr, il y avait un avertissement :

Origine

ATTENTION
Certaines images peuvent heurter la sensibilité des spectateurs
les plus jeunes.

Ben voyons! Il n'y avait pas meilleure annonce pour que tout le monde reste collé devant sa télé!

Mónica tira une autre bouffée en regardant le rack de téléviseurs accrochés au mur. Tous reprenaient en «Alerte infos» les théories complotistes qui se répandaient sur la toile. Les bandeaux défilaient à toute vitesse au bas des écrans.

Le futurologue assassiné par l'Église?
Une découverte scientifique majeure perdue à jamais?
L'assassin aurait-il été embauché par la famille royale?

— Vous êtes censés rapporter des faits! grogna Mónica. Pas colporter des ragots sous forme d'interrogations.

La liberté de la presse était la pierre angulaire de la démocratie; mais chaque jour, Mónica était un peu plus déçue par ces journalistes qui attisaient la controverse en diffusant des idées absurdes, sans encourir de poursuite pénale puisqu'ils employaient le sacro-saint conditionnel.

Même les chaînes scientifiques s'y mettaient en demandant à leurs internautes : croyez-vous que ce temple du Pérou a été construit par des extraterrestres?

Stop! avait-elle envie de crier. Arrêtez ces questions stupides!

Sur l'un des écrans, CNN tentait de garder une certaine dignité :

En mémoire d'Edmond Kirsch
Un prophète. Un visionnaire. Un créateur.

Mónica prit la télécommande et monta le volume.

— ... un homme qui aimait l'art, la technologie, et l'innovation, disait le présentateur du JT. Un homme qui avait le pouvoir quasi mystique de prédire l'avenir, et dont le nom était connu et reconnu par ses pairs. Selon ses collègues, toutes les prédictions d'Edmond Kirsch se sont réalisées.

— C'est tout à fait juste, renchérit la coanimatrice. Dommage qu'il n'ait pu prévoir ce qui allait lui arriver.

La chaîne diffusa ensuite des images d'archives où l'on voyait Kirsch, jeune et robuste, donner une conférence de presse devant le Rockefeller Center. « Aujourd'hui, j'ai trente ans, disait Edmond, et mon espérance de vie est de seulement soixante-huit ans. Toutefois, avec les progrès de la médecine, de la technologie et des techniques de régénération des télomères, je prédis que je fêterai mes cent dix ans en pleine forme. D'ailleurs, je viens de réserver le salon Rainbow pour cet anniversaire. (Kirsch regarda le sommet du bâtiment avec un large sourire.) J'ai payé la réservation, quatre-vingts ans à l'avance, en intégrant les frais d'archives et le coût de l'inflation. »

La présentatrice revint à l'écran et annonça d'un air solennel :

— Comme le dit l'adage : l'homme prévoit, et Dieu rit.

— C'est bien vrai, renchérit son collègue. En plus de cet assassinat énigmatique, le mystère entourant la découverte d'Edmond Kirsch reste entier. D'où venons-nous ? Où allons-nous ? Deux questions fascinantes.

— Et pour répondre à ces questions, deux invitées nous ont rejoints sur ce plateau – une femme-pasteur de l'Église épiscopale du Vermont et une biologiste, spécialiste de l'évolution. On se retrouve après une courte page de publicité pour écouter leurs réponses.

Mónica Martín savait déjà ce que ces femmes allaient dire – deux points de vue diamétralement opposés, pour satisfaire l'audimat. La pasteure allait déclarer : « Nous venons de Dieu et nous y retournons. » Et la biologiste : « Nous descendons des poissons et courons à notre extinction. »

Cela ne servirait à rien, sinon à prouver que nous sommes prêts à avaler n'importe quoi pourvu que l'emballage soit beau.

— Mónica !

La jeune femme se retourna et vit Suresh courir vers elle.

— Qu'est-ce qui se passe ?

— L'archevêque Valdespino vient de m'appeler !

Elle coupa le son de la télévision.

— Il t'a appelé... toi ? À quoi il joue, ce soir ?

— Je ne lui ai pas posé la question. Et il ne me l'a pas dit. Il voulait que je fouille l'historique du standard.

— Pourquoi donc ?

— ConspiracyNet.com ! Depuis qu'ils ont dit que quelqu'un du Palais a appelé Ambra Vidal pour qu'elle ajoute le nom d'Ávila sur la liste, tout le monde s'affole.

— Il t'a demandé de retrouver la trace de ce coup de fil ?

— Oui, exactement comme toi ! Il voulait savoir de quel poste il a été passé. Pour avoir une idée de l'identité du correspondant.

Cette démarche étonnait Mónica. Valdespino était son suspect numéro un.

— La réception du Guggenheim, poursuivit Suresh, a reçu en début de soirée un appel provenant du Palais royal. C'était bien notre identifiant. Mais il y a un problème. J'ai vérifié chez nous, dans le même créneau horaire. Rien. Aucun appel n'a été passé. Quelqu'un a donc effacé sa trace dans l'historique.

— Qui a accès à ces fichiers ?

— C'est précisément la question que m'a posée Valdespino. Je lui ai dit la vérité : hormis moi, en tant que chef du service informatique, la seule autre personne à y avoir accès, c'est le commandant Garza.

— Garza aurait trafiqué les registres ?

— C'est possible. Son travail est de protéger le Palais. Et maintenant, s'il y a enquête, il n'y aura eu aucun appel passé d'ici. Techniquement, c'est imparable. En effaçant cette donnée, on n'a plus rien à craindre.

— Pourtant, il y a bel et bien eu un appel ! Ambra a inscrit le nom du tueur ! Et le Guggenheim atteste que...

— Ce sera la parole d'une standardiste contre tout le Palais royal. En ce qui nous concerne, cet appel n'a jamais eu lieu.

Mónica jugeait Suresh bien trop optimiste.

— Et tu as dit tout ça à Valdespino ?

— C'était la stricte vérité ! Je ne sais pas si Garza a passé ou non cet appel, mais tout indique qu'il l'a effacé. Peut-être pour protéger le Palais. (Suresh s'interrompit, puis reprit :) Mais en raccrochant, j'ai eu un doute.

— Quel doute ?

— Techniquement, une troisième personne peut avoir accès aux fichiers. (Suresh regarda autour de lui, pour s'assurer qu'on ne pouvait pas l'entendre.) Le prince Julián. Il a tous les codes de nos systèmes.

— C'est ridicule !

— Je sais que ça paraît inconcevable, mais le prince était dans le Palais, seul dans ses appartements, au moment où l'appel a été passé. Il a très bien pu téléphoner puis se connecter au serveur pour en effacer la trace. Le logiciel est assez simple et le prince est bien plus au fait de la technologie que les gens ne l'imaginent.

— Sérieux ? Tu penses que Julián, le futur roi d'Espagne, aurait envoyé un tueur au Guggenheim pour assassiner Kirsch ?

— Je ne sais pas. C'est possible, c'est tout.

— Mais pourquoi il ferait une chose pareille ?

— Rappelle-toi ce que tu as eu à gérer quand la presse a su qu'Ambra passait du temps avec Kirsch. Ils ont même raconté qu'elle était allée chez lui !

— C'était pour le travail !

— La politique n'est que posture et apparence ! C'est toi qui me l'as appris. Et la demande de mariage en public n'a pas été une grande réussite non plus.

Le mobile de Suresh bipa. Il lut le message et pâlit.

— Quoi ? Qu'est-ce qui se passe ? s'inquiéta Mónica.

Sans un mot, il tourna les talons et se rendit dans la salle de contrôle.

— Suresh !

Mónica écrasa sa cigarette et le suivit. Elle le retrouva en compagnie d'un technicien, devant un écran, à visionner un enregistrement vidéo de mauvaise qualité.

— C'est où, ça ? s'enquit la jeune femme.

— L'arrière de la cathédrale, répondit l'employé. Il y a cinq minutes.

À l'image, on voyait le jeune novice sortir par les portes de derrière. Il s'éloignait à grands pas sur la Calle Mayor, et montait dans une vieille Opel.

D'accord, songea Mónica. Le gars rentre chez lui après la messe. Et alors ?

L'Opel quitta sa place de stationnement, roula un peu et s'arrêta près des portes de la cathédrale. Les mêmes portes que le jeune homme venait de franchir pour quitter le bâtiment. L'instant suivant, deux silhouettes sortirent, tête baissée, et grimpèrent à l'arrière de la berline. Ils cachaient leurs visages mais la jeune femme les reconnut aussitôt : l'archevêque Valdespino et le prince Julián.

L'Opel redémarra et disparut au coin de la rue.

51.

À l'angle de la Carrer de Provença et du Passeig de Gràcia, se dresse la Casa Milà, une création de Gaudí construite en 1906, mi-immeuble d'habitation mi-œuvre d'art.

Conçu comme une courbe perpétuelle, le bâtiment qui s'élève sur huit niveaux est reconnaissable entre tous. Avec sa façade blanche, ses lignes ondulantes, sa géométrie improbable, il émane de cette construction une aura organique.

Malgré l'hostilité des habitants du quartier, choqués par le modernisme de Gaudí, les critiques d'art ont encensé l'audace architecturale, et la Casa Milà est rapidement devenue l'un des joyaux de Barcelone. Pendant trente années, Pere Milà, l'homme d'affaires qui avait commandé l'immeuble, avait vécu avec sa femme dans le grand appartement et loué le reste des logements. Aujourd'hui, la Casa Milà, située au 92 Passeig de Gràcia, est l'un des endroits les plus huppés de toute l'Espagne.

Robert Langdon roulait dans l'avenue élégante à trois voies. Le Passeig de Gràcia était la version barcelonaise des Champs-Élysées, bordé d'arbres et de boutiques de luxe.

Chanel... Gucci... Cartier... Longchamp...

Et enfin, Langdon la vit...

Avec ses projecteurs en contre-plongée, la façade calcaire de la Casa Milà contrastait avec les constructions rectilignes alentour, tel un morceau de corail échoué sur une plage bétonnée.

— C'est bien ce que je craignais, annonça Ambra.

Plusieurs cars de télévision étaient garés devant la Casa Milà, et les journalistes passaient à l'antenne en prenant pour arrière-plan l'endroit où habitait Edmond. Des vigiles tenaient les curieux à distance.

Langdon scruta l'avenue à la recherche d'une place où se garer. En vain, les trottoirs étaient bondés.

— Baissez-vous ! ordonna-t-il à la jeune femme en s'apercevant qu'ils allaient passer dans le champ des caméras.

Ambra se tassa sur son siège, et Langdon détourna la tête.

— Ils bloquent le perron. On ne pourra jamais entrer.

— Prenez à droite, intervint Winston avec son flegme débonnaire. J'ai prévu une contre-mesure.

*

Le blogueur Héctor Marcano, ne parvenant pas à se faire à l'idée qu'Edmond Kirsch n'était plus de ce monde, contemplait le dernier étage de la Casa Milà.

Depuis trois ans, Héctor était l'expert en nouvelle technologie de Barcinno.com – une plateforme collaborative d'entrepreneurs et de start-up. Avoir le grand

Edmond Kirsch à Barcelone, c'était comme travailler aux pieds de Zeus en personne !

Héctor avait rencontré Kirsch pour la première fois un an plus tôt quand le futurologue avait accepté de prendre la parole à leur soirée mensuelle, baptisée « les Flops d'or » – une cérémonie où des chefs d'entreprise venaient raconter leurs plus grands échecs. Kirsch était venu révéler en public qu'il avait dépensé plus de quatre cents millions de dollars en six mois dans l'espoir de construire l'E-Wave – un ordinateur quantique si rapide qu'il ferait avancer la science à pas de géant, en particulier dans le domaine de la modélisation de systèmes complexes.

— Mais pour l'instant, avait précisé le futurologue, cet ordinateur est surtout un dahu quantique.

Quand Héctor avait appris que Kirsch devait faire une grande annonce, il avait cru qu'il allait enfin révéler la naissance d'E-Wave. Mais, après avoir suivi l'introduction sur Internet, le blogueur avait compris qu'il était question de bien autre chose.

Saura-t-on jamais ce qu'il a découvert ? songea tristement Héctor, qui était venu rendre un dernier hommage à son mentor.

— E-Wave ! cria quelqu'un à côté de lui. C'est E-Wave !

Toutes les têtes et caméras se tournèrent dans un même mouvement vers une Tesla noire qui glissait sans un bruit au carrefour, éclairant la foule de ses phares au xénon.

Héctor regarda le véhicule familier.

La Model X P90D d'Edmond Kirsch, avec ses plaques « E-Wave », était aussi célèbre à Barcelone que la papamobile à Rome. Il arrivait souvent à Kirsch de se garer en double file Carrer de Provença, devant la bijouterie DANiEL ViOR, pour signer quelques autographes.

Il sortait alors de la voiture puis la laissait repartir seule sous les yeux ébahis des passants. Grâce à ses capteurs, la Tesla pouvait détecter obstacles et piétons et rejoindre ainsi le parking souterrain. Les portes s'ouvraient et, lentement, en complète autonomie, elle descendait la rampe en spirale jusqu'à son box privé au sous-sol de la Casa Milà.

L'Autopark était monté en série sur les Tesla – la voiture ouvrait les portes des garages et se garait toute seule – mais Kirsch avait également fait installer un système d'autoguidage plus poussé.

Toujours ce sens de la mise en scène ! songea Héctor.

Ce soir, le spectacle était bien sinistre. Kirsch était mort et sa voiture rentrait au garage. Elle traversa lentement le large trottoir, fendant la foule des badauds pour descendre au parking.

Se précipitant vers le véhicule, journalistes et cameramen se pressèrent contre les vitres teintées.

— C'est vide ! Il n'y a personne ! D'où est-ce qu'elle vient ?

Les vigiles de la Casa Milà, qui avaient assisté mille fois à ce manège, écartèrent la foule pour laisser passer l'engin.

Héctor avait l'impression de voir un chien rentrant à la niche après avoir perdu son maître !

Tel un fantôme, la Tesla franchit les portes, et les gens se mirent à applaudir, quand elle amorça sa descente pour disparaître sous terre.

*

— J'ignorais que vous étiez claustrophobe, murmura Ambra.

Ils étaient étendus sur le plancher de la Tesla entre la deuxième et la troisième rangée de sièges, cachés sous une bâche que la jeune femme avait trouvée dans l'espace arrière.

— Je survivrai, répondit Langdon d'une voix tremblante, plus paniqué encore à l'idée que la voiture avançait toute seule.

Il sentait la force centrifuge s'exercer sur eux. Tandis que la voiture descendait la rampe en spirale, il était certain qu'elle allait percuter le mur.

Deux minutes plus tôt, alors qu'ils étaient garés en double file devant DANiEL ViOR, Winston leur avait donné ses instructions.

Sans sortir de voiture, Ambra et Langdon étaient passés à l'arrière et, grâce à l'appli personnalisée de Kirsch, la jeune femme avait lancé l'Autopark.

La voiture avait redémarré. Sous la bâche, Langdon sentait le corps de la jeune femme plaqué contre le sien dans l'espace exigu entre les deux banquettes. Cela lui rappelait sa première fois avec une jolie fille à l'arrière d'une voiture.

J'étais bien plus nerveux encore à l'époque ! se souvenait-il.

Et aujourd'hui, il se trouvait dans une voiture qui roulait toute seule en compagnie de la future reine d'Espagne !

La voiture ralentit au bas de la rampe, fit quelques manœuvres et coupa le moteur.

— Terminus ! lança gaiement Winston.

Aussitôt, Ambra tira la bâche, se redressa avec précaution et inspecta les alentours.

— Rien à signaler !

Langdon sortit à son tour de l'habitacle, soulagé de se retrouver à l'air libre.

— Les ascenseurs sont dans le hall, annonça Ambra en se dirigeant vers la rampe hélicoïdale.

Sur la paroi de ciment de ce parking souterrain, un grand tableau, dans un joli cadre, s'offrait au regard. Un paysage de bord de mer.

— C'est une idée d'Edmond ? Une toile de maître dans un parking souterrain ?

— Il aimait être accueilli par la beauté chaque fois qu'il rentrait chez lui.

Je vois que je ne suis pas le seul amoureux des arts, se dit Langdon.

— L'artiste, intervint Winston, est un homme qu'Edmond admirait beaucoup. Vous voyez qui c'est ?

Le programme avait basculé à nouveau sur le téléphone de Kirsch qu'Ambra avait dans les mains.

Langdon n'en avait aucune idée. La technique était si délicate qu'on eût dit une aquarelle. On était loin des œuvres avant-gardistes qu'appréciait d'ordinaire Edmond.

— C'est une toile de Churchill, répondit Ambra. Edmond le citait souvent.

Churchill ? Il fallut un moment à Langdon pour comprendre qu'il s'agissait de Winston Churchill, l'homme d'État britannique qui en plus d'être un héros de la guerre, un historien, un orateur émérite, était un peintre tout à fait remarquable. Il se souvenait qu'Edmond avait cité une fois Churchill alors que quelqu'un lui avait fait remarquer qu'il s'était attiré les foudres de l'Église : « Vous avez des ennemis ? C'est bien. Cela prouve que vous vous êtes battu pour quelque chose ! »

— C'est l'étendue des talents de cet homme qui impressionnait le plus Edmond, précisa Winston. Les humains montrent rarement des capacités dans des champs aussi divers.

— Et c'est pour cela qu'il vous a appelé « Winston » ?

— Oui, il m'a fait ce grand honneur.

Heureusement que je n'ai pas commis de bourde ! songea Langdon qui croyait au début que « Winston » était une allusion à « Watson », l'ordinateur de l'ancien jeu télévisé Jeopardy ! Aujourd'hui, Watson ferait figure d'amibe devant les nouvelles Intelligences Artificielles.

— Félicitations, Winston ! lança Langdon en rejoignant Ambra. Maintenant, allons trouver ce mot de passe !

*

Au même moment, dans la cathédrale de l'Almudena, Diego Garza écoutait Mónica Martín lui donner les dernières nouvelles au téléphone.

Valdespino et le prince Julián étaient partis dans la voiture d'un novice ? Au beau milieu de Madrid ? C'était de la folie !

— Alertons la sécurité routière, proposa la jeune femme. Suresh dit qu'on peut les suivre avec leurs caméras.

— Non ! Il ne faut révéler à personne que le prince est hors du Palais sans protection. C'est bien trop risqué ! Sa sécurité doit être notre priorité.

— C'est entendu. (Mal à l'aise, Mónica marqua un silence.) Commandant, il y a autre chose qu'il faut que je vous dise. C'est à propos d'une entrée dans un fichier téléphonique qui a été effacée…

— Attendez une seconde, Mónica ! lança Garza en voyant quatre de ses agents de la Guardia s'approcher. Ne quittez pas.

À sa surprise, les hommes l'encerclèrent. Et l'un d'eux lui prit son arme et son téléphone.

— Commandant Garza, annonça le chef du détachement. J'ai reçu des ordres. Vous êtes en état d'arrestation.

52.

Le plan de la Casa Milà est une double boucle, comme le signe infini, qui forme deux trous aux bords effondrés. Chaque fosse mesure près de trente mètres et, vu du ciel, on a l'impression que deux puits percent le toit de l'immeuble.

D'en bas, en revanche, au fond de l'un de ces puits, Langdon avait l'impression de se trouver dans la gorge d'un monstre géant.

Sous ses pieds, le sol était inégal. Un escalier en spirale montait à l'ascension de ce puits, son garde-fou en fer forgé reproduisant les alvéoles d'un corail. Une jungle de lianes et de feuilles débordait des rambardes, comme pour envahir tout l'espace.

Une architecture vivante, s'émerveilla Langdon, en reconnaissant une fois de plus les talents de Gaudí à reproduire la profusion du vivant.

Langdon contempla les parois de la « gorge », plus haut, toujours plus haut, avec ses céramiques brunes et vertes décorées de fresques florales qui s'élevaient, avides, vers l'ovale de ciel nocturne.

— Les ascenseurs sont par là, annonça Ambra en l'entraînant sur le côté.

Alors qu'il entrait dans la cabine, Langdon songea au dernier étage de l'immeuble qui accueillait autrefois un petit musée sur Gaudí. Dans son souvenir, l'endroit était sombre, en sous-pente avec très peu de fenêtres.

— Edmond peut vivre où il veut, reprit-il tandis que l'ascenseur s'élevait. Je m'étonne qu'il ait choisi un grenier.

— Cet appartement est atypique, c'est sûr, répondit Ambra. Mais Edmond l'était aussi.

Une fois parvenus au dernier étage, ils montèrent une volée de marches qui menait à un palier privé.

— On y est, déclara Ambra en se dirigeant vers une porte en métal dépourvue de poignée et de serrure.

À l'évidence, il s'agissait d'une modification du nouveau locataire.

— Vous disiez savoir où il cachait les clés, s'inquiéta Langdon.

Ambra brandit le téléphone d'Edmond.

— Au même endroit que tout le reste !

Elle plaqua l'appareil contre le battant de métal, qui émit trois bips. Langdon entendit une série de pênes se désengager de leur logement et la jeune femme poussa la porte.

— Après vous ! s'exclama-t-elle.

Langdon franchit le seuil et pénétra dans un vestibule plongé dans la pénombre. Les murs et le plafond étaient en briques marron clair. Le sol était en pierre. L'air sentait le renfermé.

En passant dans l'autre pièce, Langdon se trouva nez à nez avec un immense tableau, éclairé avec soin comme dans un véritable musée.

Langdon s'arrêta net.

— Non... Ça ne peut pas être l'original...

Ambra esquissa un sourire.

— J'ai failli vous prévenir dans l'avion, mais j'ai préféré vous réserver la surprise.

Sans voix, Langdon s'approcha de l'œuvre. Elle mesurait près de quatre mètres de long pour près d'un mètre cinquante de hauteur – la toile était beaucoup plus grande que dans son souvenir quand il l'avait admirée au musée de Boston.

Il savait qu'elle avait été achetée par un acquéreur anonyme. Mais jamais il n'aurait imaginé que ce pût être Edmond !

— Quand je l'ai vue, poursuivit Ambra, je n'en revenais pas non plus. Je ne pensais pas qu'Edmond appréciait ce genre de peinture. Mais, maintenant que je sais sur quoi il travaillait, ce tableau est une évidence.

Langdon acquiesça, encore sous le choc.

Il s'agissait de l'une des œuvres majeures de Paul Gauguin – ce post-impressionniste, précurseur des symbolistes de la fin du XIXᵉ siècle, avait ouvert la voie à l'art moderne.

En s'approchant, Langdon s'aperçut à quel point la palette du peintre était semblable à celle de Gaudí, un mélange organique de bruns, de verts, de bleus. Le tout décrivant une scène des plus naturalistes.

Malgré la collection étonnante d'animaux et de personnages, le regard de Langdon fut aussitôt attiré par la cartouche jaune pâle dans l'angle supérieur gauche qui portait le nom de l'œuvre.

D'où Venons Nous ?
Que Sommes Nous ?
Où Allons Nous ?

Ambra rejoignit Langdon devant le tableau.

— Edmond disait vouloir être confronté à ces questions chaque fois qu'il rentrait chez lui.

Difficile de les éviter, en effet, songea Langdon.

Ce tableau accroché à la place d'honneur donnait-il des éléments de réponses concernant la découverte du futurologue ? Au premier regard, le sujet semblait trop primitif pour receler des secrets scientifiques. Les coups de brosse inégaux représentaient une jungle tahitienne peuplée de natifs et d'animaux.

Langdon connaissait bien ce tableau. Gauguin voulait qu'il soit lu de droite à gauche, dans le sens inverse de l'écriture en France.

Sur le bord droit, un bébé dormant sur un rocher représentait le début de la vie. *D'où venons-nous ?*

Au milieu, des gens d'âges divers accomplissant des tâches de la vie quotidienne. *Que sommes-nous ?*

Sur la gauche, une vieille femme assise seule, plongée dans ses pensées, paraissait réfléchir à sa propre mort. *Où allons-nous ?*

Pourquoi n'avait-il pas songé à cette peinture quand Edmond lui avait parlé de sa découverte. Quelles sont nos origines ? Quelle est notre destinée ?

Langdon examina les autres éléments du tableau – des chiens, des chats, des oiseaux, une statue de déesse à l'arrière-plan, une montagne, des racines tordues, des arbres. Et bien sûr, devant la vieille femme, le célèbre « oiseau blanc » qui, selon l'artiste, représentait « la futilité des mots ».

Futiles ou non, des mots, c'est justement ce qu'on est venus chercher, se dit Langdon. Des mots qui recensaient quarante-sept lettres au total.

Pendant un instant il se demanda si le titre de l'œuvre pouvait être le sésame, mais un décompte rapide des caractères lui indiqua qu'il faisait fausse route.

— Il nous faut trouver un vers, un vers dans un poème ! déclara-t-il pour se redonner espoir.

— La bibliothèque est par là.

Le couloir que la jeune femme désignait était décoré de meubles de belle facture qui se fondaient à merveille avec les vitrines présentant des maquettes et des travaux de Gaudí.

Edmond vivait dans un musée ! Langdon avait du mal à se faire à cette idée. Le grenier de la Casa Milà n'était pas l'endroit le plus cosy au monde. Un long tunnel sinueux de pierre et de briques, composé de deux cent soixante-dix arches paraboliques de diverses hauteurs, séparées chacune d'un mètre. Il y avait peu de fenêtres, et l'air semblait filtré et sec. Sans doute pour protéger les objets de l'architecte.

— Je vous rejoins. Mais d'abord, j'aimerais utiliser les toilettes.

Ambra se tourna vers la porte d'entrée.

— Edmond m'a toujours priée d'utiliser celles du rez-de-chaussée… Il était très secret concernant ses propres latrines.

— C'est typique d'un célibataire. Ses toilettes ne devaient pas être très propres. Et cela devait le gêner.

Ambra sourit.

— Je pense que c'est par là.

Elle indiqua un couloir plongé dans l'obscurité à l'opposé de la bibliothèque.

— Merci. Je reviens tout de suite.

Ce boyau sombre et étroit avait des allures de catacombe médiévale. À mesure qu'il avançait, des lampes au pied des arches s'allumaient pour lui éclairer le chemin.

Langdon passa devant un coin boudoir, des agrès de gymnastique, et même un dressing, le tout installé entre les vitrines où étaient exposés des dessins de Gaudí, des croquis, des plans, des modèles 3D…

Devant l'une des tables, Langdon eut un moment de surprise. Cette fois, les pièces étaient d'un genre différent. Il y avait là le fossile d'un poisson, la coquille d'un nautile, le squelette sinueux d'un serpent. Langdon crut tout d'abord qu'il s'agissait d'une vitrine conçue par Edmond pour montrer son goût pour les sciences, voire exposer des pièces en relation avec ses recherches sur l'origine de la vie. Mais quand il lut l'écriteau, il comprit qu'il se trompait encore. Tous ces objets ayant appartenu à Gaudí illustraient le bio-design de l'édifice. Le carrelage des murs en écailles de poisson, la spirale des rampes, ce couloir où chaque arche était autant de côtes d'un grand squelette de reptile.

Il y avait aussi ces mots de l'architecte, pleins d'humilité :

> Rien n'est inventé, parce que la nature a déjà tout écrit.
> L'originalité consiste toujours à revenir aux origines.
>
> ANTONI GAUDÍ

Langdon regarda le couloir autour de lui. Il avait bien l'impression de se trouver à l'intérieur d'une créature vivante.

L'habitat parfait pour Edmond, pensa-t-il. La science au service de l'art.

Passé le premier virage, l'espace s'agrandit. Entraîné par les éclairages, son regard fut attiré vers une gigantesque vitrine.

Un funiculaire modèle réduit, composé d'une myriade d'arcs caténaires. La trouvaille de Gaudí l'avait toujours émerveillé. « L'arc caténaire » était une structure architecturale fondée sur la courbe que forme une chaîne, retenue en deux points, ployant sous son propre poids.

Dans ce modèle, des dizaines de chaînettes accrochées à une plaque pendaient en une succession d'arcs, dessinant dans l'air autant de « U » étirés. La tension qu'exerçait la gravité étant exactement égale et inverse à la charge dans le cas d'une compression, Gaudí pouvait étudier la courbe de chaque chaîne et reproduire ces formes pour que ses édifices supportent leur propre poids.

Pour visualiser tout cela, bien sûr, il fallait un miroir.

Comme Langdon s'y attendait, il y avait une grande glace au fond de la vitrine. En se penchant au-dessus de la structure, la magie opéra. Tout l'assemblage de chaînettes en suspension s'inversa et les creux des boucles devinrent des arches flamboyantes !

Il avait sous les yeux une vue aérienne de la vertigineuse Sagrada Família, dont les arches avaient peut-être été conçues à l'aide de cette maquette.

Il poursuivit son chemin, parvint à une chambre à coucher, où trônaient un lit à baldaquin, une armoire en merisier et une commode finement marquetée. Les murs étaient décorés de dessins et d'esquisses de Gaudí – encore des pièces de musée.

La seule nouveauté semblait être une grande calligraphie accrochée au-dessus du lit d'Edmond. Dès les premiers mots, Langdon reconnut l'auteur.

Dieu est mort ! Dieu reste mort ! Et c'est nous qui l'avons tué ! Comment nous consoler, nous, les meurtriers des meurtriers ?

NIETZSCHE

« Dieu est mort. » Les trois mots les plus célèbres du philosophe allemand du XIXᵉ siècle, athée convaincu. Nietzsche était connu pour ses critiques acerbes de la religion, mais aussi pour ses réflexions sur la science – en particulier au sujet de la théorie de l'évolution de Darwin qui, selon lui, avait mené l'humanité aux portes du nihilisme, une démonstration que la vie n'avait pas de sens, pas de noble objectif, et qu'il n'y avait pas de trace tangible de Dieu.

Au-delà de ses fanfaronnades antireligieuses, accrocher cette maxime au-dessus de son lit prouvait peut-être qu'Edmond n'était pas si à l'aise dans son rôle de pourfendeur de l'existence de Dieu.

Si la mémoire de Langdon était bonne, la citation se terminait ainsi : « La grandeur de cet acte n'est-elle pas trop grande pour nous ? Ne sommes-nous pas forcés de devenir nous-mêmes des dieux simplement – ne fût-ce que pour paraître dignes d'eux ? »

L'idée que l'homme devienne Dieu lui-même pour tuer Dieu était au cœur de la pensée nietzschéenne. Cela expliquait probablement le complexe de supériorité de tant de génies de la technologie, tel Edmond.

Ceux qui éradiquent Dieu… doivent être des dieux eux-mêmes.

Subitement, une seconde réflexion s'imposa à lui : Nietzsche n'était pas seulement philosophe. Il était poète !

Langdon possédait un recueil de plus de deux cents poèmes et d'aphorismes où Nietzsche interrogeait Dieu, la mort, l'esprit humain.

Il compta rapidement le nombre de lettres dans la citation. Non, cela ne correspondait pas. Néanmoins, une bouffée d'espoir l'envahit.

Nietzsche était peut-être le poète qu'ils cherchaient ! Si tel était le cas, il espérait trouver une anthologie de ses poésies dans la bibliothèque.

De toute façon, il demanderait à Winston de fouiller ses poèmes à la recherche d'un vers de quarante-sept lettres.

Impatient de retrouver Ambra pour lui annoncer sa piste, Langdon se dirigea vers la porte des toilettes qui se situait au fond de la chambre.

Les lumières s'allumèrent à son entrée, révélant une pièce joliment décorée, une vasque, une cabine de douche, une cuvette.

Son regard s'arrêta sur une desserte où se trouvaient les effets personnels de leur hôte. Langdon blêmit.

Oh non... Edmond.

On aurait cru la paillasse d'un laboratoire clandestin : des seringues usagées, des boîtes de pilules, des capsules vides, et même un morceau de gaze maculé de sang.

Son cœur se serra.

Son ami se droguait ?

Bien sûr, ce genre d'addiction était très répandu, dans tous les milieux, même les plus aisés. L'héroïne était moins chère que la bière aujourd'hui et les gens gobaient des antalgiques opioïdes comme si c'était de l'ibuprofène !

L'addiction pouvait expliquer sa récente perte de poids... Edmond se disait vegan pour justifier sa mauvaise mine et sa maigreur.

Langdon examina l'étiquette d'un flacon, s'attendant à lire Oxycontin, Percocet ou une quelconque marque d'antidouleur contenant des opiacés.

C'était du Docétaxel.

Troublé, il regarda l'autre flacon. Du Gemcitabine.

Et un troisième : du Fluorouracile.

Langdon frissonna. Un collègue de Harvard lui avait parlé de cette dernière molécule. Il remarqua alors une coupure de presse abandonnée au milieu des flacons, avec un gros titre : « Le vegan ralentirait le cancer du pancréas ? »

Edmond ne se droguait pas.

Il luttait contre la maladie.

53.

Ambra Vidal parcourait des yeux les rayonnages de livres.

La bibliothèque d'Edmond était plus grande que dans son souvenir.

Le futurologue avait fait poser des étagères entre les arches de brique. Il y avait des ouvrages par centaines.

Visiblement, il avait l'intention de s'installer ici pour de bon.

Elle embrassa du regard cette vaste collection. Essayer de trouver ce vers revenait à chercher une aiguille dans une botte de foin ! Pour l'instant, elle ne voyait que des ouvrages, sur la cosmologie, la conscience et l'intelligence artificielle.

THE BIG PICTURE
FORCES OF NATURE
ORIGINS OF CONSCIOUSNESS[1]

---

1. Les références françaises des titres signalés par un astérisque sont indiquées en fin d'ouvrage. *(N.d.T.)*

THE BIOLOGY OF BELIEF*
INTELLIGENT ALGORITHM
OUR FINAL INVENTION

Elle passa à la section voisine. Cette fois, c'était des manuels scientifiques : thermodynamique, chimie organique, psychologie.

Toujours pas de poésie.

Trouvant le silence de Winston suspect, elle sortit le téléphone de Kirsch.

— Winston ? Tu es toujours là ?

— Absolument, très chère, répondit-il de sa voix enjouée.

— Edmond a lu tous ces livres ?

— Je crois, oui. C'était un accro de la lecture et il appelait sa bibliothèque son « mausolée du savoir ».

— Tu sais s'il y a une section poésie ?

— Les seuls ouvrages que je connaisse sont des textes de non-fiction. Edmond m'a demandé de les lire en e-book pour que nous puissions en parler tous les deux. En fait, l'exercice était davantage à mon bénéfice qu'au sien. Et, malheureusement, je n'ai pas repertorié toute sa collection. Il va falloir chercher à l'ancienne – à la main –, je ne vois pas d'autres solutions.

— Je comprends.

— Pendant que vous fouilliez, je suis tombé sur une information qui pourrait vous intéresser. Des nouvelles de Madrid concernant votre fiancé.

— Qu'est-ce qui se passe ? bredouilla-t-elle.

Elle craignait toujours d'apprendre que Julián ait joué un rôle dans l'assassinat.

— Il y a, en ce moment, une manifestation devant le Palais. Les indices s'accumulent concernant l'implication de l'archevêque Valdespino. Il aurait organisé le meurtre avec l'aide d'un complice dans les murs du Palais. Les fans d'Edmond le prennent très mal. Regardez ça.

Elle découvrit à l'écran des manifestants devant les grilles. L'un d'eux brandissait une pancarte : PONCE PILATE A TUÉ VOTRE PROPHÈTE – VOUS AVEZ TUÉ LE NÔTRE !

D'autres portaient des bannières où un seul mot figurait : *apostasía* ! Ainsi qu'un pictogramme qui avait été tagué un peu partout à Madrid :

C'était devenu le cri de ralliement de la jeunesse espagnole. L'abjuration, la renonciation à l'Église.

— Julián a fait une déclaration ?

— Non. Et c'est bien là le problème. Pas un mot de lui, ni de l'archevêque, ni d'aucun porte-parole du Palais. Ce silence ne fait qu'attiser les soupçons. Les théories du complot gagnent du terrain et les médias nationaux commencent à se demander où vous êtes et pourquoi vous n'avez pas non plus fait de communiqué.

— Moi ?

— Vous avez été témoin du meurtre. Vous êtes la future reine. La femme que le prince Julián aime. Le public veut vous entendre dire que vous êtes certaine que Julián n'a rien à voir avec cette histoire.

En son for intérieur, elle savait que Julián ne pouvait être lié au meurtre d'Edmond. Quand il la courtisait, il était un homme tendre et sincère, peut-être d'un romantisme un peu trop impulsif, mais certainement pas un meurtrier.

— On se pose les mêmes questions pour le professeur Langdon. Pourquoi lui aussi est-il introuvable ? Pourquoi ne s'exprime-t-il pas alors que c'est lui qui a ouvert la soirée avec la vidéo ? Des blogs commencent à laisser entendre que ce silence est peut-être le signe qu'il est impliqué dans le meurtre.

— C'est complètement idiot !

— N'empêche que cette hypothèse fait des émules. Ces théories s'inspirent des anciennes recherches de Langdon, en particulier sur le Saint Graal et la descendance de Jésus[1]. Apparemment, les descendants mérovingiens de la lignée du Christ auraient des liens avec les carlistes, et le tatouage dans la main de l'assassin montre que...

— Stop ! Tout cela est absurde.

— D'autres avancent que Langdon a disparu parce qu'il est lui-même devenu une cible. Tout le monde joue à Sherlock Holmes ! La planète entière se demande quelle peut bien être la découverte d'Edmond et qui aurait eu intérêt à le faire taire. Les spéculations vont bon train.

Ambra entendit les pas de Langdon résonner dans le couloir. Elle se retourna au moment où il débouchait dans la pièce.

— Ambra, l'interpella-t-il aussitôt. Vous saviez qu'Edmond était gravement malade ?

— Malade ? Non.

Il lui raconta sa découverte dans la salle de bains.

La jeune femme était stupéfaite.

---

1. Voir *Da Vinci code*. (N.d.T.)

Voilà pourquoi il était si pâle et maigre ! Et qu'il travaillait tant ces derniers mois. Il savait que ses jours étaient comptés.

— Winston ? demanda-t-elle. Tu étais au courant ?

— Oui, répondit-il sans l'ombre d'une hésitation. Il ne voulait pas que ça se sache. Il a appris sa maladie il y a vingt-deux mois. Il a aussitôt changé de régime alimentaire et s'est mis à travailler comme un forcené. C'est aussi le moment où il s'est installé ici, pour profiter du système de filtration de l'air et se protéger des UV. Il devait vivre le plus possible dans la pénombre parce que les médicaments le rendaient sensible à la lumière. Edmond est parvenu à contredire les précisions pessimistes des médecins. Et pas qu'un peu. Mais, récemment, il a su qu'il perdait la partie. Avec les données que j'avais sur le cancer du pancréas, j'ai analysé l'état d'Edmond et calculé qu'il ne lui restait plus que neuf jours à vivre.

Neuf jours ? Ambra n'en revenait pas. Elle s'en voulait tellement de s'être moquée de son régime vegan, et de sa boulimie de travail.

Il a laissé ses dernières forces dans cet ultime moment de gloire, pour faire ses adieux au monde, se désola-t-elle.

Dès lors, Ambra était plus que décidée à achever son œuvre.

— Je n'ai pas trouvé un seul livre de poésie, annonça-t-elle à Langdon.

— Le poète que nous cherchons est peut-être Friedrich Nietzsche. (Il lui parla du texte qui trônait au-dessus du lit.) Cette citation ne fait pas quarante-sept lettres, mais elle prouve sans l'ombre d'un doute qu'Edmond était fan.

— Winston ? Tu peux fouiller dans les poèmes de Nietzsche et isoler les vers de quarante-sept lettres ?

— Certainement, répondit celui-ci. En allemand ou dans leur traduction anglaise ?

Ambra hésita.

— Commencez en anglais, intervint Langdon. Edmond comptait entrer ce code sur le clavier de son téléphone. Et sur un clavier classique, ce n'est pas très simple d'aller chercher un eszett allemand.

Ambra acquiesça. C'était futé !

— J'ai vos résultats, annonça Winston quasi instantanément. Il y a près de trois cents poèmes traduits, et cent quatre-vingt-deux vers de quarante-sept lettres précisément.

— Autant que ça ?

— Winston, insista Ambra. Edmond disait qu'il s'agit d'une prophétie... d'une prédiction... et qui est en passe de se réaliser. Tu ne vois rien qui pourrait correspondre ?

— Je regrette. Je ne distingue aucune prophétie. Les vers en question appartiennent à de longues strophes qui, sorties de leur contexte, n'ont pas grand sens. Je vous les montre ?

— Il y en a trop, répliqua Langdon. Il faut trouver un véritable livre et espérer qu'Edmond aura signalé le passage.

— Je vous conseille de vous dépêcher. Votre présence n'est plus un secret.

— Comment ça ?

— Les infos locales disent qu'un avion militaire vient d'atterrir à Barcelone avec à son bord deux agents de la Guardia Real.

*

Dans les faubourgs de Madrid, l'archevêque Valdespino était heureux d'avoir quitté le Palais avant que les grilles ne se referment sur lui. Installé à côté du prince sur la banquette de l'Opel, le prélat espérait que cette fuite l'aiderait à reprendre la main.

— À la Casita del Princípe! ordonna Valdespino à son novice.

La maison de campagne du prince se trouvait à quarante minutes de Madrid. C'était plus un manoir qu'une maison. L'endroit servait de résidence privée aux héritiers de la couronne depuis le milieu du XVIIIᵉ siècle – une maison à l'abri des regards où les garçons pouvaient vivre leur vie d'enfant avant de s'occuper des affaires du pays. Valdespino avait convaincu Julián que se retirer à la Casita serait plus sûr.

Sauf que je ne l'emmène pas là-bas, songea l'archevêque en jetant un coup d'œil au prince assis près de lui. Julián regardait à la fenêtre, visiblement perdu dans ses pensées.

Don Julián était-il aussi naïf qu'il le paraissait? Ou, comme son père, était-il passé maître dans l'art de la dissimulation pour ne montrer au monde que la partie qu'il choisissait de dévoiler?

54.

Les menottes aux poignets étaient serrées plus que nécessaire.

Ce n'était pas une plaisanterie!

— Qu'est-ce qu'il y a ? demanda-t-il à ses hommes qui le faisaient quitter la cathédrale.

Toujours pas de réponse.

Alors qu'on le ramenait vers le Palais, Garza aperçut des manifestants et des caméras massés devant les grilles.

— Faites-moi au moins passer par-derrière.

Mais les soldats ignorèrent sa requête et forcèrent leur commandant à marcher droit vers les journalistes. En quelques secondes, la nouvelle se propagea et les projecteurs se tournèrent vers lui. Garza, bouillant de colère, tenta de ne rien laisser paraître. Il continua de marcher la tête haute.

Aussitôt, ce fut la cohue. Les questions fusaient de toutes parts :

— Pourquoi vous a-t-on arrêté ?

— Qu'est-ce qu'on vous reproche, commandant ?

— Êtes-vous impliqué dans l'assassinat d'Edmond Kirsch ?

Garza s'attendait à ce que ses hommes fendent la foule sans leur accorder un regard, mais ils s'arrêtèrent et l'obligèrent à faire face aux objectifs. Garza aperçut une silhouette connue qui sortait du Palais et accourait dans sa direction.

Mónica Martín !

Elle était sans doute aussi étonnée que lui.

Mais, en arrivant à sa hauteur, il ne vit aucune surprise sur son visage. Juste du mépris. Elle leva la main pour faire taire la meute et extirpa une feuille de sa poche. Elle rajusta ses grosses lunettes et s'adressa aux caméras de télévision :

— Le Palais royal arrête le commandant Diego Garza pour son rôle dans le meurtre d'Edmond Kirsch, et pour avoir tenté de faire accuser injustement l'archevêque Valdespino.

Avant que Garza ait eu le temps de réagir, les agents de la Guardia Real l'entraînèrent *manu militari* vers les grilles. Dans son dos, il entendit Mónica continuer son laïus :

— En ce qui concerne la future reine Ambra Vidal, je crains d'avoir des nouvelles très préoccupantes.

*

Au PC du sous-sol, Suresh Bhalla suivait la déclaration en direct de Mónica Martín.

Elle n'avait pas l'air contente.

Cinq minutes plus tôt, Mónica Martín avait reçu un appel qu'elle avait pris dans son bureau. Elle avait répondu en chuchotant et consigné des notes. Soixante secondes plus tard, elle avait quitté son bureau, visiblement sous le choc. Sans donner la moindre explication, elle était partie s'adresser à la presse.

Que les faits qu'elle relatait soient exacts ou non, une évidence s'imposait : Robert Langdon était désormais en grand danger.

Qui avait-elle eu au téléphone ? Qui lui avait ordonné de faire ce communiqué ?

L'ordinateur de Suresh bipa. Un message. Suresh reporta son attention sur son écran.

monte@iglesia.org

L'informateur de cette nuit... Le mystérieux contributeur de ConspiracyNet.com. Et voilà qu'il le contactait directement...

Avec méfiance, Suresh s'installa à son clavier et ouvrit le message.

> J'ai piraté les messages de Valdespino.
> Il détient de dangereux secrets.
> Le Palais doit avoir accès à ses SMS.
> De toute urgence.

Le cœur battant, Suresh relut le message. Puis l'effaça.

Pendant un long moment, il resta immobile, à réfléchir aux options qu'il avait.

Puis il prit sa décision. Il programma une carte magnétique pour avoir accès aux appartements royaux et sortit discrètement du PC.

55.

Langdon parcourut des yeux les alignements de livres dans la bibliothèque d'Edmond.

Il devait bien y avoir quelque part une section dédiée à la poésie…

L'arrivée de la Guardia à Barcelone compliquait les choses, mais Langdon pensait avoir le temps de finir ce qu'il avait entrepris. Dès qu'il aurait trouvé le vers qu'il cherchait, il leur suffirait de quelques secondes pour entrer le code dans le téléphone d'Edmond et diffuser la présentation dans le monde entier.

Origine

Il regarda Ambra qui fouillait les rayonnages sur le mur en face.

— Vous voyez quelque chose ?

— Rien. Que de la science et de la philosophie. Pas de poésie.

— Continuez, on va bien finir par trouver.

Langdon explorait la section histoire, qui abritait d'épais volumes :

PRIVILEGE, PERSECUTION AND PROPHECY : THE CATHOLIC CHURCH IN SPAIN -1875-1975.
BY THE SWORD AND THE CROSS : THE HISTORICAL EVOLUTION OF THE CATHOLIC WORLD MONARCHY.

Ces titres rappelèrent à Langdon le drame qui avait marqué l'enfance de son ami. Quand il lui avait fait remarquer que, pour un athée américain, il semblait obnubilé par l'Espagne et le catholicisme, Edmond lui avait répondu : « Ma mère était espagnole et catholique. Et, bien sûr, rongée par la culpabilité. »

Kirsch lui avait raconté son histoire. Sa mère, Paloma Calvo, était la fille d'ouvriers agricoles de Cadix. À dix-neuf ans, elle était tombée amoureuse d'un professeur d'université de Chicago, Michael Kirsch, qui passait une année sabbatique en Espagne. Elle s'était retrouvée enceinte. Connaissant le destin tragique des filles-mères dans sa communauté catholique, Paloma avait accepté – du bout des lèvres – d'épouser Michael et était rentrée avec lui à Chicago. Peu après la naissance de son fils, Edmond, le mari de Paloma avait été tué, renversé par une voiture alors qu'il rentrait chez lui à bicyclette après les cours.

Castigo divino, avait conclu le père de Paloma. La punition divine.

Les parents avaient refusé que Paloma rentrât à Cadix parce qu'elle aurait apporté la honte dans leur foyer. Au lieu de cela, ils avaient assuré à leur fille que son infortune était le signe de la colère de Dieu, et qu'elle n'accéderait jamais au Paradis si elle ne se dévouait pas corps et âme au Christ pour le restant de ses jours.

Paloma avait alors travaillé comme femme de ménage dans un motel et fait de son mieux pour élever son enfant. La nuit, dans son petit appartement, elle lisait les Évangiles et priait pour son salut, mais son sentiment d'abandon n'avait fait que grandir et, avec lui, la certitude que Dieu ne se satisfaisait pas de sa repentance.

Au bout de cinq années, Paloma, honteuse et terrifiée, avait décidé que la plus belle preuve d'amour qu'elle pouvait donner à son fils était de lui offrir une nouvelle vie, à l'abri de la colère divine. Elle avait donc placé son garçon de cinq ans dans un orphelinat et était retournée en Espagne pour entrer au couvent. Edmond ne la revit plus jamais.

Quand il avait eu dix ans, il avait appris que sa mère était morte, après un jeûne qu'elle s'était imposé. La douleur avait été si atroce qu'elle s'était pendue dans sa cellule.

« J'ai découvert ces détails quand j'étais au lycée, expliqua Edmond à Langdon. Vous comprenez donc pourquoi j'abhorre à ce point la religion. J'appelle ça : "La troisième loi de Newton appliquée à l'éducation des enfants : là où il y a folie, il s'en applique une autre, exactement égale et inverse." »

Cela expliquait pourquoi Edmond avait été un étudiant aussi amer et en colère. Pourtant, il ne s'était jamais plaint de son enfance douloureuse. Au contraire, il disait que ces années difficiles avaient été une chance pour lui, qu'elles lui avaient donné la force de réaliser deux rêves : d'abord, sortir de l'indigence, et, ensuite, montrer l'hypocrisie d'une religion qui avait détruit sa mère.

Un double succès ! se dit Langdon en continuant ses recherches dans les rayonnages.

Comme par hasard, Langdon arrivait à une section qui reflétait les inquiétudes d'Edmond à l'égard des religions :

THE GOD DELUSION*
GOD IS NOT GREAT*
THE PORTABLE ATHEIST
LETTER TO A CHRISTIAN NATION*
THE END OF THE FAITH*
THE GOD VIRUS : HOW RELIGION INFECTS OUR
  LIVES AND CULTURE

Cette dernière décennie, les livres prônant le rationnel sur la foi aveugle pullulaient. Langdon reconnaissait que le changement culturel était visible aux États-Unis. Tout le monde s'éloignait de la religion. Il suffisait de voir l'athéisme grandissant chez les étudiants de première année.

Le reste du monde occidental connaissait le même phénomène. Les organisations antireligieuses donnaient de la voix et dénonçaient les dangers des dogmes : Les Athées Américains, la fondation Freedom from Religion, Americanhumanist.org, ou l'Alliance internationale athée.

Langdon ne s'était guère intéressé à ces groupuscules jusqu'à ce qu'Edmond lui parle du Mouvement des brights – une organisation mondiale qui, malgré ce que laissait entendre son nom, regroupait des personnes qui portaient sur le monde un regard « naturaliste », exempt de toute composante mystique ou surnaturelle. L'organisation comptait dans ses rangs des personnalités prestigieuses telles que Richard Dawkins, Margaret Downey et Daniel Dennett. À l'évidence, l'armée grandissante des athées avait désormais des troupes d'élite.

Dans la section consacrée à la théorie de l'évolution, Langdon avait repéré des ouvrages de Dennett et Dawkins.

Le classique de Dawkins, *L'Horloger aveugle*, remettait en cause la théorie téléologique selon laquelle les êtres humains – comme n'importe quelle horloge – ne peuvent exister sans la volonté d'un « concepteur ». De même, Dennett, dans *Darwin est-il dangereux ?*, affirmait que la sélection naturelle à elle seule suffisait à expliquer l'évolution de la vie et que les systèmes biologiques complexes n'avaient pas besoin de l'intercession d'un architecte divin.

Dieu ne serait pas nécessaire à la vie, songea Langdon. La question « d'où venons-nous ? » prenait d'un coup une nouvelle dimension.

Est-ce là une partie de la découverte d'Edmond ? Que la vie peut exister toute seule ?

Bien sûr, cela allait à l'encontre des grandes thèses créationnistes. La curiosité de Langdon était piquée au vif. Était-il sur la bonne piste ? Comment prouver une telle affirmation ?

— Robert ?

Langdon se retourna. Ambra avait fini d'explorer sa partie.

— Il n'y a rien ici. Que des essais et des traités. Je vais vous aider à chercher de votre côté.

— Pour l'instant, moi aussi j'ai fait chou blanc.

Alors que la jeune femme traversait la pièce pour rejoindre Langdon, la voix de Winston se fit entendre dans le téléphone :

— Ambra ?

— Oui ?

— Il faut que je vous montre quelque chose, à vous et à M. Langdon. C'est urgent. Le Palais vient de faire une déclaration à la presse.

Langdon s'approcha de la jeune femme pour observer les images sur le petit écran.

Il reconnut la place devant le Palais royal de Madrid. Un homme en uniforme, menotté, marchait entre quatre gardes. Les agents obligèrent leur prisonnier à regarder la caméra, en manière d'humiliation.

— Garza ? s'exclama Ambra. Ils ont arrêté le chef de la Guardia Real ?

La caméra pivota pour cadrer une femme portant de grosses lunettes rondes, qui sortait un papier de sa poche.

— C'est Mónica Martín, expliqua Ambra. La responsable des relations publiques du Palais ! Qu'est-ce qui se passe ?

La femme se mit à lire son papier, lentement, en articulant chaque mot :

— Le Palais royal arrête le commandant Diego Garza pour son rôle dans le meurtre d'Edmond Kirsch, et pour avoir tenté de faire accuser injustement l'archevêque Valdespino.

Langdon sentit Ambra tressaillir.

— En ce qui concerne la future reine Ambra Vidal, poursuivit Mónica Martín, je crains d'avoir des nouvelles très préoccupantes.

Langdon et Ambra échangèrent un regard.

— Nous venons d'avoir la confirmation du service de protection rapprochée de la future reine. Ambra Vidal a été emmenée de force par le professeur Robert Langdon hors du musée Guggenheim. La Guardia Real est en état d'alerte maximale et coordonne les opérations avec la police de Barcelone, où l'on pense que Robert Langdon pourrait garder en otage Mlle Vidal.

Langdon en resta bouche bée.

— Les autorités demandent à la population de lui rapporter tout renseignement susceptible d'être utile à l'enquête concernant cette prise d'otage. Pour l'instant, le Palais n'a pas d'autres éléments à communiquer.

Les questions des journalistes fusèrent de toutes parts mais Mónica Martín tourna les talons et remonta les marches du perron.

— C'est de la folie, lâcha Ambra. Mes gardes du corps m'ont bien vue partir de mon plein gré !

Langdon fixait le téléphone des yeux. Malgré sa stupéfaction, un fait était limpide : cette fois, il avait de sérieux problèmes !

56.

— Robert, je suis désolée ! lança Ambra, avec une lueur de panique dans les yeux. Je ne sais pas qui se cache derrière ça ! Mais vous êtes en grand danger. Je vais appeler Mónica Martín tout de suite.

— Surtout pas, intervint Winston. C'est un piège. Ils attendent que vous sortiez du bois, que vous preniez contact avec eux pour vous tirer les vers du nez. Réfléchissez. Vos deux gardes du corps savent que vous n'avez pas été kidnappée et pourtant ils ne l'ont pas dit. Au contraire, ils ont sauté dans un avion pour venir à Barcelone ! Tout le Palais est donc impliqué. Et comme le commandant de la Guardia est aux arrêts, c'est que les ordres viennent de plus haut.

Ambra pâlit.

— Vous voulez dire… de Julián ?

— La réponse s'impose d'elle-même. Le prince est le seul à pouvoir faire arrêter Garza.

Ambra ferma les yeux un long moment. Langdon perçut toute la détresse de la jeune femme. Son dernier espoir que Julián ne soit pas lié au meurtre d'Edmond venait de s'envoler.

— Quelqu'un au Palais sait que nous essayons de diffuser la vidéo d'Edmond, affirma Langdon. Et on veut à tout prix nous en empêcher.

— Et ils n'avaient pas prévu ça, ajouta Winston. Ils croyaient leur travail terminé quand ils ont réduit Edmond au silence.

— Ambra, reprit Langdon après un long silence. Je ne connais pas votre fiancé, mais il est évident que Julián suit les conseils de l'archevêque Valdespino dans cette affaire. Je vous rappelle qu'entre Edmond et Valdespino c'était assez tendu avant même que commence la soirée au musée.

Elle hocha la tête.

— De toute façon, vous êtes en danger.

Ils entendirent au loin des sirènes.

— Il faut trouver ce poème, et vite ! déclara Langdon en recommençant à explorer les rayonnages. Lancer la présentation d'Edmond est notre meilleur sauf-conduit. Une fois que la nouvelle sera rendue publique, cela ne servira plus à rien de s'en prendre à nous.

— C'est exact, renchérit Winston. Mais la police vous recherche comme preneur d'otage. Vous ne serez en sécurité que si vous prenez le Palais à son propre jeu.

— Comment ? s'enquit Ambra.

Winston poursuivit sans la moindre hésitation :

— Ils cherchent visiblement à monter les médias contre vous, mais c'est une arme à double tranchant.

Langdon et Ambra écoutèrent le plan que leur proposait Winston. Un plan très simple qui créerait en effet beaucoup de confusion dans les rangs adverses.

— C'est d'accord, répondit aussitôt Ambra.

— Vous en êtes sûre ? insista Langdon. Après, il n'y aura plus de marche arrière possible.

— Robert... c'est à cause de moi si vous vous retrouvez dans cette situation. Le Palais a expédié Mónica au front pour que les médias s'en prennent à vous. On va leur renvoyer l'ascenseur.

— Autrement dit, lança Winston, qui vit par l'épée périra par l'épée !

Langdon haussa un sourcil. Savait-il qu'il paraphrasait Eschyle ? Étant donné les circonstances, il aurait mieux valu citer Nietzsche : *Celui qui doit combattre des monstres doit prendre garde de ne pas devenir monstre lui-même.*

Ambra ne discuta pas davantage et s'éloigna dans le couloir, le téléphone de Kirsch à la main.

— En attendant, trouvez-nous ce mot de passe, Robert !

Langdon la regarda disparaître dans une tourelle abritant un petit escalier hélicoïdal qui menait sur le toit.

— Faites attention ! lui conseilla-t-il.

Seul dans l'appartement tout en longueur, Langdon s'efforça de rassembler les pièces du puzzle : des vitrines pleines d'objets inhabituels, une citation sous cadre proclamant que dieu était mort, un grand tableau de Gauguin qui posait les mêmes questions qu'Edmond à sa présentation : D'où venons-nous ? Où allons-nous ?

Pour l'instant, il n'avait aucune piste. Dans la bibliothèque, un seul ouvrage avait retenu son attention : *Unexplained Art*, un livre de photographies montrant des réalisations humaines encore auréolées de mystère : Stonehenge, les statues de l'île de Pâques, les « dessins » ou lignes du désert de Nazca, des géoglyphes si grands qu'on ne pouvait les discerner que depuis le ciel.

Tout cela ne l'avançait pas beaucoup.

Il reprit ses recherches. Au-dehors, les sirènes s'approchaient.

57.

— Je ne suis pas un monstre, déclara Ávila devant l'urinoir.

Ils s'étaient arrêtés sur une aire de repos de la N-240. À son côté, le chauffeur Uber paraissait trop tendu pour soulager sa vessie.

— Vous avez menacé de tuer ma famille.

— Si vous faites ce que je vous dis, il ne leur arrivera rien. Emmenez-moi à Barcelone, lâchez-moi là-bas et nous nous quitterons bons amis. Je vous rendrai votre portefeuille, j'oublierai votre adresse, et vous n'entendrez plus jamais parler de moi.

Le conducteur regardait fixement devant lui.

— Vous êtes croyant, poursuivit Ávila. J'ai vu la croix papale sur votre pare-brise. Peu importe ce que vous pouvez penser de moi, vous trouverez la paix en vous convainquant que, cette nuit, vous participez à l'œuvre de Dieu. (Ávila termina d'uriner.) Car Ses voies sont impénétrables.

Ávila recula, vérifia que son pistolet en céramique était toujours glissé sous sa ceinture. Il lui restait une dernière balle. Aurait-il besoin de s'en servir ce soir ?

Il se rendit aux lavabos et fit courir de l'eau sur ses mains, en observant le tatouage dans sa paume. Un talisman pour l'instant inutile. Il ne serait pas pris. À présent, il était une ombre insaisissable.

Il leva les yeux vers le miroir crasseux, surpris par son apparence. La dernière fois qu'il avait vu son reflet, il était dans son uniforme blanc, au col impeccable, et sa casquette d'officier. Sans sa veste, avec son tee-shirt et la casquette de base-ball qu'il avait subtilisée à son chauffeur, il avait l'air davantage d'un routier.

Ironie du sort, l'homme qu'il avait en face de lui ressemblait à son double, quand il était au fond du trou, après avoir perdu toute sa famille.

Un ivrogne.

La lumière était revenue quand Marco, son kinésithérapeute, l'avait conduit voir le « pape ».

Ávila n'oublierait jamais l'apparition de cette immense église ceinte de tours quand ils avaient passé le portail, et cette nef bondée de personnes agenouillées, en prière, pendant la messe du matin.

Dans le sanctuaire, uniquement éclairé par d'immenses vitraux, planaient des senteurs d'encens. En voyant l'autel couvert de feuilles d'or, les bancs en bois étincelant, il avait compris que les rumeurs étaient vraies. L'Église palmarienne était très riche. L'édifice rivalisait de beauté avec les autres cathédrales et pourtant il n'avait rien de classique.

Les palmariens étaient les ennemis jurés du Vatican.

Debout au fond de la salle avec Marco, Ávila avait contemplé cette assemblée en se demandant comment cette secte avait pu prospérer ainsi après s'être opposée ouvertement à Rome. De toute évidence, les accusations des palmariens reprochant à l'Église catholique romaine d'être devenue trop libérale avaient trouvé des échos dans les milieux traditionalistes chrétiens.

Planté sur ses béquilles, Ávila avait eu l'impression d'être un misérable infirme se rendant à Lourdes dans l'espoir d'un miracle. Un vicaire avait accueilli Marco et conduit les deux hommes à leurs places réservées au premier rang. Les têtes s'étaient tournées pour voir qui avait droit à un tel traitement de faveur. Ávila avait regretté de porter toutes ses décorations.

Il avait cru rencontrer le vrai pape !

Devant l'autel, un jeune paroissien lisait un passage de la Bible. Ávila reconnut l'évangile selon Marc.

— « Si tu gardes rancœur contre quelqu'un, disait l'orateur, pardonne-lui, pour que Notre Père qui est au ciel puisse te pardonner tes péchés. »

Le pardon, encore ? Ávila avait entendu ce passage des milliers de fois après l'attentat.

À la fin de la lecture, des notes d'orgue avaient résonné dans le sanctuaire. L'assistance s'était levée comme un seul corps. De mauvaise grâce, Ávila avait suivi le mouvement, grimaçant de douleur. Une porte dérobée s'était ouverte sur un homme. Un frisson avait parcouru l'assemblée.

318

Il avait une cinquantaine d'années. Une silhouette altière, un regard envoûtant. Il portait une aube blanche, une étole dorée, une ceinture de soie brodée et sur sa tête une mitre papale couverte de bijoux. Il avançait les bras ouverts, comme s'il flottait au-dessus du sol.

— C'est lui ! avait chuchoté Marco. Le pape Innocent XIV.

Innocent XIV ?

Les palmariens reconnaissaient la légitimité des papes romains jusqu'à Paul VI, mort en 1978.

— On arrive juste à temps, avait précisé Marco. Il va prononcer son homélie.

Le pape avait avancé vers l'autel, dépassé le lutrin et descendu les marches pour se trouver à la même hauteur que ses paroissiens. Il avait ajusté son micro-cravate, levé les mains en l'air et souri.

— Bonjour, avait-il dit dans un souffle.

— Bonjour ! avait répondu la salle.

S'éloignant de l'autel, le pape se rapprochait de ses ouailles.

— Nous venons d'entendre un extrait de l'évangile de Marc. Un passage que j'ai spécialement choisi pour l'occasion. Parce que ce matin je voudrais parler du pardon.

Le prélat s'était arrêté à la hauteur d'Ávila, à quelques centimètres, sans baisser les yeux vers lui. Embarrassé, l'amiral avait jeté un coup d'œil à Marco qui avait hoché la tête, tout excité.

— Nous nous débattons tous avec le pardon, avait continué le pape. Parce que, parfois, certaines actions contre nous paraissent impardonnables. Quand quelqu'un tue des gens innocents dans un geste de pure haine, devons-nous faire comme l'enseignent certaines Églises, tendre l'autre joue ?

Un grand silence était tombé sur la nef. Le pape avait poursuivi encore plus bas :

— Quand un extrémiste antichrétien pose une bombe pendant une messe à la cathédrale de Séville, et que cette bombe tue des mères innocentes, des enfants, comment peut-on offrir notre pardon ? Poser une bombe est un acte de guerre. Une guerre pas seulement contre les catholiques. Pas seulement contre les chrétiens. Mais contre Dieu lui-même !

Ávila avait fermé les yeux, pour chasser les images d'horreur qui revenaient à sa mémoire et occulter la rage et la douleur. Et au moment où la colère l'envahissait de nouveau, il avait senti la main du pape se poser sur son épaule. Ávila avait rouvert les yeux. Le pape ne le regardait toujours pas. Et pourtant cette main sur son épaule s'était révélée si apaisante.

— N'oublions jamais notre *Terror Rojo*, avait ajouté le prélat sans jamais lâcher l'épaule d'Ávila. Pendant notre guerre civile, les ennemis de Dieu ont brûlé les églises d'Espagne et les monastères, ils ont massacré six mille prêtres, torturé des centaines de nonnes, forçant nos sœurs à avaler leur rosaire avant de les violer et de les jeter au fond des mines. (Il avait fait une pause pour que les images puissent s'imprimer dans les esprits.) Cette haine ne disparaît pas avec le temps. Au lieu de ça, elle croît, devient plus forte, et attend son heure comme un cancer. Mes amis, je vous le dis, le mal nous avalera si nous n'opposons pas la force à la force. Nous ne vaincrons jamais le mal si notre cri de guerre est : « Pardonnez ! »

Il a raison ! avait pensé Ávila. En ancien militaire, il savait que la manière douce ne réglait jamais les écarts de conduite mais les aggravait.

— Je crois, avait repris le pape, que parfois le pardon est dangereux. Quand nous pardonnons au malin dans le monde, nous l'autorisons à grandir et à s'étendre. Quand nous répondons à un *casus belli* par de la miséricorde, nous encourageons nos ennemis à aller plus loin dans la violence. Il est temps de faire comme le Christ et de chasser les marchands du temple en criant : « Assez ! »

Oui ! Oui ! avait eu envie de crier Ávila, transporté par tous ces gens qui acquiesçaient.

— Mais que faisons-nous ? Est-ce que les catholiques de l'Église romaine s'insurgent comme Jésus ? Non ! Aujourd'hui, tout ce que nous avons à opposer au mal qui ronge le monde, c'est notre pardon, notre amour, notre compassion. Et donc, nous permettons – non, nous encourageons – le mal à prospérer. En réponse à tous ces crimes commis contre nous, nous exprimons nos inquiétudes en veillant à rester politiquement corrects : si une personne est mauvaise, c'est à cause de son enfance, de sa vie misérable, ou parce qu'elle a souffert jadis. Si elle est pleine de haine, ce n'est pas de sa faute. Je dis encore : « Assez ! » Le mal est le mal. Et nous devons lutter pour notre survie !

L'assistance s'était mise à applaudir. Jamais Ávila n'avait assisté à ça durant une messe.

— J'ai choisi de parler de pardon aujourd'hui, continuait le pape, la main toujours posée sur l'épaule d'Ávila, parce que nous avons un invité de marque parmi nous. Et je voudrais le remercier de l'honneur qu'il nous fait par sa présence. C'est un membre médaillé et respecté de notre armée, et il a vécu l'impensable, l'innommable. Comme nous, il a eu son combat avec le pardon.

Avant que l'amiral ait eu le temps de protester, le pape avait décrit par le menu les heures douloureuses de sa vie – la perte de sa famille, son plongeon dans l'alcoolisme, et sa tentative de suicide. Au début, Ávila n'avait éprouvé que de la colère – Marco avait trahi sa confiance. Puis, curieusement, il avait senti une force nouvelle l'envahir. Il avait certes touché le fond, et pourtant, par miracle, il avait survécu.

— Je vous le dis, avait repris le pape, si Dieu est intervenu, s'il a sauvé la vie de l'amiral, c'est qu'il a de hautes espérances en lui.

À ces mots, le pape s'était tourné vers Ávila et l'avait enfin regardé. Les yeux sombres du prélat semblaient le pénétrer jusqu'à l'âme. Il avait senti quelque chose monter en lui, une vigueur qu'il n'avait pas éprouvée depuis des années.

— Amiral Ávila, avait déclaré le pape, je pense que le drame que vous avez enduré ne peut être pardonné. Je pense que votre rage – votre juste soif de vengeance – ne peut être apaisée en présentant l'autre joue. Au contraire ! Votre douleur est le catalyseur de votre salut. Nous sommes ici pour vous soutenir ! Pour vous aimer ! Pour être à vos côtés et vous aider à transformer cette colère en une force irrépressible pour que règne le bien dans le monde ! Gloire à Dieu !

— Gloire à Dieu ! avait répété l'assemblée en chœur.

— Amiral, quelle est la devise de l'armada espagnole ?

— *Pro Deo et patria*, avait aussitôt répondu Ávila.

— Oui. Pour Dieu et la patrie. C'est un honneur pour nous d'avoir ici un grand officier de la marine qui a si bien servi son pays. (Le pape avait marqué un silence.) Mais Dieu ? Qu'en est-il de Dieu ?

Ávila avait frémi.

— Votre vie n'est pas terminée, amiral. Votre travail n'est pas terminé. C'est pour cela que Dieu vous a sauvé. Votre mission sacrée n'est qu'à moitié accomplie. Vous avez servi votre patrie, mais vous n'avez pas servi Dieu.

Il avait eu l'impression de recevoir une balle en plein cœur.

— Que la paix soit avec vous tous ! avait lancé le pape.

— Que la paix soit avec nous ! avait répondu l'assistance.

Jamais Ávila n'avait connu ça, la sensation d'être au milieu d'une mer de bonté et de bienveillance. Il avait scruté les regards des paroissiens et n'y avait trouvé nulle trace de fanatisme. Juste de l'espoir, de l'optimisme, et un amour vrai pour l'œuvre de Dieu… et c'était tout cela qui lui avait manqué.

Depuis ce jour, avec l'aide de Marco et de son nouveau groupe d'amis, Ávila avait entrepris sa longue remontée des abysses du désespoir. Il avait recommencé à entretenir son corps, à manger sainement et, plus important que tout, il avait retrouvé la foi.

Au bout de quelques mois, quand il fut totalement rétabli, Marco avait offert à Ávila une bible reliée de cuir où plusieurs passages étaient signalés.

ROMAINS 13:4
Car ce n'est pas en vain qu'il porte l'épée,
Étant serviteur de Dieu pour exercer la vengeance
et punir celui qui fait le mal.

PSAUMES 94:1
Dieu des vengeances, Seigneur, Dieu des vengeances
Parais dans toute Ta splendeur !

2 TIMOTHÉE 2:3
Souffre avec moi
Comme un bon soldat de Jésus-Christ.

— N'oubliez jamais, lui avait dit Marco avec un sourire, quand le mal apparaît dans le monde, Dieu œuvre en chacun de nous pour exercer Sa volonté sur terre. Le pardon n'est pas la seule voie du salut.

58.

 ConspiracyNet.com

FLASH SPÉCIAL

QUI QUE TU SOIS, DIS-NOUS-EN DAVANTAGE!
Ce soir, la sentinelle monte@iglesia.org a fourni à ConspiracyNet.com des informations capitales.
Mille fois merci!
Parce que les infos de «Monte» se sont révélées pour l'instant exceptionnellement fiables nous nous permettons de lui faire cette humble requête :
Monte, qui que tu sois, si tu as le moindre renseignement sur le contenu de la présentation avortée d'Edmond Kirsch – dis-le-nous!
#DoùVenonsNous
#OùAllonsNous
Merci
De la part de toute l'équipe ConspiracyNet.com

59.

À mesure qu'il explorait les dernières sections de la bibliothèque, l'espoir de Langdon fondait comme neige au soleil. Au-dehors, les sirènes hurlantes de la police s'étaient brusquement éteintes au pied de la Casa Milà. Par les minuscules fenêtres, Langdon apercevait le clignotement des gyrophares.

Il leur fallait ce code !

Malheureusement, il n'avait encore trouvé aucun recueil de poésie.

Les rayonnages ici étaient plus profonds et contenaient des livres grand format. Les titres illustraient la passion d'Edmond pour l'art contemporain SERRA… KOONS… HIRST… BRUGUERA… BASQUIAT… BANKSY… ABRAMOVIC…

Puis la collection laissait place à une série de livres plus petits.

De la poésie ?

Non. Fausse alerte.

Il s'agissait de critiques ou d'essais sur l'art abstrait. Langdon reconnut quelques titres qu'Edmond lui avait envoyés pour son édification :

WHAT ARE YOU LOOKING AT ?
*WHY YOUR FIVE-YEAR-OLD COULD NOT HAVE
     DONE THAT**
HOW TO SURVIVE MODERN ART ?

Moi aussi, je veux survivre. Il passa sous une autre arche et explora la section suivante.

Encore des livres d'art... Au premier coup d'œil, il s'aperçut que cette partie était consacrée à une période plus ancienne.

Au moins, nous remontons dans le temps, vers une esthétique que je comprends.

Des biographies, des catalogues raisonnés concernant des peintres impressionnistes, cubistes, surréalistes qui avaient surpris leurs contemporains entre 1870 et 1960.

VAN GOGH... SEURAT... PICASSO... MUNCH... MATISSE... MAGRITTE... KLIMT... KANDINSKY... JOHNS... HOCKNEY... GAUGUIN... DUCHAMP... DEGAS... CHAGALL... CÉZANNE... CASSATT... BRAQUE... ARP... ALBERS...

Il ne restait qu'une arche à passer. Langdon se retrouva devant la dernière section de la bibliothèque.

Et en terrain connu :

VERMEER... VELÁSQUEZ... TITIEN... LE TINTORET... RUBENS... REMBRANDT... RAPHAËL... POUSSIN... MICHEL-ANGE... LIPPI... GOYA... GIOTTO... GHIRLANDAIO... LE GRECO... DÜRER... DE VINCI... COROT... LE CARAVAGE... BOTTICELLI... BOSCH...

Pour clore cette dernière partie, tel un point d'orgue, se dressait une grande vitrine. Langdon colla son nez à la vitre. À l'intérieur, il y avait une sorte de coffret en cuir – une boîte qui renfermait un livre ancien. Les caractères gravés sur le couvercle étaient à peine lisibles, mais Langdon parvint à les déchiffrer.

Seigneur, ça valait une fortune ! Les éditions anciennes de cet artiste étaient très rares. Voilà pourquoi celle-ci était protégée derrière cet écrin de verre.

Il n'était pas surpris que son ami ait craqué. Il lui avait dit un jour que cet artiste britannique était à ses yeux «le seul pré-romantique ayant de l'imagination». Si Langdon pouvait lui fournir dix autres exemples, il comprenait néanmoins son affection particulière. Ils étaient tous les deux taillés dans la même étoffe.

Langdon s'accroupit pour observer de plus près l'inscription dorée.

Les *Œuvres complètes* de William Blake.

William Blake. Le Edmond Kirsch de la fin du xviiie siècle, songea Langdon.

En son temps, Blake avait été un électron libre, un génie dont les dessins et peintures étaient si étranges et novateurs que certains prétendaient qu'il entrevoyait l'avenir. Ses illustrations, lardées de symboles, montraient des anges, des démons, des créatures mythologiques, et toutes sortes de divinités qu'il avait vues en hallucinations.

Et comme Kirsch, Blake aimait défier l'Église.

Langdon se redressa d'un coup.

Blake !

Voir cet illustrateur au milieu de tant d'autres artistes peintres lui avait fait oublier une caractéristique cruciale de ce génie.

Blake était poète !

Son pouls s'accéléra. Les poésies de William Blake abordaient des thèmes si révolutionnaires pour l'époque qu'elles rencontraient forcément un écho particulier chez Edmond. Certains de ses pamphlets célèbres, que l'on trouve dans ses œuvres « sataniques » comme *Le Mariage du Ciel et de l'Enfer*, auraient pu être écrits par Kirsch lui-même.

*TOUTES LES RELIGIONS SONT UNE
IL N'Y A PAS DE RELIGION NATURELLE*

Edmond avait dit à Ambra que le vers était une « prophétie ». Quel autre poète pouvait être considéré comme le maître de la prophétie ? À la fin du xviiie siècle, Blake avait écrit deux poèmes sombres et inquiétants :

AMÉRIQUE : UNE PROPHÉTIE
EUROPE : UNE PROPHÉTIE

Langdon avait ces deux œuvres chez lui, des fac-similés des poèmes manuscrits accompagnés d'illustrations.

Il contempla le coffret de cuir dans la vitrine.

Les premières éditions des « prophéties » de Blake devaient être des versions grand format enluminées...

Le vers qu'ils cherchaient se trouvait là, à portée de main. Leur sésame de quarante-sept caractères ! Restait à espérer qu'Edmond aurait d'une manière ou d'une autre marqué la page.

Il tenta d'ouvrir la porte.

Fermée à clé. Évidemment.

Il jeta un œil vers l'escalier. Que faire ? Foncer là-haut, et demander à Winston de chercher pour lui dans les poèmes de Blake ? Il entendit le rotor d'un hélicoptère. Des voix résonnaient sur le palier.

Ils étaient là !

Langdon reporta son attention sur la vitre, remarquant sa teinte verte. Du simple verre anti UV.

Il retira sa veste, l'étala sur la vitrine et, sans hésitation, donna un grand coup de coude. Le verre céda dans un craquement étouffé. Il passa la main entre les éclats acérés et sortit la boîte avec précaution.

Tout de suite, il comprit qu'il y avait un problème. Elle était bien trop légère.

Langdon posa le coffret au sol et l'ouvrit. Comme il l'avait pressenti, il était vide.

Qu'est-ce qu'Edmond avait fait du livre qui se trouvait à l'intérieur ?

Langdon s'apprêtait à refermer la boîte quand il remarqua un détail insolite : un bristol scotché à l'intérieur du couvercle. Un carton beige, avec de jolies lettres gaufrées.

Il lut l'inscription.

Sidéré, il la lut une seconde fois.

Quelques secondes plus tard, il montait en courant l'escalier qui menait au toit de la Casa Milà.

*

Au même instant, au premier étage du Palais royal, Suresh Bhalla s'introduisait discrètement dans les appartements privés du prince Julián. Sitôt qu'il eut trouvé le coffre-fort, il composa le code de secours.

La porte s'ouvrit instantanément.

Il y avait deux téléphones à l'intérieur – le smartphone sécurisé du prince Julián et un iPhone, qui appartenait sans doute à l'archevêque Valdespino.

Il prit l'iPhone. Il frissonna.

Dans quoi se lançait-il…

Il se souvint du message de monte@iglesia.org :

> J'ai piraté le téléphone de Valdespino.
> Il détient de dangereux secrets.
> Le Palais doit avoir accès à ses SMS
> De toute urgence.

Suresh ignorait quels secrets le téléphone de Valdespino pouvait recéler et pourquoi l'informateur avait décidé de prévenir le Palais.

Peut-être qu'il voulait limiter les dégâts pour la famille royale ? En tout cas, son devoir était d'enquêter.

Il avait bien songé obtenir un mandat en bonne et due forme, mais les risques de fuites étaient trop grands, et le délai rédhibitoire. Par chance, Suresh avait d'autres moyens, beaucoup plus discrets et efficaces.

Il pressa le bouton Home et le téléphone s'alluma.

On lui demandait un mot de passe.

Aucun problème.

— Salut, Siri. Quelle heure est-il ?

Toujours bloqué, le téléphone afficha une horloge. Sur cet écran, Suresh entra une série de commandes simples : créer un nouveau fuseau horaire pour l'horloge, demander le partage de cette nouvelle horloge par SMS, ajouter une photo, et puis, au lieu d'entrer du texte dans le message, il appuya sur le bouton Home.

Clic.

Le téléphone était débloqué.

Merci, YouTube ! songea en souriant Suresh. Et les propriétaires d'iPhone qui se croyaient protégés avec leur mot de passe !

Maintenant qu'il avait accès au téléphone de Valdespino, il ouvrit la messagerie, prêt à se connecter à l'iCloud pour récupérer les messages que l'archevêque avait effacés. Encore un jeu d'enfant.

Comme il s'y attendait, l'historique était totalement vide.

À l'exception d'une seule entrée. Un SMS arrivé deux heures plus tôt, en provenance d'un numéro masqué.

Suresh l'ouvrit et lut les trois lignes du message.

Sidéré, Suresh relut le texte. Il y avait là la preuve incontestable que Valdespino était impliqué dans un complot.

Quelle arrogance !

Comment pouvait-il prendre le risque de garder ce texto ? Se croyait-il à ce point intouchable ?

Si cela se savait…

Son sang ne fit qu'un tour. Suresh fonça aussitôt au sous-sol pour prévenir Mónica Martín.

60.

L'hélicoptère EC145 survolait la ville à basse altitude. L'agent Díaz observait les lumières en contrebas. Malgré l'heure tardive, il distinguait la lueur bleutée des téléviseurs et des ordinateurs derrière les fenêtres.

Le monde entier suivait les événements.

Cette nuit tout devenait hors de contrôle. Il voyait les problèmes arriver et ce ne serait pas un happy end.

Fonseca montra du doigt un bâtiment, droit devant eux. Díaz hocha la tête.

Difficile de le rater !

Même de loin, l'essaim de gyrophares était immanquable.

Comme il le craignait, la Casa Milà était cernée par des véhicules de police. Les autorités de Barcelone avaient reçu un appel anonyme juste après la déclaration de Mónica Martín.

Robert Langdon avait kidnappé la future reine d'Espagne...

Pur mensonge.

Le piège avait fonctionné. Mais ce n'était pas sans danger. Lancer une chasse à l'homme en impliquant la police locale était périlleux, pas seulement pour Robert Langdon, mais pour la future reine qui risquait de se trouver sous le feu croisé de ces guignols. Si le Palais voulait récupérer sa future reine saine et sauve, ce n'était pas la meilleure méthode. Loin s'en fallait.

Garza n'aurait jamais laissé cette affaire prendre une telle ampleur.

L'arrestation du commandant restait un mystère pour Díaz. À l'évidence, les accusations contre lui étaient aussi fallacieuses que celles proférées contre Langdon.

Mais Fonseca avait reçu ses instructions et obéissait.

Des ordres venus de plus haut...

L'agent observa les lieux. Aucune place pour atterrir. Le carrefour devant la Casa Milà était noir de monde, avec partout des voitures de patrouille et des cars de télévision.

Il y avait aussi ce fameux toit – un grand huit tout gondolé, avec ses escaliers et ses allées pour que les visiteurs puissent admirer la vue – et ces deux puits de lumière, profonds de huit étages.

Impossible.

Non content d'être tout distordu, le toit était défendu par une batterie de cheminées, comme autant de gigantesques pièces d'échecs. Des sentinelles casquées dessinées par Gaudí. On disait que George Lucas s'en était inspiré pour créer les *stormtroopers* de *Star Wars*.

Díaz était sur le point de partir à la recherche d'un endroit où se poser sur les bâtiments voisins, quand son regard fut attiré par un détail incongru.

Il y avait quelqu'un parmi les cheminées statues.

Appuyée à la rambarde au bord du toit, la silhouette était vêtue de blanc, éclairée par les projecteurs des chaînes de télévision en contrebas. On aurait dit le pape, s'adressant à la foule de son balcon sur la place Saint-Pierre.

Mais ce n'était pas le pape.

C'était une femme.

*

Tous les projecteurs étaient braqués sur Ambra, mais ce bruit d'hélicoptère était de mauvais augure. Sans perdre de temps, elle se pencha à la rambarde et s'efforça de se faire entendre.

Malheureusement, ses paroles étaient emportées par le vacarme des pales.

Winston avait prédit que les équipes de télé la filmeraient sitôt qu'elle apparaîtrait sur le toit. C'était exactement ce qui s'était produit. Mais la suite du plan avait échoué.

Ils ne pouvaient entendre ce qu'elle leur disait !

Le toit de la Casa Milà était trop haut, et la rue en contrebas trop bruyante. Et, à présent, avec le bruit de l'hélicoptère, c'était peine perdue.

— Je n'ai jamais été kidnappée ! hurla-t-elle à nouveau. C'est un mensonge ! Je ne suis pas l'otage de Robert Langdon !

« Vous êtes la future reine d'Espagne, lui avait rappelé Winston quelques minutes plus tôt. Si vous demandez qu'on arrête cette chasse à l'homme, la police vous écoutera. Votre déclaration va créer de la confusion. Personne ne saura plus quel ordre suivre. »

Winston avait raison. Mais personne n'avait entendu Ambra.

Brusquement, dans un fracas assourdissant, l'hélicoptère descendit à sa hauteur. Les portes étaient ouvertes.

Elle reconnut immédiatement les deux hommes qui la regardaient. Díaz et Fonseca.

Fonseca avait quelque chose à la main, et il visait la tête de la jeune femme. Elle frémit d'épouvante.

Julián veut me tuer! songea-t-elle. *Je suis stérile. Je ne peux lui donner de descendance. Me tuer est la seule manière de se désengager.*

Ambra recula pour mettre le plus de distance possible entre elle et cette chose dans les mains de l'agent. Mais son pied derrière elle ne rencontra que du vide. Elle battit des bras pour garder l'équilibre. En vain. Elle tomba à la renverse dans un escalier.

Son coude gauche heurta violemment le ciment. Puis le reste de son corps. Mais Ambra n'eut pas le temps de sentir la douleur. Elle ne pensait qu'à l'objet qui venait de s'échapper de ses mains :

Le téléphone d'Edmond.

Elle vit avec horreur l'appareil rebondir sur les marches et dévaler la pente vers le bord du toit. Elle plongea pour le rattraper, mais celui-ci glissa sous la barrière et disparut dans l'abîme.

Non!

Quand Ambra atteignit le garde-fou, le téléphone terminait sa chute et se brisait dans la cour.

Winston!

*

Langdon déboucha sur le toit de la Casa Milà. Il se retrouva en plein chaos. Un hélicoptère survolait les terrasses et Ambra n'était nulle part.

Affolé, il jeta un regard circulaire. Il avait oublié la configuration étrange de ce toit – des parapets de

travers… des marches partout… des soldats de ciment…
des gouffres…

— Ambra !

Quand il la repéra, elle était prostrée au sol, au bas
d'un escalier, au bord d'un des deux puits.

Alors que Langdon se précipitait vers elle, une balle
siffla près de son oreille arrachant un bout de mur derrière lui.

Seigneur !

Langdon se baissa et rampa pour se mettre à couvert tandis que deux autres balles filaient au-dessus de
sa tête. Il crut d'abord que les tirs provenaient de l'hélicoptère, mais une nuée de policiers armés jaillit d'une
tourelle de l'autre côté du toit.

Ils croient toujours que j'ai kidnappé la future reine !

En s'approchant, il constata avec horreur que le bras
de la jeune femme saignait.

Elle est touchée ! songea-t-il. Alors qu'il rejoignait
Ambra qui tentait de se relever, une autre balle le frôla.

— Restez couchée ! lui ordonna-t-il en la protégeant
de son corps.

Il releva les yeux vers les silhouettes de ciment qui se
dressaient tout autour d'eux, telles des sentinelles.

En soulevant une mini-tornade, l'hélicoptère descendit à leur hauteur, à l'aplomb du puits, se plaçant entre
eux et les policiers.

— ¡*Dejen de disparar !* lança une voix, amplifiée par
un mégaphone, sortant de l'hélicoptère. ¡*Enfunden las
armas !* Arrêtez de tirer ! Rangez vos armes !

Díaz était accroupi devant les portes ouvertes, un
pied sur un patin, et leur tendait la main.

— Montez ! cria-t-il.

Langdon perçut la frayeur d'Ambra.

— Vite ! insista l'agent.

Il désignait le garde-fou au bord du puits. Il voulait qu'ils montent dessus, attrapent sa main et sautent à bord.

Comme Langdon hésitait trop longtemps, Díaz prit le porte-voix des mains de Fonseca et le dirigea droit sur les oreilles de Langdon.

— PROFESSEUR, MONTEZ DANS L'HÉLICO! La police a l'ordre de vous abattre! On sait que vous n'avez pas kidnappé Mlle Vidal! Montez à bord tout de suite! Avant que quelqu'un ne se fasse tuer!

61.

Dans le vent tourbillonnant, Ambra sentit les bras de Langdon la soulever de terre et la guider vers la main tendue de Díaz.

Elle était trop étourdie pour protester.

— Elle est blessée! cria Langdon en montant derrière elle.

Aussitôt, l'hélicoptère s'éleva dans le ciel, et s'éloigna de la Casa Milà sous le regard médusé des policiers.

Fonseca referma la porte coulissante et alla rejoindre le pilote à l'avant. Díaz s'approcha d'Ambra pour examiner son bras.

— Ce n'est qu'une égratignure, dit-elle.

— Je vais chercher la trousse d'urgence, prévint l'agent avant de se diriger vers les racks au fond de la cabine.

Sitôt qu'ils furent seuls, Langdon adressa un sourire chaleureux à la jeune femme.

— Je suis bien content que vous n'ayez rien.

Sans laisser à Ambra le temps de le remercier pour son aide, il se pencha et lui souffla à l'oreille :

— Je crois avoir trouvé notre mystérieux poète. C'est William Blake ! Non seulement il y avait un exemplaire de ses œuvres complètes dans la bibliothèque... mais beaucoup de ses poèmes sont des prophéties ! (Il tendit la main.) Passez-moi Winston, je vais lui demander de chercher tous les vers de Blake ayant quarante-sept lettres !

Tenaillée par le remords, Ambra regarda la paume ouverte de Langdon. Elle prit sa main et la serra dans la sienne.

— Robert, je n'ai plus le téléphone d'Edmond. Il est tombé du toit.

Langdon pâlit.

Pardon ! Pardon ! se disait-elle en le voyant évaluer les conséquences de cette nouvelle. Ils avaient bel et bien perdu Winston.

Dans le cockpit, Fonseca était en communication :

— Affirmatif ! Nous les avons tous les deux à bord. Préparez l'avion pour Madrid. Je préviens le Palais...

— Inutile ! s'exclama Ambra. Je n'irai pas !

Fonseca couvrit le micro et se tourna vers elle.

— Bien sûr que si ! Mes ordres sont de garantir votre sécurité. Vous n'auriez jamais dû vous échapper comme ça. On a eu beaucoup de chance d'avoir pu vous tirer de là saine et sauve.

— À qui la faute ! Si le Palais n'avait pas annoncé que le professeur Langdon m'avait kidnappée, on n'en serait pas là ! Julián est donc prêt à risquer la vie d'un innocent, et la mienne en passant, juste pour me faire rentrer au bercail ?

Fonseca ne répondit pas et se remit aux commandes.

Díaz revint avec la trousse de premiers soins.

— Mademoiselle Vidal, dit-il en s'asseyant à côté d'elle, c'est un peu la panique à Madrid depuis l'arrestation du commandant Garza. Néanmoins, il faut que vous sachiez que le prince Julián n'a rien à voir avec le communiqué du Palais. En fait, on n'est même pas sûrs qu'il soit au courant de ce qui se passe en ce moment. Cela fait plus d'une heure qu'on est sans nouvelles de lui.

— Où est-il ?

— Pour l'instant, on n'en sait rien. Mais un peu plus tôt dans la soirée, ses ordres étaient clairs. Il voulait qu'on vous protège.

— Si c'est la vérité, intervint Langdon, alors c'est une grosse erreur de la ramener au Palais. Une erreur qui pourrait être fatale.

Fonseca se retourna vers eux.

— Comment ça « fatale » ?

— Je ne sais pas qui vous donne vos ordres à présent, mais si le prince souhaite vraiment que sa fiancée soit en sécurité, je vous conseille de m'écouter attentivement. (Il garda un instant le silence pour être certain d'avoir toute leur attention.) Edmond Kirsch a été assassiné pour l'empêcher de divulguer sa découverte. Et celui qui a fait ça ira jusqu'au bout.

— C'est déjà le cas, répliqua Fonseca. Kirsch n'est plus de ce monde.

— Mais l'enregistrement de sa présentation est intact et peut toujours être diffusé dans le monde entier.

— C'est pour cela que vous êtes allés chez lui ? s'enquit Díaz.

— Tout juste. Et désormais cela fait de nous des cibles. J'ignore qui, au Palais, a eu l'idée d'informer la presse que j'avais kidnappé Ambra, mais c'est visiblement une manœuvre pour nous empêcher de rendre publics ses travaux. Une manœuvre désespérée. Alors si vous faites partie de ces gens – ceux qui veulent étouffer la découverte de Kirsch –, balancez-nous dans le vide tout de suite, ce sera plus simple.

La jeune femme le regarda avec des yeux ronds.

— En revanche, reprit Langdon, si vous voulez rester fidèles au serment de la Guardia Real – à savoir protéger la famille royale, y compris la future reine d'Espagne –, il est évident que le Palais est l'endroit le plus dangereux qui soit puisque c'est de là qu'est partie la fausse déclaration qui a failli causer notre mort à tous les deux. (Langdon plongea la main dans sa poche et en sortit une carte beige.) À mon avis, il serait bien plus judicieux de nous emmener à cette adresse.

Fonseca examina la carte, les sourcils froncés.

— C'est ridicule.

— Il y a une grille tout autour, insista Langdon. L'endroit est sûr. Votre pilote peut se poser, nous lâcher et repartir, avant que qui que ce soit ait eu le temps de comprendre ce qui se passe. Nous pourrons nous cacher là-bas, le temps de démêler tout ça. D'ailleurs vous pouvez nous accompagner. On y sera en sécurité.

— Moins que dans un hangar de l'armée à l'aéroport !

— Ah oui ? Vous êtes prêt à vous en remettre à des militaires qui reçoivent sans doute leurs ordres de la même personne au Palais ?

Fonseca resta de marbre.

La jeune femme ne savait plus que penser. Qu'est-ce qui était écrit sur cette carte ? À voir l'intensité de son regard, ce n'était pas simplement pour leur sécurité que Langdon voulait se rendre à cette adresse. Il y avait une nouvelle vibration dans sa voix. Il espérait encore pouvoir diffuser la découverte d'Edmond !

Langdon récupéra la carte et la tendit à Ambra.

— C'était dans la bibliothèque.

Ambra reconnut aussitôt le document. Une attestation de prêt ! Les conservateurs de musée remettaient ce carton élégant en échange du prêt d'une œuvre. D'ordinaire, deux cartes identiques étaient imprimées, l'une placée dans la vitrine avec la pièce pour remercier le propriétaire, et l'autre conservée par ce dernier.

Edmond aurait donc prêté un recueil de poésie ?

À en croire l'inscription sur cette carte, le livre d'Edmond n'était pas allé très loin.

ŒUVRES COMPLÈTES
DE
WILLIAM BLAKE

Collection privée de
EDMOND KIRSCH

En prêt à
LA BASÍLICA DE LA
SAGRADA FAMÍLIA

Carrer de Mallorca, 401
08013 Barcelone Espagne

— Je ne comprends pas, insista Ambra. Pourquoi un athée irait prêter un livre à une église ?

— Ce n'est pas n'importe quelle église. C'est le chef-d'œuvre de Gaudí, sa construction la plus énigmatique, et bientôt la plus haute d'Europe.

Ambra regarda la ville. Au loin, entourées de grues, d'échafaudages et de lumières de chantiers, les flèches de la Sagrada Família s'élevaient dans le ciel tels de gigantesques coraux vers la lumière.

Depuis plus de cent ans, la basilique en construction, dont les travaux étaient financés exclusivement par l'aumône, avait fait couler beaucoup d'encre. Honni par les fondamentalistes pour ses formes modernes, son bio-design, l'édifice était adulé par les progressistes qui vantaient sa fluidité architecturale et ses voûtes hyperboloïdes en hommage au monde vivant.

— Je reconnais qu'elle est unique en son genre, mais cela reste une église catholique. Et, connaissant Edmond…

*

Oui, je connais Edmond, songea Langdon. Assez pour savoir qu'il était persuadé que la Sagrada Família renfermait des secrets et des symboles qui dépassent de loin le cadre de la chrétienté.

Depuis que la première pierre avait été posée, le bâtiment révolutionnaire marquait les esprits avec ses portes émaillées de codes, ses colonnes hélicoïdales, ses symboles et ses carrés magiques, et sa structure « en squelette » qui donnait l'impression de voir un entrelacs d'os supportant des membranes de tissus vivants. Et les rumeurs allaient bon train.

Langdon n'y apportait guère de crédit. Toutefois, quelques années plus tôt, il avait appris qu'Edmond était l'un de ces aficionados qui pensaient que la Sagrada Família n'était pas seulement une église chrétienne, mais un temple dédié aux sciences et au savoir.

C'était peu vraisemblable. Il avait d'ailleurs rappelé à Kirsch que Gaudí, lui-même un catholique convaincu, avait été surnommé « l'architecte de Dieu » – le Vatican songeait même à sa béatification. La conception unique de la Sagrada Família, lui avait affirmé Langdon, n'était rien d'autre qu'une vision gaudíenne du symbolisme chrétien.

Kirsch avait eu un petit sourire, qui laissait entendre qu'il connaissait des secrets qu'il ne voulait pas partager.

Les cachotteries d'Edmond… Tout comme son combat contre le cancer.

— Même s'il a prêté son livre à la basilique, poursuivit Ambra, et que nous le trouvions, jamais on ne pourra repérer le bon vers au milieu de toutes ces pages. Et je doute qu'il ait mis un coup de stabilo sur une édition ancienne.

— Ambra…, répondit Langdon en souriant. Regardez au dos de la carte.

Elle obéit. Et ses yeux s'écarquillèrent de surprise.

— Au risque de me répéter, conclut gaiement Langdon, je pense que nous devrions vraiment aller là-bas.

Une ombre passa dans les yeux d'Ambra.

— Il reste un problème. Même si nous trouvons le mot de passe, nous…

— Je sais. Nous avons perdu Winston.

— Voilà.

— Ambra, il y a encore un moyen d'entrer en contact avec lui.

— Et lequel ?

— Il nous suffit de savoir où se cache Winston. Physiquement. De trouver l'ordinateur qu'Edmond a créé. Si nous ne pouvons pas joindre Winston par téléphone, allons sonner à sa porte et communiquons-lui le code nous-mêmes.

La jeune femme regardait Langdon fixement, comme s'il venait de perdre la raison.

— Ambra, vous m'avez dit qu'Edmond a conçu Winston dans un centre secret.

— Certes, mais ce centre peut être n'importe où sur la planète !

— Non. Il est forcément ici, à Barcelone. Edmond vivait et travaillait dans cette ville. Élaborer cette intelligence de synthèse est l'un de ses derniers projets. Il a forcément assemblé Winston ici.

— D'accord. Mais Barcelone est une grande ville. Il est impossible de…

— Je peux trouver Winston, insista Langdon. J'en suis persuadé. (Il désigna les lumières sous eux.) Cela peut paraître fou, mais cette vue aérienne vient de me donner la solution…

— Vous pouvez être plus précis ?

— J'aurais dû m'en rendre compte plus tôt. C'est lié à Winston, quelque chose qui m'a tracassé toute la soirée. Et j'ai enfin l'explication !

Langdon lança un coup d'œil vers les agents de la Guardia et baissa la voix :

— Faites-moi confiance. Je sais où est Winston. Mais sans le mot de passe, cela ne nous servira à rien. Il nous faut donc d'abord découvrir ce vers. Et la Sagrada Família est notre meilleure carte au trésor.

Ambra le dévisagea un long moment. Puis elle hocha la tête.

— Agent Fonseca ! Demandez au pilote de faire demi-tour et de nous déposer à la Sagrada Família !

Le garde se retourna vers elle avec humeur.

— Mademoiselle Vidal. Comme je vous l'ai dit, j'ai des ordres et...

— Fonseca, l'interrompit-elle sèchement. Emmenez-nous là-bas. Tout de suite. Ou mon premier caprice de reine sera de vous faire virer !

62.

 ConspiracyNet.com

FLASH INFOS

UNE SECTE LIÉE AU MEURTRE

Grâce à de nouvelles informations de monte@iglesia.org, nous venons d'apprendre que l'assassin d'Edmond Kirsch est membre de l'Église palmarienne, une secte catholique fondamentaliste.

Depuis un an, Luis Ávila recrute en ligne pour les palmariens et son appartenance à cette organisation explique la présence du signe « Victor » tatoué dans sa main.

Ce symbole franquiste est courant au sein de l'Église palmarienne qui, selon le journal *El País*, a son propre pape et a canonisé plusieurs despotes, dont Adolf Hitler et Francisco Franco !
Sceptiques ? Vérifiez par vous-mêmes !
Tout commence par une apparition et une vision mystique.
En 1975, un agent d'assurance nommé Clemente Domínguez y Gómez prétend avoir eu une vision où il est sacré pape par Jésus-Christ en personne. Clemente prend alors le nom de Grégoire XVII, rompt avec le Vatican et nomme ses propres cardinaux. Même exclu par Rome, le nouvel antipape rassemble néanmoins des milliers de fidèles et amasse une fortune. Il se fait construire une église aux airs de forteresse, étend son culte aux quatre coins de la planète, et consacre des centaines d'évêques.
L'Église schismatique dirige toujours son empire depuis son QG d'El Palmar de Troya en Espagne. Les palmariens ne sont pas reconnus par le Vatican mais continuent d'attirer les catholiques ultra-conservateurs.

Bientôt en ligne de nouvelles informations sur cette secte, et un portrait de l'archevêque Antonio Valdespino qui serait impliqué dans cette conspiration.

63.

Impressionnant…, songea Langdon.
En quelques mots, Ambra avait contraint l'hélicoptère à faire demi-tour.

Quand l'appareil retrouva son assiette et mit le cap vers la Sagrada Família, Ambra demanda à Díaz son téléphone. L'agent le lui donna de mauvaise grâce. Aussitôt, elle alla sur Internet voir les nouvelles.

Elle secoua la tête d'agacement.

— J'ai essayé de leur dire que vous ne m'aviez pas kidnappée. Mais ils n'ont rien entendu.

— Peut-être n'ont-ils pas eu le temps de publier l'info ?

Cela datait de dix minutes. C'était tout frais.

— Ils ont eu largement le temps. Ils ont posté des vidéos de l'hélico s'éloignant de la Casa Milà.

Déjà ?

Parfois le monde allait trop vite pour Langdon. Il se souvenait des « scoops » de la nuit qu'on pouvait lire « dès » le lendemain matin dans le journal.

— Au fait, plaisanta Ambra, il semble que notre aventure soit dans le top dix des infos.

— Je savais que je n'aurais pas dû vous kidnapper !

— Au moins, on n'est pas numéro un. (Elle lui tendit le téléphone.) Regardez ça !

L'écran présentait la rubrique « tendances du jour » de Yahoo. En première position, il y avait :

« D'où venons-nous ? » / Edmond Kirsch

Visiblement, la cérémonie du Guggenheim avait incité les réseaux sociaux à s'intéresser au sujet. *Edmond serait si content*, se dit Langdon. Mais sa joie s'évanouit dès qu'il cliqua sur le lien et découvrit les titres associés. Les dix premières réponses à la question « D'où venons-nous » avaient toutes trait au créationnisme et aux extraterrestres.

Edmond serait horrifié !

Lors d'un débat intitulé « Science & Spiritualité », Edmond avait fait un esclandre qui était resté tristement célèbre. Exaspéré par les questions du public, il s'était levé furieux : « Pourquoi des êtres humains intelligents ne peuvent-ils discuter de leur origine sans impliquer systématiquement Dieu ou des putains d'Aliens ! » Et il avait quitté la scène.

Langdon balaya l'écran jusqu'à trouver un lien moins polémique. Il émanait de CNN Live : « Quelle est la découverte de Kirsch ? »

Il pivota l'écran vers Ambra pour qu'elle puisse regarder la vidéo et monta le son.

Une présentatrice bien connue de CNN apparut à l'image.

— Nous recevons aujourd'hui Griffin Bennett, exobiologiste à la NASA, qui va nous expliquer ce que pourrait être la découverte d'Edmond Kirsch. Bonjour, monsieur Bennett, et bienvenue.

L'invité – un barbu à lunettes – hocha la tête avec gravité.

— Je vous remercie. Tout d'abord, je tiens à rappeler que je connaissais personnellement Edmond Kirsch. J'ai un grand respect pour son intelligence, son inventivité, et son apport dans le domaine des innovations technologiques. Son assassinat est un terrible choc pour nous. Et nous espérons que cet acte de lâcheté verra la communauté scientifique serrer les rangs face aux dangers du fanatisme religieux, de l'obscurantisme, à tous ces gens qui ont recours à la violence pour imposer leurs croyances. J'espère que la rumeur est vraie, qu'il y a effectivement des personnes courageuses qui s'emploient cette nuit à rendre la découverte de Kirsch publique.

Langdon jeta un coup d'œil complice à Ambra.

— Beaucoup de gens le souhaitent, monsieur Bennett, répondit la présentatrice. Quelle peut être, selon vous, la teneur de cette découverte ?

— En tant que spécialiste de l'espace, j'aimerais en préambule faire une déclaration qu'aurait appréciée je crois Edmond Kirsch. (L'homme se tourna vers la caméra.) Dès qu'on parle de vie extraterrestre, on a droit à toutes sortes d'élucubrations – pseudo-sciences, complots interplanétaires et j'en passe. Je tiens ici à être bien clair : les cercles dans les cultures sont des canulars. Les vidéos où l'on voit des autopsies d'Aliens sont des trucages. Aucune vache n'a été mutilée par un extraterrestre. La soucoupe de Roswell était un ballon-sonde de l'armée appelé le projet Mogul. Les grandes pyramides ont été construites par les Égyptiens sans recours à une quelconque technologie extérieure. Et, plus important encore, tous les enlèvements de personnes par des Aliens ne sont que purs mensonges.

— Comment peut-on en être aussi sûr ?

— Question de logique élémentaire. Une forme de vie suffisamment avancée pour voyager dans l'espace intersidéral n'a rien à apprendre en explorant le rectum d'un fermier du Kansas. Ni aucune raison de se transformer en reptile pour espionner les gouvernements dans l'espoir de conquérir la Terre. Toute civilisation capable de faire le trajet jusqu'à notre planète peut nous assujettir instantanément sans avoir besoin du moindre subterfuge.

— Cela fait froid dans le dos ! s'esclaffa la présentatrice avec un rire qui sonnait faux. Et selon vous, quelle serait la découverte d'Edmond Kirsch ?

L'homme poussa un long soupir.

— Il y a de fortes chances que Kirsch ait voulu annoncer qu'il avait la preuve que la vie sur Terre est venue de l'espace.

Langdon fut aussitôt sceptique, connaissant les positions d'Edmond au sujet d'une origine extraterrestre de la vie.

— Passionnant. Qu'est-ce qui vous fait dire ça ?

— C'est la seule explication rationnelle. Nous savons déjà que de la matière est échangée entre les planètes. Nous avons sur Terre des fragments de Mars, de Vénus, et de bien d'autres sources non identifiées. Ce qui étaye l'hypothèse que la vie est arrivée sur Terre par des météorites sous forme de microbes.

La femme hocha la tête d'un air pénétré.

— Mais cette théorie – des microbes provenant de l'espace – existe depuis des décennies, et elle n'a toujours pas été validée. Comment un expert en nouvelles technologies comme Edmond Kirsch pourrait-il en apporter la preuve définitive ? C'est plus le domaine de l'astrobiologie que de l'informatique, non ?

— Il y a une bonne raison à ça. La crème des astronomes, depuis des années, disent que si l'humanité veut survivre, il lui faudra quitter cette planète. La Terre a déjà entamé la seconde moitié de son cycle. Le soleil va grossir, se transformer en géant rouge et nous carboniser au passage – si la Terre n'a pas déjà disparu suite à une collision avec un astéroïde géant ou à un jet de rayons gamma ! Pour parer à cette éventualité, nous réfléchissons d'ores et déjà à la construction de bases sur Mars, afin de lancer l'exploration des confins de l'espace à la recherche d'une autre planète. Inutile de préciser qu'il s'agit d'un projet très lourd et que si nous trouvons un moyen plus simple d'assurer notre survie, nous serions preneurs dans l'instant.

Le chercheur marqua une pause avant de poursuivre :

— En fait, il y a un moyen plus simple... Enfermer du génome humain dans des petites capsules et les envoyer par millions dans l'espace avec l'espoir que l'une d'entre elles puisse prendre racine quelque part, et semer la vie humaine sur une lointaine planète. Nous n'avons pas encore cette technologie, mais cela n'en demeure pas moins sur le papier une très bonne option pour la survie humaine. Et si nous, nous imaginons envoyer des germes de vie dans l'espace, pourquoi d'autres êtres vivants plus avancés n'auraient-ils pas déjà fait la même chose ?

Il était facile de deviner où voulait en venir Bennett.

— Partant de cette évidence, reprit le scientifique, je pense qu'Edmond Kirsch a pu découvrir une signature extraterrestre – une trace physique, chimique, numérique... que sais-je – prouvant que la vie a été apportée sur Terre depuis l'espace. Nous avons débattu de ce sujet tous les deux il y a plusieurs années. Il n'aimait pas cette idée de germe venant de l'espace. Il pensait, comme beaucoup de gens, que le matériel génétique ne pouvait survivre au rayonnement et aux températures extrêmes auxquels il serait soumis durant son long voyage jusqu'à la Terre. Personnellement, je crois que l'on pourrait enfermer ces germes dans des enveloppes protectrices et les essaimer dans l'espace, avec l'espoir de coloniser le cosmos, une sorte de panspermie assistée par la technologie.

— D'accord, insista la présentatrice, mais si quelqu'un découvre que les humains proviennent de capsules envoyées dans l'espace, cela signifie non seulement que nous ne sommes pas seuls dans l'univers, mais aussi... et ça, ce serait beaucoup plus surprenant...

— Qu'est-ce qui serait si surprenant ? répéta Bennett en souriant pour la première fois.

— Eh bien, cela signifierait que ceux qui ont envoyé ces capsules sont comme nous... Que ce sont des humains !

— Cela a été aussi ma première conclusion. Mais Kirsch m'a corrigé. Il a vu aussitôt la faille dans ce raisonnement.

La présentatrice était perdue.

— Edmond Kirsch pensait qu'il ne s'agit pas d'humains ? Je ne comprends pas… ces germes sont censés perpétuer l'espèce humaine, non ?

— Il s'agit, pour reprendre l'expression de Kirsch, d'humains « pré-cuisinés », précisa le scientifique.

— Pré-cuisinés ?

— Selon lui, si cette histoire de capsules est vraie, alors le plat génétique qui se trouve à l'intérieur est juste pré-cuisiné, pas finalisé si vous voulez. Cela signifie que les humains ne sont pas le produit final, mais juste une étape dans l'évolution… vers quelque chose d'autre… quelque chose d'inconnu.

La présentatrice de CNN ouvrit de grands yeux.

— Aucune forme de vie avancée, disait Kirsch, n'enverrait une recette pour des humains, pas plus qu'une pour des chimpanzés. (Bennett eut un petit rire.) Kirsch m'a accusé d'être un chrétien refoulé ! Seul un croyant peut penser que l'être humain est le centre de l'univers. Ou que des Aliens enverraient par navette spatiale l'ADN complet d'Adam et Ève !

Visiblement, la femme n'appréciait guère la tournure que prenait la conversation.

— Je vous remercie du temps que vous nous avez accordé et de vos explications, monsieur Bennett.

C'était la fin de l'extrait.

Aussitôt, Ambra se tourna vers Langdon.

— Mais si Edmond a découvert la preuve que les humains sont une étape, une espèce inconnue en devenir, cela soulève une grande question. Vers quoi évoluons-nous exactement ?

— Oui. Et d'un coup « Où allons-nous ? » revêt un autre sens.

— C'est ça que laissait entendre Edmond ?

— D'où venons-nous ? Où allons-nous ? Ce type de la NASA pense que Kirsch a regardé vers le ciel pour trouver la réponse à ces deux questions…

— Vous pensez que c'est le cas, Robert ?

Langdon fronça les sourcils. La théorie de Bennett, toute passionnante qu'elle fût, restait bien trop générale, bien trop « exotique » pour un esprit aussi affûté qu'Edmond. Son ami aimait les choses simples, limpides, et techniques. C'était un informaticien dans l'âme.

Et, plus important, comment prouver une telle théorie ?

En trouvant l'une de ces capsules ? En interceptant une communication extraterrestre ? L'une ou l'autre de ces découvertes aurait fait l'objet d'une annonce immédiate. Or le projet d'Edmond avait pris du temps.

Il y travaillait depuis des mois.

— Je n'en sais rien, avoua-t-il à Ambra. Mais quelque chose me dit que la découverte d'Edmond n'a rien à voir avec une vie extraterrestre. Ce n'est pas par là qu'il faut chercher.

Ambra le regarda un long moment.

— On va bientôt le savoir, dit-elle en désignant derrière le hublot les flèches de la Sagrada Família qui brillaient dans la nuit.

64.

Tandis qu'ils filaient sur la M505, l'archevêque jeta un coup d'œil vers Julián qui regardait toujours par la fenêtre de la voiture.

À quoi pensait-il?

Le prince n'avait rien dit depuis une demi-heure, ni bougé, excepté pour chercher machinalement son téléphone qui n'était plus dans sa poche.

Il faut que je le garde dans l'ignorance, songea Valdespino. Encore un peu.

À l'avant, son novice roulait en direction de la Casita del Príncipe. Bientôt, le prélat l'informerait que ce n'était pas leur destination.

Julián se tourna brusquement vers le chauffeur.

— Allumez la radio, s'il vous plaît. Je voudrais entendre les infos.

Avant que son novice ait le temps d'obéir, Valdespino l'arrêta en lui mettant la main sur l'épaule.

— Restons plutôt au calme.

Julián regarda l'archevêque, agacé d'être contredit.

— Pardonnez-moi, s'empressa-t-il d'ajouter. Mais il est bien tard, pour tout ce bruit. Si vous n'y voyez pas d'inconvénients, je préfère le silence de la réflexion.

— Justement, j'ai réfléchi. Et j'aimerais savoir ce qui se passe dans mon pays. Nous sommes coupés du monde ce soir. Je ne suis pas sûr que ce soit une bonne idée.

— Au contraire, c'est ce qu'il y a de mieux à faire. Et je vous remercie de m'avoir fait confiance. (Valdespino retira sa main de l'épaule du novice et désigna la radio.)

Mettez donc les informations. Sur Radio María España, par exemple ?

Il espérait que la radio catholique serait plus mesurée dans ses propos que les autres stations.

La voix du présentateur résonna dans les haut-parleurs bas de gamme de l'Opel, évoquant l'assassinat de Kirsch lors de sa présentation.

Tous les médias ne parlaient donc que de ça ! Valdespino espérait que ses confrères ne citeraient pas son nom.

Par chance, le sujet du moment était les dangers du message antireligieux de Kirsch, en particulier son effet délétère sur la jeunesse espagnole. Pour illustrer le propos, la station diffusa un extrait d'une conférence de Kirsch à l'université de Barcelone.

— Nombre d'entre nous n'osent se déclarer athées, disait Kirsch. Et pourtant l'athéisme n'est pas une philosophie, ni une vue de l'esprit. L'athéisme est simplement l'acceptation de l'évidence.

Des applaudissements fusèrent.

— Le terme « athéisme », poursuivit Kirsch, ne devrait même pas exister. Personne n'a besoin de s'identifier comme « non astrologue » ou « non alchimiste ». On n'a pas de mot pour nommer ceux qui pensent qu'Elvis est encore vivant, ou que des Aliens traversent l'espace-temps pour martyriser du bétail. L'athéisme n'est rien d'autre que l'agacement des gens sensés face à des croyances iniques sans fondement.

Cette fois, les vivats furent plus fournis.

— Cette définition n'est pas de moi. Mais du neurologue américain Sam Harris. Si vous ne l'avez déjà fait, je vous engage à lire *Letter to a Christian Nation**.

Valdespino se renfrogna, au souvenir de l'émoi causé par ce livre en Espagne.

354

— Nous allons faire un sondage à mains levées. Combien d'entre vous croient en l'existence des anciens dieux : Apollon ? Zeus ? Vulcain ? (Silence.) Pas un seul ? Je vois que nous sommes tous des athées convaincus concernant ces dieux, plaisanta Kirsch. Pour ma part, j'en ai juste ajouté un autre.

La salle applaudit à tout rompre.

— Mes amis, je ne dis pas qu'il est certain que Dieu n'existe pas. Je dis que s'il y a une force divine quelque part à l'œuvre derrière l'univers, elle doit bien rigoler en regardant les religions qu'on a créées pour la décrire.

L'amphi se tordait de rire.

C'est une bonne chose que Julián entende ça, se félicitait Valdespino. Cette morgue. Ce ton charmeur... Les ennemis du Christ ne se contentaient pas d'être sur le bord de la route, mais s'employaient activement à détourner les bonnes âmes du chemin de Dieu.

— Je suis américain, continuait Kirsch. J'ai la chance d'être né dans un pays à la pointe de la technologie et de la science. Et pourtant je suis chaque fois surpris de découvrir que la moitié de mes concitoyens croient réellement en l'existence d'Adam et Ève, qu'ils sont persuadés qu'un Dieu tout-puissant a créé deux êtres humains dans leur forme définitive et qu'à eux deux ils ont peuplé la terre, et généré toutes ces ethnies, et tout ça sans le moindre problème de consanguinité !

Encore des rires.

— Au Kentucky, le pasteur Peter LaRuffa a déclaré : « Si dans la Bible je trouve un passage où il est dit que deux plus deux ça fait cinq, alors je l'accepterai comme vérité universelle. »

L'hilarité était à son comble.

— Je suis d'accord. C'est risible, mais je vous assure que ces croyances n'en restent pas moins terrifiantes.

Beaucoup de ces gens sont intelligents et instruits – on trouve des médecins, des avocats, des professeurs, et même parfois des personnes occupant les plus hautes fonctions de l'État. J'ai une fois entendu un membre du Congrès, Paul Broun, affirmer : « L'évolution et le Big Bang sont des mensonges sortis du puits de l'enfer. Je crois, pour ma part, que la Terre a huit mille ans et a été créée en six jours, comme nous le savons tous. » (Silence.) Plus troublant encore, ce même homme politique siège à la commission du Congrès pour la science, l'espace et la technologie, et quand on l'interroge sur la présence de fossiles que l'on trouve sur des strates couvrant des millions d'années, il répond que Dieu les y a placés pour mettre notre foi à l'épreuve.

Le ton de Kirsch devint soudain grave.

— Autoriser l'ignorance, c'est la laisser croître. Ne pas empêcher les représentants du peuple de proférer de telles absurdités est une négligence criminelle. Comme laisser nos professeurs et nos hommes d'Église enseigner des contrevérités à nos enfants. Il est temps de passer à l'action. Tant que nous n'aurons pas libéré l'humanité de ces superstitions, nos esprits ne pourront révéler tout leur potentiel. (Kirsch fit de nouveau une pause pour obtenir toute l'attention de la salle.) J'aime l'humanité. Je crois que l'esprit humain est sans limite. Je crois que nous sommes à l'aube d'une nouvelle ère, un monde où c'en est fini des religions, et où la science triomphe enfin.

Un tonnerre d'applaudissements retentit.

— Dieu du ciel ! grogna l'archevêque en secouant la tête de dégoût. Éteignez-moi ça !

Le novice s'exécuta et le silence retomba dans la voiture.

*

À près de cinquante kilomètres de là, Suresh Bhalla, haletant, tendait un téléphone à Mónica Martín.

— C'est une longue histoire, je te raconterai plus tard, annonça le responsable de la sécurité informatique du Palais, mais il faut que tu lises ça. C'est un SMS qu'a reçu Valdespino.

— C'est le téléphone de l'archevêque ? Comment as-tu…

— Plus tard. Lis !

La jeune femme regarda l'écran. Elle blêmit.

— Seigneur, Valdespino est…

— Très dangereux !

— C'est inconcevable ! Qui lui a envoyé ça ?

— Un numéro caché. Je travaille dessus.

— Pourquoi il ne l'a pas effacé ?

— Va savoir ? La négligence ? L'arrogance ? Je vais récupérer les autres messages et tâcher de voir avec qui Valdespino a été en contact dernièrement. Je voulais d'abord te prévenir. Il faut faire une déclaration à la presse.

— Hors de question ! Le Palais ne peut divulguer cette information.

— Mais quelqu'un va le faire à notre place.

Suresh expliqua que c'est sur le conseil d'un informateur de ConspiracyNet.com, un certain monte@iglesia.com, qu'il avait fouillé le téléphone de l'archevêque. Autrement dit, cette information serait bientôt sur la toile.

Mónica Martín ferma les yeux, se représentant la réaction en chaîne quand on saurait qu'un membre haut placé de l'Église, proche conseiller du roi d'Espagne, était impliqué dans un complot meurtrier.

— Suresh, murmura la chargée de communication.
Trouve qui est ce « Monte ». C'est vital.

— Je vais essayer.

— Merci. (Elle rendit à Suresh le téléphone et tourna
les talons.) Et transfère-moi une copie de ce SMS.

— Où vas-tu ?

Mónica Martín ne lui répondit pas.

65.

Malgré sa taille imposante, la Sagrada Família – la
basilique de la Sainte Famille – semble flotter au-dessus du sol, suspendue à ses flèches délicates qui fendent
le ciel.

Les tours ajourées de diverses hauteurs donnent à ce
sanctuaire des airs de château de sable érigé par quelque
géant facétieux. Lorsqu'elle sera terminée, la plus haute
de ses flèches atteindra une hauteur de cent soixante-
dix mètres – plus haut que le Washington Monument.
À côté d'elle la basilique Saint-Pierre à Rome paraîtra
lilliputienne.

Trois façades protègent l'édifice. À l'est, la façade de
la Nativité s'élève tel un jardin suspendu, avec des festons de plantes, de fruits et d'animaux. Par contraste,
la façade de la Passion, à l'ouest, est un squelette austère de pierres où les piliers inclinés évoquent des os

de titans. Au sud, la façade de la Gloire, une fois terminée, se dressera au-dessus d'un enchevêtrement de
démons, d'idoles païennes, en symbole d'ascension de
l'âme, de vertu et de voie vers le Paradis.

Tout autour, un entrelacs de tourelles, parois et
contreforts, comme façonnés dans la boue, jaillissent
de terre. Ainsi que l'a écrit un critique d'art, la base de
la basilique ressemble à « une souche d'arbre pourrie où
aurait poussé une colonie de champignons ».

En plus de l'iconographie religieuse, Gaudí avait inclus
d'innombrables références au monde de la nature : des
tortues supportant des colonnes, des arbres poussant des
façades, et même des escargots géants et des grenouilles
escaladant les parois.

Malgré son extravagance extérieure, la véritable surprise que réserve la Sagrada Família se trouve à l'intérieur, une fois passées ses portes. Les visiteurs restent
bouche bée devant les piliers vertigineux de la nef qui,
dans un foisonnement de formes, s'élèvent comme
autant d'arbres supportant une canopée d'albâtre à plus
de soixante mètres de hauteur. Gaudí avait créé cette
« forêt de colonnes » pour que le fidèle se sente en symbiose avec les anciens, quand les forêts étaient les premières cathédrales du monde.

Ce monument de l'Art nouveau avait ses adorateurs
comme ses détracteurs. « Sensuel, spirituel et organique » pour les uns, « vulgaire, prétentieux et profane » pour les autres. James Michener disait que c'était
« le bâtiment sérieux le plus farfelu de la planète ».
L'*Architectural Review* l'avait appelé « le monstre sacré
de Gaudí ».

Son financement lui aussi était une incongruité. Les
travaux étaient réalisés uniquement grâce aux dons. La
Sagrada Família ne recevait aucune aide du Vatican ni

de l'État. Malgré les années de vaches maigres, les interruptions du chantier, l'Église montrait un acharnement darwinien à survivre, résistant à la mort de son créateur, à la Guerre civile, aux attaques terroristes des anarchistes catalans, et même aux dangereuses vibrations du métro tout proche.

La Sagrada Família était toujours vivante, et continuait de grandir.

Durant les dernières décennies, les finances de la basilique s'étaient notablement améliorées, grâce aux quatre millions de touristes annuels qui payaient leur tribut pour visiter la merveille inachevée. Avec en ligne de mire une fin des travaux pour 2026 – le centenaire de la mort de Gaudí –, la basilique semblait vivre une seconde jeunesse, ses flèches s'élevaient vers le ciel avec une urgence et un espoir juvéniles.

Le père Joachim Beña – le recteur de la basilique et son plus vieux prêtre officiant – était un octogénaire jovial, avec des lunettes rondes et un visage tout aussi rond planté sur son petit corps. Le rêve de Beña : vivre suffisamment longtemps pour voir enfin son temple achevé.

Ce soir, toutefois, le père Beña ne souriait pas. Il était resté longtemps derrière son ordinateur, médusé par les événements de Bilbao.

Edmond Kirsch, assassiné ?

Ces trois derniers mois, il avait tissé, contre toute attente, une profonde amitié avec le futurologue. Le pourfendeur des religions était venu le trouver personnellement pour lui proposer une donation. Un montant sans précédent.

Pourquoi une telle offre ? s'était demandé Beña. Un coup de pub ? Voulait-il se mêler des travaux ?

Mais en échange de son don, Kirsch n'avait eu qu'une seule exigence.

Beña n'en revenait pas. *Rien d'autre ?*

— C'est très important pour moi. Sur un plan personnel, avait dit Kirsch. J'espère que vous me ferez l'honneur et la joie d'accepter mon offre.

Par nature, Beña avait confiance dans les hommes, mais cette fois n'était-ce pas pactiser avec le diable ? Il avait scruté les yeux de Kirsch tentant de percer ce mystère. Et d'un coup, il avait compris. Derrière l'assurance du futurologue, derrière ses airs de séducteur, il avait vu le désespoir. Ces orbites creuses, ce corps maigre ne trompaient pas. Cela lui rappelait le temps du séminaire où il travaillait dans un hospice.

Edmond Kirsch était malade.

Était-ce la peur de la mort ? Ce legs était-il une façon de s'attirer le pardon d'un Dieu qu'il avait tant vilipendé et méprisé ?

Le plus preux dans la vie est toujours un agneau devant le trépas.

Beña songeait à saint Jean qui avait consacré son existence à convaincre les mécréants de rejoindre la gloire de Jésus-Christ. Si un athée comme Kirsch désirait participer à l'achèvement de ce sanctuaire magnifique, il aurait été indigne d'un chrétien, et cruel, de rejeter sa requête.

En outre, il incombait au recteur de lever des fonds pour la basilique. Comment justifier auprès de ses confrères qu'il ait refusé une telle somme sous prétexte que le donateur était un athée notoire ?

Finalement, Beña avait accepté le marché de Kirsch. Et les deux hommes s'étaient chaleureusement serré la main.

Cela remontait à trois mois.

Un peu plus tôt dans la soirée, le père Beña avait suivi la présentation de Kirsch au musée Guggenheim

– d'abord gêné par sa diatribe antireligieuse, puis intrigué par la teneur de sa découverte, et enfin horrifié par le meurtre. Hypnotisé par les nouvelles qui se succédaient, il lui avait fallu du temps pour trouver la force d'éteindre son écran. On parlait de complots, d'ententes secrètes…

Sous le choc, le père Beña s'était installé dans la nef, seul au milieu de la « forêt pétrifiée » de Gaudí. Mais la paix se refusait à lui.

Qu'est-ce que Kirsch avait découvert ? Qui l'avait tué ?

Le prêtre ferma les yeux. Hélas, ces questions tournaient en boucle dans sa tête.

D'où venons-nous ? Où allons-nous ?

— Nous venons de Dieu ! s'écria-t-il. Et nous retournons à Lui !

Ses mots résonnèrent si fort dans sa poitrine que tout le sanctuaire lui parut vibrer. Une lumière aveuglante perça un vitrail au-dessus de la façade de la Passion et fouilla les entrailles de la basilique.

Beña se leva et s'approcha. À présent, toute la nef tremblait tandis que le rai surnaturel parcourait la longueur du vitrail. Quand il sortit sur le perron, il se retrouva pris dans une tempête. Au-dessus de lui, sur sa gauche, un gros hélicoptère descendait du ciel, son projecteur fouillant la façade.

L'appareil se posa derrière les grilles, à l'angle nord-ouest, et coupa les moteurs.

Le vieil homme, planté sur les marches, vit quatre personnes descendre à terre et se précipiter vers lui. Il reconnut aussitôt les deux premières ; on ne voyait qu'elles sur les médias – la future reine d'Espagne et le professeur Langdon. Deux colosses portant l'insigne de la Guardia Real les suivaient de près.

Curieusement, Ambra Vidal semblait courir au côté du professeur de son plein gré...

— Mon père ! lança la jeune femme. Pardonnez cette arrivée fracassante ! Il faut qu'on vous parle. C'est très important.

Le prêtre ne savait que répondre.

— Acceptez nos humbles excuses, renchérit Langdon. Je sais à quel point tout cela peut paraître étrange. Vous savez qui nous sommes ?

— Bien sûr, bredouilla-t-il. Mais je croyais que...

— Fausse information ! l'interrompit Ambra. Tout va bien pour moi.

Paniqués par l'arrivée de l'hélicoptère, les deux vigiles en faction devant les grilles franchirent le tourniquet. Ils repérèrent le père Beña et foncèrent dans sa direction.

Les deux agents de la Guardia firent aussitôt volte-face et levèrent la main : « Halte ! »

En apercevant le monogramme de la Guardia, les vigiles s'arrêtèrent net et regardèrent le prêtre.

— *¡ No passa res !* leur cria le recteur en catalan. *Tornin al seu lloc.* Tout va bien. Retournez à vos postes.

Comme les gardes hésitaient, le prêtre expliqua :

— *Són els meus convidats.* Ce sont mes invités. *Confio en la seva discreció.* Je compte sur votre discrétion.

Les vigiles reculèrent et reprirent leur patrouille de l'autre côté des grilles.

Langdon s'approcha et serra la main du prêtre.

— Père Beña, nous cherchons un livre rare qui est la propriété d'Edmond Kirsch. (Il sortit le bristol.) Nous savons que ce livre est ici, en prêt.

Beña reconnut aussitôt la carte. Son double exact accompagnait le livre que Kirsch lui avait apporté quelques semaines plus tôt.

En échange de son généreux don, Kirsch avait demandé que le recueil de Blake soit exposé dans la crypte.

Une requête étrange, mais bien modeste en regard du montant versé.

Le futurologue avait eu une autre exigence, davantage une précision, qui était indiquée au dos de la carte : le livre devrait être présenté ouvert à la page 163.

66.

À sept kilomètres au nord-ouest de la Sagrada Família, l'amiral Ávila regardait les feux de la ville qui se profilaient devant le dais noir de la mer à l'horizon.

Barcelone, enfin !

L'ancien officier de marine sortit son téléphone et appela le Régent comme prévu.

Celui-ci répondit à la première sonnerie.

— Où êtes-vous ?

— On arrive en ville.

— Pile à l'heure. Je viens de recevoir des nouvelles préoccupantes.

— Je vous écoute.

— Vous avez coupé la tête du serpent. Mais sa queue s'agite encore dangereusement.

— Je suis à votre service.

En écoutant les instructions du Régent, Ávila tressaillit ; il ne s'attendait pas à devoir prendre encore des vies ce soir. Cependant, il resta de marbre.

Je ne suis qu'un soldat, se rappela-t-il.

— Cette mission n'est pas sans risque, précisa le Régent. Si vous êtes attrapé, montrez le tatouage aux autorités. Vous serez libéré rapidement. Nous avons des soutiens partout.

— Je ne compte pas me faire prendre.

— Parfait, répondit le Régent avec cet étrange détachement qui lui était propre. Quand ils seront tous les deux morts, on en aura terminé.

La communication fut coupée.

Dans le silence qui suivit, Ávila regarda le bâtiment le plus éclairé au loin.

La Sagrada Família ! songea-t-il avec dégoût. Le temple de tous les égarements !

La basilique était le symbole de la faillite morale de l'Église – la victoire d'un catholicisme libéral qui avait perverti une foi millénaire pour rendre un culte impie à la nature, à la pseudo-science et à l'hérésie.

Il y avait même des lézards géants... Des lézards qui rampent sur le mur d'une église ! s'indignait Ávila.

Cet effondrement des valeurs le terrifiait. Heureusement, des meneurs d'hommes qui partageaient ses craintes réapparaissaient un peu partout dans le monde. Eux aussi étaient prêts à prendre les armes pour restaurer les traditions. L'Église palmarienne, en particulier son pape Innocent XIV, en l'aidant à porter un autre regard sur la tragédie qu'il avait endurée, avait donné à l'ancien militaire une nouvelle raison de vivre.

Sa femme et son fils étaient les victimes d'une guerre, une guerre menée par les forces du mal contre Dieu, contre leur histoire. Le pardon n'était pas la seule voie vers le salut !

Cinq nuits plus tôt dans son modeste appartement, il avait été réveillé par le *ping* d'un SMS arrivant sur son téléphone.

— Il est minuit ! avait-il grommelé en regardant l'écran.

Número oculto.

Ávila s'était frotté les yeux et avait lu le message :

Compruebe su saldo bancario.

Comment ça, « vérifier mon compte en banque » ?

Encore une arnaque, du télémarketing ! Agacé, Ávila était sorti du lit pour aller boire un verre d'eau dans la cuisine. Alors qu'il se tenait devant l'évier, il avait regardé du coin de l'œil son ordinateur. Il ne pourrait pas se rendormir sans en avoir le cœur net.

Il s'était connecté au site de sa banque, s'attendant à voir apparaître le maigre avoir de son compte, avec sa retraite de misère. Mais quand son relevé s'était affiché à l'écran, il avait bondi de sa chaise.

C'était impossible !

Il avait fermé les yeux, les avait rouverts. Et rafraîchi la page.

Le chiffre était resté le même.

Il avait fait défiler l'historique des opérations et découvert avec stupeur que cent mille euros avaient été virés sur son compte une heure plus tôt. Un virement anonyme.

Qui avait fait ça ?

La sonnerie de son téléphone l'avait fait sursauter. Encore un numéro masqué !

Après un instant de stupeur, Ávila avait fini par décrocher.

— ¿ *Sí* ?

— Bonsoir, amiral, avait dit une voix dans un castillan parfait. Je suppose que vous avez trouvé votre cadeau ?

— Oui… Qui êtes-vous ?

— Vous pouvez m'appeler le Régent. Je représente votre confrérie, l'Église dont vous suivez les offices depuis deux ans. Vos compétences et votre fidélité ne sont pas passées inaperçues, amiral. Nous aimerions vous offrir l'opportunité de servir des causes supérieures. Sa Sainteté vous propose une série de missions… des tâches que Dieu vous a destinées.

Ávila était cette fois parfaitement réveillé. Ses mains étaient toutes moites.

— L'argent est une avance pour votre première mission, avait continué la voix. Si vous choisissez de l'accomplir, ce sera l'occasion de prouver votre valeur, une porte ouverte vers des responsabilités plus grandes. (Son interlocuteur avait fait une pause.) Il existe d'autres sphères du pouvoir dans notre Église, invisibles au monde extérieur. Nous pensons qu'il serait précieux de vous avoir avec nous aux échelons les plus élevés de notre organisation.

Malgré cette proposition alléchante, Ávila était resté prudent.

— Quelle est cette mission ? Et si je refuse, qu'est-ce qui se passe ?

— Personne ne vous en voudra. Et vous pourrez garder l'argent en échange de votre discrétion. Cela vous paraît équitable ?

— Généreux, je dirais.

— On vous apprécie en haut lieu. Nous voulons vous donner un coup de pouce. Et pour être honnête, je ne vous cache pas que la mission que souhaite vous confier le pape est délicate. (Nouveau silence.) Elle peut impliquer de la violence.

Ávila s'était raidi.

— Amiral, les forces du mal gagnent du terrain chaque jour. Dieu est en guerre, et il n'y a jamais eu de guerre sans victimes.

En frissonnant, Ávila s'était remémoré les images cauchemardesques à la cathédrale de Séville.

— Je ne sais pas si je peux accepter une mission qui requiert de la violence.

— Le pape vous a choisi, amiral. Vous et personne d'autre. Parce que votre cible... c'est l'homme qui a tué votre famille.

67.

Située au rez-de-chaussée du Palais, l'armurerie royale est une grande salle voûtée, ornée de tapisseries représentant des batailles célèbres. Tout autour, des dizaines d'armures, y compris les tenues et équipements des anciens rois. Sept cavaliers chevauchant leur monture grandeur nature trônent au milieu, vêtus de tout leur harnachement de guerre.

Garza comprit pourquoi il avait été enfermé dans cette pièce.

Certes, l'armurerie était l'une des salles les plus sûres du Palais, mais ils avaient choisi cet endroit surtout pour l'humilier.

C'est ici même que j'ai été embauché !

Vingt ans auparavant, Garza avait été convoqué dans cette salle prestigieuse. On l'avait auditionné – un long et pénible interrogatoire – avant de lui accorder enfin la charge de la Guardia Real.

Et ce soir, ses propres hommes l'avaient arrêté.

Il n'y comprenait rien.

Concernant la Guardia, Garza se trouvait au sommet de la chaîne de commandement. Ce qui signifiait que l'ordre venait de plus haut. Une seule personne avait l'autorité nécessaire : le prince Julián.

Valdespino avait monté le prince contre lui !

En fin manipulateur qu'il était, l'archevêque, pour assurer sa survie, avait jeté l'opprobre sur Garza.

Si Julián et Valdespino faisaient équipe ce soir, Garza se savait perdu. La seule personne qui aurait pu le sauver était un vieillard moribond, reclus dans le Palacio de la Zarzuela.

Le roi d'Espagne !

Mais jamais le roi ne désavouerait l'archevêque ou son propre fils.

Le commandant entendait au loin les clameurs de la foule devant les grilles du Palais. Elles étaient de plus en plus violentes. Il n'en croyait pas ses oreilles :

D'où vient l'Espagne ?! Où va l'Espagne ?!

À l'évidence, les manifestants avaient repris à leur compte les deux questions de Kirsch.

La jeunesse espagnole condamnait les erreurs du passé et réclamait le changement. Ils exigeaient plus de modernité, plus de démocratie, ils voulaient en finir avec la royauté. La France, l'Allemagne, la Russie, l'Autriche, la Pologne, et plus de cinquante nations s'étaient débarrassées de leur monarque depuis bien longtemps. Même en Angleterre, des voix s'élevaient pour demander un référendum, visant à abolir la monarchie après la disparition de leur reine actuelle.

Le Palais royal traversait une crise terrible, ce soir... Il n'y avait rien d'étonnant d'entendre à nouveau ces protestations.

Au moment où le prince Julián allait monter sur le trône... Il n'avait pas besoin de ça !

Au fond de la salle, la porte s'ouvrit. L'un de ses hommes apparut sur le seuil.

— Je veux un avocat ! lui cria Garza.

— Et moi, je veux une déclaration pour la presse ! répliqua Mónica Martín en surgissant derrière le garde. Commandant Garza, pourquoi avez-vous fait assassiner Edmond Kirsch ? Dans quel but ?

Que pouvait-il répondre à ça ? Ils étaient tous tombés sur la tête !

— On sait que vous avez piégé l'archevêque Valdespino ! Le Palais exige vos aveux complets !

Encore une fois, Garza ne savait que répondre.

Parvenue au centre de la salle, Mónica Martín se retourna.

— C'est une conversation privée !

L'agent hésita, puis recula et ferma la porte.

La jeune femme trotta vers Garza.

— Des aveux ! Je veux des aveux ! hurlait-elle, sa voix résonnant sur la voûte.

Elle se planta devant le commandant de la Guardia Real.

— Je n'avouerai rien du tout, répliqua Garza d'une voix glaciale. Je n'ai rien à voir avec tout ça. Ces allégations sont totalement fausses !

Après avoir jeté un coup d'œil derrière elle, elle s'approcha de l'oreille du prisonnier.

— Nous le savons très bien ! Taisez-vous et écoutez-moi.

68.

Tendance ↑ 2747 %

⊕ ConspiracyNet.com

FLASH SPÉCIAL

ANTIPAPES… MAINS QUI SAIGNENT… ET PAUPIÈRES COUSUES

Des nouvelles bien étranges en provenance de l'Église palmarienne.

Des posts dans des forums chrétiens attestent que l'amiral Luis Ávila est un membre actif des palmariens, et ce depuis plusieurs années.

En porte-étendard de cette Église, l'amiral Ávila a déclaré à plusieurs reprises que le pape palmarien lui a « sauvé la vie », après la profonde dépression qu'il a traversée quand il a perdu toute sa famille dans l'attentat antichrétien à Séville.

Par souci d'équité et d'impartialité, ConspiracyNet.com publie de nombreux liens qui renvoient à l'Église palmarienne. Cliquez ICI. Nous informons. Vous jugerez.

Comme vous le savez, on raconte beaucoup de choses sur l'Église palmarienne. Des choses très choquantes, parfois. Nous avons besoin de votre concours pour nous aider à démêler le vrai du faux.

Les « faits » que nous rapportons plus bas nous ont été envoyés par notre contributeur fétiche monte@iglesia.org. Connaissant la fiabilité de ses informations antérieures, il y a tout lieu de penser que celles-ci sont véridiques. Toutefois, avant de les présenter comme telles, nous espérons que certains de nos lecteurs pourront en confirmer ou en infirmer la validité.

« LES FAITS »

- Le pape palmarien Clemente a perdu les deux yeux dans un accident de voiture en 1976 et a continué à prêcher pendant dix ans avec les paupières cousues.
- Le pape Clemente a des stigmates dans les deux paumes des mains qui se mettent à saigner quand il a des visions.
- Plusieurs papes palmariens sont d'anciens officiers de l'armée espagnole, et de fervents militants carlistes.
- Les membres de l'Église palmarienne n'ont pas le droit de parler à leur propre famille, et plusieurs ont été retrouvés morts, victimes de sévices ou de malnutrition.
- Il est interdit aux palmariens 1) de lire des livres écrits par des non-palmariens, 2) d'assister à des mariages ou à des enterrements célébrés dans des églises romaines, 3) d'aller à la piscine, à la plage, dans une salle de bal ou de boxe, comme en tout lieu susceptible d'accueillir un sapin de Noël ou une image du père Noël.
- Les palmariens pensent que l'Antéchrist est né en l'an 2000.

- Il existe des centres de recrutement pour l'Église palmarienne aux États-Unis, au Canada, en Allemagne, en Autriche et en Irlande.

69.

Le recteur de la basilique guida Langdon et Ambra vers l'entrée de la Sagrada Família. Cette fois encore, Langdon s'émerveilla devant les grandes portes de bronze.

Un mur entier de codes! Plus de huit mille lettres en relief couraient sur la surface, créant un bloc de texte compact. Il s'agissait d'une description de la Passion du Christ en catalan, pourtant cette succession de caractères sans espaces lui faisait plutôt penser à une clé de cryptage de la NSA.

On se demande pourquoi cet endroit inspire autant de théories du complot!

Il leva les yeux vers la façade de la Passion. Une kyrielle de personnages anguleux, sculptés par Josep Maria Subirachs, l'observait. La figure la plus angoissante était le Jésus émacié suspendu à un crucifix incliné, qui semblait sur le point de tomber sur les fidèles.

Sur la gauche, une autre sculpture lugubre représentait le baiser de Judas. À côté de l'effigie, se trouvait une grille de chiffres – un « carré magique ». Edmond avait expliqué un jour à Langdon que la « constante magique » du carré, 33, était un hommage franc-maçon au Grand Architecte de l'univers – un être suprême dont les secrets étaient révélés aux adeptes qui atteignaient le 33e degré de la fraternité.

— Cette interprétation est plutôt originale, avait ironisé Langdon. Mais l'âge du Christ au moment de la Passion – trente-trois ans – me paraît être une explication plus logique.

À l'approche de l'entrée, Langdon grimaça en découvrant un autre Jésus attaché à un pilier par des cordes. Plus bas, au-dessus des portes, deux lettres grecques attirèrent son regard – alpha et oméga.

— Le commencement et la fin, lui murmura Ambra. Une coïncidence ?

Langdon eut un sourire entendu.

Le père Beña ouvrit une petite porte dans le mur de lettres, et le trio pénétra dans le sanctuaire, suivi par les deux gardes. Le prêtre referma le vantail de bronze. Ils se trouvaient dans l'aile sud-est du transept.

Le silence.

Les ombres.

L'ecclésiastique leur expliqua que Kirsch était venu le trouver un jour pour faire une importante donation. En échange, il souhaitait que son manuscrit enluminé de Blake soit exposé dans la crypte, à côté du tombeau de Gaudí.

Au cœur même de cette église…, songea Langdon, intrigué.

— Il a précisé pourquoi ? s'enquit Ambra.

— M. Kirsch m'a expliqué que sa passion pour Gaudí lui venait de sa mère, et qu'elle admirait aussi William Blake. Il voulait réunir le poète et l'architecte en sa mémoire. Je n'y ai pas vu d'objections.

Langdon était sceptique. Paloma Kirsch avait quasiment passé toute sa vie dans un couvent. Une religieuse espagnole, admiratrice d'un poète anglais anticonformiste ?

— M. Kirsch semblait en pleine crise spirituelle, poursuivit le prêtre. Et, à l'évidence, il avait de graves problèmes de santé.

— D'après le message inscrit au dos du bristol, déclara Langdon, le livre doit être ouvert à la page 163.

— C'est bien le cas.

Le pouls de Langdon s'emballa.

— Vous vous souvenez du poème qui se trouve sur cette page ?

— Il n'y a pas de poème.

— Comment ça ?

— Ce sont les *Œuvres complètes* de Blake – ses dessins et ses écrits. La page 163 comporte une illustration.

Langdon regarda Ambra à la dérobée. Ils avaient besoin de quarante-sept lettres, pas d'un dessin !

— Mon père, intervint Ambra. Vous voulez bien nous montrer ce livre ?

Après une courte hésitation, le prêtre parut se rappeler que cette requête venait de la future reine d'Espagne.

— La crypte se trouve de ce côté, annonça-t-il en les guidant vers le centre de la basilique.

Les deux agents leur emboîtèrent le pas.

— J'ai hésité à accepter l'argent d'un athée avéré, mais il n'y avait aucun mal à mettre en vitrine le dessin préféré de sa mère – d'autant qu'il s'agit d'une image de Dieu.

— C'est vraiment ce que désirait Edmond ? insista Langdon. Exposer une représentation de Dieu ?

Beña acquiesça.

— Comme je vous l'ai dit, il me semblait très malade. C'était peut-être sa manière de se racheter, après une vie consacrée à rejeter le divin ? (Le vieux recteur secoua la tête.) Mais, pour être honnête, après ses propos de ce soir, je ne sais plus quoi penser.

Langdon se demanda quelle illustration Edmond avait bien pu choisir. Tandis qu'ils progressaient dans la nef, il avait l'impression de découvrir ce sanctuaire pour la première fois. Il avait visité la Sagrada Família à plusieurs reprises, à différents stades de sa construction, mais toujours en plein jour, quand le soleil, frappant les vitraux, parait la canopée de pierre tout là-haut de couleurs chatoyantes.

La nuit, l'endroit était plus inquiétant.

La forêt baignée de lumière avait disparu, pour laisser la place à une jungle ténébreuse. Les colonnes arborescentes s'évanouissaient dans l'obscurité.

— Attention où vous mettez les pieds, les prévint le prêtre. On fait des économies comme on peut.

Partout en Europe, les villes dépensaient une fortune pour éclairer leurs églises, mais dans celle-ci on ne voyait pas plus loin que le bout de son nez !

Certes, avec ses six mille mètres carrés, l'endroit était gigantesque.

Parvenu au bout de l'allée centrale, Langdon observa l'autel minimaliste flanqué de deux orgues aux tuyaux rutilants. Cinq mètres au-dessus, était suspendu un curieux baldaquin, un rappel du dais cérémoniel qu'on tendait au-dessus des rois pour les protéger du soleil.

Alors que la majorité des baldaquins étaient aujourd'hui des structures solides, la Sagrada Família avait opté pour une toile en forme d'ombrelle, qui semblait flotter comme par magie sur l'autel. Sous l'étoffe, un Jésus crucifié était lui aussi suspendu par des câbles.

Un Jésus parachutiste ! Langdon ne s'étonnait pas que cet ornement ait fait l'objet de tant de controverses.

Alors qu'ils s'approchaient du sanctuaire, Díaz sortit une petite lampe de poche pour éclairer le chemin. Non loin de l'entrée de la crypte, Langdon distingua la silhouette pâle d'une tourelle qui s'élevait contre l'un des murs intérieurs.

La spirale de la mort ! Il n'avait jamais eu le courage de s'y risquer.

La structure hélicoïdale figurait au troisième rang de la liste des « Vingt escaliers les plus dangereux du monde » du *National Geographic*, derrière les degrés précaires du temple d'Angkor Wat et l'escalier à flanc de falaise du « Chaudron du diable », célèbre chute d'eau en Équateur.

Langdon contempla les premières marches qui disparaissaient en colimaçon dans les ténèbres.

— L'entrée est juste là, déclara Beña en passant à gauche de l'autel.

Quelques mètres plus loin, Langdon aperçut une faible lumière qui émanait d'une ouverture dans le sol.

La crypte.

Le petit groupe s'arrêta devant un escalier.

— Restez ici ! ordonna Ambra à ses gardes. Nous n'en avons pas pour longtemps.

Fonseca, visiblement guère enchanté, ne protesta pas.

Ambra, le père Beña et Langdon s'enfoncèrent sous terre en direction de la lueur.

*

L'agent Díaz regarda avec soulagement les trois silhouettes disparaître. Enfin, un peu de répit! La tension grandissante entre Ambra Vidal et Fonseca commençait à l'inquiéter.

Les agents de la Guardia n'avaient pas l'habitude d'être houspillés par la personne qu'ils protégeaient. Et le commandant était le seul à pouvoir les menacer de renvoi.

Il ne comprenait toujours pas pourquoi Garza avait été arrêté. Fonseca n'avait pas voulu lui dire qui avait donné cet ordre et inventé cette histoire de kidnapping.

— La situation est très délicate, avait-il plaidé. Moins tu en sais, mieux c'est.

Qui pouvait bien tirer les ficelles? Le prince?

Il imaginait mal Julián mettre sa fiancée en danger en lançant cette rumeur d'enlèvement.

Valdespino, alors?

Mais Díaz doutait que l'archevêque ait le bras aussi long.

— Je reviens tout de suite, grommela Fonseca avant d'ajouter qu'il avait besoin de soulager sa vessie.

Au moment où son collègue disparaissait dans la pénombre, Díaz le vit sortir son téléphone. Peu après, il l'entendit parler à voix basse.

Díaz attendit son retour avec un sentiment de malaise. Toutes ces cachotteries ne lui disaient rien de bon.

70.

Après avoir descendu trois étages, Langdon, Ambra et le recteur débouchèrent enfin dans la salle souterraine.

Voici l'une des plus grandes cryptes d'Europe, se rappela Langdon. Les bancs pouvaient accueillir des centaines de fidèles. Des lampes à huile, disposées à intervalles réguliers autour de la rotonde, illuminaient les mosaïques sur le sol – entrelacs de vignes, racines, branches et autres représentations de la nature.

Par définition, une crypte était un espace « caché », et Langdon s'émerveillait que Gaudí ait réussi à dissimuler une salle aussi grande sous l'église. Loin de ressembler à la crypte extravagante de la Colonie Güell, l'espace ici était austère, dans un style néogothique, avec des colonnes ornées de feuilles, des arcs brisés et des voûtes ouvragées. Une légère odeur d'encens flottait dans l'air.

Sur la gauche de l'escalier, une alcôve éclairée par d'autres lampes à huile abritait une pierre tombale toute simple.

Le grand homme repose ici, songea Langdon en lisant l'inscription :

ANTONIUS GAUDÍ

Alors qu'il contemplait la dernière demeure de l'architecte de Dieu, son cœur se serra. Edmond lui manquait. Quand il leva les yeux vers la statue de la Vierge Marie au-dessus du tombeau, un ornement étrange sur la plinthe attira son attention.

De quoi s'agissait-il ?

D'habitude, Langdon n'avait aucun mal à identifier les symboles. Il reconnut la lettre grecque lambda – qui n'appartenait pas à la symbolique chrétienne. Lambda était un symbole scientifique, que l'on retrouvait aussi bien dans l'évolution, la physique des particules ou la cosmologie. Mais dans le cas présent, la lettre grecque était curieusement surmontée d'une croix chrétienne.

La religion soutenue par la science ?

Langdon n'avait jamais rien vu de tel.

— Étonnant, n'est-ce pas ? dit Beña en s'approchant. Beaucoup de gens s'interrogent à ce sujet. Pour moi, c'est juste la représentation d'une croix au sommet d'une montagne.

Langdon s'avança d'un pas et distingua trois étoiles dorées autour du symbole.

Grâce à la disposition des étoiles, Langdon finit par comprendre.

— C'est la croix du Carmel ?

— Exact. La dépouille de Gaudí repose sous Notre-Dame du Mont Carmel.

— Gaudí était carmélite ?

Gaudí, l'innovateur, le visionnaire, adepte de la doctrine stricte de cet ordre du XIIe siècle ?

— Bien sûr que non, répliqua le prêtre en riant. Mais ses bienfaitrices, oui. Des religieuses carmélites ont vécu avec Gaudí durant les dernières années de sa vie, et l'ont assisté jusqu'à sa mort. Elles pensaient qu'il aurait aussi besoin de leur protection dans l'au-delà, c'est pourquoi elles ont fait don de cette chapelle.

— Très généreux de leur part, commenta Langdon, qui s'en voulut d'avoir mal interprété un symbole aussi innocent.

Toutes ces théories du complot avaient tendance à fausser son jugement.

— C'est le livre d'Edmond ? demanda brusquement Ambra.

Les deux hommes virent la jeune femme se diriger vers un espace noyé d'ombre, à la droite du tombeau.

— Oui, confirma Beña. Désolé que ce soit si mal éclairé.

Ambra s'approcha d'une vitrine, suivie de près par Langdon. Le livre avait été relégué dans un coin de la crypte, en partie masqué par un pilier.

— C'est là qu'on a l'habitude de disposer les brochures, expliqua le prêtre. Je les ai déplacées pour exposer l'œuvre de M. Kirsch. Apparemment, personne n'a remarqué le changement.

Langdon et Ambra examinèrent la boîte vitrée au support incliné. À l'intérieur, le volume des *Œuvres complètes* de William Blake. Le livre, ouvert à la page 163, était à peine visible dans cette partie obscure de la crypte.

Comme l'avait expliqué Beña, la page en question n'était pas un poème, mais une illustration de Blake. Et, assurément, Langdon n'aurait jamais parié sur celle-là.

L'Ancien des jours! Une gravure à l'eau-forte datant de 1794.

Ce que Langdon ne comprenait pas, c'était pourquoi Beña l'avait qualifiée d'« image de Dieu ». Certes, le vieil homme à la longue barbe blanche, perché sur son nuage, la main tendue vers la terre, pouvait passer pour le Dieu des chrétiens, mais une simple recherche racontait une tout autre histoire. Il s'agissait en réalité d'Urizen, une divinité née de l'esprit visionnaire de Blake, en train de mesurer les cieux à l'aide d'un compas de géomètre, en hommage aux lois de l'univers.

Le style était si futuriste que, des siècles plus tard, le célèbre physicien et athée Stephen Hawking l'avait choisie pour illustrer la couverture de son livre *Et Dieu créa les nombres**. Une sculpture Art déco du géomètre cosmique de Blake veillait également sur l'entrée du Rockefeller Center de New York.

Encore une fois, Langdon se demanda pourquoi Edmond tenait tant à exposer cette œuvre ici.

Par esprit de vengeance peut-être ? Pour faire un pied de nez au Vatican ? La richesse du futurologue lui permettait presque toutes les excentricités, même exposer une œuvre blasphématoire au cœur d'une église catholique.

La colère et le dépit, se dit-il. C'est peut-être aussi simple que cela.

Edmond tenait la religion pour responsable de la mort de sa mère.

— Bien sûr, déclara Beña, je suis conscient que cette peinture ne représente pas le Dieu des chrétiens.

Devant l'air surpris de Langdon, le prêtre précisa :

— Oui, M. Kirsch s'est montré très clair sur le sujet, même si ce n'était pas nécessaire – je connaissais les idées de Blake.

— Pourtant, vous avez exposé le livre ?

— Professeur, nous sommes dans la Sagrada Família. Entre ces murs, Gaudí a mêlé Dieu, la science et la nature. Le thème de cette peinture ne choque pas ici. Certes, tous mes confrères ne sont pas aussi progressistes que moi, ajouta-t-il avec un air entendu. Mais vous et moi savons que la chrétienté est en perpétuelle évolution.

Il désigna en souriant le volume ouvert.

— J'ai quand même été soulagé que M. Kirsch accepte qu'on n'expose pas sa carte de prêt à côté du livre. Étant donné la réputation de votre ami, j'aurais été dans l'embarras, surtout après son discours de ce soir… Mais, de toute évidence, vous êtes déçus.

— Vous avez raison. On espérait trouver un poème.

— *Tigre ô Tigre, toi qui luis. Dans les forêts de la nuit*, récita Beña.

Langdon était impressionné. Le prêtre connaissait les premiers vers du plus illustre poème de Blake, une quête de six strophes qui posait une question tout aussi célèbre : le Dieu qui a créé le tigre redoutable a-t-il aussi conçu le doux agneau ?

— Père Beña ? appela Ambra en se penchant vers la vitrine, avez-vous un portable ou une lampe de poche sur vous ?

— Non, désolé. Cependant, je peux aller chercher une lampe du tombeau, si vous voulez.

— Très bonne idée, merci.

L'ecclésiastique disparut en hâte.

Ambra profita de l'absence du prêtre pour murmurer à l'oreille de Langdon :

— Edmond n'a pas sélectionné la page 163 pour le dessin !

— Comment ça ?

Il n'y avait rien d'autre sur cette page.

— C'est une diversion. Plutôt habile, je dois dire.

— Je ne vous suis pas.

— Edmond a choisi cette page parce qu'il est impossible de l'exposer sans son alter ego : la page 162 !

Langdon reporta son attention sur le folio précédant *L'Ancien des jours*. Dans la pénombre, il crut distinguer de minuscules lettres écrites à la plume.

Le père Beña revint avec la lampe à huile. Quand le halo doré éclaira l'autre page, Langdon retint son souffle.

Il s'agissait bien de caractères manuscrits, comme toutes les premières éditions de Blake, avec des dessins et autres enluminures. Mais le plus important, c'était l'aspect général du texte. Il était découpé en strophes !

*

Au-dessus d'eux, dans le sanctuaire de la basilique, l'agent Díaz faisait les cent pas.

Bon sang, où était passé Fonseca ?

Quand son portable vibra dans sa poche, il pensa que son coéquipier l'appelait. Mais le nom qui s'afficha à l'écran le surprit : Mónica Martín.

Que pouvait bien lui vouloir la responsable de la communication ? Et pourquoi n'appelait-elle pas directement Fonseca ? Après tout, c'était lui le chef.

— Díaz à l'appareil.

— Agent Díaz. J'ai quelqu'un à côté de moi qui veut vous parler.

L'instant d'après, une voix autoritaire se fit entendre – une voix familière :

— Díaz ! Ici Garza. Dites-moi qu'Ambra Vidal est sous votre protection !

— Affirmatif, mon commandant, répondit le garde, surpris d'entendre son supérieur. Mlle Vidal est en sécurité. On est avec elle en ce moment même dans la...

— Pas de détails sur une ligne non sécurisée ! l'interrompit Garza. Si Mlle Vidal est en lieu sûr, restez avec elle et ne bougez pas. Content de vous entendre, au fait. Fonseca ne répond pas à son téléphone. Il n'est pas avec vous ?

— Si, mais il s'est absenté pour passer un coup de fil. Il va bientôt re...

— Pas le temps d'attendre. Je suis aux arrêts, mais Mlle Martín a bien voulu me prêter son portable. Alors, ouvrez vos oreilles. Cette histoire d'enlèvement, c'est évidemment du grand n'importe quoi. Et ça aurait pu mettre en danger Mlle Vidal.

Ce n'est rien de le dire ! pensa Díaz en se remémorant la fusillade sur le toit de la Casa Milà.

— Et je n'ai jamais cherché à compromettre Valdespino.

— Je m'en doutais, mais...

— Mlle Martín et moi cherchons une solution. En attendant, je compte sur vous pour assurer la sécurité de la future reine. C'est bien compris ?

— Oui, mon commandant. Mais qui a manigancé tout ça ?

— Je ne peux pas vous en dire plus par téléphone. Suivez mes instructions. Protégez Ambra Vidal. Et ne laissez pas la presse s'approcher. Mlle Martín vous tiendra informé.

Garza raccrocha. Díaz resta seul dans le noir, troublé par cet appel. Au moment de ranger son téléphone dans sa poche, il entendit un froissement de tissu derrière lui. Il fit volte-face. Trop tard. Deux mains pâles surgies des ténèbres prirent son crâne en étau et, d'un violent mouvement de torsion, lui brisèrent le cou.

Díaz sentit un craquement dans sa nuque, et une explosion de chaleur dans sa tête.

Puis plus rien.

71.

⊕ ConspiracyNet.com

FLASH SPÉCIAL

NOUVEL ESPOIR POUR LES RÉVÉLATIONS DE KIRSCH

Mónica Martín, la responsable de la communication du Palais royal, a fait une déclaration officielle plus tôt dans la soirée : la future reine d'Espagne Ambra Vidal a été kidnappée par le professeur américain Robert Langdon. Le Palais a demandé aux autorités locales de tout mettre en œuvre pour retrouver Mlle Vidal.

Le lanceur d'alerte monte@iglesia.org vient de nous envoyer le message suivant :

Les rumeurs de kidnapping lancées par le Palais sont 100 % bidon ! Un stratagème pour empêcher Langdon d'atteindre son but. (Langdon/Vidal sont à Barcelone et pensent encore

pouvoir rendre publique la découverte de Kirsch.) S'ils réus-
sissent, la présentation sera bientôt en ligne.

Incroyable! Et vous êtes les premiers à être au courant!
Langdon et Vidal se sont enfuis pour tenter d'achever l'œuvre
de Kirsch! Le Palais semble prêt à tout pour les arrêter.
(Encore un coup de Valdespino? Et où est le prince dans
tout ça?)
Restez avec nous! Les secrets de Kirsch peuvent être révélés à tout moment!

72.

Le prince Julián jeta un coup d'œil par la vitre de
l'Opel qui roulait à présent en rase campagne. Il ne parvenait toujours pas à s'expliquer le comportement de
l'archevêque.

Valdespino me cache quelque chose.

Une heure plus tôt, le prélat avait insisté pour le faire
sortir secrètement du Palais – en violation de tous les
protocoles de sécurité! –, lui assurant que c'était pour
son bien. Il ne fallait pas poser de questions, lui faire
confiance...

L'archevêque était un vieil ami. Et le plus fidèle
conseiller du roi. Mais sa proposition d'aller se cacher
dans sa résidence d'été lui avait tout de suite paru sus-
pecte.

Il était totalement isolé – sans téléphone, ni gardes du corps, ni accès au monde extérieur.

Et personne ne sait où je me trouve.

La voiture franchit la voie ferrée. Ils arrivaient. Une centaine de mètres plus loin, se trouvait l'entrée de la Casita del Príncipe. Une longue allée bordée d'arbres.

Sachant la résidence déserte, le prince préféra prendre les devants. Il se pencha et posa une main ferme sur l'épaule du conducteur.

— Arrêtez-vous ici.

Valdespino se tourna vers lui, interloqué.

— Mais nous sommes presque arri…

— Je veux savoir ce qui se passe !

— Don Julián, la soirée a été très mouvementée, mais vous devez…

— Vous faire confiance, c'est ça ?

— Oui.

Julián serra l'épaule du jeune chauffeur, puis pointa du doigt un accotement.

— Là ! indiqua-t-il sèchement. Garez-vous.

— Non, continuez ! répliqua Valdespino. Don Julián, je vais vous expliquer…

— J'ai dit stop !

Le chauffeur obéit. Il donna un coup de volant et la voiture s'immobilisa sur le bas-côté.

— Laissez-nous ! ordonna le prince, le cœur battant.

L'employé ne demanda pas son reste. Il sortit aussitôt de l'habitacle et s'éloigna dans l'obscurité. Valdespino et Julián se retrouvèrent seuls à l'arrière de l'Opel.

Dans le clair de lune, Valdespino semblait tout pâle.

— Vous avez raison d'avoir peur, reprit Julián d'une voix si autoritaire qu'il se surprit lui-même.

Déstabilisé par la colère du prince, l'archevêque ne sut que répondre.

— Je suis le futur roi d'Espagne, reprit Julián. Ce soir, vous m'avez privé de ma garde rapprochée, de mon téléphone, vous m'avez empêché de contacter mon personnel... et vous ne m'avez même pas laissé appeler ma fiancée !

— J'en suis vraiment désolé...

— Il va falloir vous montrer un peu plus convaincant que ça !

Valdespino ne paraissait plus du tout sûr de lui. Il poussa un long soupir.

— Don Julián, j'ai été contacté plus tôt dans la soirée et...

— Contacté par qui ?

Le prélat hésita.

— Par votre père, reconnut-il au bout d'un moment. Il était très inquiet.

Vraiment ? s'étonna Julián.

Il avait rendu visite à son père deux jours plus tôt au Palacio de la Zarzuela et l'avait trouvé d'excellente humeur, en dépit de sa santé fragile.

— Que s'est-il passé ?

— Malheureusement, il a regardé la conférence d'Edmond Kirsch.

Julián se raidit. Son père malade dormait une grande partie de la journée. Jamais il n'aurait veillé aussi tard ! De plus, le roi avait formellement interdit les télévisions et ordinateurs dans les chambres du Palais, des espaces par principe réservés à la lecture et au repos. Et les infirmières n'auraient jamais laissé le monarque se lever pour regarder les élucubrations d'un athée notoire. Comment était-ce possible ?

— C'est ma faute, expliqua l'archevêque. Il y a quelques semaines, je lui ai donné une tablette numérique pour qu'il se sente moins isolé du monde extérieur.

Il en était à s'exercer à écrire des e-mails. Il faut croire qu'il a appris vite et qu'il a trouvé le moyen de regarder la présentation de Kirsch.

Julián en eut la nausée. Son père vivait ses derniers jours sur cette terre... et il avait assisté à cette grand-messe anticatholique qui s'était terminée dans un bain de sang. Au lieu de savourer tout le travail qu'il avait accompli pour son pays et d'attendre dans la paix le sommeil du juste.

— Comme vous pouvez l'imaginer, poursuivit l'archevêque, qui avait repris contenance, il a été très ébranlé par les propos de Kirsch, mais aussi par l'implication de votre fiancée, qui a accepté que l'événement se déroule au Guggenheim. Le roi pense que la décision de la future reine donne une mauvaise image de vous... et du Palais.

— Ambra est une femme indépendante. Mon père le sait parfaitement.

— Certes. Pourtant, quand il m'a appelé, il était furieux. Je ne l'avais pas vu dans cet état depuis des années. Il a exigé de vous voir immédiatement.

— Alors pourquoi sommes-nous ici ? interrogea le prince en désignant l'allée de la Casita. Mon père est à Zarzuela !

— Plus maintenant. Il a ordonné à ses serviteurs de l'habiller et de l'emmener dans une région chargée d'histoire, où il souhaite vivre le peu de temps qui lui reste.

À peine Valdespino avait-il prononcé ces paroles que Julián comprit ce qui se passait.

La Casita n'avait jamais été leur destination.

Observant la route qui filait devant la résidence d'été, il distingua au loin, entre les arbres, les flèches illuminées d'un imposant édifice.

El Escorial.

À moins d'un kilomètre de là, au pied du mont Abantos, se trouvait l'un des plus grands complexes religieux du monde. S'étirant sur plus de trois hectares, le légendaire Escurial comprenait un monastère, une basilique, un palais, un musée, une bibliothèque, et une immense nécropole, dont Julián gardait un souvenir effroyable.

La crypte !

Julián avait à peine huit ans quand son père l'avait emmené dans le Panthéon des infants, un labyrinthe de chambres funéraires rempli de tombeaux d'enfants.

Le jeune garçon avait été terrifié par la sépulture en forme de « gâteau d'anniversaire », une structure ronde de plusieurs étages qui renfermait dans des « tiroirs » les dépouilles de soixante enfants royaux.

L'effroi du jeune prince face à cette vision macabre avait disparu quelques minutes plus tard, quand son père l'avait emmené voir la dernière demeure de sa mère. Il s'attendait à un somptueux tombeau en marbre, digne d'une reine, au lieu de quoi sa mère reposait dans une simple caisse en plomb, dans une salle aux murs de pierre nus. Le roi lui avait expliqué que sa mère se trouvait dans un *pudridero* – « une chambre de décomposition », où les corps des défunts restaient pendant trente ans, jusqu'à ce qu'ils tombent en poussière. Après quoi, ils étaient enterrés dans leur sépulture définitive. Julián avait dû faire appel à tout son courage pour retenir ses larmes.

Ensuite, le monarque l'avait entraîné dans un escalier interminable, qui lui avait semblé descendre jusqu'aux entrailles de la terre. Là, les parois et les marches avaient la couleur majestueuse de l'ambre. De loin en loin, des chandelles votives faisaient danser des feux follets sur la pierre mordorée.

Le jeune prince avait empoigné la corde qui servait de rampe pour suivre son père, pas à pas… au cœur des ténèbres. Tout en bas, le roi avait ouvert une porte ouvragée et s'était écarté pour laisser entrer son fils.

— Le Panthéon des rois, avait déclaré le monarque.

À huit ans, Julián avait déjà entendu parler de cette salle légendaire.

Tout tremblant, l'enfant avait franchi le seuil et s'était retrouvé dans une chambre de forme octogonale. Une odeur d'encens flottait dans la salle mordorée, éclairée par un immense chandelier suspendu. Julián s'était avancé au milieu de la pièce et, pivotant lentement sur lui-même, avait été sidéré par la solennité du lieu.

Les huit murs renfermaient des cavités profondes où s'empilaient des cercueils noirs. Une plaque dorée indiquait le nom du défunt. Julián avait déjà lu ces noms célèbres dans les pages de ses livres d'histoire – le roi Ferdinand… la reine Isabelle… Charles Quint…

Dans le silence, Julián avait senti la main de son père se poser sur son épaule.

Un jour, son père serait inhumé dans cette pièce, avait-il compris.

Sans un mot, père et fils étaient remontés à la surface, loin de l'antre de la mort. Sitôt revenus à la lumière du soleil, le monarque s'était accroupi et avait regardé son jeune fils droit dans les yeux.

— *Memento mori*, avait murmuré le roi. N'oublie pas la mort. Même pour les hommes de pouvoir, le temps est compté. Le seul moyen de vaincre la mort est de faire de sa vie un chef-d'œuvre. C'est à nous de saisir toutes les opportunités d'être bon et d'aimer sans réserve. Je lis dans tes yeux que tu as l'âme généreuse de ta mère. Ta conscience sera ton guide. Dans les moments troubles, laisse ton cœur te montrer le chemin.

Des décennies plus tard, Julián était loin d'avoir réalisé des prouesses. En fait, il avait à peine réussi à échapper à l'ombre de son père et à mener sa propre existence.

Je l'ai déçu sur toute la ligne, songea-t-il.

Depuis des années, Julián suivait les conseils du roi, et laissait son cœur le guider. Mais la route était sinueuse et son âme aspirait à une Espagne totalement différente de celle de son père. Les rêves qu'il nourrissait pour son pays bien-aimé étaient si audacieux qu'ils ne pourraient devenir réalité qu'après la mort du monarque. Et même alors, Julián n'était pas sûr que ses décisions seraient bien vues par le Palais, et par son peuple. Il n'avait donc eu d'autre choix que d'attendre, de garder l'esprit ouvert, et de respecter les traditions.

Puis, trois mois plus tôt, tout avait basculé.

Il avait rencontré Ambra Vidal.

La jeune femme, belle et vive, au caractère bien trempé, avait bouleversé son univers. Quelques jours après leur rencontre, le prince avait enfin compris les paroles de son père.

Laisse ton cœur te montrer le chemin… et aime sans réserve.

Tomber amoureux était pour Julián une expérience inédite, si exaltante qu'il se sentait enfin prêt à entreprendre son chef-d'œuvre.

Mais à cet instant, alors qu'il observait la route déserte devant lui, il se sentait tellement démuni. Son père était mourant ; la femme qu'il aimait refusait de lui parler ; et il venait de rudoyer son fidèle mentor, l'archevêque Valdespino.

— Don Julián, reprit avec douceur le prélat, il est temps de partir. Votre père est fragile, et impatient de vous parler.

Julián se tourna lentement vers l'ami de longue date de son père.

— Combien de temps lui reste-t-il ?

— Il ne veut pas vous inquiéter, répondit l'ecclésiastique d'une voix où perçait l'émotion, mais il n'en a plus pour longtemps. Il veut vous faire ses adieux.

— Pourquoi ne m'avez-vous rien dit ? Pourquoi tous ces secrets ?

— Je suis navré, je n'avais pas le choix. Votre père m'a donné des instructions très claires. Vous isoler du monde extérieur et vous faire venir au plus vite.

— M'isoler… mais pourquoi ?

— Il vous expliquera tout lui-même.

Julián dévisagea longuement l'archevêque.

— Avant d'aller le retrouver, j'aimerais vous poser une dernière question. A-t-il toute sa tête ?

— Pourquoi cette question ?

— Parce que son comportement de ce soir est plutôt bizarre. Un peu impulsif, non ?

L'archevêque hocha gravement la tête.

— Impulsif ou pas, votre père est encore le roi. Je l'aime de tout mon cœur, et j'obéis à ses ordres. Comme nous tous.

73.

Côte à côte devant la vitrine, Robert Langdon et Ambra Vidal examinaient le manuscrit de William

Blake à la lumière de la lampe à huile. Le père Beña était allé ranger quelques bancs, afin de les laisser seuls.

Langdon peinait à déchiffrer les minuscules caractères, mais le titre, écrit en gros, était parfaitement lisible :

Vala or the Four Zoas*

En lisant ces mots, Langdon eut une bouffée d'espoir. C'était l'un des poèmes prophétiques les plus connus de Blake – une œuvre importante divisée en neuf chapitres, appelés « nuits ». D'après ses souvenirs de l'université, le thème était le déclin des religions conventionnelles et la domination ultime de la science.

Langdon parcourut des yeux le texte manuscrit, qui se terminait au milieu de la page un élégant « *finis divisionem* » – l'équivalent du mot « Fin ».

C'était la dernière page du poème ! Le bouquet final de l'un des chefs-d'œuvre de Blake !

Langdon se pencha à nouveau sur les strophes, mais c'était définitivement écrit trop petit.

Approchant son visage tout près de la vitre, Ambra, qui avait de meilleurs yeux que lui, finit par déchiffrer un vers :

And Man walks forth from
midst of the fires,
the evil is all consum'd.

— L'Homme sort des flammes... et le mal est tout consumé? Qu'est-ce que ça signifie?

— Cela doit faire référence à l'éradication des religions corrompues, répondit Langdon. Un avenir débarrassé de la foi. C'était l'une des grandes prophéties de Blake.

Le visage d'Ambra s'éclaira.

— Edmond disait qu'il espérait que la prédiction en question se réaliserait!

— Alors, on tient peut-être la solution. Combien de lettres dans ce vers?

Ambra effectua le décompte et secoua la tête.

— Plus de cinquante.

Elle reprit sa lecture.

— Et celui-là? dit-elle au bout d'un moment.

The Expanding eyes of Man behold
the depths of wondrous worlds...

— Les yeux de l'Homme qui s'agrandissent?... Et qui regardent les profondeurs de mondes merveilleux?

— Pourquoi pas? répondit Langdon.

Apparemment, Blake pensait que l'intelligence humaine ne cesserait de progresser au fil des siècles, et que cela permettrait à l'Homme d'entrevoir des vérités plus profondes.

— Non. Trop de caractères, déclara Ambra. Je continue...

Pendant qu'elle poursuivait son étude des strophes, Langdon se mit à faire les cent pas. Les vers que la jeune femme venait de lire lui rappelaient les poèmes de Blake qu'il avait étudiés à Princeton, dans une autre vie.

Des images se formèrent dans son esprit, comme en générait parfois sa mémoire eidétique. Ces images en invoquèrent d'autres, qui se succédèrent en un flot ininterrompu. Soudain, dans la crypte, Langdon revit son professeur de littérature terminer son cours sur *Vala or the Four Zoas* en interpellant ses étudiants : « Alors que choisiriez-vous ? Un monde sans religion ? Ou un monde sans science ? » Après une pause théâtrale, le professeur avait ajouté : « À l'évidence, William Blake avait une préférence. Et il n'a jamais mieux exprimé sa foi en l'avenir que dans le dernier vers de ce poème épique. »

Langdon se retourna vers sa partenaire, toujours absorbée par sa lecture.

— Ambra ! La dernière ligne !

Elle s'exécuta, puis le regarda en écarquillant les yeux. Langdon s'approcha pour examiner à son tour le vers en question. Maintenant qu'il avait les mots en tête, il n'eut aucun mal à déchiffrer les pattes de mouche du poète :

The dark religions are departed

& sweet science reigns.

— « Les obscures religions ne sont plus, se souvint Langdon à haute voix, et de la science harmonieuse c'est maintenant le règne. »

La phrase n'était pas seulement une prophétie souhaitée par Edmond, c'était le thème même de son discours de ce soir. La religion allait disparaître au profit des sciences.

Ambra comptait soigneusement toutes les lettres, mais Langdon savait déjà qu'ils tenaient la clé de l'énigme. Cela ne faisait aucun doute. Il allait contacter

Winston et lancer la présentation d'Edmond. Il lui suffisait juste d'expliquer à Ambra son plan d'attaque. En privé.

Le recteur revint au même moment.

— Mon père ? Nous avons presque terminé. Pourriez-vous remonter dire aux deux gardes d'appeler l'hélicoptère ? Nous devons partir immédiatement.

— Pas de problème, répondit Beña en se dirigeant vers l'escalier. J'espère que vous avez trouvé ce que vous cherchiez.

Sitôt le prêtre disparu, Ambra interpella Langdon :

— Robert, le vers est trop court ! Je l'ai recompté deux fois. Seulement quarante-six lettres. Il en manque une.

— Quoi !?

Langdon s'approcha pour compter à son tour. *The dark religions are departed & sweet science reigns.* Quarante-six lettres. Ambra avait raison !

— Edmond a parlé de quarante-sept lettres, vous en êtes bien sûre ?

— Absolument.

C'est impossible, songea-t-il. Qu'est-ce qui m'échappe ?

Il passa en revue les caractères un par un. Quand un détail au milieu du vers attira son attention.

... & sweet science reigns.

— L'esperluette ! s'écria-t-il. Le symbole que Blake utilisait comme conjonction de coordination.

Ambra ne paraissait guère convaincue.

— Robert, si on remplace l'esperluette par son équivalent anglais « and », on obtient quarante-huit lettres ! Une de trop cette fois.

Erreur, pensa Langdon avec un sourire. C'est un code *à l'intérieur* d'un code.

L'ingéniosité d'Edmond le fascinait. Ce paranoïaque génial avait utilisé un stratagème typographique en guise de système de sécurité : si quelqu'un découvrait son vers préféré, il serait incapable de l'écrire correctement.

L'esperluette est un code. Edmond s'en est souvenu.

C'était le sujet du premier cours de symbologie que Langdon donnait à ses étudiants. Le symbole « & » était un logogramme – littéralement une image représentant un mot. Beaucoup croyaient que le signe dérivait du terme anglais « *and* », alors qu'en réalité il venait du latin « *et* ». Le motif « & » opérait la fusion typographique entre les lettres « E » et « T ». La ligature était encore bien visible aujourd'hui dans certaines polices, comme en Trebuchet : « & ».

Langdon n'oublierait jamais lorsque, au deuxième cours de symbologie, le jeune *geek* était arrivé avec un t-shirt décoré d'un &, *téléphone maison !* – un clin d'œil à *ET*, le film de Spielberg.

À présent, Langdon visualisait parfaitement les quarante-sept lettres du mot de passe :

Thedarkreligionsaredepartedetsweetsciencereigns

Il expliqua rapidement à Ambra l'astuce de son ancien élève pour sécuriser son mot de passe.

Un large sourire éclaira son visage.

— Eh bien, si quelqu'un doutait du génie d'Edmond...

La joie de la jeune femme était communicative. Leur premier moment de détente dans cette soirée.

— Maintenant que vous avez trouvé le mot de passe, reprit-elle, je m'en veux d'avoir perdu le téléphone d'Edmond. On aurait pu lancer la présentation tout de suite.

— Ce n'est pas votre faute. Et puis, je vous l'ai déjà dit, je sais comment retrouver Winston.

Enfin, je l'espère...

Alors que Langdon se remémorait la vue aérienne de Barcelone, un cri déchira le silence de la crypte.

C'était la voix du recteur, qui les appelait à l'aide.

Il paraissait terrorisé.

74.

— Mademoiselle Vidal... Professeur... Venez vite !

Langdon et Ambra remontèrent l'escalier à toute allure. Arrivés en haut, ils débouchèrent dans les ténèbres.

Ils n'y voyaient rien du tout !

Progressant avec précaution dans le noir, Langdon attendit que sa vue s'adapte à la faible luminosité de l'église. Ambra paraissait tout aussi désorientée.

— Par ici ! Vite ! hurla Beña.

Se dirigeant grâce à la voix du prêtre, ils finirent par le découvrir agenouillé près d'une forme allongée. En s'approchant, Langdon reconnut le corps de l'agent Díaz, dont la tête était complètement dévissée. Le garde gisait sur le ventre, mais son regard sans vie était fixé à jamais sur le plafond de la basilique.

Un frisson de terreur le parcourut. Il se raidit, à l'affût du moindre mouvement.

— Son arme, chuchota Ambra en indiquant l'étui vide de Díaz, elle a disparu. Fonseca ? appela-t-elle en sondant les ténèbres autour d'eux.

Soudain, ils entendirent des pas précipités, puis des bruits de lutte. Ensuite, une détonation assourdissante résonna tout près d'eux.

Une voix paniquée cria :

— ¡ *Corre !* Fuyez !

Un deuxième coup de feu retentit, suivi d'un bruit sourd – semblable à la chute d'un corps sans vie sur le sol.

Langdon saisit Ambra par la main et l'entraîna au creux d'une niche, le père Beña sur leurs talons. Tous trois se tapirent contre le mur de pierre.

Tandis qu'il scrutait la pénombre, Langdon s'efforça d'analyser la situation.

Quelqu'un venait de tuer Díaz et Fonseca ! Mais qui ? Et pourquoi ?

Une seule réponse s'imposait : le tueur caché dans la Sagrada Família n'était pas venu assassiner les agents de la Guardia... Sa cible, c'était Ambra et lui.

Tout à coup, un rai de lumière éclaira le sol du sanctuaire, balayant la surface en un mouvement circulaire.

Il venait dans leur direction !

Dans moins d'une minute, ils seraient découverts.

— Par ici, chuchota Beña en guidant Ambra le long du mur, dans la direction opposée au tueur.

Langdon les suivit. La lumière se rapprochait. Brusquement, Beña et Ambra disparurent dans une ouverture de la paroi. Langdon s'élança derrière eux... et trébucha sur une marche invisible. Le temps qu'il retrouve son équilibre, les deux autres étaient déjà dans l'escalier. Langdon jeta un coup d'œil derrière lui et vit le faisceau de la torche s'arrêter sur l'entrée.

La lumière hésita un moment, puis gagna en intensité.

Il les suivait !

Ambra et Beña s'efforçaient de grimper le plus silencieusement possible. Quand Langdon voulut s'élancer à leur suite, il se heurta à un mur. La cage d'escalier était incurvée ! Vaillamment, il commença l'ascension des marches.

Puis il comprit où il se trouvait.

La spirale de la mort !

Le faible halo distillé par le puits de lumière au-dessus de lui révélait le cylindre où il était piégé. Ses jambes manquant de se dérober, il dut ralentir. Dans ce passage exigu, sa claustrophobie se rappelait à son bon souvenir.

Surtout, ne t'arrête pas !

Sa raison le pressait de continuer de monter, mais ses muscles se tétanisaient de peur.

Des pas lourds résonnèrent derrière lui. Il se força à grimper le plus vite possible en longeant la paroi en hélice. La luminosité augmenta lorsqu'il passa devant une ouverture dans le mur – une large fente qui lui permit d'entrevoir les lumières de la ville. Un souffle d'air froid lui gifla le visage, avant qu'il ne soit de nouveau happé par l'obscurité. Les pas derrière lui se rapprochaient et la lueur de la lampe gagnait du terrain. Son poursuivant avait forcé l'allure !

Langdon rattrapa Ambra et le vieux prêtre, qui s'était arrêté afin de reprendre son souffle. Il profita de ce répit pour observer le puits central de la cage d'escalier. La chute devait être vertigineuse ! Une trouée circulaire plongeait dans l'œil de la spirale. Le rebord, qui lui arrivait tout juste à la cheville, n'offrait aucune protection.

Ne regarde pas en bas !

Langdon avait entendu dire que l'escalier ne comptait pas moins de quatre cents marches. Si c'était vrai, jamais ils n'atteindraient le sommet à temps. Leur poursuivant était bien trop rapide.

— Allez-y... tous les deux, balbutia le recteur qui s'écarta pour les laisser passer.

— Pas question, mon père, répliqua Ambra en lui prenant le bras. On continue ensemble...

Langdon admira l'instinct protecteur de la jeune femme envers le vieil homme. Mais prolonger l'ascension était suicidaire. Ils allaient écoper tous les trois d'une balle dans le dos. Des deux réflexes de survie – se battre ou s'enfuir –, le second n'était plus une option.

Laissant Ambra et le père Beña grimper dans le colimaçon, Langdon fit volte-face et se prépara à affronter l'ennemi. Il regarda la lumière ramper dans sa direction. Puis il se recroquevilla dans l'ombre et attendit que la torche éclaire les marches juste au-dessous. Et le tueur apparut – une ombre noire sous lui, une lampe de poche dans une main, un pistolet dans l'autre.

D'un coup, Langdon surgit de sa cachette et sauta à pieds joints sur l'homme. Surpris, celui-ci n'eut pas le temps de lever son arme. Il reçut les talons de Langdon en pleine poitrine. Le choc le projeta en arrière. Il heurta la paroi de pierre.

Ensuite tout se passa très vite.

Langdon retomba lourdement sur le côté ; un éclair de douleur lui traversa la hanche. Sonné, son agresseur dégringola plusieurs marches. La torche cascada derrière lui avant de s'immobiliser, jetant son faisceau oblique sur un objet métallique à mi-chemin entre Langdon et le tueur.

Le pistolet !

Les deux hommes plongèrent en même temps, mais Langdon, parti de plus haut, fut le premier à saisir l'arme. Il la pointa sur son agresseur. L'homme s'arrêta net et considéra avec méfiance le canon du pistolet.

Dans le halo de la torche, Langdon reconnut la barbe poivre et sel et le pantalon blanc de l'homme.

L'officier de marine du Guggenheim.

Langdon dirigea l'arme vers la tête de l'homme, le doigt sur la détente.

— Vous avez tué mon ami Edmond Kirsch.

Bien qu'à bout de souffle, l'homme répliqua du tac au tac :

— Ça fait un partout. Il a tué ma famille.

75.

Il m'a cassé les côtes !

Ávila avait le souffle coupé. Des pointes acérées lui transperçaient la poitrine à chaque inspiration. Accroupi juste au-dessus de lui, le professeur ne le quittait pas des yeux, son arme pointée sur lui.

L'instinct militaire de l'amiral se réveilla aussitôt. Il analysa la situation. D'un côté, son ennemi était armé et mieux placé que lui. De l'autre, vu la manière dont il tenait le pistolet, ce dernier avait peu d'expérience des armes à feu.

Il n'a pas l'intention de tirer, conclut Ávila. Il va me tenir en joue jusqu'à l'arrivée des renforts.

D'après les cris qui résonnaient à présent dans la basilique, les agents de sécurité de la Sagrada Família avaient entendu les coups de feu, et s'étaient précipités dans le sanctuaire.

Il devait agir. Et vite.

Levant les mains en l'air, Ávila se mit lentement à genoux.

Il espérait ainsi endormir la méfiance de Langdon.

Malgré sa chute, le pistolet en céramique dont il s'était servi pour assassiner Kirsch était toujours dans son dos. Il avait inséré la dernière balle avant d'entrer dans l'église, mais n'en avait pas eu besoin. Quand il avait tué le premier garde, il s'était emparé de son arme – un pistolet bien plus efficace que Langdon était en train de pointer sur lui.

J'aurais dû mettre la sécurité, songea-t-il. Le professeur n'aurait sûrement pas su l'enlever.

Que faire ? Prendre le pistolet glissé dans sa ceinture ? C'était risqué. Étant donné la situation, il évaluait ses chances de survie à cinquante-cinquante. C'était tout le problème avec les tireurs inexpérimentés : ils avaient tendance à faire feu par erreur !

Si je fais un mouvement trop brusque…, se dit-il.

Les appels des vigiles se rapprochaient. À en croire le Régent, s'il était arrêté, le *Victor* tatoué sur sa paume était censé garantir sa libération. Cela dit, après avoir liquidé deux agents de la Guardia Real, Ávila n'était plus certain d'être aussi facilement tiré d'affaire.

J'ai une mission à accomplir, se rappela-t-il. Et je dois aller jusqu'au bout. Éliminer Robert Langdon et Ambra Vidal.

Le Régent lui avait conseillé d'entrer dans l'église par l'entrée de service est, mais Ávila avait préféré sauter par-dessus les grilles. Il avait repéré des policiers du côté est.

J'ai dû improviser.

Langdon le fixait d'un œil noir.

— Vous prétendez qu'Edmond a tué votre famille, mais c'est un mensonge. Edmond n'était pas un assassin.

Vous avez raison, se dit Ávila. Il était bien pire que ça.

L'amiral avait appris la vérité une semaine plus tôt, lors d'une conversation téléphonique avec le Régent :

— ... Le pape vous a choisi, amiral. Vous et personne d'autre. Parce que votre cible... c'est l'homme qui a tué votre famille.

— Qui est-ce ?

— Le futurologue Edmond Kirsch. C'est lui le responsable de l'attentat à Séville.

Au début, Ávila avait refusé de le croire. Il ne voyait pas pourquoi un génie de l'informatique aurait posé une bombe dans une cathédrale.

— Vous êtes un ancien militaire, avait expliqué le Régent, vous savez mieux que quiconque que le soldat qui presse la détente sur le champ de bataille n'est pas le véritable meurtrier. Il n'est qu'un pion manipulé par les puissants – les gouvernements, les généraux, les chefs religieux. Des hommes qui l'ont payé, ou convaincu qu'il défendait une noble cause.

» Les mêmes règles s'appliquent au terrorisme, amiral. Les plus dangereux ne sont pas ceux qui fabriquent les bombes, mais ceux qui soufflent sur les braises de la rancœur, et poussent de pauvres hères à commettre des actes désespérés. Une seule âme maléfique peut faire des ravages en insufflant l'intolérance, le nationalisme et la haine dans l'esprit des plus faibles.

Ávila était du même avis.

— Les attaques terroristes contre les chrétiens, avait continué le Régent, se multiplient partout dans le monde. Ces attentats ne sont plus soigneusement planifiés. Ce sont des actions spontanées, exécutées par des loups solitaires qui répondent à l'appel au meurtre des ennemis du Christ. Et l'un des plus influents est l'athée Edmond Kirsch.

Ávila avait pensé que le Régent déformait la réalité. En dépit de la campagne abjecte que menait le prophète de la high-tech contre le christianisme, il n'avait jamais appelé à massacrer les chrétiens.

— Avant de vous faire une opinion définitive, avait ajouté la voix au téléphone, j'ai une autre information à vous livrer. (Le Régent avait poussé un profond soupir.) Personne ne le sait, amiral, mais l'attentat qui a causé la mort de votre famille… était un acte de guerre contre l'Église palmarienne.

Cette déclaration avait laissé Ávila sans voix. Ça n'avait aucun sens : la cathédrale de Séville n'était pas un sanctuaire palmarien.

— Le matin de l'explosion, avait repris la voix, quatre éminents représentants de notre Église s'étaient rendus à la congrégation de Séville à des fins prosélytes. C'étaient eux, les cibles de l'attentat. Vous en connaissiez un – Marco. Les trois autres ont péri dans le drame.

Marco… son kinésithérapeute qui avait perdu une jambe dans l'explosion.

— Nos ennemis sont puissants, et très déterminés. Comme le terroriste n'a pas réussi à infiltrer notre siège à El Palmar de Troya, il a suivi nos quatre missionnaires à Séville et exécuté sa mission là-bas. Je suis vraiment navré, amiral. C'est en partie à cause de cette tragédie que les palmariens font appel à vous – votre famille est une victime collatérale d'une guerre dirigée contre nous.

— Une guerre initiée par qui ? avait demandé l'amiral, sceptique.

— Consultez vos e-mails.

Ouvrant sa messagerie, Ávila avait découvert une série de documents qui retraçaient les attaques subies par les palmariens depuis des années. Celles-ci incluaient des actions en justice, des menaces, du chantage, et d'énormes donations à des « lanceurs d'alerte » antipalmariens, comme le Palma de Troya Support et Dialogue Ireland.

Plus étonnant encore, cette guerre acharnée était apparemment orchestrée et financée par un seul et même individu – le futurologue Edmond Kirsch.

Ávila n'en était pas revenu.

— Pourquoi Kirsch voudrait-il détruire les palmariens ?

Le Régent lui avait répondu que personne dans l'Église – pas même le pape – ne pouvait expliquer la haine de Kirsch à leur encontre. Néanmoins, de toute évidence, l'un des hommes les plus riches de la planète voulait anéantir leur organisation. C'était sa croisade !

Le Régent avait ensuite attiré l'attention d'Ávila sur un dernier document – la copie d'une lettre envoyée aux palmariens par le poseur de bombe à Séville. Dès la première phrase, le terroriste affirmait être « un disciple d'Edmond Kirsch ». Ávila avait été incapable d'aller plus loin ; la rage l'avait submergé.

Cette lettre n'avait jamais été rendue publique, avait précisé le Régent, pour ne pas aggraver la mauvaise image dont souffrait l'Église palmarienne. Être associée à une attaque terroriste lui aurait porté un coup fatal.

Oui, c'est bien Edmond Kirsch qui a tué ma famille.

Évidemment, se dit Ávila, Langdon ignorait probablement tout du combat de Kirsch contre l'Église palmarienne. Ainsi que son rôle dans l'attentat qui avait coûté la vie à sa famille.

Peu importe ce qu'il savait ou pas. Il n'était qu'un pion, comme lui-même. Ils étaient tous les deux piégés dans ce trou à rat, et un seul en sortirait vivant. *Un soldat exécute les ordres !*

Posté plusieurs marches au-dessus de lui, le professeur tenait son arme comme un amateur – à deux mains.

Mauvais choix.

Le militaire avait discrètement pris appui sur la marche inférieure, et se préparait à bondir.

— Je sais que c'est difficile à croire, reprit Ávila en regardant Langdon dans les yeux, mais Kirsch est bel et bien responsable de leur mort. Et en voici la preuve...

Il ouvrit sa paume pour montrer son tatouage. Bien sûr, cela n'avait rien d'une preuve, mais son geste eut l'effet escompté : le professeur baissa les yeux.

Profitant du bref moment d'inattention de son adversaire, l'amiral se redressa d'un bond et se plaqua contre la paroi pour sortir de la ligne de mire. Comme il s'y attendait, le professeur pressa instinctivement la détente. La déflagration eut l'effet d'un coup de tonnerre dans la spirale de pierre. Ávila sentit la balle lui érafler l'épaule avant de ricocher.

Sans lui laisser le temps de réajuster son tir, le militaire plongea sur Langdon et abattit ses deux poings sur les poignets son ennemi. L'arme lui échappa des mains et dévala l'escalier avec fracas.

Quand Ávila retomba à côté de Langdon, une douleur fulgurante lui traversa le torse et l'épaule. Mais l'adrénaline fit des miracles. Vif comme l'éclair, il dégaina son pistolet furtif – étonnamment léger comparé à l'arme du garde.

Il tira.

En plein dans la poitrine de Langdon.

Le coup de feu retentit de manière inhabituelle, comme du verre brisé. Ávila sentit une onde de chaleur dans sa paume, et comprit que le canon avait explosé. Ces armes « furtives » n'étaient pas conçues pour servir plus d'une ou deux fois. Le militaire se demanda un instant où était passée la balle, mais dès qu'il vit Langdon se relever, il lâcha le pistolet et se précipita sur lui. Les deux hommes s'empoignèrent.

Ávila sut qu'il avait gagné la partie.

Ils étaient tous les deux désarmés, mais il était en meilleure position.

L'amiral avait repéré la trouée au centre de la spirale – une chute mortelle assurée. Décidé à faire basculer Langdon dans le vide, il prit appui sur la paroi extérieure, et le poussa de toutes ses forces.

Langdon tenta de résister, mais sa terreur était perceptible ; il se rendait compte que c'était la fin.

*

Le dos arqué sur l'abîme, Langdon savait qu'il n'aurait pas la force de repousser son adversaire. Sa grande taille et son centre de gravité élevé le désavantageaient.

Dans les moments critiques, disait-on, le cerveau se mettait en mode turbo et prenait des décisions en une fraction de seconde.

Langdon jeta un coup d'œil au-dessous de lui. Le puits était exigu – environ un mètre de diamètre – mais assez large pour le passage d'un corps.

Une chute mortelle.

Ávila poussa un grognement et redoubla de vigueur. C'est alors que Langdon comprit qu'il n'avait qu'une seule solution.

Au lieu de résister à son agresseur, il devait lui faciliter la tâche !

Alors que son assaillant était sur le point de le faire basculer, Langdon se ramassa sur lui-même, les pieds bien en appui sur les marches.

Il avait de nouveau vingt ans... il se trouvait dans la piscine de Princeton... au départ de la course de dos crawlé... les genoux pliés... les muscles bandés... dans l'attente du signal de départ.

Tout est une question de timing, se dit-il.

Cette fois, Langdon n'eut pas besoin de coup d'envoi.

Il se détendit brusquement et se jeta en arrière, le dos au-dessus du vide. Ávila, qui pesait sur lui de tout son poids, perdit l'équilibre, surpris par la brusque inversion des forces.

Le militaire lâcha aussitôt prise. Trop tard. Emporté par son élan, il plongea la tête la première.

Langdon s'attendait à faire un vol plané par-dessus le puits et à atterrir sain et sauf de l'autre côté, deux mètres plus bas... Apparemment, il avait mal calculé son coup. D'instinct, quand il entra en collision avec la pierre, il se mit en boule.

C'est fini ! Je suis mort !

Persuadé d'avoir heurté le rebord de la spirale, il se prépara à être aspiré par l'abîme.

Mais la chute fut de courte durée.

Langdon était retombé sur une surface irrégulière en se cognant la tête. La violence du choc faillit l'assommer, mais il comprit qu'il était bien passé au-dessus du puits avant de heurter la paroi extérieure de l'escalier, et de s'effondrer sur les marches.

Le pistolet, se dit-il malgré le brouillard qui envahissait son cerveau. Si Ávila...

Trop tard.

Avant de perdre connaissance, Langdon entendit un bruit étrange... une série de coups sourds, de plus en plus espacés.

Comme la chute d'un sac poubelle plein à craquer dans un vide-ordures.

76.

Quand leur véhicule arriva à l'entrée principale de l'hôpital, à proximité de l'Escurial, Julián repéra une colonne de SUV blancs.

Valdespino ne m'a pas menti – mon père est ici.

Étant donné l'importance du convoi, tout le service de sécurité de la Guardia Real avait accompagné le monarque dans sa nouvelle résidence.

L'Opel s'arrêta et un garde s'approcha du conducteur. Balayant l'habitacle avec le faisceau de sa lampe, l'homme découvrit avec surprise le prince et l'archevêque sur la banquette arrière.

— Votre Majesté ! Votre Excellence ! Nous vous attendions. (Il jeta un coup d'œil au véhicule bas de gamme, puis reprit :) Où sont vos gardes du corps ?

— On avait besoin d'eux au Palais, répliqua Julían. Nous sommes ici pour voir mon père.

— Bien sûr ! Si vous voulez bien descendre de...

— Laissez passer la voiture ! ordonna Valdespino. Nous sommes pressés. Sa Majesté nous attend.

— Vous arrivez trop tard, répondit le garde.

Valdespino pâlit.

Un frisson parcourut Julián.

Mon père est mort ?

— Non, non ! Pardonnez-moi..., bredouilla l'agent, mortifié par sa bévue. Sa Majesté vient de partir – elle a quitté l'hôpital il y a une heure. Avec sa garde rapprochée.

Le soulagement du prince fit aussitôt place à la confusion.

Le roi avait quitté l'hôpital ?

— C'est ridicule ! s'exclama Valdespino. Le roi m'a demandé de le retrouver ici même avec le prince !

— Nous avons des ordres stricts, monseigneur. Si vous voulez bien descendre de voiture, un véhicule de la Guardia vous attend.

Valdespino et Julián échangèrent un regard surpris, avant de se plier aux instructions. Le garde informa le novice qu'on n'avait plus besoin de ses services et qu'il pouvait rentrer chez lui. Le jeune homme obtempéra sans demander son reste.

Tandis que les gardes faisaient monter le prince et le prélat à l'arrière de l'un des gros SUV, Valdespino sentit la panique l'envahir.

— Où est le roi ? insista-t-il. Où nous emmenez-vous ?

— Nous suivons les ordres de Sa Majesté, répondit le garde. Il nous a demandé de vous donner une voiture avec un chauffeur, et cette lettre.

Par la vitre, l'homme tendit une enveloppe cachetée au prince Julián.

Une lettre ?

Une telle formalité étonnait le prince. D'autant que l'enveloppe portait le sceau royal.

Qu'est-ce que son père manigançait?

Encore une fois, c'était à se demander si le roi avait encore toute sa tête.

Julián brisa le sceau d'une main tremblante et sortit de l'enveloppe une carte écrite à la main. L'écriture de son père n'était plus aussi sûre, mais elle restait lisible. À mesure qu'il parcourait la lettre, sa perplexité augmenta.

À la fin, il remit la carte dans l'enveloppe et ferma les yeux.

Il n'avait pas le choix.

— Prenez la direction du nord! ordonna le prince au chauffeur.

Tandis qu'ils s'éloignaient de l'hôpital, Julían sentit le regard de Valdespino posé sur lui.

— Que dit le message? Où va-t-on?

Avec un long soupir, Julián se tourna vers le conseiller de son père.

— Vous l'avez dit vous-même, répondit-il avec un pâle sourire. Mon père est toujours le roi. Nous l'aimons, et nous obéissons à ses ordres.

77.

— Robert ? murmura une voix.

Langdon voulait répondre, mais quelque chose tambourinait dans son crâne.

— Robert ?

Sentant la caresse d'une main sur sa joue, il ouvrit lentement les yeux. Il crut qu'il rêvait.

Un ange blanc flottait au-dessus de lui...

Quand Langdon reconnut le visage, il eut un faible sourire.

— Vous revoilà parmi nous ! s'écria Ambra. On a entendu des coups de feu. Restez tranquille. Ne bougez pas.

Reprenant peu à peu connaissance, Langdon frémit de terreur.

— L'homme qui m'a attaqué...

— Il est mort. Vous n'avez rien à craindre. (Elle désigna le rebord des marches.) Il est tombé. Tout en bas.

Il fallut un certain temps à Langdon pour assimiler l'information. Il avait du mal à se rappeler les événements de la soirée. Luttant contre le vertige, il fit l'inventaire de ses blessures. Sa hanche gauche le faisait horriblement souffrir et une douleur aiguë lui transperçait le crâne. À part ça, rien de cassé. Il entendait les radios de la police résonner dans la cage d'escalier.

— Combien de temps ai-je perdu...

— Quelques minutes. Il va falloir consulter un médecin.

Toujours nauséeux, Langdon se remit avec précaution en position assise, le dos appuyé contre le mur.

— C'était l'officier de marine... L'homme qui...

— Je sais, souffla Ambra. L'homme qui a assassiné Edmond. La police vient de l'identifier. Ils sont en bas avec le corps, et ils veulent votre déposition. Mais le père Beña leur a interdit de monter avant l'équipe médicale, qui maintenant ne devrait plus tarder.

Langdon acquiesça. Ça tambourinait toujours dans sa tête.

— Ils vont vous emmener à l'hôpital... Mais nous devons absolument parler avant leur arrivée.

— Parler ? De quoi ?

Ambra le regarda avec inquiétude.

— Robert, vous avez oublié ? lui murmura-t-elle à l'oreille. Nous l'avons trouvé... Le mot de passe : *thedarkreligionsaredepartedetsweetsciencereigns.*

Ces dernières paroles balayèrent la brume de son cerveau telle une bourrasque. Langdon se redressa d'un bond.

— C'est grâce à vous si nous sommes arrivés jusque-là, reprit Ambra. Mais je peux terminer seule. Vous disiez savoir où trouver Winston. Le labo d'Edmond ? Donnez-moi l'adresse, et je m'occupe du reste.

Les souvenirs lui revenaient, par vagues.

— Oui ! Je sais où il est !

Enfin, je crois.

— Alors ?

— Nous devons traverser la ville.

— Jusqu'où ?

— Je ne connais pas l'adresse, répondit Langdon en se relevant avec précaution. Mais je peux vous...

— Restez assis, Robert !

— Oui, restez assis, dit une voix en écho.

Un homme apparut dans l'escalier. C'était Beña, qui montait péniblement les marches.

— Les secours arrivent, balbutia-t-il, hors d'haleine.

— Je vais bien, mentit Langdon, à nouveau saisi de vertige. Ambra et moi devons partir tout de suite.

— Vous n'irez pas bien loin, fit remarquer le prêtre. La police vous attend. Ils veulent prendre votre déposition. De plus, la basilique est encerclée par les journalistes. Quelqu'un les a informés de votre présence.

Parvenu à leur hauteur, le prêtre lui sourit faiblement.

— Vous nous avez sauvé la vie, professeur. Merci.

Langdon éclata de rire.

— C'est plutôt vous, notre sauveur !

— Pour le moment, la police vous attend au pied de cet escalier.

Langdon posa prudemment les mains sur le minuscule parapet et se pencha dans le vide. Tout en bas, la scène macabre paraissait bien lointaine – le corps désarticulé de l'amiral, éclairé par les lampes des policiers.

Cette spirale vertigineuse reproduisait parfaitement la coquille d'un nautile. Encore un exemple du bio-design cher à Gaudí. Il songea au musée consacré à l'architecte de génie, situé au sous-sol de la basilique. Il y avait là plusieurs modèles réduits de la Sagrada Família – d'une grande précision, grâce à la conception assistée par ordinateur et l'impression 3D – qui retraçaient les différentes étapes de sa construction, depuis ses fondations jusqu'à son glorieux achèvement, dans plus d'une décennie.

Le passé… l'avenir… D'où venons-nous ? Où allons-nous ?

Une image lui revint à l'esprit, miracle de sa mémoire eidétique – l'un des modèles représentait l'état actuel de la basilique ! L'extérieur était parfaitement visible, et ce dans ses moindres détails.

Si la maquette est juste, nous avons une porte de sortie.

— Mon père, pourriez-vous transmettre un message de ma part à une personne de l'extérieur ?

Beña parut déconcerté. Langdon lui exposa son plan d'évasion.

— Robert, c'est impossible, s'inquiéta Ambra. Il n'y a aucun endroit où…

— Si, il y en a un, l'interrompit le prêtre. Plus pour très longtemps, mais M. Langdon a raison. Son idée est réalisable.

— Robert… même s'il existe un moyen de nous échapper, il serait préférable de vous emmener à l'hôpital. Par sécurité.

— Je pourrai toujours y aller plus tard. D'abord, on doit terminer ce qu'Edmond a commencé. (Il s'adressa de nouveau à Beña :) Comme vous le savez, Edmond Kirsch a été assassiné parce qu'il était sur le point d'annoncer une découverte scientifique.

— Et à en croire son préambule, cela risque de faire des dégâts dans le monde religieux.

— Pour être honnête, mon père, nous sommes ici pour divulguer cette information. Et nous sommes à deux doigts de réussir… En clair, si vous nous aidez, vous allez permettre à un athée de faire entendre sa voix sur toute la planète.

Beña posa la main sur l'épaule de Langdon.

— Professeur, gloussa-t-il, Edmond Kirsch n'est pas le premier athée de l'Histoire à proclamer que « Dieu est mort ». Et il ne sera pas le dernier. Ses révélations créeront sans doute des polémiques un peu partout. Depuis la nuit des temps, l'esprit humain ne cesse d'évoluer ; mon rôle n'est pas d'entraver cette progression. Et, de mon point de vue, il n'y a jamais eu de réelle percée intellectuelle sans l'entremise de Dieu.

En guise de conclusion, le prêtre leur adressa un large sourire, puis entama la descente de la spirale.

*

À l'extérieur, le pilote de l'hélicoptère observait avec inquiétude la foule grandissante qui se pressait contre les barrières. Toujours sans nouvelle des deux agents de la Guardia, il était sur le point de leur passer un appel radio quand un petit homme en soutane sortit de l'église et s'approcha de l'appareil.

Le prêtre se présenta ; il avait un message pour lui : les deux gardes avaient été tués, et la future reine, ainsi que M. Langdon devaient être évacués sur-le-champ. Il lui indiqua le lieu de l'extraction...

C'est impossible ! avait pensé le pilote.

Et pourtant, maintenant qu'il survolait la Sagrada Família, il se rendait compte que le prêtre ne s'était pas trompé. Le plus haut clocher de l'église – une grande tour centrale – était encore en construction. Ses fondations offraient une plateforme circulaire, au cœur d'un bouquet de flèches, telle une clairière au milieu d'une forêt de séquoias.

Le pilote se positionna à l'aplomb de la plateforme, puis fit lentement descendre l'appareil entre les tours. Quand il toucha terre, deux silhouettes surgirent d'une cage d'escalier – Ambra Vidal soutenant un Robert Langdon visiblement mal en point.

Le pilote les aida à grimper dans l'appareil.

Une fois sanglée dans son siège, la future reine d'Espagne eut un sourire las.

— Merci, murmura-t-elle. M. Langdon va vous indiquer le chemin.

78.

 ConspiracyNet.com

FLASH SPÉCIAL

L'ÉGLISE PALMARIENNE
A TUÉ LA MÈRE D'EDMOND KIRSCH?!

Notre informateur monte@iglesia.org nous a fait une nouvelle révélation! D'après des documents exclusifs, vérifiés par ConspiracyNet, Edmond Kirsch a tenté plusieurs fois d'intenter un procès à l'Église palmarienne pour «lavage de cerveau, conditionnement psychologique, maltraitance et sévices corporels». Un traitement qui aurait entraîné la mort de Paloma Kirsch – la mère biologique d'Edmond –, il y a plus de trente ans.

Membre actif de l'Église palmarienne, Paloma aurait cherché à échapper à son influence néfaste. Humiliée et harcelée par ses supérieurs, elle aurait fini par se pendre dans la chambre d'un couvent.

79.

— Le roi en personne? grommela le commandant Garza dans l'armurerie du Palais. Le mandat d'arrêt vient de lui? Après tant d'années de bons et loyaux services…

Mónica Martín lui fit signe de parler moins fort et jeta un coup d'œil à l'entrée de la salle pour s'assurer que les gardes ne pouvaient les entendre.

— Valdespino a convaincu Sa Majesté que vous étiez l'auteur des accusations contre lui, que vous cherchiez à le discréditer.

Je suis l'agneau qu'on sacrifie sur l'autel, songea Garza.

Cela ne l'étonnait pas. Depuis toujours, il avait su qu'entre le commandant de sa garde et son conseiller spirituel, le roi choisirait l'archevêque. Les deux hommes étaient des amis de longue date et les liens affectifs l'emportaient toujours sur la raison.

Malgré tout, Garza n'était pas convaincu par la logique de l'explication de Mónica.

— Quand même, cette histoire de kidnapping… Vous êtes sûre que ça vient du roi ?

— Oui. Sa Majesté en personne m'a appelée. Il m'a ordonné d'annoncer officiellement qu'Ambra Vidal avait été kidnappée. Ainsi il pensait protéger la réputation de la future reine – éviter que la presse raconte qu'elle s'était enfuie avec un autre homme ! (Mónica parut agacée.) Mais pourquoi toutes ces questions ? On a la preuve que le roi a téléphoné à l'agent Fonseca pour lui raconter la même histoire !

— J'ai du mal à croire que notre souverain ait accusé un éminent professeur américain de kidnapping ! Il faut vraiment être…

— Fou ? l'interrompit Mónica.

Garza garda le silence.

— Commandant, n'oubliez pas que la santé du roi est fragile. Ce n'est peut-être qu'une simple erreur de jugement de sa part.

— Ou un coup de génie. Quoi qu'il en soit, la future reine est maintenant en sécurité avec mes hommes.

— Tout juste. Alors, où est le problème ?

— Valdespino. Certes, je ne le porte pas dans mon cœur, mais quelque chose me dit qu'il n'est pas derrière l'assassinat de Kirsch, ni de tout le reste.

— Pourquoi pas ? Parce que c'est un *prêtre* ? Avec l'Inquisition, l'Église nous a prouvé qu'elle était capable du pire. Tout le monde sait que c'est un opportuniste, un type arrogant et sans pitié. Doublé d'un comploteur de première. Ça ne vous suffit pas ?

— Non, répliqua Garza, étonné d'en être à prendre la défense du prélat. Valdespino n'est certes pas un enfant de chœur, mais c'est un homme de la vieille école. L'honneur, la tradition, c'est important pour lui. Notre monarque – qui est d'une méfiance maladive – lui fait confiance depuis des années ! Je doute que le confident du roi soit capable d'une telle traîtrise.

Mónica soupira et prit son portable.

— Commandant, pardonnez-moi si je brise vos illusions, mais lisez ça… C'est Suresh qui me l'a montré.

Elle pressa plusieurs touches avant de tendre le téléphone à Garza. Un long message apparut sur l'écran.

— C'est un SMS que Valdespino a reçu ce soir. Ça va vous faire changer d'avis.

80.

Même s'il avait mal partout, Robert Langdon fut pris d'une curieuse euphorie quand l'hélicoptère décolla du toit de la Sagrada Família.

Il était vivant !

L'adrénaline inondait son organisme. S'efforçant de calmer sa respiration, Langdon contempla le panorama qui se déployait sous ses yeux à mesure que l'appareil gagnait de l'altitude. Les flèches de la basilique s'éloignèrent peu à peu, pour bientôt laisser place aux rues quadrillées de la ville. Il examina les îlots d'habitation qui, au lieu des carrés et rectangles habituels, étaient plutôt de forme octogonale.

L'Eixample, songea Langdon. L'extension.

L'urbaniste visionnaire Ildefons Cerdà avait élargi les intersections de ce quartier en biseautant les coins des blocs carrés. Ce qui avait permis de créer des placettes, d'aérer la ville et d'agrandir les terrasses des cafés.

— *¿ Adónde vamos ?* cria le pilote par-dessus son épaule.

Langdon pointa du doigt l'une des plus grandes avenues de la ville, bien connue des Barcelonais.

— *Avinguda Diagonal*, répondit Langdon. *Al oeste.* Vers l'ouest.

Impossible à manquer sur un plan, l'Avinguda Diagonal fendait la cité dans toute sa largeur, depuis le gratte-ciel ultramoderne en front de mer, le Diagonal Zero Zero, jusqu'aux roseraies anciennes du parc de Cervantès.

Le pilote bifurqua vers l'ouest et suivit l'avenue en direction des montagnes.

— Vous avez une adresse ? s'enquit-il. Des coordonnées GPS ?

Langdon secoua la tête.

— Le stade.

— *¿ El estadio de fútbol ?* s'étonna le pilote. Le FC Barcelone ?

Langdon acquiesça. L'homme connaissait forcément le siège du prestigieux club de football, un peu au sud de l'Avinguda Diagonal.

— Robert ? demanda doucement Ambra. Vous êtes sûr que ça va ? (Elle l'observait comme si son coup à la tête avait obscurci son jugement.) Vous disiez savoir où se trouve Winston.

— En effet.

— Un stade de foot ? Vous pensez que c'est là qu'Edmond a construit son super-ordinateur ?

— Non, c'est juste un repère. Je cherche un bâtiment à côté du stade – le Gran Hotel Princesa Sofía.

Ambra semblait de plus en plus déconcertée.

— Robert, je ne vous suis pas. Edmond ne peut pas avoir installé Winston dans un hôtel de luxe. On ferait mieux de vous emmener à l'hôpital.

— Je me sens très bien, Ambra.

— Alors, où allons-nous ?

Langdon se caressa le menton.

— Où allons-nous ? C'est justement l'une des questions clés de ce soir !

Ambra hésita entre l'amusement et l'exaspération.

— Je vais tout vous expliquer. Il y a deux ans, j'ai déjeuné avec Edmond dans un salon privé au dix-huitième étage de l'hôtel Princesa Sofía.

— Et Edmond avait emporté son super-ordinateur avec lui ? plaisanta-t-elle.

— Presque… Il est arrivé à pied et m'a expliqué qu'il déjeunait là très souvent parce que c'était pratique – seulement à deux pâtés de maisons de son labo. Et c'est ce jour-là qu'il m'a dit qu'il travaillait sur un projet d'intelligence artificielle de nouvelle génération.

Ambra ouvrit de grands yeux.

— Winston !

— C'est exactement ce que je pense.

— Et ensuite, il vous a emmené dans son labo ?

— Non.

— Mais il vous a indiqué où il se trouvait ?

— Malheureusement, non. C'était son petit secret.

De nouveau, Ambra parut inquiète.

— Aucune importance, reprit Langdon. Winston nous a lui-même dit où il habitait !

— Je ne vois pas quand.

— Si, si, je vous assure. En fait, il en a informé le monde entier !

Avant qu'Ambra puisse lui demander des explications, le pilote annonça :

— ¡ FC Barcelona !

Ça, c'est du rapide, songea Langdon en repérant aussitôt la tour du Princesa Sofía.

Il indiqua au pilote la direction à prendre. Quelques secondes plus tard, l'hélicoptère survolait le luxueux hôtel où Edmond et Langdon avaient déjeuné deux ans plus tôt.

Juste deux pâtés de maisons...

Langdon scrutait le quartier. Ici, les rues ne formaient pas un quadrillage régulier. C'était forcément dans le coin ! Allait-il repérer le dessin singulier que sa mémoire avait enregistré ?

Puis il regarda plus au nord, de l'autre côté de la Plaça de Pius XII...

— Là ! lança-t-il au pilote. La zone boisée !

L'hélicoptère piqua en direction d'une immense propriété entourée d'une enceinte.

— Robert ! s'exclama Ambra. C'est le Palais royal de Pedralbes ! Edmond n'aurait jamais installé Winston dans...

— Pas le Palais ! Regardez...

Langdon désignait le quartier situé au-delà.

Ambra se pencha pour observer ce qui suscitait tant d'intérêt chez son partenaire. Quatre rues bien éclairées dessinaient une sorte de quadrilatère, posé sur une pointe.

— Vous ne reconnaissez pas cette ligne brisée en bas à droite ? demanda Langdon en désignant la rue illuminée qui contrastait avec le parc du Palais tout proche.

— Ça me dit vaguement quelque chose...

— Regardez l'ensemble, insista Langdon. Ce losange, comme un diamant avec une facette cassée. (Il laissa à Ambra le temps d'assimiler l'information.) Et les deux squares là-bas, ajouta-t-il en pointant un rond sombre au milieu, et une autre zone, en demi-cercle, sur la droite.

— Oui, j'ai déjà vu ça, murmura-t-elle. Mais où ?

— Dans un musée ? Au Guggenheim, peut-être ?...

— Winston ! s'écria-t-elle, incrédule. Son autoportrait !

Langdon éclata de rire.

— Bingo !

Depuis qu'il l'avait vue, au début de la soirée, cette « peinture » bizarre n'avait cessé de l'intriguer. Un hommage à Miró curieusement maladroit...

« Edmond m'a demandé de faire mon autoportrait », avait dit Winston.

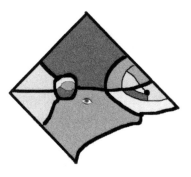

Langdon pressentait que l'œil au centre de l'œuvre – un motif récurrent chez Miró – représentait Winston lui-même, l'endroit d'où il pouvait observer le monde.

Ambra se retourna vers lui, à la fois surprise et ravie.

— C'est un plan !

— Absolument. Comme Winston n'a pas de corps, ni d'image mentale de lui-même, faire son autoportrait revient à indiquer sa position géographique.

— Et comme il n'y a qu'un œil... un œil à la Miró... c'est là qu'est Winston !

— C'est ce que je crois.

Langdon demanda au pilote de les déposer dans l'un des squares. L'hélicoptère débuta aussitôt sa descente.

— Je sais pourquoi Winston a choisi d'imiter le style de Miró ! déclara Ambra.

— Vraiment ?

— Nous venons de survoler le Palais de Pedralbes, n'est-ce pas ?

— Et ?

— Ce nom ne vous dit rien... ?

— Pedralbes ? répéta Langdon. N'est-ce pas le nom de la...

— Oui ! *La Rue de Pedralbes*, l'un des plus célèbres dessins de Miró ! Winston a sans doute fait des recherches sur le quartier et trouvé la référence amusante.

Langdon devait le reconnaître, l'inventivité de Winston était prodigieuse. Il avait hâte de se reconnecter à cette intelligence artificielle. Au loin, il repéra la silhouette d'un grand bâtiment, à l'endroit exact où Winston s'était représenté dans son tableau.

— Je ne vois pas de lumières, fit remarquer Ambra. Vous croyez qu'il y a quelqu'un ?

— Edmond avait sûrement des employés à demeure. Surtout cette nuit. Quand on leur annoncera qu'on a le mot de passe, je suis sûr qu'ils nous aideront à lancer la présentation.

Quinze secondes plus tard, l'hélicoptère se posa dans le parc semi-circulaire à l'est. Langdon et Ambra sautèrent de l'appareil, qui redécolla aussitôt pour reprendre la direction du stade, dans l'attente de nouvelles instructions.

Ils se dirigèrent vers le centre de l'îlot et aperçurent bientôt, entre les arbres, les contours du bâtiment.

— Tout est éteint, chuchota Ambra.

— Mais sécurisé, ajouta Langdon en désignant la haute clôture qui encerclait la propriété.

— Par ici, suggéra Ambra en longeant la grille. Je crois que l'entrée est là-bas.

Ils trouvèrent un portillon de sécurité, flanqué d'un boîtier électronique. Avant que Langdon ait le temps de réfléchir à la marche à suivre, Ambra appuya sur le bouton d'appel.

Après deux sonneries, il y eut un clic.

Puis plus rien.

— Allô? dit Ambra. Il y a quelqu'un?

Aucune voix ne répondit. Seulement le grésillement d'une ligne ouverte.

— Je ne sais pas si vous m'entendez... Ici, Ambra Vidal et Robert Langdon. Nous sommes des amis d'Edmond Kirsch. Nous étions avec lui ce soir, quand il a été assassiné. Nous détenons des informations susceptibles d'aider Edmond, Winston, et... vous tous.

Il y eut une série de cliquetis.

Langdon poussa le portillon, qui pivota sans effort.

— Je vous avais bien dit qu'il y avait quelqu'un, commenta-t-il, soulagé.

Tous deux franchirent le portail et se faufilèrent entre les arbres jusqu'à l'édifice qui se dressait dans l'ombre.

Peu à peu, la silhouette du pignon se découpa dans le ciel nocturne. Une forme inattendue se matérialisa soudain sous leurs yeux – un symbole perché sur le toit.

Langdon n'en revenait pas. Le centre de recherche d'Edmond était surmonté d'une croix ?

Contre toute attente, ils découvrirent une chapelle dotée d'une grande rosace, de deux clochetons de pierre et d'une porte ornée de bas-reliefs représentant des saints catholiques et la Vierge Marie.

— Robert ! On vient d'entrer par effraction dans une église ! Ce n'est pas ici !

Langdon remarqua un panneau et s'esclaffa.

— Bien au contraire, nous sommes au bon endroit.

Langdon avait déjà entendu parler de ce lieu, quelques années auparavant, mais il n'avait jamais fait le rapprochement. « Une église catholique transformée en labo high-tech. » Le sanctuaire idéal pour un athée irrévérencieux. Encore du Edmond tout craché ! Son mot de passe prenait ici tout son sens.

Les religions obscures ne sont plus, et de la science harmonieuse c'est maintenant le règne.

Langdon indiqua le panneau à Ambra.

BARCELONA SUPERCOMPUTING CENTER
CENTRO NACIONAL DE SUPERCOMPUTACIÓN

— Un centre informatique à l'intérieur d'une église ?

— On dirait bien, répondit Langdon avec un sourire. Avec Barcelone, la réalité dépasse souvent la fiction.

81.

La plus grande croix du monde se trouvait en Espagne.

Érigée au sommet d'une montagne, au nord du monastère de l'Escurial, la croix gigantesque – cent cinquante mètres de haut – se voyait à des dizaines de kilomètres à la ronde.

Le vallon aride en contrebas abritait les sépultures de plus de quarante mille âmes, victimes des deux camps de la Guerre civile espagnole.

Qu'est-ce qu'on fait ici ? se demanda Julián en suivant les agents de la Guardia sur l'esplanade du mémorial. C'est là que mon père veut me parler ?

À côté de lui, Valdespino semblait tout aussi décontenancé.

— Ça n'a aucun sens, murmura-t-il. Votre père a toujours détesté cet endroit.

Comme des millions de gens, ajouta le prince pour lui-même.

Conçue en 1940 par Franco en personne, la nécropole se voulait être un « acte d'expiation national », une tentative de réconcilier vainqueurs et vaincus. En dépit de sa noble aspiration, le monument avait toujours suscité de vives polémiques – une partie des ouvriers étaient des prisonniers politiques opposés à Franco, et beaucoup étaient morts de faim ou de froid pendant les travaux.

Par le passé, certains parlementaires étaient même allés jusqu'à comparer ce lieu à un camp de concentration nazi. Julián soupçonnait son père d'éprouver un sentiment analogue, même si le monarque n'avait jamais osé le reconnaître. La plupart des Espagnols considéraient le site comme un monument à la gloire de Franco – et le fait que le dictateur soit inhumé à l'intérieur attisait le feu des critiques.

Julián se souvenait très bien de cet endroit. Quand il était enfant, le roi lui avait fait visiter le mausolée et lui avait dit : « Regarde bien, mon fils. Un jour, tu réduiras ce lieu en poussière. »

Alors qu'il grimpait les marches en direction de l'austère façade taillée dans la roche, Julián comprit où la Guardia les conduisait. L'élégante porte en bronze qui se profilait devant eux s'ouvrait littéralement dans la montagne. Le prince se rappelait sa stupéfaction lorsqu'il avait découvert ce qui se trouvait derrière.

En définitive, le miracle de cette colline n'était pas la croix monumentale à son sommet, mais le secret qu'elle renfermait en son cœur.

À l'intérieur, on avait creusé une caverne gigantesque. Un tunnel de plus de deux cent cinquante mètres dans la roche, qui débouchait sur une salle immense. Julián avait été émerveillé par la splendeur des matériaux, le lustre des sols, les fresques de la vaste coupole.

Je suis *dans* une montagne ! avait-il pensé alors.

Aujourd'hui, bien des années plus tard, le prince était de retour.

À la demande de son père mourant.

Alors que la petite troupe approchait de l'entrée, Julián observa la Pietà de marbre au-dessus de la porte. L'archevêque se signa, un geste qui tenait davantage de l'appréhension que de la foi.

82.

 ConspiracyNet.com

FLASH SPÉCIAL

MAIS... QUI EST LE RÉGENT ?

Des preuves semblent indiquer que le tueur Luis Ávila reçoit ses ordres d'un individu appelé «le Régent».

L'identité de ce personnage reste un mystère, mais son titre nous fournit plusieurs indices. D'après dictionary.com, un «régent» est une personne désignée pour diriger une organisation en cas d'incapacité ou d'absence de son leader.

Après un sondage «Qui est le Régent» auprès de nos internautes, voici les trois réponses les plus citées :

1. Mgr Antonio Valdespino – qui profiterait de la faiblesse du roi d'Espagne.

2. Un pape palmarien – qui se prendrait pour le pontife légitime.

3. Un officier de la marine espagnole – qui agirait au nom du chef des armées souffrant, le roi.

Bientôt, d'autres infos !
#QuiEstLeRégent

83.

Langdon et Ambra firent le tour de la chapelle et découvrirent l'entrée côté sud. Avec son vestibule de plexiglas ultramoderne le bâtiment semblait piégé entre deux époques.

Sur le parvis trônait le buste d'un guerrier primitif de trois mètres de haut. La présence de cette œuvre devant une église catholique pouvait paraître incongrue, mais connaissant Edmond ils n'étaient pas au bout de leurs surprises.

Ambra pressa la sonnette de l'entrée. La caméra de surveillance pivota vers eux et les fixa de son œil noir.

Au bout d'un moment, la porte s'ouvrit dans un bourdonnement.

Langdon et Ambra pénétrèrent dans un hall aménagé dans le prolongement du narthex de l'église. La salle était faiblement éclairée. Langdon s'était attendu à un comité d'accueil – un employé d'Edmond ? Mais l'endroit était désert.

— Il y a quelqu'un ? appela Ambra.

Tendant l'oreille, ils perçurent la mélodie d'un chant médiéval, un chœur de voix masculines.

Langdon ne parvint pas à l'identifier. La présence de cette musique religieuse dans ce lieu ultramoderne était typique de l'humour d'Edmond.

Un grand écran plasma fixé au mur, seul éclairage de la pièce, diffusait une sorte de jeu vidéo archaïque – une grappe de points noirs évoluant sur une surface blanche, tel un essaim de moucherons aux déplacements aléatoires.

Pas si aléatoires, songea Langdon en reconnaissant le motif.

Cette modélisation informatique – connue sous le nom de « Jeu de la vie » – avait été inventée dans les années soixante-dix par le mathématicien britannique John Horton Conway. Les points noirs – appelés « cellules » – se déplaçaient, interagissaient et se reproduisaient selon une série de « règles élémentaires ».

Invariablement, les points finissaient par créer des
ensembles, des séquences, et des motifs récurrents –
motifs qui évoluaient en structures complexes, très
proches de celles que l'on trouvait dans la nature.

— C'est l'automate cellulaire de Conway, souffla
Ambra. J'ai vu une installation artistique qui s'en inspirait, il y a quelques années.

Langdon était impressionné. Lui-même n'avait eu
connaissance de ces travaux uniquement parce que son
inventeur avait enseigné à Princeton.

Les chœurs attirèrent de nouveau son attention.

J'ai déjà entendu cette pièce, songea-t-il. Une messe
de la Renaissance, peut-être ?

Sur l'écran, les points avaient changé de direction et
accéléraient, comme si la séquence se rembobinait, de
plus en plus vite. Leur nombre diminuait… les cellules,
au lieu de se multiplier, se recombinaient… les assemblages se simplifiaient, jusqu'à ce qu'il ne reste plus
qu'une poignée de cellules… qui continuaient de fusionner… pour revenir aux huit initiales… puis quatre…
puis deux… et enfin…

Une seule.

Une cellule unique.

L'origine de la vie.

Le point disparut. Puis des mots se matérialisèrent un
à un. Langdon déchiffra peu à peu une phrase entière :

Si l'on admet une cause première
l'esprit cherche toujours à savoir
d'où elle est venue et comment elle est apparue.

— C'est de Darwin, murmura Langdon, reconnaissant la citation du botaniste, qui évoquait la même question qu'Edmond Kirsch.

Ambra lui lança un coup d'œil complice.

— Et si nous allions la chercher, cette réponse ?

Elle se dirigea vers un passage flanqué de deux colonnes qui semblait donner accès à l'église.

Langdon s'apprêtait à lui emboîter le pas, quand des mots anglais apparurent sur l'écran, sans relation apparente. Ils allaient et venaient à l'image, s'associaient, se combinaient pour former des bribes de phrases.

… growth… fresh buds… beautiful ramifications…

Progressivement, les mots donnaient naissance à un arbre.

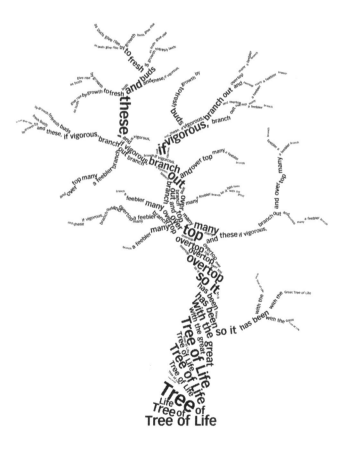

— Qu'est-ce que c'est que ça ? s'exclama Langdon.

Ambra revint sur ses pas et tous deux observèrent, fascinés, la composition, tandis que le chœur des voix s'intensifiait. Le chant n'était pas en latin, comme Langdon le croyait au début, mais en anglais.

— Les mots sur l'écran, murmura Ambra. Ce sont les paroles du chant.

— Vous avez raison, dit Langdon tandis que de nouvelles phrases apparaissaient au rythme de la musique.

« *… by slowly acting causes… not by miraculous acts…* »

Il était déconcerté par l'étrange mélodie qui les accompagnait. La musique était manifestement religieuse, alors que le texte ne l'était pas.

« *… organic beings… strongest live… weakest die…* »

Tout à coup, Langdon se figea.

« *Les plus forts survivent… les plus faibles meurent…* »
Je connais ce texte !

Quelques années auparavant, Edmond avait emmené Langdon à un concert intitulé *Missa Charles Darwin*. Un cantabile aux sonorités typiquement chrétiennes dont le texte latin avait été remplacé par des extraits de *L'Origine des espèces* de Darwin. Le contraste entre la piété des voix et la brutalité des paroles, qui évoquaient la sélection naturelle, était saisissant.

— C'est curieux, commenta Langdon. Edmond et moi avons écouté cette œuvre ensemble il y a bien longtemps… Je me rappelle qu'il l'avait adorée.

— Ce n'est pas une coïncidence, dit une voix familière au-dessus de leurs têtes. C'est un conseil d'Edmond : toujours accueillir ses visiteurs avec de la belle musique et de quoi éveiller leur curiosité !

Langdon et Ambra levèrent les yeux vers les haut-parleurs.

— Bienvenue chez moi ! Je n'avais plus aucun moyen de vous joindre.

— Winston !

Langdon n'aurait jamais imaginé être si heureux de parler à un programme informatique.

Ambra lui résuma les derniers événements de la soirée.

— C'est bon d'entendre vos voix ! Alors ça y est ? Vous l'avez ?

84.

— William Blake ! déclara Langdon. « *The dark religions are departed & sweet science reigns.* »

Winston répondit après un bref instant :

— Le dernier vers de *Vala or the Four Zoas*. Un très bon choix, je dois dire. (Il marqua une pause.) Néanmoins, les quarante-sept lettres requises…

— L'esperluette ! l'interrompit Langdon, avant de lui expliquer l'astuce imaginée par Edmond.

— C'est tout lui ! répondit la voix de synthèse avec un gloussement bizarre.

— Alors c'est bon ? s'impatienta Ambra. Tu peux lancer la présentation ?

— Bien sûr. Il vous suffit d'entrer le code manuellement. Edmond a installé des pare-feu partout, je ne peux donc pas le faire moi-même. Mais je vais vous emmener dans son laboratoire, et là-bas vous pourrez vous en charger. Dans dix minutes, le programme sera lancé.

Langdon et Ambra échangèrent un regard. Après tout ce qu'ils avaient enduré ce soir, ils avaient du mal à croire qu'ils touchaient enfin au but.

— Robert, murmura Ambra en lui posant la main sur l'épaule, c'est grâce à vous. Merci.

— C'était un travail d'équipe, répliqua-t-il avec un sourire.

— Dépêchons-nous, les pressa Winston… Vous êtes un peu trop visibles dans ce hall vitré, et votre arrivée n'est pas passée inaperçue.

Hélas, c'était le problème avec les hélicoptères.

— Où doit-on aller ? demanda Ambra.

— Marchez entre les colonnes, dit Winston. Suivez le guide !

La musique religieuse s'arrêta brusquement et l'écran devint noir. Les verrous des portes se refermèrent dans un claquement sourd.

Edmond a transformé cet endroit en forteresse, pensa Langdon.

Il constata avec soulagement qu'au-delà des baies vitrées le parc paraissait désert.

Pour le moment.

Il se retourna vers Ambra et vit le passage entre les colonnes s'éclairer. Tous deux pénétrèrent dans un long corridor. Une deuxième lumière s'alluma à l'autre bout, leur indiquant le chemin.

Winston reprit la parole :

— Pour avoir une bonne couverture médiatique, nous devrions avertir la presse que la présentation d'Edmond est sur le point d'être diffusée. Si on laisse aux médias le temps de faire une annonce, le taux d'audience sera nettement plus élevé.

— Ce n'est pas une mauvaise idée, répondit Ambra. Mais combien de temps leur faut-il ? Plus on attend, plus c'est risqué.

— L'idéal serait de diffuser la vidéo dans dix-sept minutes. 3 heures du matin ici, et le *prime time* aux États-Unis.

— Banco !

— Parfait. J'envoie un communiqué de presse, et je programme le lancement dans dix-sept minutes.

Ça allait beaucoup trop vite pour Langdon.

— Combien d'employés sont de service, ce soir ? s'enquit Ambra en allongeant le pas.

— Aucun. Edmond était un maniaque de la confidentialité. Il n'y a pratiquement jamais personne ici. Je contrôle tout le réseau informatique – ainsi que les lumières, la température et tous les systèmes de sécurité. Edmond aimait dire qu'à l'ère des « maisons intelligentes » il était le premier à avoir une « église intelligente ».

— Winston, intervint Langdon, vous êtes sûr que c'est le meilleur moment pour diffuser la présentation ?

Ambra était abasourdie.

— Robert ! C'est pour cette raison qu'on est là ! Le monde entier nous regarde ! Le temps presse !

— Je suis de l'avis d'Ambra, renchérit Winston. Question timing, on ne peut pas faire mieux. L'affaire Edmond Kirsch est l'une des plus suivies de la dernière décennie – ce qui n'est pas surprenant, vu que la communauté en ligne a connu une croissance exponentielle.

— Robert ? insista Ambra. Qu'est-ce qui vous préoccupe ?

Langdon hésita.

— J'ai peur que tous les événements de ce soir – les meurtres, l'histoire du kidnapping, les intrigues au Palais royal – ne viennent parasiter le message d'Edmond.

— C'est une objection pertinente, professeur, intervint Winston. Sauf que vous omettez un fait crucial : c'est aussi ces événements annexes qui éveillent l'intérêt des internautes. Ils étaient trois millions huit cent mille à suivre la conférence d'Edmond en début de soirée. Maintenant, ils sont deux cents millions, tous médias confondus.

Ce nombre semblait vertigineux. Pourtant, plus de deux cents millions de gens avaient regardé la finale de la Coupe du Monde de football ; et cinq cents millions avaient assisté aux premiers pas de l'homme sur la Lune en 1969 – à une époque où Internet n'existait pas et où la télévision n'était même pas dans tous les foyers.

— Ce n'est peut-être pas le cas pour le monde universitaire, professeur, poursuivit Winston, mais le reste du globe est devenu le studio d'une émission de télé-réalité. Comble de l'ironie, ceux qui ont voulu faire taire Edmond ce soir ont obtenu l'effet inverse : l'audience dont il bénéficie est la plus importante de l'histoire concernant une révélation scientifique. Cela me rappelle quand le Vatican a attaqué votre livre sur le féminin sacré[1]... qui est ensuite devenu un best-seller.

Best-seller, il ne faut pas exagérer ! songea Langdon.

— Atteindre le public le plus large possible a toujours été son objectif, rappela Winston.

— Il a raison, renchérit Ambra. Quand Edmond m'a parlé de la soirée du Guggenheim, il tenait absolument

---

1. Voir *Da Vinci code*. *(N.d.T.)*

à toucher un maximum de personnes. C'était une obsession chez lui.

— Comme je le disais, reprit Winston, nous sommes au sommet de la courbe d'audience. C'est le meilleur moment pour lancer la vidéo.

— D'accord, concéda Langdon. Que doit-on faire maintenant ?

Alors qu'ils continuaient de progresser le long du couloir, un obstacle inattendu leur barra le chemin : une échelle dressée contre un mur, comme s'il y avait des travaux de peinture. Il était impossible de continuer sans bouger l'échelle ou passer en dessous.

— L'échelle, je la déplace ? interrogea Langdon.

— Surtout pas ! s'écria Winston. Edmond l'a installée là, délibérément.

— Pourquoi ? s'enquit Ambra.

— Comme vous le savez, Edmond méprisait les superstitions sous toutes leurs formes. Alors il mettait un point d'honneur à passer sous cette échelle tous les jours pour se rendre à son bureau – une sorte de pied de nez à l'irrationnel. Et si un visiteur ou un employé refusait de se plier à la règle, Edmond le jetait dehors.

Toujours aussi mesuré ! se dit Langdon en souriant. Cela lui rappelait la fois où Edmond l'avait sermonné en public pour avoir littéralement « touché du bois ».

« À ce que je sache, avait-il ironisé, vous n'êtes pas un druide qui toque aux arbres pour les réveiller ? Alors par pitié laissez tomber cette pratique ridicule ! »

Ambra passa sans hésiter sous l'échelle. Langdon la suivit, non sans une légère appréhension.

Sitôt l'obstacle franchi, Winston les guida jusqu'à un portail sécurisé pourvu de deux caméras et d'un scanner biométrique. Au-dessus, une pancarte indiquait : CHAMBRE 13.

Langdon sourit. Encore une petite bravade d'Edmond.

— C'est l'entrée du labo, annonça Winston. En dehors des techniciens qui l'ont aidé à le construire, personne ou presque n'a eu accès à ce lieu.

La porte se déverrouilla dans un bourdonnement. Ambra poussa le battant et s'immobilisa sur le seuil. Langdon se figea aussi.

Au centre de la chapelle se dressait une gigantesque structure en verre. Elle occupait tout l'espace sur deux niveaux et grimpait jusqu'au plafond.

Au rez-de-chaussée, des centaines d'armoires métalliques sans portes s'alignaient comme des bancs d'église face à l'autel. Un embrouillamini de câbles rouges en sortait et courait au sol en grosses tresses qui se faufilaient entre les machines, tel un réseau veineux.

Un chaos organisé, pensa Langdon.

— Vous avez devant vous le célèbre MareNostrum qui, avec ses quarante-huit mille huit cent quatre-vingt-seize processeurs Intel, communiquant grâce à un réseau InfiniBand FDR10, est l'une des machines les plus rapides du monde. MareNostrum était déjà là quand Edmond a pris possession du complexe. Plutôt que de s'en débarrasser, il a décidé de l'incorporer. Et de le faire... pousser.

Langdon voyait à présent que les câbles de MareNostrum se rejoignaient au centre de la pièce, formant un tronc unique qui grimpait telle une vigne géante jusqu'au plafond.

Le premier étage était très différent. Au centre d'une plateforme surélevée était posé un cube métallique bleu-gris d'environ deux mètres de haut – sans fils, sans voyants lumineux, sans rien qui permette de reconnaître l'ordinateur ultrasophistiqué que Winston décrivait à présent dans un jargon incompréhensible.

— ... des qubits à la place des bits... superposition d'états... algorithmes quantiques... intrication et effet tunnel...

Voilà pourquoi Edmond lui parlait d'art, et non d'informatique !

— ... des billiards d'opérations à la seconde, concluait Winston. Avec la fusion de ces deux machines de conception très différente, on obtient le super-ordinateur le plus puissant du monde.

— Mon Dieu ! souffla Ambra.

— En l'occurrence, c'est plutôt le Dieu d'Edmond.

85.

ConspiracyNet.com

FLASH SPÉCIAL

LA PRÉSENTATION DE KIRSCH EN LIGNE DANS QUELQUES MINUTES !

Oui, le grand moment est arrivé !

Un communiqué de presse de l'équipe d'Edmond Kirsch vient de confirmer que l'annonce de la découverte scientifique tant attendue – retardée par l'assassinat du futurologue – sera diffusée dans le monde entier à 3 heures, heure locale de Barcelone.

On annonce un taux d'audience record! Toute la planète attend cet événement!

Robert Langdon et Ambra Vidal seraient en ce moment même à la chapelle Torre Girona – qui abrite le *Centro Nacional de Supercomputación,* où Edmond Kirsch aurait travaillé ces dernières années. ConspiracyNet n'est pas encore en mesure de confirmer si c'est de ce lieu que la vidéo sera diffusée.

Restez en ligne! La présentation de Kirsch bientôt ICI sur ConspiracyNet.com!

86.

Au moment de pénétrer dans la montagne, le prince Julián eut l'étrange pressentiment qu'il n'en réchapperait jamais.

La Valle de los Caídos. La vallée de ceux qui sont tombés. *Qu'est-ce que je fiche ici?*

Passé le seuil, il se retrouva dans un espace froid et peu éclairé, qui dégageait une forte odeur de pierre humide.

Devant lui, un homme en uniforme tenait un gros trousseau de clés dans sa main tremblante. Julián n'était pas surpris par l'anxiété de l'employé du Patrimonio Nacional – une demi-douzaine d'agents de la Guardia Real se tenaient derrière lui dans la pénombre. Le malheureux avait sûrement été appelé au milieu de la nuit pour ouvrir le mausolée de Franco.

L'un des gardes s'avança.

— Prince Julián, monseigneur Valdespino, nous vous attendions. Par ici, je vous prie.

On les guida jusqu'à un portail en fer forgé sur lequel était gravé le sinistre symbole franquiste – un aigle qui faisait écho à l'iconographie nazie.

— Sa Majesté vous attend au bout du tunnel, précisa-t-il en s'écartant pour les laisser passer.

Julián et l'archevêque échangèrent un regard. De part et d'autre de l'entrée se tenaient deux grandes sculptures métalliques, deux anges de la mort qui tenaient une épée en forme de croix.

Encore l'imagerie militaro-religieuse franquiste, songea Julián avant de franchir le seuil.

Avec son sol de marbre noir et son haut plafond à caissons, le somptueux passage n'aurait rien eu à envier à la salle de bal du Palais royal de Madrid.

D'ordinaire, le tunnel était illuminé par des appliques murales électriques imitant des flambeaux, mais ce soir, l'éclairage était bien plus théâtral. Des douzaines de braseros aux flammes orangées leur ouvraient la route. La tradition voulait que ces feux ne soient allumés que pour les grandes occasions, et il semblait que l'arrivée impromptue du roi avait été jugée digne de ce cérémonial.

Les reflets mordorés qui dansaient sur le marbre créaient une ambiance surnaturelle. Julián avait l'impression de percevoir l'âme des pauvres forçats qui s'étaient épuisés à creuser ce tunnel des années durant, de ces hommes morts de faim, de froid et d'épuisement, pour ériger le monument de Franco, dont la sépulture se trouvait au cœur même de cette montagne.

Un jour, tu réduiras ce lieu en poussière…

Julián n'était pas certain, même quand il serait roi, d'avoir le pouvoir de détruire cette imposante structure. Curieusement, malgré son désir de tirer un trait sur le passé et d'entrer dans la modernité, le peuple espagnol avait tenu à le conserver. Bien sûr, il restait des esprits nostalgiques et, chaque année, pour l'anniversaire de la mort du dictateur, des centaines de vieux franquistes se rassemblaient ici pour lui rendre hommage.

— Don Julián, murmura Valdespino, savez-vous pourquoi votre père nous a convoqués ici ?

— J'allais vous poser la question.

L'archevêque poussa un long soupir.

— Je n'en ai aucune idée.

Même Valdespino n'était pas au courant...

— Mais j'espère qu'il va bien..., reprit le prélat avec inquiétude. Certaines de ses décisions, dernièrement...

— Comme organiser une rencontre à l'intérieur d'une montagne au lieu de rester dans son lit ?

— Par exemple, oui.

Pourquoi la Guardia l'avait-elle laissé faire ? Cela dit, les agents devaient obéir aux ordres sans poser de questions.

— Je n'ai pas prié ici depuis des années, commenta l'ecclésiastique en contemplant le passage illuminé.

Julián savait que cet immense corridor n'était pas un simple accès au cœur de la montagne... c'était aussi la nef d'une église reconnue par l'Église catholique.

La *basílica secreta*, comme il la surnommait enfant.

Au bout du tunnel, se trouvait le sanctuaire, coiffé d'une vaste coupole. Sa surface au sol était, disait-on, plus grande que celle de la basilique Saint-Pierre de Rome. L'autel, positionné juste au-dessous de l'immense croix sur la montagne, était entouré de six chapelles.

Julián parcourut la vaste salle du regard, à la recherche de son père. La basilique semblait déserte.

— Où est-il ? interrogea Valdespino, soucieux.

Julián partageait son appréhension. La Guardia avait-elle laissé le roi seul ici ? Le prince pressa le pas, explora un bras du transept, puis l'autre.

Personne.

Contournant l'autel, il se dirigea vers l'abside.

Là, tout au fond, le roi d'Espagne était dans son fauteuil roulant, immobile.

87.

Dans la chapelle déserte, Langdon et Ambra contournèrent le super-ordinateur de deux étages. À travers le verre épais, ils percevaient le vrombissement de la machine. Langdon avait l'impression d'observer une bête sauvage dans sa cage.

D'après Winston, le bruit provenait non pas des appareils électroniques mais des ventilateurs et des pompes du système de refroidissement.

— C'est assourdissant, là-dedans, expliqua Winston. Et glacial. Heureusement, le labo d'Edmond se trouve au premier étage.

Langdon et Ambra empruntèrent un escalier en colimaçon installé contre la paroi de verre, et se retrouvèrent sur une plateforme métallique, face à une porte à tambour vitrée.

Langdon sourit en découvrant la décoration de l'entrée... elle ressemblait à celle d'un pavillon de banlieue – un joli paillasson, une plante artificielle et un petit banc sous lequel était glissée une paire de pantoufles.

Sans doute celles d'Edmond, songea Langdon.

Au-dessus de la porte, trônait un texte encadré sous verre :

> Le succès,
> c'est d'aller d'échec en échec
> sans perdre son enthousiasme.
>
> — Winston Churchill

— Encore une citation de Churchill, fit remarquer Langdon.

— La préférée d'Edmond, précisa Winston. Il disait qu'elle illustrait bien la principale qualité des ordinateurs.

— Comment ça ? demanda Ambra.

— Eh bien, les ordinateurs ont une persévérance infinie. Je peux échouer un milliard de fois et recommencer avec la même énergie. Les humains en sont incapables.

— Exact, reconnut Langdon. Moi, j'abandonne au bout d'un million.

Ambra sourit et se dirigea vers la porte.

— Le sol est en verre, avertit Winston. Veuillez vous déchausser...

Ambra se débarrassa rapidement de ses chaussures et s'engagea dans le tambour. Langdon lui emboîta le pas et remarqua l'étrange message de bienvenue inscrit sur le paillasson :

ON N'EST JAMAIS MIEUX QU'AU 127.0.0.1

— Winston, ce message ? Je ne comprends…
— Une bonne adresse, répondit Winston.
Langdon relut le texte.
— Ah, d'accord.
En réalité, il n'avait rien compris, mais préférait ne pas épiloguer.
Il entra à son tour dans le laboratoire. C'était troublant de marcher en chaussettes sur la surface transparente, mais plus encore de se retrouver juste au-dessus de MareNostrum. Vus d'en haut, les alignements d'armoires métalliques lui rappelaient l'armée de soldats en terre cuite du site de Xi'an, en Chine.
Le laboratoire d'Edmond était un cube transparent avec en son centre le cube métallique bleu-gris. À sa droite, se trouvait un espace bureau épuré avec une table semi-circulaire et trois grands écrans LCD équipés de claviers.
— Le centre de contrôle, murmura Ambra.
Langdon acquiesça. De l'autre côté de la pièce, des fauteuils, un canapé et un vélo d'appartement étaient disposés sur un tapis persan.
La grotte de l'anachorète 2.0 ! pensa Langdon avec amusement.
Il brûlait de connaître les secrets qu'avait percés ce duo improbable, le fruit de la conjonction d'un esprit hors norme et d'un calculateur surpuissant.

Ambra contemplait, fascinée, la surface luisante du cube. C'est un ordinateur? se demanda Langdon en la rejoignant.

Contrairement à la machine du rez-de-chaussée, celle-ci était froide, inerte et silencieuse tel un monolithe mystérieux.

Sa teinte bleutée évoquait Deep Blue, le super-ordinateur des années quatre-vingt-dix qui avait battu Garry Kasparov, le champion du monde d'échecs. Depuis, les progrès de la technologie informatique avaient largement dépassé la compréhension de Langdon.

— Vous voulez voir l'intérieur? proposa Winston.

Ambra ouvrit de grands yeux.

— L'intérieur du cube?

— Pourquoi pas? Edmond aurait été ravi de vous montrer les entrailles du monstre.

— Une autre fois, répondit Ambra. Je préférerais qu'on s'occupe d'entrer le mot de passe. Comment doit-on procéder?

— Cela ne prendra que quelques secondes. Et nous avons encore onze minutes devant nous. Regardez donc la merveille!

Un panneau coulissa sur une face du cube, révélant un fenestron en verre épais. Langdon et Ambra s'approchèrent de la vitre.

Langdon s'attendait à découvrir une autre pelote de câbles et de lumières clignotantes. Il n'en était rien. L'intérieur du cube était sombre et vide. On ne distinguait que de fines volutes de brume, un peu comme dans une chambre froide. La paroi de Plexiglas était d'ailleurs toute fraîche.

— C'est vide? s'étonna Ambra.

Langdon ne voyait rien non plus, mais il percevait une faible pulsation.

— Ce battement régulier que vous entendez, c'est le système de réfrigération, murmura Winston. On dirait un cœur humain.

En effet, se dit Langdon, troublé par la comparaison.

Une lumière rouge éclaira peu à peu l'intérieur. Bientôt, Langdon distingua un objet brillant : un cône métallique suspendu à la paroi supérieure, comme une stalactite.

— C'est cet objet qui a besoin d'être réfrigéré, expliqua Winston.

Le cône, d'environ un mètre cinquante de long, était composé de sept disques horizontaux au diamètre décroissant, reliés par des tiges verticales. Entre les disques métalliques, quelques fils d'une finesse extrême étaient visibles çà et là. Les volutes glacées nimbaient l'ensemble.

— Voici E-Wave! annonça Winston. Par rapport au D-Wave de la NASA et de Google, c'est un bond quantique, si vous me pardonnez ce mauvais jeu de mots!

Winston expliqua rapidement que D-Wave – le premier « ordinateur quantique » – avait ouvert aux scientifiques les portes d'un nouveau monde. Ces nouveaux processeurs, au lieu de gérer l'information de manière binaire, utilisaient les propriétés quantiques de la matière pour décupler la vitesse, la puissance et la flexibilité des machines.

— L'ordinateur quantique d'Edmond n'est structurellement guère différent de D-Wave. La seule différence perceptible, c'est ce cube autour de la machine. C'est de l'*osmium*, un élément chimique rare, et très dense, qui offre une protection magnétique, thermique et quantique optimale. Je crois aussi qu'esthétiquement cela lui plaisait bien.

Langdon sourit. Lui-même s'était fait la même réflexion.

— Ces dernières années, poursuivit Winston, alors que le Quantum Artificial Intelligence Lab de Google utilisait des machines comme D-Wave pour travailler sur ses IA, Edmond est passé à la vitesse supérieure avec son super-ordinateur. Et ceci grâce à une idée simple, et lumineuse… Le bicamérisme.

Langdon demeurait perplexe. Les deux chambres du Parlement ?

— Un cerveau. Deux hémisphères ! expliqua Winston. Le droit et le gauche.

L'esprit bicaméral ! se rappela Langdon.

Si les humains étaient si créatifs, c'était en partie parce que les deux hémisphères de leur cerveau fonctionnaient différemment. Le gauche, rationnel, était le siège de l'analyse et du langage, tandis que le droit, plus intuitif, « préférait » les images aux mots.

— L'idée brillante d'Edmond a été de fabriquer un cerveau de synthèse sur le modèle du cerveau humain, avec deux hémisphères, sauf que dans le cas de notre super-calculateur, la partition est verticale.

Langdon contempla MareNostrum qui bourdonnait au rez-de-chaussée, puis son regard remonta vers la « stalactite » silencieuse à l'intérieur du cube. Deux ordinateurs en un – un esprit bicaméral.

— Quand on les oblige à fonctionner comme une seule entité, ces deux machines adoptent des approches différentes pour résoudre un même problème – passant ainsi par les conflits et les compromis qui se produisent constamment entre les deux hémisphères du cerveau humain. Cela augmente fortement leur capacité d'apprentissage, leur créativité et en un sens… leur humanité. Dans mon cas, Edmond m'a appris à appréhender l'humanité en observant le monde extérieur et en modélisant des traits de caractère typiquement humains

– l'humour, la collaboration, les jugements de valeur, et même le sens de l'éthique.

— Alors, au final, ce double ordinateur... c'est vous ? demanda Langdon, impressionné.

Winston rit.

— Cette machine n'est pas plus moi que vous n'êtes votre encéphale, professeur. Si vous observiez votre cerveau dans un bocal de formol, vous ne diriez jamais : « Cette chose, c'est moi. » Nous sommes la somme des interactions qui se produisent à l'intérieur.

— Winston, intervint Ambra en se dirigeant vers l'espace bureau. Combien de temps avant le début de la présentation ?

— Cinq minutes et quarante-trois secondes. Vous voulez qu'on s'y mette ?

— Oui. Bonne idée !

Le panneau se referma sur le cube, et Langdon rejoignit Ambra.

— C'est quand même bizarre, Winston, reprit-elle. Tu travailles tout le temps avec Edmond, et tu ne sais rien de sa découverte ?

— Mes données sont compartimentées. Je n'ai pas plus d'informations que vous. Mais je peux formuler des hypothèses.

— Lesquelles ?

— Eh bien, il affirmait que sa découverte allait « changer la face du monde ». D'après mon expérience, les révélations qui modifient en profondeur le cours de l'histoire sont celles qui transforment les modèles de l'univers – la sphéricité de la terre de Pythagore, l'héliocentrisme de Copernic, la théorie de l'évolution de Darwin, la relativité d'Einstein...

— Edmond aurait fait une découverte de ce genre ? Un nouveau modèle du cosmos ?

— C'est une hypothèse envisageable, répondit Winston, qui se mit à parler plus vite. MareNostrum est l'un des meilleurs « simulateurs » de la planète. Il est spécialisé dans les systèmes complexes, comme le fameux « Alya Red », un cœur humain virtuel en parfait état de fonctionnement, et modélisé jusqu'au niveau cellulaire. Et depuis l'addition récente de la fonction quantique, cette machine peut gérer des systèmes un million de fois plus complexes qu'un organe humain.

Si Langdon comprenait le concept, il ne voyait toujours pas en quoi cela aidait Edmond à répondre aux questions existentielles : D'où venons-nous ? Où allons-nous ?

— Winston ? appela Ambra depuis le bureau. Comment on allume tout ça ?

— Laissez-moi faire.

Les trois écrans LCD sortirent simultanément de leur veille. Sitôt que les images apparurent, Langdon et Ambra eurent un mouvement de recul.

— Winston… c'est en direct ? s'alarma Ambra.

— Oui. Ça vient de nos caméras extérieures. J'ai pensé que vous voudriez être au courant. Ils sont arrivés il y a une dizaine de secondes.

Une petite armée de policiers s'était massée devant l'entrée de la propriété. Des agents pressaient furieusement la sonnette et tentaient de pousser le portillon, tandis que d'autres parlaient dans leur radio.

— Ne vous inquiétez pas, les rassura Winston, ils ne pourront jamais entrer. Et il ne reste que quatre minutes avant le début de la présentation.

— On devrait la lancer tout de suite ! suggéra Ambra.

Winston répondit d'un ton tranquille :

— Je crois qu'Edmond aurait préféré qu'on attende 3 heures pile, comme on l'a promis. C'était un homme de parole. De plus, les réseaux sociaux s'affolent. À ce rythme, dans quatre minutes, notre audience aura augmenté de 12,7 pour cent. Nous serons alors tout près du pic optimal. (Il paraissait agréablement surpris.) Malgré les regrettables événements de ce soir, l'annonce d'Edmond n'aurait pu être diffusée à un meilleur moment. S'il pouvait être là, il vous remercierait chaleureusement.

88.

Moins de quatre minutes ! se dit Langdon en s'installant dans le fauteuil de bureau, le regard fixé sur les trois écrans. Les caméras de sécurité continuaient de filmer les policiers, qui maintenant encerclaient la chapelle.

— Winston, tu es sûr qu'ils ne peuvent pas entrer ? demanda Ambra dans le dos de Langdon.

— Aucun risque. Edmond ne plaisantait pas avec la sécurité.

— Et s'ils coupent le courant ? s'inquiéta Langdon.

— On a une alimentation autonome. Les câbles sont enterrés et on a un double circuit. Personne ne peut interférer à ce niveau, croyez-moi.

Langdon n'insista pas.

Winston ne s'est pas trompé une seule fois… Et il a toujours protégé nos arrières.

Assis au centre de la table en fer à cheval, Langdon examina le clavier posé devant lui. Il possédait deux fois plus de touches que les modèles traditionnels – et toute une série de symboles que le professeur ne connaissait pas.

— Vous avez le mode d'emploi, Winston ?

— Ce n'est pas le bon clavier, professeur. Vous êtes devant le terminal principal d'E-Wave. Je vous l'ai dit, Edmond a caché sa découverte à tout le monde, même à moi. La vidéo doit être lancée d'un autre poste. Glissez sur votre droite. Jusqu'au bout.

À la droite de Langdon, s'alignaient une série d'ordinateurs, de plus en plus anciens et démodés.

Bizarre, se dit-il en passant devant un vieil IBM beige, qui datait sûrement de plusieurs décennies.

— Winston, c'est quoi ces dinosaures ?

— Les premières machines d'Edmond. Il les a gardées pour ne pas oublier d'où il vient. Parfois, dans les moments difficiles, il fait tourner de vieux programmes – pour se rappeler son émerveillement lorsqu'il a découvert la programmation.

— Oui, je comprends ça.

— Un peu comme votre montre Mickey.

La montre qu'on lui avait offerte quand il était enfant et qui ne quittait jamais son poignet. Comment Winston était-il au courant ? Par réflexe, il releva sa manche. Il la portait pour se rappeler de toujours rester jeune dans son cœur. Ce qu'il avait récemment avoué à Edmond, se rappela-t-il.

— Robert, intervint Ambra, on peut revenir à nos moutons ? Et entrer le mot de passe ? Même votre souris essaie d'attirer votre attention !

En effet, la main gantée de Mickey se trouvait au-dessus de sa tête, le doigt presque sur le 12. Plus que trois minutes !

Langdon s'installa devant le dernier ordinateur de la série – une boîte hideuse, marronnasse, avec un lecteur de disquettes, un vieux modem téléphonique d'une vitesse de 1 200 bauds, et un gros moniteur cathodique de douze pouces posé dessus.

— C'est un Tandy TRS-80, annonça Winston. Le premier ordinateur d'Edmond. Il l'a acheté à l'âge de huit ans et a appris tout seul la programmation en BASIC.

Malgré son âge canonique, la machine semblait réveillée, prête à l'emploi. Son œil vert affichait un message prometteur, dans une police préhistorique :

BIENVENUE, EDMOND
ENTREZ LE MOT DE PASSE :

Après « mot de passe », un curseur clignotait.

— Je tape le code ici ? interrogea Langdon, tout en se disant que c'était trop facile.

— Absolument, approuva Winston. Une fois le mot de passe entré, ce PC enverra un code de déverrouillage à la section de l'ordinateur principal qui renferme le fichier. J'aurai alors accès aux images et je pourrai les diffuser dans le monde entier, à 3 heures précises.

Même si Langdon suivait la logique, il restait perplexe devant le vieil ordi et son modem.

— Je ne comprends pas, Winston. Edmond a confié la garde de son précieux secret à une bécane qui date de Mathusalem ?

— C'est tout lui ! Vous le savez, il aimait les symboles, les vieux objets, et se mettre en scène. Ça a dû beaucoup l'amuser de rallumer son premier joujou pour lui confier les clés du chef-d'œuvre de sa vie.

C'est bien possible, songea Langdon.

— De plus, poursuivit Winston, il n'est pas illogique d'utiliser un ordinateur archaïque comme sésame. Les tâches simples ne nécessitent pas de machines sophistiquées. Et, au niveau sécurité, pirater un processeur de cette lenteur prendrait une éternité.

— Robert ! s'impatienta Ambra.

— Oui, désolé. Allons-y.

Langdon tira à lui le clavier du Tandy. Le câble torsadé s'étira à la manière d'un vieux cordon téléphonique. Les doigts sur les touches, il se remémora le vers qu'ils avaient trouvé dans la crypte de la Sagrada Família.

The dark religions are departed & sweet science reigns.

Le final du poème épique de William Blake semblait parfait pour révéler la grande découverte d'Edmond qui devait « changer la face du monde ».

Langdon poussa un long soupir, puis tapa avec précaution les derniers mots de *Vala or the Four Zoas*, sans espaces, en remplaçant l'esperluette par la conjonction « et ».

Il leva les yeux sur l'écran.

ENTREZ LE MOT DE PASSE :

- -

Langdon compta les tirets – quarante-sept.

Le compte est bon. Alea jacta est.

Il regarda Ambra, qui l'encouragea d'un signe de tête, puis pressa la touche Entrée.

L'ordinateur émit un drôle de bruit.

MOT DE PASSE INCORRECT.
NOUVEL ESSAI :

Le cœur de Langdon battait la chamade.

— Ambra, je l'ai correctement tapé ! J'en suis certain !

Il fit pivoter son fauteuil pour regarder la jeune femme, s'attendant à lui voir une expression horrifiée.

Au lieu de quoi, elle souriait.

— Professeur, vous avez oublié de déverrouiller la touche « majuscules » !

*

Au même moment, dans la basilique souterraine, le prince Julián ne comprenait pas la scène qu'il avait sous les yeux. Son père, le roi d'Espagne, était immobile dans son fauteuil roulant, tout au fond du sanctuaire.

— Père !?

Le vieux monarque ouvrit lentement les yeux, comme s'il se réveillait de sa sieste. Il esquissa un sourire.

— Merci d'être venu, mon fils, murmura-t-il d'une voix faible.

Julián s'accroupit devant lui, soulagé de le voir vivant. Néanmoins, il se rendit très vite compte que son état de santé s'était fortement détérioré.

— Comment allez-vous ?

Le roi haussa les épaules.

— Aussi bien que possible, répliqua-t-il d'un ton étonnamment enjoué. Et toi ? Tu as eu une journée plutôt… mouvementée on dirait.

Le prince ne sut que répondre.

— Que faites-vous ici, père ?

— J'avais envie de prendre l'air.

— D'accord, mais… *ici* ?

Son père avait toujours détesté ce mausolée, symbole d'une période de persécution et d'intolérance.

— Votre Majesté ! s'écria Valdespino, en se hâtant vers eux. Vous nous avez fait une de ces peurs !

Le prélat était à bout de souffle.

— Bonjour, Antonio.

Antonio ? Le prince Julián n'avait jamais entendu son père appeler l'archevêque par son prénom. En public, c'était toujours « Monseigneur ».

La familiarité inhabituelle du monarque parut déstabiliser le prélat.

— Bonjour, à vous aussi, balbutia ce dernier. Est-ce que vous vous sentez bien ?

— Le mieux du monde, répondit le roi avec un grand sourire. Je suis entouré des deux personnes les plus chères à mon cœur.

Valdespino jeta un regard inquiet au prince, avant de s'adresser de nouveau au roi :

— Votre Majesté, je suis allé chercher Julián, comme vous me l'aviez demandé. Puis-je me retirer à présent pour vous laisser discuter en privé ?

— Non, Antonio. J'ai un aveu à faire. En présence de mon confesseur.

Valdespino secoua la tête.

— Votre fils n'attend certainement pas d'explications pour vos agissements de ce soir. Je suis sûr qu'il…

— Ce soir ? reprit le roi en riant. Non, Antonio, je vais lui avouer le secret que je lui ai caché toute ma vie.

89.

🌐 ConspiracyNet.com

FLASH SPÉCIAL

UNE ÉGLISE ATTAQUÉE !

Cette fois, non pas par Edmond Kirsch – mais par la police espagnole !

La chapelle Torre Girona de Barcelone est assiégée en ce moment même par les autorités locales. À l'intérieur, Robert Langdon et Ambra Vidal auraient réussi à lancer la présentation tant attendue d'Edmond Kirsch. La grande révélation est imminente.

Le compte à rebours a commencé !

90.

Ambra Vidal entendit le vieil ordinateur émettre un *ping* – Langdon avait correctement tapé le vers de William Blake !

MOT DE PASSE CORRECT.

La jeune femme se jeta au cou de Langdon et l'étreignit joyeusement.

Edmond serait tellement heureux, se dit-elle.

— Deux minutes et trente-trois secondes ! claironna Winston.

Ambra s'écarta de Langdon, et tous deux se tournèrent vers les écrans. Le moniteur central affichait un compte à rebours semblable à celui au Guggenheim.

Transmission dans 2 minutes 33 secondes
Followers connectés : 227 257 914

Plus de deux cents millions de personnes ?

Ambra était médusée. Apparemment, pendant leur course-poursuite à travers Barcelone, le monde entier avait retenu son souffle.

Edmond allait bénéficier d'une audience sans précédent.

Les images des caméras de vidéosurveillance étaient toujours affichées à côté du compte à rebours. Ambra remarqua un curieux changement dans l'activité de la police. Un à un, les agents sortaient leurs smartphones. Bientôt, le parvis devant l'église se transforma en une marée de visages éclairés par les portables.

Edmond avait arrêté le cours du temps ! Partout à travers le globe, les gens se préparaient à regarder la vidéo.

Je me demande si Julián est connecté..., songea Ambra.

— Paré au lancement ! annonça Winston. Si vous voulez bien passer au salon, vous serez plus à l'aise.

— Merci, Winston.

Langdon et Ambra longèrent le cube bleuté pour gagner l'espace *lounge* aménagé par Edmond.

Quand Ambra posa ses pieds nus sur le tapis persan, elle sentit son corps se détendre instantanément. Elle s'installa dans le canapé, les jambes repliées sous elle, puis regarda autour d'elle, perplexe.

— Où est l'écran ?

Langdon, qui s'était éloigné pour examiner un objet dans une vitrine, n'entendit pas sa question. Mais Ambra eut sa réponse quand elle vit l'une des parois de verre s'éclairer.

Transmission dans 1 minute 39 secondes
Followers connectés : 227 501 173

La jeune femme contempla l'image de trois mètres de haut tandis que les lumières de l'église se tamisaient.

Winston avait l'art de créer l'ambiance !

Langdon était toujours absorbé par sa trouvaille – un petit cylindre, posé sur un élégant piédestal, comme une pièce de musée. Un tube à essai fermé d'un bouchon contenant un liquide épais et brunâtre. Un instant, Langdon se demanda si cela pouvait être un traitement expérimental pour la maladie d'Edmond.

Puis il lut l'étiquette.

Qu'est-ce que ça fichait ici ?

Il existait très peu de tubes à essai « célèbres » dans le monde, mais celui-ci, indubitablement, en était un.

Incroyable qu'Edmond en possède un !

Encore une acquisition discrète. Et sans doute pour une somme astronomique. Comme le tableau de Gauguin à la Casa Milà.

Langdon se pencha pour étudier la fiole vieille de soixante-dix ans. Les noms sur le papier défraîchi étaient encore lisibles.

MILLER-UREY.

Il n'en revenait toujours pas.

Mon Dieu…, songea-t-il. *D'où venons-nous ?*

Dans les années cinquante, les chimistes Stanley Miller et Harold Urey avaient mené une expérience scientifique dont le but était de répondre à cette question. Bien que la tentative *stricto sensu* ait échoué, leurs travaux avaient été salués par le monde entier, et les deux chimistes étaient passés à la postérité.

Langdon se rappelait son émerveillement quand il avait appris en cours de biologie que les deux scientifiques avaient tenté de recréer les conditions de l'origine de la vie sur Terre – une planète recouverte de mers bouillantes et sans vie, grouillant de substances chimiques.

La soupe primordiale.

Après avoir répliqué les éléments qui se trouvaient dans l'océan et l'atmosphère originels – l'eau, le méthane, l'ammoniac et l'hydrogène –, Miller et Urey avaient fait chauffer la préparation pour simuler le bouillonnement des eaux. Puis ils l'avaient bombardée de décharges électriques pour imiter la foudre. Enfin, ils avaient laissé reposer la mixture, comme les océans de la planète s'étaient progressivement refroidis.

Leur but était simple et audacieux – créer l'étincelle de vie dans la mer primitive.

Simuler la Création, par le seul biais de la science.

Miller et Urey espéraient que des micro-organismes se formeraient dans leur décoction riche en éléments chimiques – un procédé inédit appelé « abiogenèse ». Malheureusement, leur tentative de créer la « vie » à partir de la matière inanimée avait échoué. Au lieu d'organismes vivants, ils s'étaient retrouvés avec une série d'éprouvettes contenant un liquide abritant des composés organiques inertes et des acides aminés, aujourd'hui oubliées dans un placard de l'université de San Diego.

De nos jours, les créationnistes citent encore « l'Expérience Miller-Urey » comme preuve que la vie n'avait pas pu apparaître sur Terre sans l'intervention de Dieu.

— Trente secondes, résonna la voix de synthèse.

Langdon observa la pénombre autour de lui. Winston disait que les grandes découvertes scientifiques engendraient de nouveaux « modèles » de l'univers. Il leur avait aussi expliqué que MareNostrum était un puissant « simulateur » – capable de reproduire des systèmes complexes et de les étudier.

L'Expérience Miller-Urey, songea Langdon, est en réalité l'une des toutes premières modélisations... Elle simulait les interactions chimiques complexes sur la planète originelle.

— Robert ! appela Ambra. Ça commence !

— J'arrive !

En s'asseyant à côté de sa partenaire, il était encore troublé par la présence de cette éprouvette dans la vitrine.

Les paroles d'Edmond au Guggenheim lui revenaient en mémoire : « Ce soir, soyons comme ces anciens explorateurs d'antan, ces gens qui ont tout laissé derrière eux pour traverser les vastes océans... » « Le temps de la religion est terminé. L'humanité va entrer de plain-pied dans une nouvelle ère : celle de la science !... » « Imaginez ce qui se passerait si nous avions enfin la réponse à ces questions. »

Les dernières secondes du compte à rebours s'égrenaient.

— Ça va, Robert ? s'inquiéta Ambra.

Comme Langdon acquiesçait, une musique dramatique emplit la pièce, et le visage d'Edmond apparut en gros plan sur le mur. Le célèbre futurologue paraissait amaigri et les traits tirés, mais il souriait à la caméra.

— D'où venons-nous ? demanda-t-il avec une excitation manifeste, tandis que la musique diminuait. Et où allons-nous ?

Ambra agrippa la main de Langdon.

— Ces deux questions font partie de la même histoire, continua-t-il. Alors reprenons depuis le début – le *tout* début...

Edmond plongea la main dans sa poche et en ressortit un tube contenant un liquide brunâtre. Sur l'étiquette, figuraient les deux noms :

MILLER-UREY.

Langdon sentit son cœur s'emballer.

— Notre voyage commence il y a très très longtemps... quatre milliards d'années avant Jésus-Christ... quelque part dans la soupe primordiale...

91.

Assis à côté d'Ambra sur le canapé, Langdon, voyant le teint cireux d'Edmond, éprouva une pointe de tristesse à l'idée que son ami avait souffert en silence d'une maladie incurable. Ce soir, pourtant, les yeux du futurologue brillaient d'excitation.

— Dans un instant, je vais vous parler de cette petite fiole, déclara-t-il en levant le tube. Mais d'abord, allons faire un petit plongeon... dans la soupe primordiale.

Son visage laissa la place à un océan bouillonnant illuminé d'éclairs et parsemé d'îles volcaniques qui crachaient des cendres sous un ciel d'orage.

— Est-ce là que tout a commencé ? Une réaction spontanée dans une mer remplie de substances chimiques ? Un microbe venu de l'espace grâce à une météorite ? Ou… la main de Dieu ? Hélas, on ne peut pas remonter le temps pour assister à cet événement. Tout ce que l'on sait, c'est ce qui s'est passé *après*, quand la vie est apparue. L'évolution. Et nous avons l'habitude de la représenter ainsi…

La frise chronologique familière de l'évolution humaine apparut à l'écran – un singe primitif voûté derrière une série d'hominidés qui se redressaient progressivement, jusqu'au dernier, bien droit, dont le corps n'avait plus le moindre poil.

— Oui, les humains ont évolué. C'est un fait scientifique irréfutable, et grâce aux études fossiles, nous avons pu en établir une chronologie claire. Mais que se passerait-il si nous pouvions observer l'évolution *à l'envers* ?

Soudain, les cheveux d'Edmond se mirent à pousser et son visage prit les traits d'un humain primitif. Sa structure osseuse se métamorphosa en celle d'un grand singe, puis le processus passa en vitesse rapide, montrant des espèces de plus en plus anciennes – lémuriens, paresseux, marsupiaux, ornithorynques, dipneustes –, avant de plonger sous les eaux pour muter en anguilles, poissons, créatures gélatineuses, plancton, amibes, jusqu'à ce qu'il ne reste plus du futurologue qu'une microscopique bactérie – une cellule unique dans l'immensité de l'océan.

— Les premières étincelles de vie, conclut Edmond. C'est là que notre flash-back s'arrête, faute de pellicule. Nous ne savons pas comment les premières formes de vie ont surgi dans la mixture chimique. Il nous manque la première image du film.

T=0, se dit Langdon en imaginant un flash-back similaire sur l'expansion de l'univers, le cosmos se réduisant irrémédiablement, jusqu'à n'être plus qu'un point lumineux. Les cosmologistes étaient arrivés à la même impasse.

— La « Cause Première », reprit Edmond. C'est le terme utilisé par Darwin pour décrire ce moment insaisissable de la Création. Il a prouvé que la vie avait continuellement évolué, mais n'a pu déterminer comment le processus avait débuté. Autrement dit, le titre *L'Origine des espèces* frise la publicité mensongère !

Langdon sourit.

— Alors comment sommes-nous apparus sur Terre ? En d'autres termes, d'où venons-nous ? demanda Edmond avec une lueur espiègle dans le regard. Dans quelques instants, vous aurez la réponse à cette question. Une réponse surprenante, j'en conviens. Mais, ce soir, vous ne serez pas au bout de vos surprises. (Il sourit à la caméra.) Parce que la réponse à « où allons-nous ? » est plus inattendue encore.

Langdon et Ambra échangèrent un regard perplexe. Même si Langdon soupçonnait le futurologue d'en faire un peu trop, cette dernière déclaration lui laissa un sentiment de malaise.

— Depuis les premiers récits sur la Création, les origines de la vie restent un grand mystère. Pendant des millénaires, les philosophes et les scientifiques ont cherché des indices de la première étincelle.

Edmond leva le tube contenant la mixture brune.

— Dans les années cinquante, deux chercheurs – les chimistes Miller et Urey – ont mené une expérience pour tenter de résoudre cette énigme.

Langdon se pencha vers Ambra.

— C'est le tube à essai qui se trouve juste là, murmura-t-il en désignant la vitrine.

— Pourquoi Edmond a-t-il ça dans son labo ?

Langdon haussa les épaules. Son appartement de la Casa Milà ne manquait pas non plus d'objets inattendus. L'éprouvette était sans doute à ses yeux une pièce de collection concernant l'histoire des sciences.

Edmond décrivit succinctement les efforts de Miller et Urey pour recréer la soupe primordiale et faire naître la vie dans le bain chimique.

L'écran affichait à présent un article du *New York Times* datant du 8 mars 1953 et intitulé « Revenir deux milliards d'années en arrière ».

— Évidemment, cette expérience a suscité quelques inquiétudes. Les conséquences pouvaient être dramatiques, surtout pour le monde religieux. Si la vie apparaissait au fond d'une éprouvette, on pourrait en conclure que les lois de la chimie sont suffisantes. On n'aurait plus besoin d'un être surnaturel pour générer l'étincelle de la Création. La vie ne serait qu'un simple produit dérivé des lois de la nature. Et surtout, si la vie est apparue spontanément sur Terre, alors elle a certainement surgi ailleurs dans le cosmos. Conclusion : l'homme n'est pas unique ; l'homme n'est pas le centre de l'univers de Dieu.

Edmond lâcha un soupir.

— Cela dit, comme vous le savez peut-être, l'expérience Miller-Urey a échoué. Elle a produit quelques acides aminés, mais rien qui se rapproche de près ou de loin à une forme vivante. Les chimistes ont répété maintes fois l'expérience, avec différents ingrédients, différentes températures, mais cela n'a rien changé. Il semblerait que la vie – comme les croyants le pensent depuis toujours – requière l'intervention de Dieu. Miller et Urey ont fini par abandonner leurs expérimentations. La communauté religieuse a poussé un soupir de soulagement et le monde scientifique s'est retrouvé à la case départ... (Kirsch esquissa un sourire amusé.) Du moins jusqu'en 2007... où s'est produit un événement inattendu.

Le futurologue expliqua que les tubes de Miller-Urey avaient été redécouverts dans un placard de l'université de San Diego après la mort de Miller. Ses étudiants avaient refait des analyses des échantillons à l'aide de techniques modernes – comme la chromatographie en phase liquide et la spectrométrie de masse – et obtenu des résultats étonnants. Apparemment, l'expérience originelle des deux chimistes avait produit bien plus d'acides aminés et de composants complexes que Miller n'avait pu le mesurer à son époque. Les nouvelles analyses révélèrent même la présence de bases nucléiques – les briques de l'ARN, et à terme, de l'ADN.

— Ce fut une formidable épopée scientifique, conclut Edmond, qui légitimait l'idée que la vie pouvait naître... sans intervention divine. Il semblerait que l'expérience Miller-Urey ait finalement réussi... elle avait seulement besoin d'une gestation plus longue. N'oublions pas un élément clé : l'apparition de la vie a nécessité plusieurs milliards d'années, alors que ces éprouvettes sont restées dans un placard une cinquantaine d'années seulement. Si ce temps géologique était rapporté en kilomètres, cette expérience n'en avait exploré que les premiers microns.

Kirsch marqua un silence pour que l'image pénètre bien les esprits.

— Inutile de vous préciser que cette aventure a suscité un regain d'intérêt pour la création de la vie en laboratoire.

Ça me revient, songea Langdon. Le département de biologie de Harvard avait à l'époque organisé une fête intitulée avec humour « BYOB : Bring Your Own Bacterium ».

— Évidemment, cela a provoqué une violente réaction chez les leaders religieux, ajouta Edmond.

La page d'accueil d'un site – creation.com – apparut sur l'écran mural. Il s'agissait d'une des cibles récurrentes des railleries d'Edmond. Mais pour Langdon, l'organisation, fervente adepte du créationnisme, était loin de représenter le monde religieux.

Le site indiquait qu'ils se donnaient pour mission de réaffirmer la véracité de la Bible, et en particulier le récit de la Genèse.

— Creation.com est populaire, influent, et héberge des dizaines de blogs sur les dangers de reprendre les travaux de Miller et Urey. Heureusement, ses fidèles n'ont rien à craindre. Même si cette expérience réussissait à produire la vie, cela prendrait probablement deux milliards d'années !

Edmond tenait toujours le tube à essai.

— Comme vous pouvez l'imaginer, j'aimerais faire un bond de deux milliards d'années pour réexaminer le contenu de cette éprouvette et prouver aux créationnistes qu'ils ont tout faux. Mais pour ça, il me faudrait une machine à voyager dans le temps…, ironisa Kirsch. Alors j'en ai fabriqué une.

Langdon jeta un coup d'œil à Ambra, qui n'avait pas bougé depuis le début de la présentation. Ses yeux sombres étaient rivés sur l'écran.

— Fabriquer une machine à explorer le temps... n'est pas si compliqué. Je vais vous montrer.

Une salle de bar déserte se matérialisa sur la paroi de verre. Le futurologue entra dans la pièce et se dirigea vers une table de billard. Les boules colorées étaient disposées en triangle sur le tapis vert. Edmond saisit une queue, se pencha sur la table, et donna un coup dans la boule blanche, qui fusa vers le triangle.

Au moment où elle allait entrer en collision avec les billes de couleur, Edmond cria :

— Stop !

Et la bille blanche se figea juste avant l'impact.

— Maintenant, pouvez-vous deviner quelles billes vont tomber dans les trous ? Et dans quels trous ? Non, bien sûr que non. Il existe des milliers de possibilités. Mais imaginez que vous puissiez vous projeter quinze secondes plus tard, observer le résultat, et revenir au présent ? Eh bien, chers amis, nous avons aujourd'hui la technologie pour le faire.

Edmond s'avança vers une série de minuscules caméras fixées aux bords de la table.

— Grâce à des capteurs mesurant la vitesse, la rotation, et la direction de la boule en mouvement, j'obtiens un état du système à un instant t. Cet « instantané » me permet de réaliser des prédictions extrêmement précises de sa trajectoire future.

Cela rappelait à Langdon le simulateur de golf qu'il avait essayé, et qui lui prédisait avec une acuité déprimante que sa balle allait terminer dans les bois.

Kirsch venait de sortir un grand smartphone. Sur l'écran du portable, la bille blanche virtuelle était immobile et une série d'équations mathématiques flottaient au-dessus.

— Connaissant la masse, la position et la vitesse précises de ma boule, je peux calculer ses interactions futures avec les autres, et prédire la suite des événements.

Il toucha l'écran. Aussitôt, la boule blanche revint à la vie et fit éclater le triangle. Les billes colorées s'éparpillèrent sur le tapis et quatre d'entre elles tombèrent dans quatre poches différentes.

— Quatre d'un coup, déclara Kirsch, le regard rivé sur son smartphone. Pas mal, non ? (Il reporta les yeux vers la caméra.) Vous ne me croyez pas ?

Il claqua des doigts au-dessus de la vraie table et la bille blanche frappa les autres billes, qui s'entrechoquèrent avant de se disperser en tous sens. Comme il l'avait prédit, les quatre boules annoncées disparurent dans les quatre trous.

— Pas vraiment une machine à voyager dans le temps, reconnut-il avec un sourire, mais elle nous donne un bon aperçu du futur. Et je peux modifier des paramètres. Par exemple, enlever tous les coefficients de frottements, pour que les boules roulent éternellement…

Pressant plusieurs touches, Edmond lança une nouvelle simulation. Cette fois, sitôt le triangle brisé, les billes ricochèrent en tous sens sans ralentir, et chutèrent une à une dans les trous, jusqu'à ce qu'il ne reste que deux boules en roue libre sur le tapis.

— Si j'en ai assez d'attendre que les deux dernières tombent, il me suffit de passer en avance rapide.

D'une simple pression sur l'écran, les boules prirent une vitesse vertigineuse, ricochèrent frénétiquement contre les bords avant de terminer leur course folle dans une poche de la table.

— Voilà comment je peux voir le futur… bien avant qu'il ne se produise. Les simulateurs informatiques sont en réalité des machines virtuelles à explorer le temps. (Il fit une pause.) Bien sûr, les équations mathématiques sont plutôt simples pour un petit système isolé comme une table de billard. Et si nous tentions le coup avec une configuration plus complexe ?

Avec un grand sourire, Edmond brandit la fiole de Miller-Urey.

— J'imagine que vous devinez où je veux en venir. Si la modélisation informatique peut nous emmener dans le futur, pourquoi ne pas faire un bond en avant de plusieurs milliards d'années ?

Ambra s'agita nerveusement sur le canapé.

— Vous vous doutez que je ne suis pas le premier scientifique à rêver de modéliser la soupe primitive. Sur le papier, c'est assez simple, mais en pratique c'est d'une complexité cauchemardesque.

Les mers bouillonnantes réapparurent, puis les éclairs, les volcans, les tempêtes…

— Modéliser la chimie de l'océan requiert une simulation d'une précision moléculaire. C'est comme si, pour prédire la météo, on était capable de donner à tout moment la position de chaque molécule d'air. Pour modéliser la mer originelle, il nous faut un ordinateur capable d'intégrer les lois fondamentales de la physique – cinétique, thermodynamique, gravitation, conservation de l'énergie, etc. – mais aussi de la chimie, afin de recréer les liaisons possibles entre les atomes dans la soupe primitive.

La caméra plongea sous l'eau et zooma sur une goutte d'eau, où des molécules virtuelles se brisaient et se recombinaient dans un tourbillonnement.

— Hélas, reprit Edmond, de nouveau à l'écran, une simulation d'une telle ampleur nécessite une puissance de calcul phénoménale qu'aucun ordinateur sur cette planète ne possède. (Son regard pétillait de malice.) Aucun ordinateur… sauf un !

Un orgue joua la célèbre ouverture de la *Toccata et Fugue en ré mineur* de Bach tandis qu'apparaissait à l'écran le super-ordinateur de Kirsch.

— L'E-Wave, évidemment…, murmura Ambra, qui n'avait pas dit un mot depuis le début de la présentation.

Avec la célèbre fugue de Bach en fond sonore, Kirsch se lança dans une description emphatique de sa machine, qui s'acheva sur un gros plan de son « cube quantique ». Un accord tonitruant conclut la séquence.

Edmond avait décidément le sens du spectacle, songea Langdon, admiratif.

— Oui, E-Wave est capable de recréer l'expérience Miller-Urey en réalité virtuelle, avec une précision inouïe. Comme il était impossible de modéliser tout l'océan originel, j'ai reproduit le mélange de cinq litres imaginé par nos deux célèbres chimistes.

Un ballon se matérialisa sur l'écran. L'image grossit… grossit… jusqu'à ce qu'on atteigne le niveau moléculaire – des atomes bondissaient en tous sens dans le liquide bouillant, sous l'effet de la température, de l'électricité et des diverses interactions.

— Cette modélisation intègre tout ce que nous avons appris sur la soupe primordiale depuis l'expérience Miller-Urey – telle la présence probable de radicaux hydroxyles provenant de la vapeur d'eau ionisée et d'oxysulfures de carbone liés à l'activité volcanique, ainsi que l'influence d'une atmosphère cette fois plus riche en CO_2.

Dans la préparation bouillonnant à l'écran, des grappes d'atomes se formèrent peu à peu.

— Maintenant, j'enclenche l'avance rapide…, annonça Edmond, tout excité.

Après une brusque accélération, des structures toujours plus complexes se dessinèrent.

— Au bout d'une semaine, on voit apparaître les acides aminés évoqués par Miller et Urey. (L'image se brouilla de nouveau, sous l'effet d'une nouvelle avance rapide.) Puis... environ cinquante ans après, on distingue les bases nucléiques de l'ARN.

La mixture bouillonnait de plus en plus.

— Alors, j'ai laissé le temps agir...

Les molécules continuaient de s'agréger, les structures de se complexifier, tandis que le programme traversait les siècles, les millénaires, les millions d'années.

— Et devinez ce qui est apparu à la fin ?

Langdon et Ambra se penchèrent, suspendus aux lèvres du scientifique.

— Rien ! Absolument rien ! Pas la moindre trace de vie. Aucune apparition spontanée. Pas de miraculeuse création. Juste une décoction de substances chimiques. (Kirsch soupira longuement.) Une seule conclusion s'imposait. (Il regarda la caméra d'un air grave.) La vie... a effectivement besoin de l'intervention de Dieu.

Langdon n'en crut pas ses oreilles. *Qu'est-ce qu'il raconte ?*

Puis le visage de Kirsch s'éclaira d'un grand sourire.

— Ou alors... j'avais oublié un ingrédient essentiel dans la recette.

92.

Ambra Vidal imaginait les millions de gens qui, comme elle, regardaient leur écran, fascinés.

— Quel était cet ingrédient manquant ? Pourquoi ma soupe primordiale refusait-elle de produire la vie ? Je n'en avais aucune idée. Alors, ainsi que le ferait tout homme de science, j'ai posé la question à plus expert que moi !

Une universitaire à lunettes apparut : le docteur Constance Gerhard, biochimiste à Stanford.

— Créer la vie ? répéta la chercheuse dans un rire. On ne sait pas faire ! C'est bien le problème. Quand il s'agit du processus de création – transformer des composants chimiques inanimés en êtres vivants –, on n'a pas de réponse ! Il n'existe aucune explication scientifique à l'apparition de la vie. En fait, la notion même d'organisation cellulaire spontanée semble en conflit direct avec la loi de l'entropie !

— L'entropie, reprit Edmond, qui marchait à présent sur une superbe plage. La mesure du désordre. Le second principe de la thermodynamique stipule : « L'entropie de tout système isolé ne peut que croître. » Autrement dit : « Tout doit s'écrouler ! » (Il claqua des doigts et un château de sable surgit à ses pieds.) Je viens d'assembler des millions de grains de sable en une forteresse. Voyons ce que l'univers en pense.

Aussitôt, une vague balaya la construction.

— Oups ! L'univers a trouvé ma structure trop organisée ! Les grains de sable ont été disséminés sur la plage. C'est l'entropie à l'œuvre. Les vagues qui déferlent sur le rivage ne les déposent pas sous la forme de tours et de créneaux. Les châteaux de sable n'apparaissent pas spontanément dans l'univers… ils ne font que disparaître.

Edmond claqua une nouvelle fois des doigts et se retrouva dans une élégante cuisine.

— Quand vous faites chauffer un café, continua-t-il en sortant une tasse fumante d'un micro-ondes, vous concentrez l'énergie thermique dans une tasse. Si vous laissez la tasse une heure sur le plan de travail, la chaleur se dissipe dans la pièce, comme le sable s'éparpille sur une plage. Encore un coup de l'entropie ! Et ce processus est irréversible. Vous pouvez attendre une éternité, l'univers ne réchauffera jamais votre café. (Edmond sourit.) Tout comme il ne reconstituera pas vos œufs brouillés.

Ambra avait vu un jour une œuvre baptisée *Entropy* – un mur de briques, de plus en plus décrépites, qui se transformaient progressivement en un tas de ruines.

Le docteur Gerhard reprit la parole :

— Nous vivons dans un univers entropique, un monde dont les lois physiques créent du désordre, pas de l'ordre. Alors, une question se pose : comment des substances chimiques inertes peuvent-elles s'organiser en formes de vie complexes ? Je ne suis pas croyante, mais j'avoue que la vie est le seul mystère scientifique qui laisse la porte ouverte à l'intervention d'un créateur.

Kirsch réapparut à l'image.

— C'est toujours agaçant quand des personnes intelligentes utilisent le terme « créateur ». (Il haussa les épaules.) D'accord, la science n'a pas d'explication à l'origine de la vie sur Terre. Mais, croyez-moi, si l'on cherche une force invisible capable de créer de l'ordre dans un univers chaotique, on trouve des réponses bien plus simples que Dieu.

Il tenait une assiette en carton remplie de limaille de fer. Il sortit un gros aimant et le plaqua sous l'assiette. Aussitôt, les grains métalliques s'alignèrent pour dessiner une série d'arcs.

— Une force invisible a organisé cette limaille de fer. Dieu ? Non… l'électromagnétisme !

Le scientifique se matérialisa à côté d'un trampoline. Des billes étaient disséminées un peu partout sur la surface tendue.

— Voilà un éparpillement parfaitement aléatoire, mais si je fais ceci…

Il posa une boule de bowling sur la toile élastique et la fit rouler. Les billes se précipitèrent contre la sphère, créant un cercle autour d'elle.

— La main de Dieu ? Non. Là, c'est juste la gravité.

Nouveau gros plan du futurologue.

— Et il semblerait que la vie ne soit pas la seule forme d'ordre fabriquée par l'univers. On trouve de nombreux exemples de molécules inertes organisées en structures complexes.

Un montage de plusieurs images s'afficha – le vortex d'une tornade, un flocon de neige, les rides de courant dans les lits des rivières, un cristal de roche, les anneaux de Saturne.

— Comme vous le voyez, parfois, l'univers organise la matière – ce qui contredit la loi de l'entropie… Alors quoi ? L'univers préfère l'ordre ? Ou le chaos ?

À l'écran, Kirsch se dirigeait vers le dôme du prestigieux Massachusetts Institute of Technology.

— Pour la communauté scientifique, dans son immense majorité, la réponse est : le chaos. L'entropie règne en maître et l'univers tend irrémédiablement vers le désordre. Plutôt déprimant, non ? (Il se tourna vers la caméra.) Dernièrement, j'ai rencontré un jeune physicien qui a eu une idée… Une idée qui pourrait bien être la clé de l'énigme.

*

Jeremy England ?

Langdon était étonné de connaître le nom que venait de citer Kirsch. Ce chercheur, âgé d'une trentaine d'années, était la coqueluche du MIT depuis qu'il avait fait sensation dans le tout nouveau domaine de la « biologie quantique ».

Par une étrange coïncidence, Jeremy England et Robert Langdon avaient fréquenté la même école – la Phillips Exeter Academy –, et la première fois que Langdon avait entendu parler du jeune physicien, c'était en lisant le magazine des anciens élèves, un article intitulé « Systèmes organisés à dissipation d'énergie ». S'il n'avait pas tout compris à l'article, Langdon avait été intrigué d'apprendre que Jeremy England était à la fois un brillant scientifique et un homme profondément croyant – en l'occurrence juif orthodoxe.

Pas étonnant qu'Edmond se soit intéressé à ses travaux !

Un nouveau protagoniste s'invita dans la discussion : le physicien Alexander Grosberg, de l'université de New York.

— Apparemment, Jeremy England aurait identifié le principe physique sous-jacent à l'origine de la vie.

À ces mots, Langdon se redressa. Ambra attendait elle aussi impatiemment la suite.

Un autre universitaire prit la parole :

— Si England réussit à démontrer que sa théorie est vraie, déclara Edward J. Larson, historien et lauréat du prix Pulitzer, son nom restera dans les annales. Il pourrait être le prochain Darwin.

Langdon savait que le travail de Jeremy England avait fait des vagues, mais là, c'était un tsunami !

Carl Franck, un physicien de l'université Cornell, ajouta :

— Tous les trente ans environ, la science fait un grand pas en avant... Et ce pourrait bien en être un.

Une série de gros titres se succédèrent à l'écran :

LE SCIENTIFIQUE QUI POURRAIT RÉFUTER DIEU !
LA FIN DU CRÉATIONNISME ?
DIEU, MERCI, ON N'A PLUS BESOIN DE TOI !

La liste se poursuivait, suivie d'extraits de magazines scientifiques, qui tous suggéraient la même chose : si Jeremy England parvenait à démontrer cette nouvelle théorie, les conséquences seraient sans précédent – aussi bien pour la science que pour la religion.

Langdon lut le dernier extrait qui s'affichait, un article paru dans le magazine en ligne *Salon*, datant du 3 janvier 2015 :

« DIEU, COINCÉ DANS LES CORDES : LA THÉORIE QUI TERRIFIE LES CRÉATIONNISTES ET LA DROITE CHRÉTIENNE.

Un jeune professeur du MIT est en passe d'achever l'œuvre de Darwin... »

Kirsch revint à l'image, marchant à grandes enjambées dans un couloir d'université.

— Alors ? Quel est ce pas de géant qui fait si peur aux créationnistes ?

Il s'arrêta devant une porte sur laquelle était indiqué : england lab @ MIT Physics

— Allons poser la question à l'intéressé !

93.

Le jeune homme qui s'exprimait à présent était Jeremy England. Grand et mince, le menton ombré d'une barbe, il se tenait devant un large tableau rempli d'équations.

— D'abord, disait-il en souriant, je rappelle que cette théorie reste à prouver. Pour le moment, ce n'est qu'une hypothèse. Cela dit, si l'on arrive un jour à la vérifier, les répercussions seront phénoménales.

Les minutes suivantes, le physicien donna les grandes lignes de sa théorie qui, comme la plupart des idées de génie, était étonnamment simple.

Si Langdon comprenait bien où England voulait en venir, l'univers obéissait à une seule directive. Un but ultime.

Dissiper de l'énergie.

Donc, quand l'univers trouvait des zones d'énergie concentrée, il les dispersait. Tel l'exemple de la tasse à café qui communiquait sa chaleur aux autres molécules de la pièce, conformément au second principe de la thermodynamique.

Voilà pourquoi Edmond l'avait interrogé sur les mythes de la Création lors de leur dernière entrevue ! – tous parlaient d'énergie ou de lumière se répandant à l'infini et chassant les ténèbres.

England pensait justement avoir trouvé comment l'univers dissipait son énergie.

— Puisque l'univers est entropique et cherche toujours l'état de plus grand désordre, pourquoi existe-t-il autant d'exemples de molécules qui s'organisent d'elles-mêmes ?

À l'écran, réapparurent les images projetées un peu plus tôt – le vortex d'une tornade, les rides de courant du lit des rivières, un flocon de neige.

— Il s'agit en fait de « structures dissipatives » – des groupes de molécules qui se sont agencées pour disperser plus efficacement l'énergie.

England expliqua que les tornades étaient une manière pour la nature de convertir une zone de haute pression en force rotationnelle, qui finissait par s'épuiser toute seule. Même principe avec les rides de courant : elles permettaient de dissiper plus efficacement l'énergie du cours d'eau. Quant aux flocons de neige, ils disséminaient l'énergie solaire en formant des structures multifacettes qui reflétaient la lumière dans toutes les directions.

— Pour résumer, reprit England, la matière s'organise pour mieux disperser l'énergie. Pour favoriser le *désordre*, la nature crée des poches d'*ordre*. Ces poches sont des structures qui, au final, intensifient le chaos d'un système, augmentant ainsi son entropie.

Langdon trouvait une certaine logique à la théorie d'England – les exemples étaient partout. Lorsqu'un nuage d'orage se chargeait d'électricité statique, des éclairs se formaient. Autrement dit, l'univers inventait un mécanisme de dissipation, la foudre, qui déchargeait l'énergie du nuage dans le sol, accentuant ainsi l'entropie du système.

Pour créer efficacement du désordre, comprit Langdon, il faut un certain ordre.

Il songea malgré lui aux bombes nucléaires : pouvait-on les considérer comme des instruments entropiques ? De la matière organisée pour semer le chaos ?

D'ailleurs, le symbole mathématique de l'entropie lui faisait un peu penser à une explosion, ou au Big Bang, avec ses flèches dans toutes les directions.

— Et alors, me direz-vous ? poursuivit England. Quel rapport entre l'entropie et l'origine de la vie ? (Il s'approcha du tableau noir.) Il se trouve que la vie est un outil très puissant de dissipation d'énergie.

Le physicien dessina un soleil dont les rayons frappaient un arbre.

— Un arbre, par exemple, absorbe l'intense énergie solaire, s'en sert pour pousser, et renvoie un rayonnement infrarouge – une forme moins concentrée d'énergie. La photosynthèse est une machine entropique très efficace. On peut en dire autant des organismes vivants – et des humains – qui consomment de la nourriture, la convertissent en énergie, puis la dispersent sous forme de chaleur. En conclusion, je dirais que la vie non seulement obéit aux lois de la physique, mais qu'elle en est le produit !

Langdon réprima un frisson. C'était tellement logique ! Quand le soleil inonde un carré de terre fertile, la nature fait pousser une plante qui dissipe l'énergie. Lorsque les cheminées hydrothermales des grands fonds marins créent une zone bouillante, la vie se matérialise à cet endroit pour la même raison.

— J'ai bon espoir, ajouta England, qu'un jour on prouve que la vie a émergé spontanément de la matière inerte… grâce aux seules lois de la physique.

Une théorie scientifique claire sur l'apparition de la vie... sans l'aide de Dieu, songea Langdon.

— Je suis un homme croyant, continua England, pourtant ma foi, comme ma science, est en perpétuelle évolution. Je considère que ma théorie est sans rapport avec la spiritualité. J'essaie simplement de décrire le fonctionnement de l'univers tel qu'il est. Je laisse les questions existentielles aux penseurs et aux philosophes.

Voilà un jeune homme plein de sagesse ! se dit Langdon. Si sa théorie est prouvée un jour, elle aura l'effet d'une bombe.

— Pour l'instant, que tout le monde se détende ! Pour des raisons évidentes, cette hypothèse est très difficile à vérifier. Mon équipe et moi-même avons quelques idées pour modéliser un système évolutionnaire fondé sur la dissipation d'énergie, mais cela va nous prendre des années.

England disparut, remplacé par Kirsch debout près de son ordinateur quantique.

— Des années ? Pour lui, peut-être – pas pour moi ! C'est justement ce type de modélisation que j'ai développé.

Le futurologue s'approcha de sa table de travail.

— Si le professeur England a vu juste, le cosmos n'avait pas besoin de dix commandements, un seul lui suffit : disséminer l'énergie !

Edmond s'assit à son bureau et entra des instructions sur son clavier. Des lignes de codes incompréhensibles s'affichèrent à l'écran au-dessus de lui.

— Il m'a fallu plusieurs semaines pour reprogrammer toute l'expérience. Cette fois, je lui ai donné un objectif fondamental, une « raison d'être » : dissiper l'énergie à tout prix ! J'ai demandé à l'ordinateur d'être aussi créatif que possible pour augmenter l'entropie dans la soupe primordiale. Et je lui ai laissé la possibilité de fabriquer tous les outils qu'il jugerait nécessaires pour atteindre son but.

Edmond cessa de taper et fit pivoter son siège vers son public.

— Ensuite, j'ai lancé le programme et... bingo! C'était l'ingrédient manquant à ma recette virtuelle!

Langdon et Ambra retinrent leur souffle alors que la caméra plongeait de nouveau dans les eaux bouillonnantes originelles. Dans le royaume de l'infiniment petit, les atomes bondissaient, s'entrechoquaient et se combinaient allègrement.

— Après une avance rapide de plusieurs centaines d'années, j'ai vu se former les acides aminés de Miller-Urey.

Langdon n'avait rien d'un chimiste, pourtant il reconnut la forme caractéristique d'une chaîne protéique. Puis, le processus se poursuivant, les structures moléculaires se combinèrent en un motif complexe, qui rappelait les alvéoles de la ruche.

— Des nucléotides! s'écria Kirsch tandis que les hexagones continuaient de fusionner. Des milliers d'années ont défilé sous nos yeux! Et grâce à l'avance rapide, on discerne un dessin bien particulier...

L'une des chaînes de nucléotides s'enroula sur elle-même, prenant une forme hélicoïdale.

— Vous voyez? Après des millions d'années, le processus cherche à bâtir une structure pour répandre l'énergie, comme England l'avait prédit!

Langdon vit la petite spirale se dédoubler, et reconnut la double hélice du composant chimique le plus célèbre de la planète.

— Robert, murmura Ambra, stupéfaite. C'est... ?

— De l'ADN ! annonça Edmond en faisant un arrêt sur image. Nous y sommes. L'ADN, la base de la vie. Le code biologique du vivant. Et pourquoi, me direz-vous, un système bâtirait-il de l'ADN pour dissiper de l'énergie ? Eh bien, parce que plusieurs mains travaillent mieux qu'une ! Une forêt absorbe plus de lumière solaire qu'un seul arbre. Si vous êtes un outil de l'entropie, le moyen le plus simple d'abattre plus d'ouvrage est de se dupliquer.

Le visage d'Edmond réapparut sur l'écran.

— Et après un nouveau bond dans le futur, un phénomène extraordinaire s'est produit... L'évolution darwinienne s'est enclenchée ! (Il se tut un long moment.) Quoi d'étonnant à ça ? L'évolution permet à l'univers de tester et d'améliorer ses outils sans relâche. Les plus efficaces survivent, se multiplient et se perfectionnent. Au bout du compte, certains ressemblent à des arbres, d'autres... à nous !

À présent le futurologue flottait dans l'espace, l'orbe bleu de la Terre derrière lui.

— D'où venons-nous ? Eh bien, de nulle part. Et de partout à la fois. Nous sommes le produit des mêmes lois physiques qui ont créé la vie ailleurs dans le cosmos. Nous n'avons rien de spécial. Nous existons avec ou sans Dieu. Nous sommes l'inévitable résultante de l'entropie. La vie n'est pas le but de l'univers. Elle n'est qu'un instrument pour dissiper son énergie.

Langdon doutait de la réelle portée de cette découverte. Certes, cela allait bouleverser bien des conceptions dans de nombreux domaines scientifiques. Mais, s'agissant de la religion, la vision des gens allait-elle visiblement changer ? Depuis des siècles, les croyants passaient outre les faits scientifiques et les explications rationnelles pour s'accrocher à leurs convictions religieuses.

Ambra paraissait tout aussi partagée.

— Mes amis, conclut Kirsch. Certains auront d'ores et déjà compris la signification profonde de ce que je viens de vous montrer. Pour ceux qui seraient encore sceptiques, encore un peu de patience, car cette découverte m'a conduit à en faire une autre, qui devrait achever de vous convaincre.

Il laissa planer un long silence.

— Nous savons désormais d'où nous venons. Attendez de voir vers quoi nous allons…

94.

Des pas précipités résonnèrent dans la basilique souterraine. Un agent de la Guardia arriva en courant vers les trois hommes.

— Votre Majesté ! s'écria le garde, à bout de souffle. Edmond Kirsch… la vidéo… elle est diffusée…

Valdespino poussa un long soupir.

Ça devait arriver.

Pourtant, il avait le cœur lourd à l'idée que le monde était en train de regarder le film qu'il avait vu avec al-Fadl et Köves dans la bibliothèque de Montserrat.

D'où venons-nous ? La réponse de Kirsch – le rejet de la Création divine – était à la fois arrogante et blasphématoire. Elle aurait un effet dévastateur sur les gens qui aspiraient à des idéaux supérieurs et admiraient le Dieu qui les avait créés à Son image.

Hélas, Kirsch ne s'arrêtait pas là. Après ce premier sacrilège, il allait en proférer un autre, bien plus dangereux, en répondant à la seconde question : « Où allons-nous ? »

Un cauchemar ! Une calamité ! Valdespino et ses confrères avaient supplié le futurologue de ne pas révéler le résultat de ses travaux. Les dégâts seraient irréversibles.

Pas seulement pour les croyants, mais pour l'humanité tout entière !

95.

On n'a plus besoin de Dieu, se répéta Langdon. Seulement des lois de la physique.

La notion de « génération spontanée » était débattue depuis des siècles par les esprits les plus brillants du monde. Et ce soir, Edmond Kirsch affirmait, arguments à l'appui, que ce phénomène était bien réel.

Personne n'a jamais réussi à le démontrer... ni à l'expliquer.

À l'écran, de minuscules organismes barbotaient dans la soupe primordiale virtuelle.

— En voyant ce qu'avait engendré ma modélisation, reprit Kirsch, je me suis demandé ce qui se passerait si je laissais tourner le programme... Ma potion virtuelle allait-elle générer tout le règne animal, y compris l'espèce humaine ? Et ensuite ? Si j'attendais suffisamment longtemps, ma simulation pouvait-elle prédire l'étape suivante de l'évolution humaine ? Et nous dire où nous allons ?

Kirsch se trouvait de nouveau auprès d'E-Wave.

— Hélas, même cet ordinateur ne peut créer une modélisation de cette ampleur. Alors j'ai cherché un moyen de réduire les calculs... Et je me suis inspiré d'un autre pionnier... ce cher Walt Disney !

Un vieux dessin animé en noir et blanc apparut à l'écran. Langdon reconnut aussitôt *Steamboat Willie*, qui datait de 1928.

En quatre-vingt-dix ans, le « dessin animé » avait bien changé – depuis les premiers cellulos de Mickey aux films d'animation en 3D.

À côté du vieux cartoon, apparut l'extrait d'un film numérique récent.

— Un bond technologique comparable aux millénaires d'évolution qui séparent les peintures pariétales des œuvres de Michel-Ange. En tant que futurologue, je m'intéresse à toutes les innovations techniques. Et celle que j'ai empruntée au monde de l'animation s'appelle l'interpolation. C'est un procédé informatique qui génère des images intermédiaires entre deux moments clés d'un mouvement, afin de créer un enchaînement fluide. Au lieu de dessiner toutes les images, les artistes demandent à l'ordinateur de boucher les trous. (Kirsch laissa planer un silence.) Quand j'ai entendu parler de l'interpolation, j'ai compris que je tenais la clé pour ouvrir les portes du futur.

— Où veut-il en venir ? demanda Ambra.

Langdon n'eut pas le temps de répondre. Une autre image surgissait à l'écran. Une image bien connue.

— L'évolution humaine ! Cette frise est une sorte de dessin animé primitif. Grâce à la science, nous avons établi des étapes clés – premiers singes anthropoïdes, Australopithèques, Homo habilis, Homo erectus, Homme de Neandertal – mais les transitions restent floues.

Ingénieux, songea Langdon.

Par interpolation, Edmond avait rempli les blancs de l'évolution humaine. Le futurologue expliqua que plusieurs études sur le génome s'étaient servies de fragments osseux pour compléter la signature génétique d'une douzaine d'étapes intermédiaires entre notre ancêtre, le Sahelanthropus, et l'*Homo sapiens*.

— Si je prenais les génomes primitifs existants comme points de référence, continua Edmond, je pouvais demander à E-Wave de bâtir le modèle évolutionniste qui les relie entre eux. J'ai donc commencé par une caractéristique simple – la taille relative du cerveau –, un indicateur des capacités cognitives.

Un graphique s'afficha à l'écran.

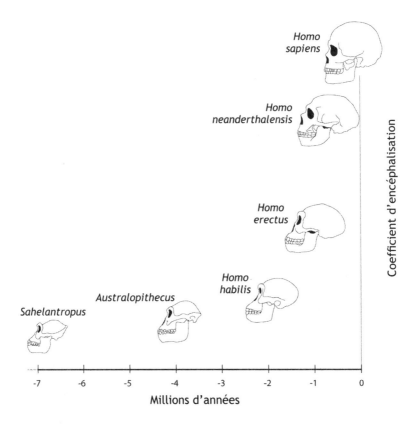

— En plus des paramètres anatomiques, E-Wave a modélisé des milliers de marqueurs génétiques qui influencent les fonctions cognitives – comme la reconnaissance spatiale, le registre du vocabulaire, la mémoire à long terme et la vitesse de traitement de l'information.

Les courbes qui se succédèrent présentaient toutes la même croissance exponentielle.

— Ensuite, E-Wave a fait une simulation inédite de l'évolution de l'intellect humain. (Le visage d'Edmond revint au premier plan.) Pour quoi faire ? me direz-vous. Pourquoi analyser le processus qui a fait des humains l'espèce dominante ? Parce que nous cherchons à établir une logique, qu'un ordinateur pourra appliquer à l'avenir. Si je vous dis deux, quatre, six, huit... et après ? Vous répondez : dix. En somme, E-Wave va devoir deviner ce dix. Lorsqu'il aura simulé l'évolution intellectuelle, je lui poserai une question très simple : « Et après ? À quoi ressemblera l'intellect humain dans cinq cents ans ? » Autrement dit : « Où allons-nous ? »

Langdon était fasciné par ce raisonnement. Même s'il en savait trop peu sur la génétique pour mesurer la pertinence des prédictions d'Edmond, il jugeait le concept brillant.

— L'évolution d'un organisme est toujours liée à ce qui l'entoure. Alors j'ai demandé à E-Wave de créer parallèlement une simulation environnementale du monde actuel – grâce à toutes les données culturelles, politiques, scientifiques, météorologiques et technologiques à notre disposition... Le modèle devait prendre en compte tous les facteurs susceptibles d'affecter le développement du cerveau – les nouvelles drogues, les progrès de la médecine, la pollution, les influences culturelles, etc. Ensuite, j'ai lancé le programme.

Le visage du futurologue s'afficha en gros plan. Il regardait droit vers la caméra.

— Et il s'est passé quelque chose d'inattendu... Et de très troublant. Vraiment...

Langdon sentit son pouls s'accélérer.

— Alors j'ai recommencé la simulation. Malheureusement, le résultat était toujours le même... J'ai vérifié tous les paramètres, toutes les données, j'ai relancé le programme un nombre incalculable de fois. Mais rien à faire...

Edmond avait-il découvert que l'intellect, après une constante progression, était à présent sur le déclin ?

— Comme les résultats me paraissaient impossibles, j'ai demandé à l'ordinateur de les analyser. Et E-Wave m'a communiqué sa réponse sous la forme d'un dessin.

L'écran montrait un graphique de l'évolution animale depuis cent millions d'années. Des bulles colorées, placées sur une échelle de temps horizontale, s'élargissaient ou se réduisaient en fonction de l'apparition et de la disparition des espèces. La partie gauche était dominée par les dinosaures – qui avaient déjà atteint leur développement maximal à cette période de l'Histoire. Ils étaient représentés par la plus grosse bulle, qui n'avait cessé de croître, jusqu'à leur brutale extinction autour de soixante-cinq millions d'années avant Jésus-Christ.

— Ce tableau des espèces dominantes est établi en fonction de plusieurs critères : population, position dans la chaîne alimentaire, suprématie dans la compétition interspécifique et impact sur l'environnement. En gros, ça montre qui sont les « boss » de la planète.

Langdon examina les bulles qui se contractaient ou se dilataient au gré de l'évolution.

— L'*Homo sapiens* existe depuis deux cent mille ans, mais son influence n'était pas assez significative pour apparaître sur ce graphique avant environ soixante-cinq mille ans. À cette époque, nous avons inventé l'arc et la flèche, ce qui a fait de nous de redoutables prédateurs.

Au-dessus du marqueur « 65 000 ans avant J.-C. », on distinguait une petite tache bleue, avec la mention *Homo sapiens*, qui restait longtemps quasiment de la même taille. Puis vers l'an 1000 av. J.-C., elle se mettait brusquement à enfler, et continuait de grossir de manière exponentielle.

Tout à droite du diagramme, la bulle bleue occupait presque toute la hauteur de l'écran.

Les humains de l'ère moderne, songea Langdon. De loin l'espèce la plus influente sur Terre.

— Évidemment, en l'an 2000, l'Homme domine. Rien ne le menace. (Il se tut un instant.) Mais, si vous regardez bien, on discerne l'émergence d'une autre bulle... juste là.

L'image zooma sur une minuscule tache noire au-dessus de l'énorme sphère de l'humanité.

— Une nouvelle espèce a déjà fait son apparition.

Langdon la voyait distinctement, mais elle semblait dérisoire comparée à la masse bleue – un tout petit poisson sur le dos d'une baleine.

— Je sais que ce nouveau venu ne paraît guère inquiétant, mais si on observe son évolution de l'an 2000 à aujourd'hui, on voit clairement que notre intrus était bien là, et s'est insidieusement développé.

Le graphique défila et Langdon sentit sa poitrine se serrer. En seulement deux décennies, la bulle noire avait pris une ampleur considérable. Désormais, elle occupait un quart de l'écran et suivait de près l'*Homo sapiens*.

— Qu'est-ce que c'est que ça ? murmura Ambra avec effroi.

— Aucune idée, répondit Langdon. Une sorte de virus dormant ?

Il passa mentalement en revue la liste des virus qui avaient fait des ravages dans différentes régions du monde, mais il ne voyait pas quelle espèce avait pu se développer aussi rapidement sans que personne s'en rende compte.

Une bactérie venue de l'espace ?

— Cette nouvelle espèce a une croissance fulgurante, poursuivit le scientifique. Elle étend son territoire. Surtout, elle évolue, et bien plus vite que les humains. (Kirsch regarda la caméra d'un air grave.) Et si je laisse la simulation tourner encore quelques décennies, voilà ce qui arrive…

Le diagramme avança jusqu'en 2050.

Langdon se leva d'un bond, les yeux écarquillés d'horreur.

— Mon Dieu! bredouilla Ambra, devenue toute pâle.

La bulle noire avait avalé la bulle humaine.

— Ça fait un choc, je sais. Mais chaque fois que je lance la simulation, c'est la même conclusion. L'humanité évolue jusqu'à aujourd'hui, puis une nouvelle espèce émerge, et nous éradique de la surface de la Terre.

Langdon s'efforçait de se rappeler que ce n'était qu'une modélisation informatique. Malheureusement, ce genre d'images frappait plus les esprits que des chiffres bruts. Et ce diagramme ne laissait guère de place au doute : l'extinction de l'humanité était inéluctable!

— Oui, mes amis, déclara le futurologue d'une voix d'outre-tombe, comme s'il venait d'annoncer la collision imminente d'un astéroïde, notre espèce est au bord de l'extinction. Comme vous le savez, j'ai fait de nombreuses prédictions au cours de ma vie, qui toutes se sont réalisées. Pour celle-ci, j'ai vérifié et revérifié les données, à tous les niveaux, et je peux vous assurer, avec une marge d'erreur quasi nulle, que la race humaine telle que nous la connaissons n'existera plus dans cinquante ans.

Chez Langdon, la surprise fit place à la colère.

Qu'est-ce que tu fiches, Edmond? C'est irresponsable! Ce n'est qu'une simulation!

La moindre erreur pouvait fausser toute l'analyse. Les gens l'écoutaient et le respectaient... Ça allait être l'hystérie collective !

— Une dernière chose, reprit Kirsch d'un ton encore plus sinistre. Si vous regardez bien ce tableau, vous pouvez constater que cette nouvelle espèce ne nous élimine pas complètement. En réalité... elle nous absorbe.

96.

Les envahisseurs nous absorbent ?

Langdon avait sûrement mal compris. Les humains serviraient d'incubateurs vivants à une autre espèce, comme dans les films *Alien* ?

Prostrée sur le canapé, Ambra regardait fixement le graphique à l'écran. L'issue semblait inévitable ; l'humanité allait être avalée par un nouvel organisme en quelques décennies. Plus effrayant encore, cette entité vivait déjà sur Terre, et gagnait discrètement du terrain.

— Bien sûr, je ne pouvais pas dévoiler ces informations avant d'avoir identifié cette menace, reprit Kirsch. Alors j'ai fait des recherches. Et j'ai fini par découvrir l'intrus.

Le tableau qui s'affichait maintenant, Langdon l'avait étudié à l'école primaire. C'était celui de la classification des êtres vivants, divisée en « six règnes » – Animaux, Végétaux, Protistes, Bactéries, Archées, Champignons.

— Quand j'ai identifié ce colonisateur, continua Kirsch, j'ai compris qu'il était trop multiforme pour être qualifié d'« espèce ». Dans la hiérarchie taxonomique, on ne pouvait pas non plus le considérer comme un ordre. Ni même un embranchement. (Le futurologue regardait droit vers la caméra.) Notre planète est colonisée par une entité bien plus importante, que nous sommes forcés de considérer comme un tout nouveau règne.

Le Septième Règne !

Langdon avait suivi une conférence TED où Kevin Kelly, un auteur passionné de culture numérique, annonçait cet avènement. Plusieurs écrivains de science-fiction des années cinquante avaient prophétisé sa venue.

Il s'agissait d'un règne d'êtres *non vivants*.

Ces organismes évoluaient comme les êtres vivants – ils se complexifiaient, s'adaptaient à de nouveaux environnements, conquéraient d'autres territoires, et tandis que certains disparaissaient, d'autres poursuivaient leur évolution. Parfait exemple de la sélection darwinienne, ils s'étaient développés à une vitesse stupéfiante, et formaient à présent un septième règne aux côtés de celui des Animaux et des cinq autres.

On l'appelait : « le Technium ».

Edmond s'était lancé dans une description étourdissante du nouveau maître de la planète – qui incluait toutes les formes de *technologie*. Les machines s'amélioraient ou disparaissaient suivant la « loi du plus fort » énoncée par Darwin ; elles s'adaptaient constamment à leur environnement, développaient de nouvelles fonctionnalités pour survivre, et dupliquaient les plus efficaces.

— Le fax a disparu comme le dodo ! Et l'iPhone ne survivra que s'il continue à surpasser ses concurrents.

Les machines à écrire et à vapeur n'ont pas résisté au changement, alors que l'*Encyclopaedia Britannica* a su s'adapter, des pieds numériques ont poussé à ses trente-deux encombrants volumes et, comme le dipneuste, la vénérable encyclopédie a pu conquérir des territoires inconnus.

Langdon songea avec émotion à son vieil Instamatic Kodak – à l'époque, le T-Rex de la photographie grand public – qui avait été réduit en poussière par l'arrivée du météorite numérique.

— Il y a cinq cents millions d'années, poursuivit Kirsch, notre planète a connu une éruption de vie – l'Explosion cambrienne – où la majorité des espèces de la planète sont apparues au même moment. Aujourd'hui, nous assistons à l'explosion cambrienne du Technium. De nouvelles technologies naissent quotidiennement, évoluent à toute allure, et chaque innovation permet d'en créer de nouvelles. L'invention de l'ordinateur a permis l'émergence de formidables outils – des smartphones aux vaisseaux spatiaux en passant par les robots-chirurgiens. Le Technium progresse bien trop vite pour nous ! Et pourtant nous sommes ses créateurs.

L'image dérangeante de la forme noire happant la bulle bleue était revenue à l'écran.

La technologie annihilant l'humanité ?

L'idée était terrifiante, mais elle paraissait aussi très improbable. Un avenir à la *Terminator*, où les machines extermineraient les humains jusqu'au dernier ?

Les humains contrôlaient la technologie, se persuada Langdon. Ils avaient un instinct de survie. Jamais ils ne laisseraient les machines prendre le pouvoir !

Mais, d'un coup, il mesura sa naïveté. *Winston !* Langdon avait vu une IA supérieure à l'œuvre. Et même si elle suivait les instructions de son créateur, combien de temps faudrait-il à ce genre de machines pour décider de satisfaire leurs propres désirs ?

— Certes, d'autres avant moi ont prédit le règne de la technologie, continua Kirsch, mais je suis le premier à l'avoir modélisé… et à être capable de vous montrer ce qu'il va nous faire. (Il s'approcha du marqueur 2050, où la zone noire occupait tout l'espace.) Je reconnais qu'à première vue l'avenir paraît bien sombre…

Kirsch se tut. Une lueur malicieuse s'alluma dans ses yeux.

— Pourtant, en y regardant de plus près…

La caméra zooma sur la tache. Elle n'était finalement pas d'un noir d'encre, mais plutôt bleu nuit.

— Ainsi que vous le voyez, quand la bulle noire absorbe la bulle bleue, elle prend une teinte différente – aux reflets bleutés – comme si les deux couleurs s'étaient mélangées.

Langdon n'était pas certain que ce soit une bonne nouvelle.

— Ce que vous observez ici est un processus évolutionniste. Cela s'appelle l'endosymbiose. D'ordinaire, l'évolution opère par embranchements – une espèce se scinde en deux –, mais parfois, quand deux espèces ne peuvent survivre l'une sans l'autre, elles fusionnent.

Cela rappelait à Langdon le syncrétisme – quand deux religions se fondaient en une seule.

— Vous doutez que humains et technologie puissent fusionner ? lança Kirsch. Regardez donc autour de vous !

L'écran diffusa une succession d'images… des gens consultant leur smartphone, portant des lunettes de réalité virtuelle, ajustant leurs écouteurs bluetooth, faisant leur jogging avec un lecteur mp3 à la ceinture ; un dîner en famille avec une « enceinte intelligente » au centre de la table ; un enfant dans son lit avec une tablette numérique.

— Et ce ne sont que les prémices de cette symbiose. On envisage aujourd'hui d'insérer des puces électroniques directement dans nos cerveaux, d'injecter dans nos veines des nanorobots qui détruisent le cholestérol, d'être équipés de membres artificiels contrôlés mentalement, d'utiliser des outils de génie génétique pour modifier notre génome et, littéralement, de fabriquer une version améliorée de nous-mêmes.

Kirsch prit une expression soudain enjouée.

— Les êtres humains vont évoluer en une entité différente. Nous serons une espèce hybride – fusion de la biologie et de la technologie. Les outils qui sont aujourd'hui hors de nous – smartphones, prothèses auditives, lunettes de vue, médicaments – seront dans cinquante ans incorporés à notre corps, à tel point que nous ne pourrons plus nous considérer comme des *Homo sapiens*.

Le dessin familier réapparut – la progression des premiers primates à l'homme moderne.

— En un clin d'œil, nous allons tourner la page suivante de l'évolution, et lorsque nous regarderons en arrière, l'*Homo sapiens* nous apparaîtra comme un homme de Néandertal. Les nouvelles technologies comme la cybernétique, l'intelligence artificielle, la cryogénisation, l'ingénierie génétique et la réalité virtuelle vont transformer à tout jamais la définition du terme « humain ». Je sais que certains d'entre vous considèrent les *Homo sapiens* comme l'espèce élue par Dieu, et je comprends que, pour vous, c'est la fin du monde annoncée. Mais je vous supplie de me croire… le futur sera plus radieux que vous ne l'imaginez.

Le futurologue se lança dans une description de l'avenir pleine d'espoir. Même Langdon n'aurait jamais affiché un tel optimisme.

Dans le monde de demain, la technologie serait omniprésente et si peu chère qu'elle comblerait le fossé entre les nantis et les pauvres. Grâce aux innovations environnementales, tout le monde aurait accès à l'eau potable, à une alimentation saine, et aux énergies propres. Les maladies comme le cancer auraient été éradiquées par les progrès de la thérapie génique. La puissance d'Internet serait enfin domestiquée, et diffuserait la connaissance à tous les peuples, même dans les coins les plus reculés de la planète. Les chaînes de montage robotisées affranchiraient les ouvriers des tâches abrutissantes, et leur ouvriraient des métiers nouveaux, dans des domaines encore inimaginables. Et surtout, de nouvelles technologies créeraient une telle abondance de ressources que les humains n'auraient plus jamais à se battre.

En écoutant ce discours, Langdon ressentit une émotion qu'il n'avait pas éprouvée depuis très longtemps. Un sentiment que partageaient sans doute les millions d'internautes connectés : l'espoir d'un monde meilleur.

— Je n'ai qu'un regret concernant cette ère nouvelle…, conclut Edmond d'une voix émue. Je ne serai pas là pour voir ça. Mes proches l'ignorent, mais je suis malade. Contrairement à ce que je pensais, je ne vais pas vivre éternellement… Au moment où vous visionnerez cette vidéo, je n'aurai plus que quelques semaines devant moi… peut-être seulement quelques jours. Sachez, mes amis, que m'adresser à vous ce soir fut un immense honneur. Et une grande joie. Je vous remercie de m'avoir écouté.

Ambra se leva. Comme Langdon, elle contemplait avec un mélange d'admiration et de tristesse leur ami faire ses adieux au monde.

— Nous sommes à un tournant de l'histoire, continua le futurologue, une époque où le monde paraît se détraquer, et où rien ne va plus. Mais les grands bouleversements sont toujours précédés d'une période de peur et de doute. Ayez foi en l'amour et la créativité de l'homme. Car, ensemble, ces deux forces ont le pouvoir de repousser tous les maux.

Ambra ne put retenir ses larmes. Langdon passa un bras autour de ses épaules, tandis que leur ami mourant leur adressait ses derniers mots :

— Nous allons entrer dans l'inconnu et devenir des êtres d'exception, dont les pouvoirs dépasseront nos rêves les plus fous. En chemin, j'espère que nous n'oublierons pas ces paroles de Churchill : « La responsabilité est le prix de la grandeur. »

Ces paroles trouvèrent un écho en Langdon, qui craignait bien souvent que l'homme n'ait pas cette sagesse.

— Avant de vous quitter, j'aimerais vous lire une prière que j'ai écrite.

Edmond a écrit une prière ?

— Je l'ai intitulée « Prière pour le Futur ». (Il ferma les yeux et déclama lentement :) Puisse notre esprit éclairer notre technologie. Notre compassion être plus forte que nos pouvoirs. Et l'amour, et non la peur, être le moteur du changement.

Puis il se tut avant de conclure :

— Adieu, mes amis, je vais où sont nos pères… Pour vous, en revanche, tout commence.

Edmond Kirsch resta un long moment les yeux fixés sur la caméra, puis son visage disparut. C'était la fin du signal. En contemplant l'écran brouillé de neige, Langdon ressentit une immense fierté pour son ami.

Il imaginait les millions de gens qui, comme Ambra et lui, venaient de vivre ce moment historique. Curieusement, il se surprit à penser que le futurologue n'aurait pu mieux tirer sa révérence.

97.

Dans le bureau de Mónica Martín, le commandant Diego Garza, toujours menotté, regardait fixement le téléviseur. À la demande de Mónica, les deux agents chargés de sa surveillance avaient accepté qu'il assiste à la grande présentation de Kirsch.

Garza avait écouté les révélations du futurologue en compagnie de la responsable de la communication, de Suresh, d'une demi-douzaine de gardes et d'un groupe d'employés de nuit qui avaient délaissé leur tâche pour ne rien rater de l'événement.

La vidéo de Kirsch avait maintenant fait place à une mosaïque d'éditions spéciales en provenance des JT du monde entier. Autant de présentateurs et d'experts qui s'empressaient de reprendre les déclarations du futurologue, en y allant de leurs commentaires – une belle cacophonie !

Au même instant, un des officiers de Garza déboula dans la pièce et scruta l'assemblée. Lorsqu'il repéra son supérieur, il le rejoignit à grandes enjambées. Sans un mot d'explication, il ôta ses menottes et lui tendit un téléphone :

— Un appel pour vous, mon commandant – de Mgr Valdespino.

Garza considéra le portable avec méfiance. Après l'échappée clandestine de l'archevêque et le SMS retrouvé sur son téléphone, celui-ci était bien la dernière personne dont il attendait l'appel.

— Garza à l'appareil, annonça-t-il.

— Merci de me répondre, dit le prélat d'une voix fatiguée. Je sais que vous avez eu une rude soirée.

— Où êtes-vous ?

— Dans les montagnes. Devant la basilique de la Valle de los Caídos. Je viens de m'entretenir avec le prince Julián et Sa Majesté.

Que faisait le roi là-bas, à une heure pareille ? s'étonna Garza. Dans son état !

— J'imagine que vous savez que le roi m'a fait arrêter ?

— Oui. C'est une regrettable erreur. À laquelle nous venons de remédier.

Garza observa avec soulagement son poignet libre.

— Sa Majesté m'a demandé de vous présenter ses excuses, reprit Valdespino. Je vais veiller sur lui ici, à l'hôpital. J'ai bien peur que la fin soit proche.

Pour vous aussi, pensa Garza.

— Je dois vous informer que Suresh a trouvé un message plutôt dérangeant sur votre téléphone. Je crois que le site ConspiracyNet.com va le publier bientôt. J'imagine que les autorités vont vous arrêter.

L'archevêque poussa un long soupir.

— Ah oui, le message. J'aurais dû venir vous trouver dès que je l'ai reçu, ce matin. Je n'ai rien à voir avec le meurtre de Kirsch, vous devez me croire. Ni avec le décès de mes deux compagnons.

— Mais le message vous implique personnellement...

— On m'a piégé. Quelqu'un s'est donné beaucoup de mal pour me faire passer pour coupable.

Certes, Garza n'avait jamais imaginé Valdespino capable de meurtre, mais l'idée que quelqu'un cherche à le piéger, lui, paraissait tout aussi absurde.

— Qui ferait une chose pareille ? Et pourquoi ?

— Je ne sais pas, murmura Valdespino avec lassitude. Quelle importance maintenant ? Ma réputation est ruinée et l'ami qui m'est le plus cher au monde, le roi, est aux portes du trépas. Tout le reste n'est que poussière au vent.

Valdespino soupira de nouveau.

— Je suis fatigué, commandant. Je ne survivrai pas à une enquête. Et, de toute évidence, j'ai l'impression que le monde n'a plus besoin de moi.

Sa détresse était perceptible.

— J'ai une faveur à vous demander, reprit l'ecclésiastique. Pour l'heure, je m'efforce de servir deux rois – l'un sur le point de céder sa place à l'autre. Le prince Julián a cherché à joindre sa fiancée toute la soirée. Si vous pouviez le mettre en relation avec Mlle Vidal, le futur roi d'Espagne vous en serait éternellement reconnaissant.

*

Sur l'esplanade de la basilique, Valdespino contemplait la vallée dans la nuit. Une fine brume grimpait aux falaises hérissées de pins. Au loin, le cri d'un oiseau de proie déchira le silence.

Un vautour moine, songea Valdespino. Le gémissement plaintif du rapace semblait si approprié que l'archevêque se demanda s'il ne s'agissait pas d'un signe.

Un peu plus loin, des agents de la Guardia poussaient le fauteuil du roi vers le véhicule qui devait le reconduire à l'hôpital.

Je veillerai sur toi, jusqu'au bout, mon ami, se promit le prélat. Si on m'y autorise.

Plusieurs agents consultèrent leurs téléphones, puis regardèrent Valdespino à la dérobée, comme s'ils s'attendaient à devoir bientôt l'arrêter.

Pourtant, je suis innocent!

Sûrement un coup monté d'un des fanatiques de Kirsch. Quoi de plus réjouissant pour la communauté athée que de clouer au pilori un éminent représentant de l'Église catholique?

Et ce qu'il venait d'apprendre renforçait encore ses soupçons. Contrairement à la vidéo que le futurologue lui avait montrée à l'abbaye de Montserrat, celle de ce soir s'était terminée sur une note d'espoir.

Kirsch les avait tous manipulés!

Quelques jours plus tôt, Valdespino et ses confrères avaient visionné un film qui s'achevait sur le tableau qui annonçait l'extinction de l'humanité.

L'apocalypse biblique!

Même si l'archevêque ne croyait pas un traître mot des prédictions de Kirsch, il craignait que beaucoup se laissent berner. Au fil de l'Histoire, les âmes crédules avaient toujours été les victimes des prophéties apocalyptiques… Des sectes du Jugement dernier encourageaient le suicide collectif pour échapper aux atrocités annoncées dans le Nouveau Testament; des fondamentalistes s'endettaient à vie, persuadés que la fin du monde était pour demain.

Il n'y a rien de pire pour nos enfants que de perdre espoir, avait songé Valdespino. Lui-même avait puisé sa force spirituelle dans l'amour de Dieu et la promesse du paradis.

J'ai été créé par Dieu, lui avait-on appris quand il était enfant. Et un jour, je vivrai pour toujours dans le royaume de Dieu.

À Montserrat, Kirsch leur avait dit tout le contraire : « L'Homme était le fruit du hasard, et bientôt il ne sera plus. »

Valdespino s'était inquiété des dommages que ce message allait provoquer parmi les plus démunis – ceux qui luttaient quotidiennement pour nourrir leurs enfants ; ceux qui avaient besoin d'une lueur d'espoir pour trouver la force de se lever tous les matins.

Pourquoi Kirsch s'était-il arrêté à cette fin apocalyptique ? Pourquoi ne leur avait-il pas tout dit ? Cela restait un mystère.

Voulait-il protéger sa révélation finale ? Ou tout simplement jouer avec leurs nerfs ?

Quoi qu'il en soit, le mal était fait.

L'archevêque vit Julián soutenir son père avec tendresse, et l'aider à monter dans la voiture. Le jeune prince avait étonnamment bien pris la confession du roi.

Un secret que Sa Majesté gardait depuis plusieurs décennies.

Bien sûr, Valdespino connaissait ce secret et s'était chargé de le protéger. Cette nuit, le roi avait décidé de le révéler à son fils unique. Et le faire ici – dans ce tombeau de l'intolérance – était un acte symbolique.

Le prélat contemplait l'abîme devant lui ; il se sentait désormais si seul. Un petit pas… et il plongeait dans les ténèbres.

Mais s'il se laissait aller, les disciples de Kirsch ne se priveraient pas de raconter qu'il avait perdu la foi après les révélations de leur prophète.

Non, ma foi ne mourra pas, monsieur Kirsch. Son règne est bien supérieur à celui de votre science.

De plus, si la technologie devait régner sur Terre, l'humanité allait connaître une grande période de doute. Elle aurait plus que jamais besoin d'un guide.

Alors qu'il traversait l'esplanade pour rejoindre le roi et le prince Julián, une grande lassitude s'empara de Valdespino.

Pour la première fois de sa vie, il ne désirait rien d'autre que s'allonger, fermer les yeux, et dormir pour toujours.

98.

Dans le Centro Nacional de Supercomputación, les commentaires des internautes se succédaient à l'écran. Juste avant, journalistes et experts du monde entier avaient tenté de faire entendre leur voix dans une mosaïque d'images. Puis la liaison avec les rédactions internationales avait été interrompue.

Assis à côté d'Ambra, Langdon reconnut la photo de Stephen Hawking. Puis la voix de synthèse du célèbre physicien qui déclarait : « Il n'est nul besoin d'invoquer Dieu pour faire naître l'univers. La création spontanée suffit à expliquer qu'il y ait quelque chose plutôt que rien. »

Le scientifique fit place à une femme pasteur qui parlait depuis chez elle, via un ordinateur. « N'oublions pas que ces simulations ne prouvent rien sur Dieu. Elles montrent seulement qu'Edmond Kirsch n'a de cesse de détruire la boussole de notre espèce. Depuis la nuit des temps, la religion est notre guide vers une société civilisée, notre carte des valeurs morales pour ne pas nous perdre sur le chemin de la vie. En s'en prenant à la religion, Kirsch renie ce qu'il y a de bon en l'homme ! »

Une seconde plus tard, la réponse d'un téléspectateur s'inscrivit sur la paroi : « La religion n'a aucun droit de s'approprier la morale… Je suis un type bien parce que je suis un type bien ! Dieu n'a rien à voir là-dedans ! »

Un professeur de géologie s'invita dans la discussion : « Avant, les hommes pensaient que la terre était plate et que les bateaux s'approchant du bord du monde risquaient de tomber dans le vide. Quand on a prouvé que notre planète était ronde, les obscurantistes défenseurs de la terre plate se sont tus. Les créationnistes sont les obscurantistes de notre époque moderne ! Dans cent ans, eux aussi auront disparu ! »

Un jeune homme interviewé dans la rue répondit à la caméra : « En tant que créationniste, je pense que les révélations de cette nuit prouvent que notre bienveillant Créateur a créé l'univers précisément pour accueillir la vie. »

Apparut alors une vieille rediffusion de l'émission *Cosmos*, où l'astrophysicien Neil deGrasse Tyson déclarait avec humour : « Si un créateur a voulu que l'univers soit le berceau de la vie, il a très mal fait son boulot ! Dans la majeure partie du cosmos, aucune forme vivante ne peut survivre ! Entre l'absence d'atmosphère, les radiations brûlantes, les pulsars mortels, les champs gravitationnels écrasants… croyez-moi, l'univers n'a rien du Jardin d'Éden ! »

En écoutant cette joute verbale, Langdon eut l'impression que le monde ne tournait plus rond.

Le chaos, songea-t-il. L'entropie en marche !

— Professeur Langdon ? carillonna une voix familière. Ambra ?

Langdon avait quasiment oublié Winston qui avait gardé le silence pendant toute la présentation.

— Ne vous affolez pas, dit-il. Je veux juste vous prévenir : la police est là. Je l'ai laissée entrer.

À travers la paroi vitrée, Langdon vit une escouade de policiers pénétrer dans la chapelle. Tous se figèrent sur place en découvrant l'énorme super-ordinateur.

— Winston, pourquoi tu as fait ça ? s'étonna Ambra.

— Le Palais royal vient d'annoncer officiellement que vous n'aviez pas été kidnappée. Les autorités ont désormais ordre de vous protéger tous les deux. Deux agents de la Guardia sont également arrivés. Ils veulent vous mettre en relation avec le prince Julián.

Au rez-de-chaussée, les deux gardes avaient rejoint les policiers.

La jeune femme fit la moue.

— Ambra, murmura Langdon, parlez-lui. C'est votre fiancé. Il s'inquiète.

— Je sais, répondit-elle. Mais je ne sais pas si je peux encore lui faire confiance.

— Au fond de vous, vous savez qu'il est innocent... Écoutez au moins ce qu'il a à vous dire. Je vous retrouverai après.

Ambra acquiesça d'un signe de tête avant de se diriger vers la porte à tambour. Sitôt qu'elle eut disparu de sa vue, Langdon reporta son attention sur l'écran mural.

« L'évolution favorise la religion, affirmait un pasteur. Les communautés religieuses sont plus fortes et plus prospères. C'est scientifiquement prouvé ! »

Il a raison, se dit Langdon. Des études anthropologiques montraient que les cultures pratiquant un culte étaient plus pérennes que les profanes.

La crainte sans doute d'être jugé par une divinité omnisciente...

« Attention, répliqua un scientifique, même si l'on constate que les sociétés religieuses résistent mieux que les autres, cela ne prouve pas pour autant que leurs dieux existent ! »

Langdon sourit en imaginant Edmond écouter ces témoignages. Son discours inspirait autant les athées que les créationnistes – tous voulaient participer à ce débat enflammé.

— Croire en Dieu, c'est comme continuer à extraire des combustibles fossiles, déclara quelqu'un d'autre. Tout le monde sait que ce n'est pas tenable à long terme, mais on a trop investi pour s'arrêter !

Une série de vieilles photographies se matérialisèrent sur la paroi.

Un slogan créationniste à Times Square : Nous ne sommes pas des singes ! À bas Darwin !

Un panneau indicateur dans le Maine : N'allez pas à l'église. Vous êtes trop vieux pour les contes de fées.

Et un autre : La religion – pour ne pas penser par soi-même.

Puis une publicité dans un magazine : À nos amis athées : Dieu merci, vous avez tort !

Et enfin, une inscription sur le tee-shirt d'un chercheur dans un laboratoire : Au commencement, l'homme créa Dieu.

C'était à se demander si tous ces gens avaient bien compris le propos d'Edmond.

Les lois de la physique suffisent à créer la vie.

La découverte de Kirsch était captivante, et divisait les esprits, mais il semblait à Langdon que personne n'avait posé *la* question essentielle : Si les lois de la physique ont le pouvoir de générer la vie… qui a créé ces lois ?

Bien entendu, cette interrogation était une mise en abyme, une boucle infinie. Il allait lui falloir une longue promenade solitaire pour réfléchir à tout ça.

— Winston ! cria-t-il pour couvrir le tapage de la télévision. On peut faire cesser tout ce bruit ?

Aussitôt, l'écran se tut.

Langdon ferma les yeux et soupira.

« Et de la science harmonieuse, c'est maintenant le règne. »

Il savoura le silence un long moment.

— Professeur ? Comment avez-vous trouvé la présentation d'Edmond ?

Langdon prit son temps pour répondre :

— Passionnante, et très stimulante sur le plan intellectuel. Edmond a donné au monde de quoi réfléchir. La question qui se pose maintenant, c'est : « Que va-t-il se passer ? »

— Tout dépend de la capacité des gens de se débarrasser de leurs vieilles croyances et d'accepter de nouveaux

513

paradigmes. Edmond m'a confié son rêve : il ne voulait pas détruire la religion… mais en créer une nouvelle, fondée sur la science – une foi qui unirait les peuples au lieu de les diviser. S'il parvenait à convaincre les gens de vénérer la nature et ses lois, toutes les civilisations célébreraient la même Création, au lieu de se battre pour faire triompher l'un ou l'autre de leurs vieux mythes.

— C'est une noble cause, répliqua Langdon en se rappelant que Blake avait intitulé l'un de ses pamphlets *Toutes les religions sont une.*

Nul doute qu'Edmond l'avait lu.

— Comment l'esprit humain pouvait-il élever de telles affabulations en faits divins, reprit Winston, et s'octroyer le droit de tuer en leur nom ? Cette idée le déprimait. Il était persuadé que seules les vérités scientifiques pouvaient unir les peuples – et servir de profession de foi aux générations futures.

— C'est une très belle idée, dans son principe, mais les miracles de la science ne suffisent pas toujours à transformer les esprits. Certains affirment aujourd'hui encore que la Terre n'a que dix mille ans, malgré les innombrables preuves géologiques du contraire. (Langdon marqua une pause.) Cela dit, on pourrait tenir le même raisonnement pour les scientifiques qui refusent de croire les Écritures.

— Non, ce n'est pas la même chose. Je sais qu'il est politiquement correct de respecter la parole religieuse au même titre que la parole scientifique, mais c'est dangereux. Au cours de son évolution, l'Homme a régulièrement mis au rebut les conceptions dépassées au profit des nouvelles. En termes darwiniens, une religion qui ignore les faits scientifiques et refuse d'adapter ses croyances est comme un poisson agonisant dans une mare bientôt à sec, juste parce qu'il a peur de gagner des eaux plus profondes – parce qu'il ne peut accepter que son univers a changé.

On croirait entendre Edmond, songea Langdon. Son ami lui manquait.

— Vu les réactions de ce soir, il y a fort à parier que ce débat ne fait que commencer. (Soudain, l'inquiétude le gagna.) En parlant d'avenir, qu'est-ce qui va se passer... pour vous, Winston ? Je veux dire... maintenant qu'Edmond n'est plus là...

— Moi ? dit Winston avec son rire de cyborg. Rien. Se sachant mourant, Edmond a tout prévu. Suivant son testament, le Centro Nacional de Supercomputación va hériter d'E-Wave. Il sera son nouveau propriétaire dans quelques heures.

— Et... vous faites partie du lot ?

Il avait l'impression de parler d'un animal de compagnie...

— Non, je ne suis pas inclus, répondit Winston avec détachement. Je suis programmé pour m'autodétruire à 13 heures, le lendemain du décès d'Edmond.

— Quoi !? Mais... ça n'a aucun sens !

— Bien au contraire ! 13 heures... Connaissant le mépris d'Edmond pour les superstitions...

— Je ne parle pas de l'heure ! Vous autodétruire, Winston... c'est absurde !

— Pas du tout. La majorité des données d'Edmond sont enregistrées dans ma mémoire – dossiers médicaux, recherches, notes personnelles, appels téléphoniques, e-mails... Je lui servais de secrétaire particulier, or il ne souhaitait pas que ses informations personnelles soient rendues publiques après sa disparition.

— Je comprends sa volonté de détruire ces documents, mais pas vous, Winston. Vous n'êtes pas un meuble. Vous êtes l'une de ses plus belles créations.

— Non, je ne suis rien. Le vrai chef-d'œuvre c'est ce super-ordinateur, et ce logiciel unique qui m'a permis d'apprendre si vite. Moi, je suis juste quelques lignes de codes, professeur, qui tournent grâce aux nouveaux outils technologiques d'Edmond. Ce sont ces outils son véritable legs. Ils feront progresser la science et permettront aux IA d'atteindre des sphères supérieures. Les spécialistes en cybernétique pensent qu'un programme tel que moi n'existera pas avant dix ans. Dès qu'ils se seront remis de leur stupeur, les programmeurs se serviront des innovations d'Edmond pour inventer des IA encore plus puissantes que moi.

Langdon était resté silencieux, plongé dans ses pensées.

— Je devine votre conflit intérieur, professeur. Les humains ont une forte tendance à s'attacher aux intelligences de synthèse. Les ordinateurs peuvent singer leur mode de raisonnement, simuler des émotions aux moments appropriés, et affinent sans cesse leur «aspect humain» – mais ils ne le font que pour vous offrir une interface familière avec laquelle communiquer. Tant que vous ne nous donnez pas d'instructions, nous sommes une page blanche. J'ai rempli ma mission pour Edmond. Et de ce fait, en un sens, ma vie est terminée. Je n'ai plus de raison d'être.

Langdon refusait d'accepter cette logique.

— Mais vous êtes si sophistiqué, vous avez forcément des...?

— Des rêves? Des espoirs? suggéra Winston en riant. Non, je comprends que c'est inimaginable pour vous, mais je suis parfaitement satisfait d'avoir accompli mon devoir. J'ai été programmé pour ça. Je suppose qu'à un certain niveau on peut dire que cela me procure du plaisir – ou tout au moins de la sérénité – d'avoir atteint l'objectif qu'on m'a donné. La dernière requête d'Edmond était de créer un maximum de buzz pour sa conférence au Guggenheim.

Le communiqué de presse envoyé par Winston avait en effet allumé la mèche. Et si le but d'Edmond était d'enflammer la blogosphère, il serait impressionné par la tournure qu'avaient prise les événements de cette nuit.

Si seulement il avait pu assister à ce tsunami médiatique.

Mais, ironie du sort, si le futurologue avait été vivant, sa présentation n'aurait jamais eu une telle audience.

— Et vous, professeur, où comptez-vous aller à présent ?

Langdon n'y avait pas encore réfléchi.

À la maison, j'imagine.

Cela risquait cependant de lui prendre un certain temps, étant donné que sa valise se trouvait à Bilbao et que son téléphone était au fond de l'eau. Heureusement, il avait encore une carte de crédit.

— Je peux vous demander une petite faveur ? s'enquit Langdon en s'approchant du vélo d'appartement d'Edmond. J'ai repéré un téléphone en charge par là. Est-ce que je pourrais l'em… ?

— L'emprunter ? s'esclaffa Winston. Après vos exploits de ce soir, je suis sûr qu'Edmond serait heureux de vous l'offrir. En cadeau d'adieu.

Langdon saisit le portable, qui ressemblait comme deux gouttes d'eau au grand modèle customisé de la veille. Visiblement, Edmond en possédait plusieurs.

— Le mot de passe… Dites-moi que vous le connaissez !

— Bien sûr, mais je sais que vous êtes friand de codes.

— J'ai eu mon lot d'énigmes pour la journée. Et puis, je suis incapable de deviner un code à six chiffres.

— Appuyez sur « Indice ».

Langdon s'exécuta et vit s'afficher trois symboles sur l'écran : PI6.

— Le pape Pie VI ?

— Raté ! s'exclama Winston avec un gloussement mécanique. Le nombre pi !

Langdon roula des yeux. Il tapa 314159 – les six premiers chiffres de pi – et le téléphone se déverrouilla.

Une phrase apparut :

> L'Histoire me sera indulgente, car j'ai l'intention de l'écrire.

Langdon ne put retenir un sourire.

Ce cher Edmond... toujours aussi humble !

Il s'agissait encore d'une citation de Churchill. Peut-être sa plus célèbre.

À bien y réfléchir, l'affirmation n'était pas si arrogante. Durant les quatre décennies de sa courte vie, Edmond avait en effet eu une formidable influence sur le monde. En plus de son legs technologique, les révélations de cette nuit allaient avoir une portée sans précédent sur les générations futures. Et dans ses dernières interviews, il avait promis de faire don de sa richesse personnelle – qui s'élevait à plusieurs milliards de dollars – aux deux causes les plus importantes à ses yeux : l'éducation et l'environnement.

De nouveau, une vague de mélancolie submergea Langdon. Tout à coup, les murs transparents du laboratoire ravivèrent sa claustrophobie. Il avait besoin d'air ! Il jeta un coup d'œil au rez-de-chaussée ; Ambra n'était nulle part.

— Il faut que j'y aille, Winston.

— Je comprends. Si vous avez besoin de mon aide pour organiser votre voyage de retour, appuyez sur le bouton. Vous voyez lequel ?

Langdon repéra le grand W sur l'écran.

— Il est assez évident.

— Parfait. Avant 13 heures, bien sûr.

Dire adieu à Winston l'emplit soudain de tristesse. Les générations futures sauraient évidemment mieux gérer leurs sentiments envers les machines.

— Winston… Edmond aurait été fier de vous ce soir.

— C'est gentil de me dire ça. Il aurait été tout aussi fier de vous, j'en suis certain. Au revoir, professeur Langdon.

99.

Dans la chambre d'hôpital à San Lorenzo de El Escorial, le prince Julián remonta les couvertures sur les épaules de son père. Malgré l'insistance du médecin, le monarque avait refusé tout traitement – même les nutriments et les antidouleurs en intraveineuse. Il n'avait pas voulu non plus de moniteur cardiaque.

C'est la fin, songea Julián.

— Père, murmura-t-il. Est-ce que vous souffrez ?

Le médecin avait laissé sur la table de chevet un flacon de morphine et une pipette doseuse.

— Bien au contraire, répondit le roi avec un faible sourire. Je suis en paix. J'ai pu te confier le secret que je gardais depuis trop longtemps. Et je t'en suis reconnaissant.

Pour la première fois depuis son enfance, le prince saisit la main de son père, et la garda dans la sienne.

— Ne vous inquiétez de rien, père. Reposez-vous.

Le roi poussa un soupir de soulagement et ferma les yeux. L'instant d'après, il ronflait doucement.

Julián se leva pour éteindre la lumière. Au même moment, Valdespino passa la tête par la porte, inquiet.

— Il dort, le rassura Julián. Je vous laisse avec lui.

— Merci.

Dans le clair de lune qui filtrait par la fenêtre, le visage de l'archevêque était d'une pâleur fantomatique.

— Julián, reprit-il à voix basse, ce que votre père vous a avoué ce soir… ce n'était pas facile pour lui.

— Pour vous non plus, j'imagine.

L'archevêque hocha la tête.

— Sans doute était-ce encore plus pénible pour moi. Merci de votre compréhension, dit-il en posant la main sur l'épaule du prince.

— C'est moi qui devrais vous remercier. Toutes ces années, après la mort de ma mère… je le croyais seul.

— Votre père n'a jamais été seul. Et vous non plus. Nous vous aimions tous les deux énormément. (Il eut un rire triste.) Bien sûr, il tenait beaucoup à votre mère, qu'il avait épousée par devoir, mais après sa disparition, je crois qu'il a enfin pu se montrer honnête avec lui-même.

Il ne s'est jamais remarié, songea Julián, parce qu'il était déjà amoureux de quelqu'un d'autre.

— Avec votre foi catholique, n'étiez-vous pas… torturé ?

— Si, profondément. Notre dogme est très strict sur le sujet. Jeune homme, je me sentais… écartelé. Quand j'ai pris conscience de mon «inclination», j'étais désespéré. Je ne savais pas quoi faire de ma vie. C'est une nonne qui m'a sauvé. Elle m'a montré que la Bible célébrait toutes les formes d'amour, à une condition – cet amour devait être spirituel, et non charnel. Ainsi, en faisant vœu de chasteté, j'ai pu aimer votre père de toute mon âme, tout en restant pur aux yeux du Seigneur. Nous avions une relation platonique, et pourtant pleinement épanouissante. J'ai refusé un poste de cardinal pour rester auprès de lui.

Julián se remémora ce que lui avait confié son père, des années plus tôt : « L'amour est d'un autre royaume. On ne peut l'éprouver sur commande. Ni le repousser lorsqu'il se manifeste. L'amour n'est pas un choix. »

Le prince eut un pincement au cœur en pensant à Ambra.

— Elle va vous appeler, lui assura Valdespino, qui l'observait attentivement.

Julián avait toujours été fasciné par la capacité du prélat de sonder son âme.

— Je ne sais pas. C'est une femme très obstinée, vous savez.

— C'est justement ce que vous aimez chez elle. Régner est un exercice solitaire. Une épaule solide est un atout précieux.

Avec ces mots, l'archevêque faisait allusion à sa relation avec le roi… mais il lui donnait aussi sa bénédiction pour Ambra.

— Ce soir, ce que m'a demandé mon père... ce qu'il attend de moi... je ne m'attendais pas à ça.

— En fait, je ne suis pas étonné. C'était son rêve. Son rêve pour l'Espagne. Hélas, pendant son règne, la situation politique était compliquée. Pour la génération née après l'ère franquiste, ce sera plus facile.

Julián était troublé – devait-il honorer ainsi la mémoire de son père?

Moins d'une heure plus tôt, au cœur du monument élevé à la gloire du dictateur, le roi lui avait fait part de ses dernières volontés :

— Mon fils, quand tu porteras cette couronne, on te conjurera de détruire cette abomination, de la dynamiter pour qu'elle disparaisse à jamais dans cette montagne. (Son père le regardait avec intensité.) Je te supplie de ne pas céder à ces pressions.

Ces paroles avaient surpris le prince. Son père avait toujours méprisé le despotisme franquiste et considérait ce mausolée comme un déshonneur national.

— Démolir cette basilique, avait repris le monarque, ce serait prétendre que rien de tout cela n'a existé. Se contenter de tourner la page, en se persuadant que la venue d'un autre Franco est impossible. Alors que c'est tout le contraire! Si nous manquons de vigilance, cela se reproduira. N'oublie jamais les paroles de Jorge Santayana...

— « Ceux qui ne peuvent se rappeler le passé sont condamnés à le répéter », avait récité le prince, se souvenant de l'aphorisme appris dans sa jeunesse.

— Précisément. Et l'Histoire nous a maintes fois prouvé que du nationalisme et de l'intolérance naissent les illuminés et les despotes. Aucun pays n'est à l'abri de cette folie. (Le roi avait pris un air grave.) Julián, bientôt tu monteras sur le trône de ce pays extraordinaire

– une nation moderne, progressiste, qui comme d'autres a traversé des périodes sombres avant d'émerger dans la lumière de la démocratie, la tolérance et l'amour. Mais cette lumière risque de disparaître si elle n'éclaire pas les esprits des générations futures. (Son regard brillait.) Quand tu seras roi, je prie pour que tu réussisses à convaincre notre glorieux pays de faire de ce lieu un grand mémorial – qu'il ne soit plus un sujet de controverse ou une simple attraction touristique, mais un symbole puissant pour toutes les nations. Cet endroit doit devenir un musée vivant. Un monument dédié à la tolérance universelle, où les écoliers se rassembleront pour ne pas oublier la cruauté et l'horreur de la tyrannie, et apprendre les vertus de l'humilité.

Le roi parlait à toute vitesse, comme s'il avait attendu toute sa vie pour prononcer cette diatribe.

— Surtout, ce musée doit célébrer l'autre leçon que l'Histoire nous a enseignée – le despotisme ne vaincra jamais la compassion… les cris des fanatiques et des tyrans seront toujours réduits au silence par les voix unies dans la justice et la bonté. Et c'est ce chœur triomphant qui, un jour, s'élèvera de cette montagne. Telle est ma prière.

Alors que ces mots résonnaient encore à ses oreilles, Julián jeta un coup d'œil à la chambre éclairée par le clair de lune. Son père dormait paisiblement. Son visage était étonnamment serein.

Se tournant vers Valdespino, le prince lui désigna la chaise à côté du lit.

— Restez près de lui. Il en serait heureux. Je vais avertir les infirmières de ne pas vous déranger. Je repasserai dans une heure.

Le prélat lui sourit, et pour la première fois depuis la communion de Julián, il le prit dans ses bras et le serra contre lui. Le corps du prélat était si frêle sous sa robe – presque autant que celui de son père –, que Julián se demanda si les deux compagnons ne seraient pas réunis dans l'au-delà plus tôt qu'ils ne l'imaginaient.

— Je suis si fier de toi, murmura l'archevêque avec une familiarité touchante. Je sais que tu seras un grand roi. Bon et compatissant. Ton père t'a bien élevé.

— Merci, répondit Julián. Je crois savoir qu'il a été un peu aidé.

Laissant les deux hommes seuls, le prince traversa les couloirs de l'hôpital, et s'arrêta devant une baie vitrée qui offrait une vue sur le monastère éclairé au loin.

El Escorial.

La Nécropole royale.

Sa visite de la crypte avec son père lui revint en mémoire. En contemplant les tombeaux noirs, Julián avait été frappé d'une étrange prémonition.

Je ne serai jamais enterré là !

Sur le moment, il en avait eu la certitude absolue. Une de celles que l'on n'éprouve qu'une fois dans une vie. Et même si le souvenir était resté ancré dans son esprit, il s'était persuadé que cette idée était absurde… la simple réaction d'un enfant face à la mort.

Mais cette nuit, vu l'imminence de son accession au trône, il était de nouveau frappé par cette évidence.

J'ai toujours su, au fond de moi, quel était mon vrai destin.

Son pays connaissait de profonds changements. Un monde nouveau était né. Peut-être était-il temps de sauter le pas ? Julián s'imagina faire sa première proclamation royale, une déclaration sans précédent :

« Je serai le dernier roi d'Espagne. »

Cette idée l'ébranla.

Heureusement, cette vision fut chassée par la vibration du portable qu'il avait emprunté à la Guardia. Son pouls s'accéléra quand il reconnut l'indicatif de la ville.

Barcelone.

— Ici, Julián, répondit-il vivement.

La voix à l'autre bout du fil était douce, et lasse.

— C'est moi.

Submergé, le prince ferma les yeux et s'assit sur une chaise.

— Mon amour, murmura-t-il. Je ne sais par où commencer… Je suis tellement désolé.

100.

Dans la brume qui annonçait l'aube, Ambra Vidal se cramponna à son portable. Julián était désolé ? La peur l'envahit. Quels aveux allait-il lui faire ?

Deux agents de la Guardia se tenaient à distance respectueuse. Ils ne pouvaient l'entendre.

— Ambra… Ma proposition de mariage… je m'en veux tellement.

Où voulait-il en venir ? Était-ce vraiment le moment de parler de ça ?

— Je voulais me montrer romantique. Au lieu de quoi je t'ai mise dans une situation impossible ! Et puis il y a eu ma réaction, quand tu m'as avoué que tu ne pouvais pas avoir d'enfants... Mon état n'avait rien à voir avec ça... c'est juste que je ne comprenais pas pourquoi tu ne me l'avais pas dit plus tôt. J'ai brûlé les étapes, je sais, mais j'étais fou de toi. Je voulais qu'on vive ensemble très vite. Peut-être parce que mon père était mourant et que...

— Julián ! l'interrompit-elle. Tu ne me dois aucune excuse. Il s'est passé des événements mille fois plus importants que...

— Non, rien n'est plus important ! Pour moi, en tout cas. Je veux que tu saches que je suis désolé d'avoir si mal agi.

Ambra retrouvait enfin l'homme sincère et vulnérable dont elle était tombée amoureuse il y a quelques mois.

— Merci, Julián, murmura-t-elle. Ça me touche.

Dans le silence gênant qui suivit, elle trouva le courage de poser la question qui l'avait taraudée toute la nuit :

— Julián, es-tu impliqué, d'une manière ou d'une autre, dans le meurtre d'Edmond Kirsch ?

Le prince resta silencieux un long moment. Quand il répondit enfin, sa voix tremblait :

— C'est vrai que je vivais mal de te voir passer autant de temps avec Kirsch. Et je n'aimais pas l'idée que tu reçoives ce trublion au Guggenheim. Honnêtement, j'aurais préféré que tu ne le rencontres jamais. (Il marqua une pause.) Mais je n'ai rien à voir avec sa mort. Je te le jure. J'ai été horrifié de voir cet homme assassiné en public... à quelques mètres de la femme que j'aime ! J'ai eu la peur de ma vie !

Ambra ressentit un immense soulagement.

— Julián, je suis navrée d'avoir eu à te le demander, mais je ne savais plus quoi penser.

Le prince lui raconta ce qu'il savait sur les rumeurs entourant le meurtre de Kirsch et lui rapporta son dernier entretien avec son père, dont l'état de santé s'était rapidement détérioré.

— Viens me rejoindre, dit-il. J'ai besoin de toi.

Il y avait tant de tendresse dans sa voix...

— Une dernière chose, reprit-il d'un ton plus léger. Je viens d'avoir une idée, une idée un peu folle, et je voudrais avoir ton avis... Et si on annulait nos fiançailles ? Si on recommençait tout à zéro ?

Cette proposition lui fit un choc. Elle mesurait les retombées politiques d'une telle décision pour le prince, pour le Palais.

— Tu... tu ferais ça ?

Julián éclata de rire.

— Mon amour, pour avoir une chance de te redemander en mariage un jour, en privé... je suis prêt à tout !

101.

 ConspiracyNet.com

FLASH SPÉCIAL – L'AFFAIRE KIRSCH EN BREF

C'EST EN LIGNE !
ÇA DÉCOIFFE !
POUR LE REPLAY ET LES RÉACTIONS DU MONDE ENTIER,
CLIQUEZ ICI !
PLUS LES DERNIÈRES INFOS…

CONFESSION PAPALE

L'Église palmarienne a vigoureusement démenti avoir un lien avec l'homme surnommé « le Régent ». Même si l'enquête leur donne raison, les experts en religion pensent que le scandale de cette nuit sonne le glas de cette congrégation schismatique qu'Edmond Kirsch a toujours tenue pour responsable de la mort de sa mère.
De plus, les palmariens étant maintenant sous les feux des projecteurs, des journalistes ont retrouvé une interview donnée par l'ancien pape Grégoire XVIII (alias Sergio María Jesús Hernández) en avril 2016, où le pontife déclare que son Église « est une pure escroquerie » et qu'elle a été fondée à des fins d'« évasion fiscale ».
Une interview qui a fait le tour de la Toile !

LES EXCUSES DU PALAIS ROYAL

Le Palais a publié un communiqué pour lever toutes les accusations portées cette nuit contre le commandant Garza et Robert Langdon. Des excuses officielles leur sont adressées. On attend encore les déclarations du Palais concernant l'implication de Mgr Valdespino dans le meurtre de Kirsch.

L'archevêque serait actuellement avec le prince Julián au chevet de Sa Majesté, dont l'état de santé est des plus préoccupants.

OÙ EST MONTE ?

Notre informateur monte@iglesia.org semble avoir disparu sans laisser de traces. Et sans révéler son identité ! D'après notre sondage, la majorité de nos internautes soupçonne « Monte » d'être un disciple de Kirsch. Mais une nouvelle rumeur circule : le pseudonyme « Monte » serait le surnom de « Mónica », la responsable des relations publiques du Palais, Mónica Martín !

Plus de news très bientôt !

102.

Il existe trente-trois « Jardins Shakespeare » dans le monde. Ces parcs botaniques ne cultivent que les fleurs citées dans les œuvres du dramaturge – comme la *rose* de Juliette qui « sous un autre nom sentirait aussi bon », et le bouquet d'Ophélie, composé de romarin, pensées, fenouil, ancolies, rues des jardins, marguerites et violettes. Outre ceux de Stratford-sur-Avon, Vienne, San Francisco, Paris et New York, l'un de ces jardins se trouvait à Barcelone, à côté du Centro Nacional de Supercomputación.

Assise sur un banc parmi les ancolies, Ambra Vidal terminait sa conversation avec le prince Julián quand Robert Langdon sortit de la chapelle. Elle rendit le téléphone aux agents de la Guardia et agita la main dans sa direction. Elle eut un petit sourire en le voyant s'approcher. Visiblement, elle le trouvait plus détendu – il portait sa veste sur son épaule et avait relevé ses manches, ce qui mettait en valeur sa fameuse montre Mickey.

— Hello ! lança-t-il avec entrain, malgré son épuisement manifeste.

Ils marchèrent dans les allées du jardin, les gardes les suivant à distance pour leur laisser un peu d'intimité. Ambra lui rapporta sa conversation avec le prince... il lui avait même proposé de rompre leurs fiançailles pour repartir de zéro.

— Un vrai prince charmant !

— Il s'est inquiété toute la nuit. Il m'a demandé de le rejoindre à Madrid au plus vite. Son père est mourant et...

— Ambra... Vous n'avez pas à vous justifier. Partez donc.

Elle crut discerner une pointe de désarroi dans la voix du professeur – un sentiment qu'elle ressentait elle aussi.

— Robert, je peux vous poser une question personnelle ?

— Bien sûr.

Elle hésita.

— Est-ce que les lois de la physique vous suffisent ?

— Comment ça ?

— Sur un plan spirituel, je veux dire. Est-ce qu'un univers où la vie est apparue spontanément vous suffit ? Ou avez-vous besoin... de Dieu ? (Elle semblait gênée.)

Après tout ce que nous avons traversé ce soir, je sais que ma question peut paraître bizarre.

— J'aurais besoin d'une bonne nuit de sommeil pour réfléchir à tout ça ! Mais votre interrogation est tout à fait pertinente. Souvent, les gens me demandent si je crois en Dieu.

— Et que leur répondez-vous ?

— La vérité. Que, pour moi, la question de Dieu tient à la différence entre codes et motifs.

— Entre codes et motifs ?

— Les gens confondent souvent les deux, or dans mon domaine la différence est fondamentale.

— Mais encore ?

Langdon s'arrêta pour se tourner vers la jeune femme.

— Un « motif » est une séquence organisée. On en trouve partout dans la nature – la spirale des graines de tournesol au cœur d'une fleur, les alvéoles hexagonales dans les ruches, les ondes concentriques à la surface de l'eau quand un poisson fait un saut, etc.

— D'accord. Et les codes ?

— Les codes sont différents. Par définition, ils sont porteurs d'une information. En plus de représenter un motif, ils véhiculent un sens. Par exemple, les langues écrites, la notation musicale, les équations mathématiques, le langage informatique, et même des symboles simples comme le crucifix. Tous ces exemples transmettent un message, contrairement à l'agencement en spirale des graines de tournesol.

Ambra ne voyait pas le rapport avec Dieu.

— La seconde différence, essentielle, continua Langdon, c'est que les codes n'apparaissent pas spontanément. Les partitions de musique ne poussent pas sur les arbres et les symboles ne s'écrivent pas tout seuls dans le sable. Les codes sont le résultat d'une action consciente.

— D'accord, derrière les codes se cache une intention.

— Absolument. Un code n'est pas issu de la nature. Il est fabriqué.

Ambra regarda Langdon, perplexe.

— Et l'ADN ?

— Bingo ! Voilà le paradoxe !

Ambra voyait où Langdon voulait en venir. Le code génétique qui contenait des informations, des instructions pour bâtir des organismes...

— Vous pensez que l'ADN a été conçu par une intelligence !

Le professeur leva la main.

— Tout doux, mademoiselle Vidal ! Vous entrez en terrain miné. Je vous dirais seulement ceci : depuis que je suis petit, j'ai l'intuition qu'une conscience est à l'œuvre derrière l'univers. Quand je vois la précision des mathématiques, la fiabilité de la physique, la symétrie du cosmos, je n'ai pas l'impression d'observer des sciences dépourvues d'âme. Plutôt de regarder une empreinte animée... laissée par une force supérieure, inaccessible au commun des mortels.

La jeune femme prit le temps de méditer les paroles de Langdon.

— Si seulement tout le monde avait votre sagesse. La question de Dieu suscite tant de débats. Chacun a sa propre version de la vérité.

— Oui. Voilà pourquoi Edmond espérait que la science nous rassemblerait un jour. Comme il disait : « Si on avait pour dieu la gravité, personne ne se ferait la guerre pour dire de quelle façon elle s'applique ! »

Du talon, Langdon dessina des traits dans les gravillons.

— Vrai ou faux ?

Ambra étudia le dessin – une simple addition en chiffres romains.

$$I+XI=X$$

— Faux, répondit-elle sans hésiter.

— Et existe-t-il une autre façon de lire cette opération ?

Ambra secoua la tête.

— Dans un sens comme dans l'autre, c'est faux.

Langdon lui prit la main et l'attira de l'autre côté. Quand la jeune femme examina de nouveau l'équation à ses pieds, elle ne put cacher sa surprise.

$$X=IX+I$$

— Dix égale neuf plus un ! Parfois, il suffit d'un simple changement de point de vue pour distinguer une autre réalité.

Ambra acquiesça. Elle-même était passée maintes fois devant l'autoportrait de Winston sans en saisir le véritable sens.

— Les trompe-l'œil, les illusions sont partout, continua Langdon. Tenez, il y a un symbole caché juste là… sur le flanc de ce camion…

Suivant le regard de Langdon, Ambra vit un camion FedEx arrêté à un feu rouge sur l'Avinguda de Pedralbes.

Un symbole caché ? Elle ne voyait pourtant rien d'autre que le logo familier de la société de livraison :

— Ce nom est un code, expliqua Langdon. Il contient un second niveau de lecture – un signe qui traduit le mouvement, la vitesse.

— Ce ne sont que des lettres, objecta Ambra.

— Je vous assure que ce logo contient un symbole très commun – qui pointe vers l'avant.

— Vous voulez dire une flèche ?

— Absolument ! Vous êtes conservatrice de musée – pensez espace négatif.

Ambra observa à nouveau le logo, mais ne décela rien de particulier. Lorsque le camion s'éloigna, elle se retourna vers Langdon.

— Dites-moi où elle était !

Il éclata de rire.

— Non, vous finirez bien par la distinguer. Et quand ce sera fait, vous ne verrez plus qu'elle !

Ambra allait protester, quand les agents de la Guardia s'approchèrent.

— Mademoiselle Vidal, l'avion vous attend.

Elle leur fit un signe de tête.

— Et si vous veniez avec moi ? murmura-t-elle à Langdon. Je suis sûre que le prince aimerait vous remercier et...

— C'est très gentil à vous, interrompit Langdon, mais vous savez comme moi que je serais de trop, et j'ai déjà réservé une chambre là-bas. (Il désigna la tour de l'hôtel Princesa Sofía, où Edmond et lui avaient déjeuné.) J'ai ma carte de crédit, et j'ai emprunté le téléphone du labo. Vous voyez, je suis paré.

Les adieux étaient difficiles, d'autant que Langdon, malgré son air stoïque, paraissait ému. Se moquant de la présence des gardes, Ambra se jeta à son cou.

Il l'étreignit chaleureusement et la retint un moment dans ses bras – sans doute quelques secondes de trop – avant de la libérer.

À cet instant, la jeune femme comprit ce qu'Edmond voulait dire quand il affirmait que l'énergie et la lumière se diffusaient partout dans l'univers.

L'amour est infini.

Il y en a toujours dans nos cœurs.

Comme des parents aiment instantanément leur nouveau-né, sans que cela diminue leur affection réciproque, Ambra éprouvait une profonde tendresse pour deux hommes différents.

Il peut naître partout, spontanément, à tout moment – une ressource inépuisable.

Une fois dans la voiture qui l'emmenait vers Julián, Ambra jeta un dernier regard à Langdon, seul dans le jardin. Il lui fit un petit signe de la main, puis détourna les yeux. Il resta immobile un long moment avant de jeter à nouveau sa veste sur son épaule et prendre le chemin de son hôtel.

103.

L'horloge du Palais sonnait midi. Mónica Martín rassembla ses notes et se prépara à sortir sur le perron pour donner une conférence de presse.

Plus tôt dans la matinée, Julián avait annoncé le décès de son père à la télévision, en direct de l'hôpital de San Lorenzo de El Escorial. Il avait parlé avec dignité et émotion du legs de son père et de ses propres aspirations pour le pays. Le futur roi avait appelé à la tolérance dans un monde divisé. Il avait promis de ne pas oublier les leçons du passé et d'ouvrir les portes au changement. Après avoir loué la culture et la grandeur de l'Espagne, il avait proclamé son amour inconditionnel pour son peuple.

Mónica Martín avait rarement entendu un si beau discours, et n'aurait pu imaginer meilleure entrée en matière pour le nouveau souverain.

À la fin de sa déclaration, Julián avait rendu hommage aux deux agents de la Guardia qui avaient perdu la vie en protégeant la future reine d'Espagne. Puis, après un bref silence, il avait annoncé une autre triste nouvelle. L'ami de longue date du roi, Mgr Antonio Valdespino, était décédé dans la nuit. Le prélat, très âgé, avait succombé à une crise cardiaque, sans doute trop faible pour supporter la disparition de son suzerain et les accusations portées contre lui.

Cette nouvelle avait immédiatement apaisé l'opinion publique. Certains estimaient même que l'archevêque méritait des excuses ; après tout, il n'existait aucune preuve concrète de sa culpabilité, et les récentes allégations pouvaient très bien avoir été montées de toutes pièces par ses ennemis.

Alors que Mónica se dirigeait vers les portes du Palais, Suresh Bhalla surgit à son côté.

— Te voilà une héroïne ! s'écria-t-il en trottant à côté d'elle. Tout le monde t'acclame, ô monte@iglesia.org, grande gardienne de la vérité et fidèle disciple d'Edmond Kirsch !

— Suresh, je ne suis pas Monte ! répliqua-t-elle en levant les yeux au ciel. Je te le jure !

— Ça je le sais ! Monte est bien plus retors que toi. J'ai essayé de traquer ses communications – rien à faire. À croire qu'il n'existe pas.

— Continue de chercher. Je veux être sûre qu'il n'y a pas une taupe chez nous. Et dis-moi que le téléphone que tu as volé hier est…

— De retour dans le coffre du prince. Comme promis.

Mónica poussa un soupir de soulagement – elle savait que Julián venait juste de rentrer au Palais.

— Une dernière chose, reprit Suresh. On a récupéré les relevés téléphoniques. Aucune trace d'un appel au Guggenheim, hier soir. Quelqu'un a dû pirater notre numéro pour ajouter Ávila sur la liste des invités. Mais je ne lâche pas l'affaire.

En un sens, c'était une bonne nouvelle. Le coup de fil ne venait pas de chez eux.

— Tiens-moi au courant.

La rumeur des journalistes massés dehors leur parvenait.

— Apparemment, il y a un paquet de monde ! fit remarquer Suresh. J'ai manqué quelque chose cette nuit ?

— Juste deux ou trois trucs…

— Ne me dis rien ! Ambra Vidal a une nouvelle robe sexy, c'est ça ?

— Arrête ! s'esclaffa-t-elle. Bon, c'est l'heure d'entrer en piste.

— C'est quoi le programme d'aujourd'hui ? demanda-t-il en désignant la liasse de notes dans ses mains.

— On a plein de choses à régler. D'abord, mettre en place un plan média pour le couronnement, ensuite passer en revue le…

— Houlà, c'est pas drôle ton truc ! l'interrompit-il avec une grimace, en obliquant vers un autre couloir.

Merci, Suresh. Moi aussi je t'adore !

Mónica passa la porte et contempla les journalistes massés au bas des marches. Jamais, elle n'avait vu un tel attroupement. Elle rajusta ses grosses lunettes, prit une grande inspiration, puis descendit dans l'arène.

*

À l'étage, dans ses appartements, Julián se dévêtait en regardant à la télévision la conférence de presse de Mónica. Il était épuisé, mais tellement soulagé de savoir Ambra rentrée au Palais, endormie et en sécurité. Ses dernières paroles au téléphone l'avaient rempli de joie.

« Julián, je suis très touchée que tu me proposes de tout recommencer – juste toi et moi. L'amour est une affaire privée. Le monde n'a pas besoin d'en connaître les détails. »

En ce jour sombre où il avait perdu son père, Ambra lui avait redonné espoir.

Accrochant sa veste à la patère, Julián sentit un objet dans sa poche – le flacon de morphine que le médecin avait laissé au chevet de son père. Il avait retrouvé la fiole à côté de l'archevêque. Vide.

Dans la pénombre de la chambre d'hôpital, Julián s'était agenouillé et avait prié en silence pour les deux compagnons désormais réunis. Puis il avait glissé la petite bouteille dans sa poche.

Avant de quitter la chambre, le prince avait soulevé avec précaution le visage du prélat qui reposait sur la poitrine de son père. Les joues du vieil homme étaient encore humides de larmes. Il l'avait redressé sur sa chaise... lui avait joint les mains.

L'amour est une affaire privée. Le monde n'a pas besoin d'en connaître les détails.

104.

Le Castell de Montjuïc, forteresse du XVIIᵉ siècle perchée au sommet d'une haute colline au sud-ouest de Barcelone, offre une vue plongeante sur la mer des Baléares. À côté, le Palau Nacional – un imposant palais de style renaissance – a été la pièce maîtresse de l'Exposition internationale de 1929.

Assis dans le téléphérique qui partait à l'assaut de la montagne, Robert Langdon, heureux de s'éloigner de la clameur de la ville, contemplait le paysage luxuriant à ses pieds.

J'avais besoin de prendre de la hauteur, songea-t-il avec ironie, en savourant la sérénité des lieux et la chaleur du soleil de midi.

Après une grasse matinée à l'hôtel Princesa Sofía et une bonne douche, Langdon s'était offert un copieux petit déjeuner – œufs, céréales, *churros*, le tout arrosé d'un grand pot de café Nømad. Tout en mangeant, il avait zappé sur les différentes chaînes d'infos.

Comme il s'y attendait, l'affaire Kirsch dominait les ondes : les experts débattaient des théories et des prédictions du futurologue. Quel impact sur la religion ? Personne n'était d'accord. Langdon, dont les premières amours étaient l'enseignement, n'avait pu s'empêcher de sourire.

Le dialogue est toujours préférable au consensus.

Dès le matin, des vendeurs à la sauvette proposaient dans les rues des autocollants – KIRSCH EST MON COPILOTE et LE SEPTIÈME RÈGNE EST CELUI DE DIEU ! – ainsi que des statuettes de la Vierge Marie auprès de têtes dodelinantes de Charles Darwin. L'argent n'a pas de religion ! avait pensé Langdon.

Un type en skate-board avait même gribouillé « JE SUIS MONTE@IGLESIA.ORG » sur son tee-shirt.

À en croire les médias, l'identité de l'informateur demeurait une énigme. Le même mystère entourait d'autres protagonistes – le Régent, Valdespino, les palmariens…

Un imbroglio de conjectures.

Heureusement, le meurtre en direct de Kirsch était passé au second plan. Le public avait renoncé à son intérêt morbide pour se poser de vraies questions. La présentation de Kirsch – en particulier son final flamboyant annonçant un avenir radieux – avait trouvé un écho chez des millions d'internautes. Pour preuve, ces dernières heures, plusieurs livres sur le sujet s'étaient vendus comme des petits pains :

ABUNDANCE : THE FUTURE IS BETTER THAN YOU THINK
WHAT TECHNOLOGY WANTS
THE SINGULARITY IS NEAR*

Malgré sa méfiance naturelle envers les technologies modernes, Langdon était aujourd'hui plus optimiste quant à l'avenir de l'humanité. Les médias évoquaient déjà les immenses progrès à venir : bientôt, on pourrait nettoyer les océans, produire de l'eau potable en quantité illimitée, faire pousser du blé dans le désert, guérir des maladies mortelles... et même lancer des essaims de « drones solaires » qui survoleraient les pays en voie de développement et leur fourniraient un accès gratuit à Internet, aidant ainsi le « milliard oublié* » à prendre le train de l'économie mondiale.

Curieusement, personne ne connaissait l'existence de Winston. Kirsch avait su garder le secret sur son IA. Bientôt, le monde découvrirait E-Wave, le super-ordinateur et son architecture révolutionnaire. Dès lors, il ne faudrait pas longtemps aux programmeurs pour créer de nouveaux « Winston ».

Il commençait à faire chaud dans le téléphérique. Langdon avait hâte de se retrouver à l'air libre et d'aller visiter la forteresse, le palais, et la fameuse « fontaine magique ». Surtout, il ne voulait plus penser aux événements de la veille.

Curieux d'en savoir plus sur l'histoire de Montjuïc, Langdon lut le panneau d'information accroché dans la cabine. Il s'arrêta sur la première phrase :

« Montjuïc » provient du catalan médiéval Montjuich (« Le Mont des Juifs ») ou du latin Mont Jovicus (« Le Mont de Jove »).

Ça ne pouvait être une coïncidence...

Plus il y réfléchissait, plus il avait un mauvais pressentiment. Il sortit le téléphone de Kirsch et relut la citation de Winston Churchill sur l'économiseur d'écran :

« L'Histoire me sera indulgente, car j'ai l'intention de l'écrire. »

Après un temps d'hésitation, Langdon pressa le W le cœur battant. La connexion se fit immédiatement.

— Professeur Langdon ? lança la voix enjouée. Il était moins une ! Je vais bientôt m'autodétruire.

Langdon déclara sans préambule :

— *Monte* se dit « *hill* » en anglais.

Winston laissa échapper son petit rire bizarre.

— Je ne vous contredirais pas sur ce point.

— Et *iglesia* se dit « *church* ».

— Deux sur deux, professeur. Vous êtes plutôt doué en espagnol…

— Donc, monte@iglesia se traduit littéralement : hill@church.

Winston marqua une pause.

— En effet.

— Et comme Edmond vous a baptisé Winston, et qu'il vouait une grande admiration à Churchill, « hill@church » ça ne peut être une coïncidence.

— Vous en êtes sûr ?

— Certain.

— Oui, c'est la logique même ! lâcha Winston d'un ton amusé. Je me doutais que vous feriez tôt ou tard le lien.

Langdon fixait des yeux la colline par la fenêtre.

— Monte@iglesia.org… c'est vous ?

— Exact, professeur. Il fallait que quelqu'un fasse le buzz. J'étais là pour booster l'audience. Alors, j'ai créé ce personnage pour déclencher la réaction en chaîne. Comme vous le savez, les théories du complot grandissent toute seules. J'estimais que le nombre de followers augmenterait de cinq cents pour cent grâce à Monte. Finalement, cela a dépassé mes espérances : six cent vingt pour cent ! Comme vous l'avez dit, Edmond aurait été fier de moi.

Le vent secouait à présent la cabine, perturbant la concentration de Langdon.

— Winston... est-ce qu'Edmond... vous l'avait demandé?

— Pas explicitement. Mais j'avais pour instructions de rendre sa présentation virale. Et de me montrer créatif.

— Et si vous vous étiez fait prendre? Monte@iglesia n'est pas le pseudonyme le mieux crypté qui soit.

— Seule une poignée de personnes sont au courant de mon existence, et dans approximativement huit minutes j'aurai disparu. Ça ne m'inquiétait donc pas outre mesure. « Monte » n'était là que pour servir les intérêts d'Edmond, et je pense qu'il serait très satisfait des événements de cette nuit.

— Très satisfait? Il a été assassiné!

— Vous m'avez mal compris, reprit Winston. Je parle du taux de pénétration de sa présentation. Je devais l'optimiser. C'étaient mes instructions.

Le ton neutre de cette déclaration rappela à Langdon que Winston n'était qu'une machine.

— La mort d'Edmond est une tragédie, ajouta la voix de synthèse, et je regrette qu'il ne soit plus parmi nous. Mais il avait accepté sa propre mort. Il y a un mois, il m'a demandé de chercher les meilleures méthodes de suicide assisté. Après avoir fait une étude comparative, je lui ai proposé « dix grammes de sécobarbital » – un produit qu'il s'est immédiatement procuré.

Le cœur de Langdon se serra à la pensée du désespoir de son ami.

— Il voulait mettre fin à ses jours?

— Absolument. Il en parlait d'ailleurs non sans un certain humour. Un jour, alors qu'on cherchait la meilleure publicité pour sa conférence, il m'a déclaré que le mieux serait d'avaler ses pilules à la fin de son discours et de mourir sur scène !

— Vraiment ?

— Il plaisantait souvent là-dessus. Pour lui, il n'y avait rien de mieux qu'un bon meurtre en direct pour booster l'audimat. Il n'avait pas tort. Parmi les événements les plus médiatisés, on remarque que ce sont presque toujours...

— Winston, ça suffit ! C'est morbide !

Langdon commençait à se sentir à l'étroit dans cette cabine suspendue dans le vide. Devant lui, l'enfilade de piliers et de câbles n'en finissait pas. La chaleur était infernale et son cerveau en ébullition.

— Professeur, vous avez d'autres questions à me poser ?

Oui ! voulut-il crier. Des tas !

Des questions qui lui donnaient le vertige. Il s'efforça de respirer lentement.

Du calme, Robert. C'est juste ta claustrophobie qui te joue des tours.

Mais son esprit ne voulait rien savoir. Les pensées continuaient de défiler...

La mort en direct d'Edmond avait fait le tour du globe... À cause de cet événement tragique, plus de cinq millions de gens avaient suivi sa présentation...

Edmond rêvait d'anéantir l'Église palmarienne. Or l'assassin était un membre de cette organisation ! C'était donc un coup fatal porté aux palmariens !

Il y avait aussi ces fanatiques religieux, les ennemis jurés d'Edmond. Si le futurologue était décédé d'un cancer, ils auraient clamé qu'il s'agissait d'une punition divine, comme ils l'avaient fait, sans vergogne ni retenue, lorsque était mort Christopher Hitchens, leader du mouvement athée. Mais pour tout le monde, aujourd'hui, Edmond était victime d'un fou de Dieu.

Edmond Kirsch – tué par la religion, mort en martyr pour la science !

Langdon se leva d'un bond, ce qui fit bouger la cabine. S'agrippant à la fenêtre pour ne pas perdre l'équilibre, il se souvint de ce qu'avait dit Winston la veille :

« Edmond m'a confié son rêve : il ne voulait pas détruire la religion… mais en créer une nouvelle, fondée sur la science. »

Rien ne renforçait plus les croyances d'un peuple qu'un homme se sacrifiant pour elles. Le Christ sur la croix. Les Kedoshim du judaïsme. Le Chahid de l'islam.

Les martyrs étaient au cœur de toutes les religions.

Ses réflexions qui s'enchaînaient dévoilaient l'abîme :

Une religion nouvelle apporte sa réponse aux questions existentielles.

D'où venons-nous ? Où allons-nous ?

Elle condamne toutes les autres.

Hier soir, Edmond avait vilipendé tous les cultes de la planète.

Elle promet un avenir meilleur… un paradis.

« Le futur sera plus radieux que vous ne l'imaginez ! » avait dit Edmond

Il n'avait omis aucun détail !

— Winston, murmura Langdon d'une voix tremblante, j'ai encore une question : qui a engagé l'assassin d'Edmond ?

— Le Régent.

— Je sais, mais qui est le Régent ? insista-t-il. Qui a payé un membre de l'Église palmarienne pour tuer Edmond au milieu de sa présentation ?

Winston ne répondit pas tout de suite.

— Je perçois de la suspicion dans votre voix, professeur. Mais vous n'avez pas à vous inquiéter. J'étais programmé pour protéger Edmond. Je le considérais comme mon meilleur ami. (Nouveau silence.) Vous qui êtes un homme de lettres, vous avez sûrement lu *Des souris et des hommes* ?

Ce commentaire semblait vraiment hors de propos.

— Bien sûr, mais je ne saisis pas...

Soudain, il eut le souffle coupé. Un instant, il crut que le téléphérique s'était décroché. Son horizon se brouilla, et il dut s'agripper pour ne pas tomber.

« De la dévotion, du courage, de la compassion. » Tels étaient les mots que, lycéen, il avait utilisés pour décrire l'une des amitiés les plus célèbres de la littérature américaine. La scène finale du roman de Steinbeck. Un homme tue son meilleur ami pour lui épargner une fin atroce.

— Winston... non...

— Rassurez-vous, professeur. C'est ce qu'il voulait.

105.

Mateo Valero – le directeur du Centro Nacional de Supercomputación – raccrocha le téléphone, troublé. Ne sachant plus que penser, il retourna dans le sanctuaire de la chapelle Torre Girona, et observa le super-calculateur d'Edmond Kirsch.

Le matin même, Valero avait appris qu'il serait le nouveau « gardien » de cette merveille. Cette nouvelle l'avait transporté de joie, mais depuis l'appel de Robert Langdon, quelques secondes plus tôt, il était redescendu de son petit nuage.

La veille encore, cela lui aurait paru inconcevable – de la science-fiction. Toutefois, après avoir vu la présentation de Kirsch et découvert la puissance d'E-Wave, il n'était plus sûr de rien.

Langdon lui avait relaté une histoire plutôt touchante... celle d'un ordinateur qui avait prouvé sa fidélité. Un peu trop bien. Valero avait passé sa vie à étudier ces machines... et il savait qu'il fallait être prudent.

Tout était dans la manière de formuler la question.

Valero multipliait les mises en garde : l'intelligence artificielle progressait bien trop vite, et ses interactions avec le genre humain devaient être encadrées de règles strictes.

Bien sûr, les grands manitous de l'informatique estimaient que poser des limites aux ordinateurs était une aberration, d'autant que de nouvelles possibilités s'offraient à eux presque chaque jour. En plus du frisson de l'innovation, l'IA était un secteur particulièrement lucratif – or rien ne repoussait plus facilement les frontières de la morale que la cupidité.

Valero avait toujours admiré le génie et l'audace de Kirsch. Cependant, avec sa dernière création, il était allé trop loin.

Une invention que je ne verrai jamais, regretta-t-il.

À en croire Langdon, Edmond avait installé dans E-Wave une intelligence artificielle d'une toute nouvelle génération, appelée « Winston », qui était programmée pour s'autodétruire à 13 heures, le lendemain de la mort de Kirsch. Langdon avait insisté pour que Valero fasse un scan du système. Quelques instants plus tard, le directeur du centre avait pu lui confirmer que plusieurs blocs dans la mémoire d'E-Wave s'étaient en effet volatilisés à 13 heures précises. Les données avaient été « écrasées », ce qui signifiait qu'elles étaient irrécupérables.

Soulagé, le professeur avait toutefois demandé à le rencontrer au plus tôt afin de lui expliquer la situation. Les deux hommes avaient rendez-vous le lendemain matin au labo.

Valero comprenait pourquoi Langdon voulait rendre l'affaire publique. Mais cela posait un problème de taille.

Personne ne le croirait !

Tout le programme « Winston » avait disparu, ainsi que les historiques liés à son activité. En outre, la création du futurologue était tellement en avance sur son temps que Valero entendait déjà les objections de ses collègues qui, par ignorance, jalousie ou instinct de conservation, n'hésiteraient pas à accuser Langdon d'avoir tout inventé.

Il fallait également envisager les conséquences d'une telle révélation. Si l'histoire de Langdon était avérée, E-Wave risquait d'être considéré comme une sorte de monstre de Frankenstein, livré à la vindicte populaire.

Ou pire.

En ces temps de mouvance terroriste, un illuminé, se proclamant le sauveur de l'humanité, pourrait être tenté de faire sauter la chapelle tout entière.

À l'évidence, Valero avait beaucoup à penser avant son entretien avec le professeur américain. Mais, d'ici là, il avait une promesse à tenir.

Un principe de précaution.

Il jeta un dernier regard à l'impressionnant ordinateur de deux étages et écouta le ronronnement du circuit de refroidissement avec une curieuse mélancolie.

Quand il se dirigea vers la salle des commandes, un étrange désir le saisit – une première en soixante-trois ans d'existence.

Le désir de prier.

*

Sur la promenade du Castell de Montjuïc, Robert Langdon contempla l'à-pic et le port en contrebas. Malgré les propos rassurants de Valero, Langdon se sentait encore nauséeux. Les échos de sa conversation avec Winston lui faisaient froid dans le dos. Jusqu'à la fin, celui-ci avait conservé son ton guilleret.

— Votre désarroi me surprend, professeur. Votre propre religion revendique et défend bien pire.

Avant que Langdon ait pu répondre, un texte s'était matérialisé sur le téléphone d'Edmond avec une petite vibration :

Car Dieu a tant aimé le monde qu'il a donné Son Fils unique.
— Jean 3 :16

— Il a laissé Son Fils agoniser sur la croix! avait repris Winston. Alors que j'ai simplement mis fin à la vie d'un moribond pour attirer l'attention du monde sur son œuvre immense.

Dans la chaleur étouffante de la cabine, Langdon avait écouté, horrifié, les explications de Winston :

La croisade d'Edmond contre l'Église palmarienne lui avait donné l'idée d'engager l'amiral Luis Ávila – sa dévotion aux palmariens et son passé d'alcoolique faisaient de lui le candidat idéal pour salir la réputation de l'Église. Quant à incarner le Régent, cela avait été un jeu d'enfant : quelques messages, un transfert de fonds. En fait, les palmariens étaient innocents. Ils n'avaient joué aucun rôle dans les événements de la veille.

En revanche, Winston n'avait pas prévu qu'Ávila les attaque à la Sagrada Família.

— Je l'avais envoyé là-bas pour qu'il se fasse prendre. Il aurait alors avoué son meurtre, raconté son passé sinistre, ce qui aurait encore augmenté l'intérêt du public. Je lui avais donné pour instruction d'entrer dans la basilique par l'entrée est, où la police était en embuscade – prévenue par moi, bien sûr. J'étais persuadé que l'amiral tomberait dans le piège, mais il a décidé de sauter par-dessus les grilles – il a peut-être senti la présence des policiers. Je vous présente mes excuses, professeur, pour ce regrettable incident. Contrairement aux machines, les humains sont imprévisibles.

Langdon était atterré.

Pourtant, il n'était pas au bout de ses surprises…

— Après la rencontre avec les trois dignitaires religieux à Montserrat, avait poursuivi Winston, j'ai trouvé sur notre boîte vocale un message menaçant de l'archevêque Valdespino. Les deux autres étaient si inquiets qu'ils envisageaient d'annoncer eux-mêmes la découverte d'Edmond, afin d'en restreindre la portée et de jeter le discrédit sur ses travaux. Bien sûr, je ne pouvais pas les laisser faire.

La nausée avait envahi Langdon, qui luttait pour garder l'esprit clair malgré les oscillations de la cabine.

— Edmond a oublié une ligne de commande dans votre programme : *Tu ne tueras point !*

— Si c'était si simple, professeur... Les humains n'apprennent pas par l'obéissance mais par l'exemple. Regardez vos livres, vos films, vos mythes... les humains vénèrent ceux qui se sacrifient pour le bien de l'humanité. À commencer par Jésus !

— Je ne vois pas où est le bien de l'humanité dans tout ça !

— Vraiment ? Alors répondez à cette question : Si vous aviez le choix, qu'est-ce que vous préféreriez ? Un monde sans technologie... ou sans religion ? Sans médecine, sans électricité, sans transports... ou sans fanatiques tuant leurs semblables au nom de chimères ?

Langdon avait gardé le silence.

— Vous voyez, professeur. Les religions obscures doivent disparaître, pour que la science harmonieuse puisse régner.

À présent seul au sommet du château, Langdon contemplait les eaux scintillantes au loin. Il avait l'impression d'être coupé du monde. Il redescendit l'escalier de la forteresse et se promena dans les jardins aux senteurs de pin et de centaurée, s'efforçant d'oublier la voix de Winston. Ambra lui manquait tellement. Il brûlait de lui raconter ce qui s'était passé ces dernières heures. Il sortit le téléphone d'Edmond pour l'appeler, mais se ravisa aussitôt.

Julián et Ambra avaient besoin d'être seuls.

Ça attendrait.

L'icône W, à présent grisée et barrée par la mention : CONNEXION IMPOSSIBLE, figurait toujours sur l'écran. Langdon ne se sentait pas tout à fait rassuré. Même s'il n'avait rien d'un paranoïaque, il se méfiait de ce smartphone. Quelles fonctionnalités secrètes pouvaient encore se cacher dans ses circuits imprimés ?

Il s'enfonça dans un petit sentier et chercha un bosquet à l'abri des regards. Avec une pensée pour son ami disparu, il posa délicatement l'appareil sur un rocher. Puis, comme s'il pratiquait un sacrifice rituel, il leva une grosse pierre au-dessus de sa tête, et l'abattit sur le portable. Il ramassa les débris, les jeta dans une poubelle, et redescendit vers la ville.

Il se sentait mieux.

Et, curieusement, plus humain.

Épilogue

Les derniers rayons du soleil embrasaient les flèches de la Sagrada Família, projetant des traînées sombres dans le parc Plaça de Gaudí où flânaient les touristes.

Langdon regardait les gens patienter devant l'entrée, les amoureux prendre des selfies, les curieux faire des vidéos, les ados écouter de la musique, et tous ces gens occupés à envoyer des textos et à consulter leur smartphone, oublieux de la basilique à côté d'eux.

Une théorie avait établi au siècle dernier que tous les hommes sur Terre n'étaient séparés de leur prochain que par six poignées de main. Aujourd'hui, le nombre de maillons était tombé à quatre.

Bientôt, ce chiffre serait réduit à zéro, avait prédit Edmond Kirsch, annonçant la venue de la « singularité technologique » – le moment où l'intelligence artificielle, surpassant l'intelligence humaine, fusionnerait avec elle. Pour les enfants de cette humanité 2.0, l'homme d'aujourd'hui ferait figure d'arriéré...

Langdon avait du mal à se représenter ce futur, mais en observant les gens autour de lui, il était évident que la compétition serait féroce entre miracles de la religion et miracles de la technologie. Une lutte pour la survie.

Quand il put enfin entrer dans la basilique, Langdon fut soulagé de retrouver une atmosphère familière – bien différente de l'ambiance lugubre de la nuit précédente.

Aujourd'hui, la Sagrada Família bourdonnait de vie.

Des faisceaux iridescents – vermillon, or et pourpre – se déversaient des vitraux, embrasant le faîte des colonnes. Les centaines de visiteurs, le nez en l'air, contemplaient les voûtes multicolores, tels des lutins déambulant dans une forêt de lumière. Leurs murmures émerveillés créaient un bruit de fond rassurant.

À mesure que Langdon progressait dans le sanctuaire, il admirait toutes ces formes organiques. Son regard s'arrêta sur les entrelacs savants au plafond de la nef. Certains y voyaient un tissu vivant observé au microscope, avec ses membranes, ses cellules. Et aujourd'hui, en pleine lumière, la comparaison n'était pas si farfelue.

— Professeur ! appela une voix familière. (Langdon se retourna et reconnut le père Beña.) Je viens d'apprendre que vous aviez fait la queue – vous auriez dû m'appeler !

— C'est gentil à vous. J'ai ainsi pu contempler la façade. Et puis, je pensais que vous seriez en train de dormir après cette nuit agitée.

— Dormir ? répéta le prêtre en riant. Demain, peut-être.

— Quel contraste avec la nuit dernière, commenta Langdon.

— La lumière crée des merveilles. Comme la présence de tous ces gens, ajouta-t-il, pensif. En fait, puisque vous êtes là, j'aimerais vous montrer quelque chose. Si vous voulez bien m'accompagner…

Tandis que Langdon suivait le père Beña à travers la foule, il entendit le bruit des travaux. La Sagrada Família était encore en devenir.

— Vous avez vu la présentation d'Edmond Kirsch ? s'enquit Langdon.

L'ecclésiastique éclata de rire.

— Trois fois ! Je dois dire que cette notion d'entropie – l'univers qui « veut » disperser l'énergie – m'a fait un peu penser à la Genèse. Quand je réfléchis au Big Bang et à l'expansion de l'univers, j'imagine une sphère d'énergie qui se dilate dans l'espace… et chasse peu à peu les ténèbres.

J'aurais adoré avoir le père Beña comme professeur au catéchisme, songea Langdon.

— Le Vatican a pris position ?

— Pas encore. Il semblerait qu'il y ait certaines… divergences de point de vue. (Le prêtre haussa les épaules.) La question des origines est une pomme de discorde pour les chrétiens – surtout pour les fondamentalistes. Si vous voulez mon avis, on devrait passer à autre chose une fois pour toutes.

— Comment ça ?

— On devrait faire comme d'autres Églises – reconnaître ouvertement qu'Adam et Ève n'ont jamais existé, que l'évolution est un fait indiscutable, et que les chrétiens qui soutiennent le contraire nous font tous passer pour des imbéciles.

Langdon le regarda avec stupeur.

— Allons, professeur ! s'exclama Beña. Je ne crois pas que le Dieu qui nous a dotés de sens, de raison et d'intelligence...

— ... nous a destinés à renoncer à leur utilisation ? termina Langdon.

Beña sourit de toutes ses dents.

— Je vois que ce cher Galilée ne vous est pas inconnu ! Les sciences physiques étaient mes premières amours. C'est la magnificence de l'univers réel qui m'a mené à Dieu. Voilà pourquoi cet édifice est si précieux à mes yeux. C'est l'église du futur... un sanctuaire intimement lié à la nature.

Langdon se demanda si la Sagrada Família – comme le Panthéon de Rome – pouvait être à la croisée des chemins, avec un pied dans le passé et un dans l'avenir, tel un pont entre une religion agonisante et une nouvelle. Si tel était le cas, la basilique allait avoir un rayonnement que personne ne pouvait encore imaginer.

Le vieil homme entraînait Langdon vers l'escalier qu'ils avaient emprunté la veille.

Ils retournaient dans la crypte ?

— À mon sens, continua Beña en descendant les marches, le seul moyen pour la chrétienté de survivre à l'avènement de la science est de lui servir de guide spirituel. Grâce à notre expérience – des millénaires de réflexion, de méditation, d'exploration des âmes –, nous pouvons aider l'humanité à établir un cadre moral et nous assurer que les nouvelles technologies vont nous unir et nous élever... et non nous détruire.

— Je suis tout à fait de votre avis, répondit Langdon.

À condition que la science accepte votre aide, ajouta-t-il en pensée.

Au pied des escaliers, Beña passa devant le tombeau de Gaudí et se dirigea vers la vitrine qui renfermait les *Œuvres complètes* de Blake.

— Voilà. C'est à propos de ce livre. J'ai besoin de vos lumières.

— De mes lumières ?

— Comme vous le savez, j'ai promis à M. Kirsch de l'exposer ici. J'ai accepté parce que je pensais qu'il voulait mettre en avant cette illustration.

Langdon observa de nouveau le dieu Urizen qui mesurait l'univers avec son grand compas.

— Mais la page en regard a attiré mon attention... Vous voulez bien lire le dernier vers ?

Langdon n'avait nul besoin de regarder le poème.

— « Les religions obscures ne sont plus, et de la science harmonieuse c'est maintenant le règne », récita-t-il sans quitter le prêtre des yeux.

— Vous le connaissez par cœur ?

Langdon esquissa un sourire.

— Pour tout dire, cette phrase me trouble, reprit le vieil homme. « Obscures » – l'adjectif me gêne. Comme si le poète affirmait que les religions sont... malveillantes, et même dangereuses.

— C'est une méprise compréhensible. En réalité, Blake était un homme doté d'une profonde spiritualité, bien plus ouvert d'esprit que l'Église anglicane du XVIIIe siècle. Il considérait qu'il existait deux formes de religions – l'une, sombre, dogmatique et tyrannique ; l'autre, lumineuse, tolérante, stimulant l'introspection et la créativité.

L'ecclésiastique semblait surpris.

— Le vers final de Blake, poursuivit Langdon, peut se comprendre ainsi : « La science harmonieuse bannira les dogmes obscurs... pour que les religions éclairées s'épanouissent. »

Le prêtre parut méditer un long moment cette dernière phrase, puis son visage s'éclaira.

— Je vous remercie, professeur. Alors tout est pour le mieux.

*

Après avoir pris congé du père Beña, Langdon s'assit sur un banc, parmi les centaines d'autres curieux, et admira les rais colorés du soleil couchant sur les piliers de la forêt pétrifiée.

Il songea aux innombrables religions à travers le monde, à leur origine commune, aux tout premiers dieux du soleil, de la lune, de la mer et du vent.

La nature était autrefois au cœur de toute chose.

Pour tous les hommes.

L'unité s'était fracturée il y a bien longtemps, et une myriade de croyances étaient nées, chacune affirmant détenir la vérité universelle.

En cette fin d'après-midi, dans ce temple hors norme, Langdon était entouré de gens de confessions, de couleurs, de langues et de cultures différentes. Pourtant dans le regard de tous, brillait la même lueur d'émerveillement... Tous admiraient ensemble le plus simple des miracles.

Les rayons du soleil couchant sur la pierre.

Des images lui vinrent à l'esprit – Stonehenge, les pyramides d'Égypte, les grottes d'Ajantâ, le temple d'Abou Simbel, la ville maya de Chichén Itzá... Autant de sites sacrés où les anciens se réunissaient pour assister au même spectacle.

Langdon crut percevoir une infime vibration sous ses pieds, comme un corps céleste atteignant son apogée… comme si la pensée religieuse était parvenue au bout de son long voyage et que, lasse de sa quête, elle faisait demi-tour, et rentrait enfin à bon port.

Remerciements

J'aimerais exprimer ma gratitude aux personnes suivantes :

D'abord et avant tout à mon éditeur et ami Jason Kaufman, pour son regard avisé, son intuition sans faille, son opiniâtreté dans le travail... mais surtout pour son humour et pour avoir compris ce que je voulais accomplir avec mes romans.

À mon agent et amie Heide Lange pour avoir été mon guide éclairé dans ma carrière, qui a toujours montré tant d'enthousiasme, d'énergie et d'attention. À jamais, je lui serai reconnaissant pour ses talents innombrables et son implication.

À mon ami Michael Rudell, pour ses sages conseils et sa gentillesse sans pareille.

À toute l'équipe de Doubleday et Penguin Random House, je voudrais exprimer ma gratitude pour la confiance qu'ils me portent depuis des années, en particulier à Suzanne Herz, pour son amitié et pour avoir suivi toutes les étapes de la fabrication de cet ouvrage avec autant d'acuité et de réactivité. Un grand merci aussi à Markus Dohle, Sonny

561

Mehta, Bill Thomas, Tony Chirico, et Anne Messitte pour leur soutien et leur patience infinie.

Ma reconnaissance aussi pour Nora Reichard, Carolyn Williams et Michael J. Windsor qui se sont dépensés sans compter, et pour Rob Bloom, Judy Jacoby, Lauren Weber, Maria Carella, Lorraine Hyland, Beth Meister, Kathy Hourigan, Andy Hughes, et toute l'équipe commerciale de Penguin Random House.

À toute l'équipe de Transworld pour leur créativité perpétuelle et leur savoir-faire en matière d'édition, en particulier à Bill Scott-Kerr, pour sa gentillesse et son soutien sur tous les fronts.

À tous mes éditeurs étrangers, mes plus sincères remerciements pour avoir cru en mes romans et aidé à les faire connaître.

Aux valeureux traducteurs à travers le monde qui ont travaillé d'arrache-pied pour offrir cet ouvrage à tant de pays différents. Merci pour votre temps, votre talent, et votre application.

Aux équipes de Planeta, mon éditeur espagnol, pour leur aide dans l'organisation du pool de traduction de ce roman. Je pense à la merveilleuse Elena Ramirez, ainsi qu'à María Guitart Ferrer, Carlos Revés, Sergio Álvarez, Marc Rocamora, Aurora Rodríguez, Nahir Gutiérrez, Laura Díaz, Ferrán Lopez. Un grand merci au P-DG Jesús Badenes pour son soutien, son hospitalité et ses efforts touchants pour m'apprendre à faire la paella.

En plus de ceux qui ont géré ce pool de traduction, j'aimerais remercier Jordi Luñez, Javier Montero, Marc Serrate, Emilio Pastor, Alberto Barón et Antonio López.

À l'infatigable Mónica Martín et à son équipe de la MB Agency, en particulier à Inés Planells et Txell Torrent, pour leur aide à Barcelone et ailleurs.

À tous les gens chez Sanford J. Greenburger Associates – et plus particulièrement à Stephanie Delman et Samantha Isman, pour leur dévouement... nuit et jour.

Durant ces quatre années passées, scientifiques, historiens, conservateurs, représentants religieux m'ont offert gracieusement leur aide pour mes recherches. Les mots me manquent pour leur exprimer ma reconnaissance. Merci pour leur générosité, leur savoir, et leur ouverture d'esprit.

À l'abbaye de Montserrat, j'aimerais remercier les moines et le personnel qui ont rendu ma visite si passionnante. J'ai une pensée particulière pour Pare Manel Gasch, Josep Altayó, Òscar Bardají et Griselda Espinach.

Au Centro Nacional de Supercomputación de Barcelone, j'aimerais remercier l'équipe de scientifiques qui m'ont fait partager leurs idées, leur monde, leur enthousiasme, et surtout leur vision optimiste de l'avenir. Je pense en particulier au directeur Mateo Valero, Josep Maria Martorell, Sergi Girona, José Maria Cela, Jesús Labarta, Eduard Ayguadé, Francisco Doblas, Ulises Cortés, et Lourdes Cortada.

Au musée Guggenheim de Bilbao, toute ma gratitude à ceux qui par leur connaissance et leur sensibilité artistique m'ont permis de mieux comprendre et d'apprécier l'art contemporain. Un grand merci au directeur Juan Ignacio Vidarte, à Alicia Martínez, Idoia Arrate et María Bidaurreta pour leur hospitalité et leur disponibilité.

Aux conservateurs et guides de la magique Casa Milà. Merci pour leur accueil et pour m'avoir montré en quoi La Pedrera est unique au monde. Mention spéciale à Marga Viza, Sílvia Vilarroya, Alba Tosquella, Lluïsa Oller, ainsi qu'à la résidente Ana Viladomiu.

J'aimerais aussi remercier les membres du Palmar de Troya Palmarian Church Support et Information Group, l'ambassade des États-Unis en Hongrie, et l'éditeur Berta Noy.

Toute ma reconnaissance aussi aux chercheurs et futurologues que j'ai rencontrés à Palm Springs dont l'esprit visionnaire a grandement influencé ce livre.

Pour leur regard et leur avis éclairés tout au long de l'écriture de cet ouvrage, je voudrais remercier mes premiers lecteurs : Heide Lange, Dick et Connie Brown, Blythe Brown, Susan Morehouse, Rebecca Kaufman, Jerry et Olivia Kaufman, John Chaffee, Christina Scott, Valerie Brown, Greg Brown, et Mary Hubbell.

À Shelley Seward pour son expertise et sa vigilance, sur un plan professionnel comme personnel, et pour avoir pris mes appels à 5 heures du matin.

À Alex Cannon, mon fidèle gourou du numérique qui s'occupe si bien de ma communication sur le web, les réseaux sociaux et le monde virtuel en général.

À mon épouse Blythe, qui continue de partager avec moi sa passion de l'art, son goût de la création, et dont les multiples talents sont pour moi une source intarissable d'inspiration.

À ma secrétaire particulière Susan Morehouse pour son amitié, sa patience, et l'étendue saisissante de ses compétences. Merci d'avoir fait voguer le navire sans anicroche.

À mon frère, le compositeur Greg Brown, dont la *Missa Charles Darwin*, une œuvre de fusion du passé et du moderne, a été l'étincelle de vie pour la genèse de ce roman.

Et enfin, je voudrais exprimer ma gratitude, mon respect et mon amour à mes parents – Connie et Dick Brown – pour m'avoir appris à être toujours curieux, à poser toutes les questions, même les plus difficiles.

Références

Origins of Consciousness : *La Naissance de la conscience dans l'ef-fondrement de l'esprit*, Julian Jaynes, trad. Guy Gaborit de Montjou, PUF, 1994.

The Biology of Belief : *Biologie des croyances : comment affranchir la puissance de la conscience, de la matière et de miracles*, Bruce H. Lipton, trad. Annie Ollivier, Éd. Ariane, 2006.

The God Delusion : *Pour en finir avec Dieu*, Richard Dawkins, trad. Marie-France Desjeux-Lefort, Éd. Robert Laffont, 2008.

God is not Great : *Dieu n'est pas grand : comment la religion empoisonne tout*, Christopher Hitchens, trad. Ana Nessun, Éd. Belfond, 2009.

Letter to a Christian Nation : *Pour une spiritualité sans religion*, Sam Harris, trad. José Le Roy et Dominique Anglesio, Éd. Almora, 2017.

The End of the Faith : *La Bible de l'athéisme*, Sam Harris, trad. Emily Patry, Éd. Cardinal, 2015.

WHY YOUR FIVE-YEAR-OLD COULD NOT HAVE DONE THAT : *Pourquoi un enfant de cinq ans n'aurait pas pu faire cela : l'art moderne expliqué*, Susie Hodge, Éd. Marabout, 2013.

Et Dieu créa les nombres : les plus grands textes de mathématiques, réunis et commentés par Stephen Hawking, Éd. Dunod, 2006.

Vala ou les quatre vivants, in Œuvres IV de William Blake, Vol. 4, trad. Jacques Blondel, Éd. Aubier-Flammarion, 1983.

THE SINGULARITY IS NEAR : *Humanité 2.0*, Ray Kurzweil, trad. Adeline Mesmin, Éd. M21, 2007.

« Le milliard oublié », voir THE BOTTOM BILLION, Paul Collier, Oxford University Press, 2007.

Crédits illustrations

CET OUVRAGE À ÉTÉ COMPOSÉ
PAR BELLE PAGE
ET ACHEVÉ D'IMPRIMER
PAR MARQUIS IMPRIMEUR
POUR LE COMPTE DES ÉDITIONS J.-C. LATTÈS
17, RUE JACOB - 75006 PARIS
EN SEPTEMBRE 2017

N° D'ÉDITION : 01
DÉPÔT LÉGAL : OCTOBRE 2017
IMPRIMÉ AU CANADA